EL LIBRO *de* Gothel

EL LIBRO *de*

MARY McMYNE

Traducción de María del Carmen Boy Ruiz

UMBRIEL

Argentina • Chile • Colombia • España
Estados Unidos • México • Perú • Uruguay

Título original: *The Book of Gothel*
Editor original: Redhook, un sello de Orbit, una división de Hachette Book Group
Traductora: María del Carmen Boy Ruiz

1.ª edición: junio 2023

Plaza de los Reyes Magos, 8, piso 1.º C y D – 28007 Madrid
www.umbrieleditores.com

ISBN: 978-84-19030-23-8
E-ISBN: 978-84-19413-50-5
Depósito legal: B-6.827-2023

Fotocomposición: Ediciones Urano, S.A.U.
Impreso por: Romanyà Valls, S.A. – Verdaguer, 1 – 08786 Capellades (Barcelona)

Impreso en España – *Printed in Spain*

Para mi madre.

PRÓLOGO

Al menos, el sótano suponía un respiro de la ola de calor asfixiante que aquejaba a la Selva Negra, aunque olía como una cripta y casi se me disloca la rótula al bajar las escaleras en mal estado. No había barandilla y la rodilla me dolía, como hacía siempre que dan lluvia. Ingrid Vogel salvó las escaleras de manera descuidada, aunque su trenza larga y canosa y sus ojos llorosos revelaban que era al menos cuatro décadas mayor que yo. Al parecer, era una de esas octogenarias con suerte para quien la artritis era algo que solo les pasaba a otras personas.

Cuando encendió la luz, la seguí bajo el pasillo abovedado que desembocaba en un sótano antiguo de piedra y me sorprendió ver lo arcaico que parecía. La roca estaba desgastada, casi como una cueva, construido con unos contrafuertes sencillos y techos curvados; obviamente, eran los vestigios de una estructura mucho más vieja que la casita de techo de paja sobre nosotras. Me pregunté con aire ausente qué sería antes este lugar y examiné los paquetes amontonados y comida en lata del rincón. Antes de aceptar el puesto en la Universidad de Carolina del Norte, viví quince años en Alemania —mientras me sacaba el doctorado, el posdoc y dando clase—, pero la forma tan despreocupada con que los europeos utilizaban los espacios antiguos a modo de sótano todavía me parecía un sacrilegio.

—*Frau Professorin Eisenberg* —dijo, dirigiéndose a mí con formalidad a pesar de que le he pedido varias veces que me llamase Gert. Estaba de pie junto a una piedra irregular que habían extraído del suelo del sótano; sobre ella, había un cofre antiguo. Por los e-mails, sabía que el códice debía de estar dentro—. *Hier ist er.*

Tres días antes, Frau Vogel me había escrito para hablarme de un códice medieval que había encontrado en el sótano de su madre. Dijo que había asistido a una charla que di en Alemania, pero yo no recordaba haberla conocido. En el e-mail me contaba lo que sabía del manuscrito —estaba decorado con miniaturas y escrito por una mujer en alto alemán medio— y me preguntaba si me interesaba el hallazgo. Había adjuntado los resultados de la datación por carbono 14 que verificaba la antigüedad del manuscrito y la imagen de una sola página de muestra. El texto escrito a mano era una rima siniestra sobre Blancanieves en un dialecto alemánico ininteligible; bajo esta, había una ilustración minuciosamente detallada de un hada malvada bailando sobre una rosa. Tenía los labios de color rojo sangre, una piel pálida mortecina y una maraña de pelo negro.

Cuando el correo de Frau Vogel me saltó en la bandeja de entrada, estaba sentada en el despacho preparando el temario para el primer semestre e intentaba ignorar a dos compañeros titulares que estaban charlando en el pasillo sobre los últimos libros que habían publicado. No me concentraba. Tenía un nudo de terror tan grande en la garganta que sentía que no me llegaba el oxígeno. Estaba previsto que solicitara la titularidad al año siguiente y el proceso de solicitud en la Universidad de Carolina del Norte era horroroso. Tenía que firmar un contrato de edición y la investigación sobre cómo se trata a la mujer en los manuscritos con miniaturas en el alemán del Medievo no iba a ninguna parte. Lo estaban estudiando en una editorial consolidada, pero uno de mis reseñadores había tachado el tema como «minucias domésticas». La crítica me puso furiosa. Tantos siglos de escribas sexistas habían dejado unos huecos enormes en lo que conocemos sobre la vida de las mujeres en la época medieval y yo intentaba hacer algo al respecto.

La imagen del hada me hizo sofocar un grito lo bastante fuerte como para que uno de mis compañeros se asomara a mi despacho con una expresión interrogadora. Forcé una sonrisa, articulé un «estoy bien» y esperé a que volviera a la conversación antes de centrarme en la pantalla. Los colores de la ilustración eran brillantes como joyas y la expresión del hada solo podía describirse como maliciosa. Se me aceleró el corazón con una maravillosa oleada de entusiasmo. ¿Estaba mirando una especie de antepasado gótico del cuento de Blancanieves tal y como lo conocemos? La perspectiva de estudiar algo nuevo —y tan diferente— me dio vértigo.

Le escribí a Frau Vogel de inmediato para expresarle mi interés. Su respuesta fue una petición extraña: quería que le describiera mis creencias religiosas. Ese entrometimiento me desconcertó, pero me dio una clara impresión de que me estaba poniendo a prueba, así que respondí con cuidado. Mi religión era complicada. Me criaron en el catolicismo, pero hacía mucho que no iba a la iglesia, hecho que esperaba que Frau Vogel entendiese dadas las sesenta y cuatro horas de créditos académicos sobre el periodo que siguió a las Cruzadas. Fuera cual fuere esta prueba, debí de haberla pasado porque su siguiente e-mail contenía más fotografías digitales del manuscrito y me pidió ayuda para leerlo. Las fotos adicionales fueron suficientes para hacer que me subiera a un avión al día siguiente.

Ahora, al cruzar el sótano hacia Frau Vogel y el cofre, sentí un estremecimiento inquietante por la anticipación. Contuve el aliento y me pareció notar un cambio en la energía de la estancia, como si pudiese sentir que disminuía la presión del aire ante la tormenta incipiente. La sensación me alarmó hasta que reconocí los otros síntomas premonitorios de las migrañas que tenía con demasiada frecuencia. La bombilla que colgaba del techo de piedra parecía muy brillante. Tenía la vista borrosa. El mareo que había achacado al viaje serpenteante en coche montaña arriba había vuelto. *Cómo no, tenía que entrarme migraña ahora,* pensé maldiciendo mi suerte.

Decidí tomarme un sumatriptán pronto y le eché un vistazo al cofre. Dentro había un códice lustrado y deteriorado. La cubierta de piel relucía ligeramente en las esquinas como si la hubieran pintado con oro en polvo hacía siglos. Cuando vi lo detallado que estaba, se me escapó un jadeo débil: tenía un marco en relieve decorado con un patrón de diamantes y en el interior de cada forma estaba decorado con unas espirales elaboradas. En el centro había un diseño enorme que parecía un sigilo. Un círculo retorcido con serpientes, pájaros de alas anchas y bestias enroscadas, hermoso y grotesco al mismo tiempo.

La sensación del aire cargado se intensificó y me mareé aún más. Parpadeé para intentar recuperar una expresión de desinterés profesional. *La migraña me ha trastornado*, pensé.

—*Entschuldigen Sie* —me disculpé mientras buscaba en el bolso el frasco de sumatriptán.

Me tomé una pastilla y le pedí a Frau Vogel permiso con la mirada para alcanzar el códice. Ella asintió. Lo agarré por los bordes, intentando que mi piel dejase la mínima grasa posible en la cubierta. Pesaba para el tamaño que tenía. Percibí un ligero aroma a humedad del cuero y sentí sus años bajo los dedos. Miré de nuevo a mi anfitriona porque sentía una inseguridad irracional en cuanto a abrir el códice, como si precisamente no me hubiera pedido que viniera hasta aquí con el propósito de leerlo.

Frau Vogel esbozó una sonrisa divertida y se le formaron arrugas en las comisuras de los labios.

—*Es ist alles gut.* No te va a morder.

Avergonzada, abrí el libro. En la primera página había una declaración de verdad firmada por alguien llamado Haelewise, hija de Hedda. Sentí un hormigueo en los dedos ante el impulso de recorrer la firma, aunque sabía que no debía tocar la tinta. Utilizar el nombre de uno de los padres como apellido no era común entre las mujeres nobles y nunca había visto que mencionaran el de la madre en lugar del nombre del padre. ¿Quién era esta campesina que sabía escribir y eligió que se la conociera solo por su linaje materno?

Tuve cuidado de no estropear el pigmento y solo toqué el borde al pasar las páginas. Era sorprendente lo bien que se había conservado la tinta para el tiempo que tenía el manuscrito, como si no hubiera estado debajo de una piedra en el suelo de un sótano durante siglos. El pergamino era fino pero todavía flexible al tacto. Lo que había supuesto de las fotografías era cierto: el manuscrito estaba decorado con miniaturas como si fuera unas sagradas escrituras, aunque el texto en sí mismo parecía ser una narrativa interrumpida de vez en cuando con recetas y versos que, para la época en la que se escribió el libro, solo podían considerarse oraciones profanas.

Cuando me detuve a leer una, el aura de electricidad estática se volvió tan notable que se me pusieron los vellos de los brazos de punta. Me entró un mareo intenso, lo bastante fuerte para que me cuestionase si era un síntoma de migraña. Calmé este pensamiento diciéndome a mí misma que me concentrase. Me había tomado el sumatriptán. El aura pasaría pronto.

El manuscrito estaba decorado con notas al margen coloridas, letras iniciales de un rojo y dorado desvaído al estilo de los escribas benedictinos, aunque el texto no estaba en latín. Las ilustraciones estaban hechas por expertos; las imágenes estaban repletas de detalles como las que pintaban los monjes en los libros de oraciones. Pero la imaginería era bastante impropia con lo que una esperaría encontrar en un manuscrito con miniaturas de esta época. Algunas ilustraciones eran mundanas: una madre y una hija en el jardín, escenas cotidianas de nacimientos y en la cocina. Otras pertenecían a las fábulas. En una página, salía una mujer de pelo negro con una capucha azul claro y la mano extendida, como si le ofreciese al lector la manzana cubierta de polvo de oro que sostenía en la palma. En otra, una mujer fantasmagórica vestida de azul estaba arrodillada en un jardín enmarañado; tenía los brazos extendidos e irradiaba unos rayos psicodélicos de luz dorada en todas direcciones. No pude evitar quedarme mirando una imagen de una mujer hermosa con el pelo negro como un cuervo que yacía muerta en lo que parecía ser un ataúd de piedra; tenía los ojos abiertos y el cuerpo cubierto de espirales de hielo azul pálido.

—¿Sabes leerlo? —me preguntó Frau Vogel con suavidad. Su voz sonaba lejana. Había olvidado que estaba aquí.

Alcé la mirada. Tenía los ojos fijos en mí.

—*Ja. Das ist Alemannisch.* Necesito tiempo.

—¿Cuánto?

—Todo el día —respondí—. Por lo menos.

Me devolvió la mirada un instante, luego asintió hacia la mecedora de la esquina.

—Estaré arriba —dijo y me dedicó una sonrisa alentadora—. Quiero saberlo todo.

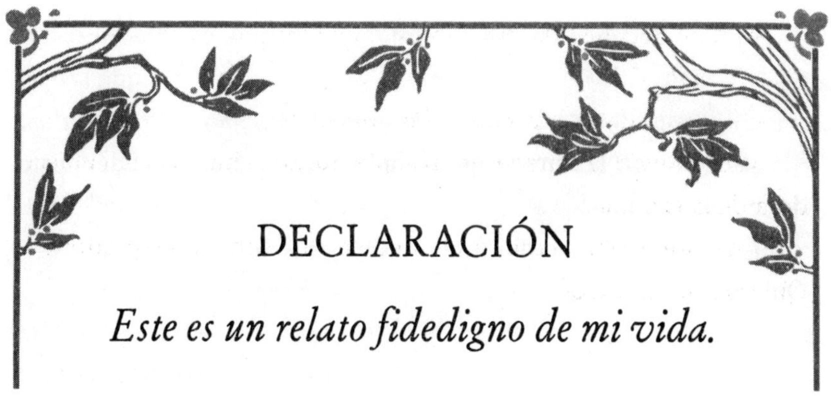

DECLARACIÓN

Este es un relato fidedigno de mi vida.

Me llaman madre Gothel. Me conocen por el nombre de esta torre. Una aguja empedrada cubierta de enredaderas que se alzaba entre los árboles. Me hice conocida por la niña que robé, mi pequeña, mi preciosa. Rapunzel —le puse el nombre por la hierba favorita de su madre—. Mi jardín es de leyenda: hileras e hileras de ballesteras y cicutas, milenramas y sanguinarias. He leído muchos espéculos sobre las propiedades naturales de las plantas y las piedras y me los sé todos de memoria. Sé qué hacer con la belladona, la pulmonaria y la potentilla.

Aprendí el arte de la sanación de una mujer sabia, de hilar los cuentos de mi madre. De mi padre no aprendí nada, un pescador sin nombre. Mi madre era matrona. Eso también lo aprendí de ella. Mujeres de todas partes acuden a mí para oír mis historias, para hacer uso de mi conocimiento acerca de las plantas. Deambulan con sus botas y faldas solitarias por el bosque y vienen, de una en una, con sus penas secretas; cruzan el río, las colinas, hasta la mujer sabia que esperan que cure sus aflicciones. Después de darles lo que buscan y cobrar mis honorarios, hilo mis historias, buceando entre los recuerdos, puliendo los hechos de mi vida hasta que relucen como piedras. A veces me traen mis propias historias, alteradas por las veces que las han contado. En este libro, cerrado a cal y canto, dejaré la verdad por escrito.

Aquí, el decimoctavo año de mi vida terrenal, escribo mi historia. Un relato fidedigno de mi vida —por muy profana que sea—, una crónica de los hechos que desde entonces han sido alterados, para así corregir las mentiras que se repiten como verdades. Este será el libro de mis hazañas, escrito desde la famosa torre de Gothel, donde unos altos muros encierran flores y hierbas.

Haelewise, hija de Hedda
El año de nuestro Señor 1219

CAPÍTULO UNO

Es una bendición tener una madre que te quiera. Una madre que parece revivir cuando entras en la habitación, que te cuenta historias para ir a dormir, que te enseña los nombres de las plantas que crecen silvestres en el bosque. Aunque es posible que una madre quiera demasiado, que el amor se apodere de su corazón como una mala hierba en el jardín, que extienda sus raíces y prolifere hasta que no crezca nada más. Mi madre me vigilaba en exceso. Sufrió tres abortos antes de que yo naciera y no quería perderme. Me ataba una cuerda a la muñeca para que no me separara de ella cuando íbamos al mercado y nunca me dejaba ir por mi cuenta.

Sin duda, en el mercado había peligros para mí. Nací con ojos del color de los cuervos —sin color, sin luz en los iris—, y para cuando cumplí los cinco años, sufría desvanecimientos extraños que hacían que los demás temiesen que estaba poseída. Como si no fuera suficiente, cuando fui lo bastante mayor para ayudar a mi madre, se extendieron los rumores sobre mi habilidad antinatural para asistir a los partos. Mucho antes de convertirme en su aprendiz, podía señalar el momento exacto en que un bebé estaba listo para nacer.

Para mantenerme cerca, mi madre me contó que la *kindefresser* acechaba el mercado: una diablesa que atraía a los niños de la ciudad para beber su sangre. Madre decía que era una cambiaformas que adoptaba el aspecto de personas a quienes los niños conocían, para engañarlos y que se fueran con ella.

Esto fue antes de que el obispo construyera los muros de la ciudad, cuando los viajeros todavía llegaban con libertad, vendían amuletos para alejar las fiebres y discutían sobre los males de la Iglesia. Entonces, la plaza del mercado bullía. Podías encontrar a hombres y mujeres con túnicas extrañas y de todos los colores de piel que vendían brazaletes de marfil y vestidos de seda. Madre me dejaba admirar sus mercancías mientras me agarraba con fuerza de la mano.

—Quédate cerca —me decía mientras examinaba los puestos—. ¡No dejes que la *kindefresser* te atrape!

El obispo construyó los muros cuando yo tenía diez años, para proteger la ciudad de la neblina que provenía del bosque. Los curas decían que era una «neblina impía» que traía el mal y la enfermedad. Después de que se erigiera el muro, solo permitían a los hombres santos y a los vendedores ambulantes atravesar las puertas de la ciudad: monjes peregrinos, comerciantes de lino y seda, mercaderes con carros tironeados por bueyes cargados de pescado seco. Madre y yo tuvimos que dejar de recolectar hierbas y cazar en el bosque. Padre cortó los olmos detrás de nuestra casa para que pudiéramos tener nuestro propio huerto. Ayudé a madre a plantar las semillas y tejer un corral de mimbre para las gallinas. Padre compró piedras y entre los tres levantamos un muro alrededor del huerto para que no entraran los perros.

Aunque la ciudad aún estaba cercada, madre seguía sin dejarme merodear sin ella, sobre todo cuando se acercaba la luna nueva, cuando más a menudo me invadían los desmayos. Cada vez que veía a los niños hacer recados o jugar a las tabas detrás de la catedral, me recorría una amargura desagradable. Todos pensaban que era más joven de lo que en realidad era, por mi pequeña estatura y la forma en que mi madre me consentía. Sospechaba que la *kindefresser* era una de las muchas historias que se había inventado para asustarme y que me quedase cerca. Quería a mi madre con locura, pero deseaba vagar por ahí. Me trataba como a una de sus muñecas, algo frágil hecho de cuentas y lino a la que dejar en el estante.

Poco después de que se construyera el muro, el hijo del sastre, Matthäus, llamó a nuestra puerta con el pelo oscuro reluciendo bajo el sol y sus ojos brillando de alegría.

—He traído flechas —dijo—. ¿Puedes salir y enseñarme a disparar en la arboleda?

Nuestras madres se habían hecho amigas porque la mía necesitaba retales constantemente. Confeccionaba muñecas para vender durante el invierno y las dos habían pasado muchas tardes seleccionando jirones de tela y cotilleando en la sastrería mientras nosotros jugábamos. La semana anterior, Matthäus y yo habíamos encontrado un gatito naranja. Padre lo habría metido en un saco para ahogarlo, pero Matthäus quería darle leche. Mientras nos escabullíamos a su habitación en el piso de arriba con el gatito, me había devanado los sesos pensando en qué ofrecerle para jugar otra vez. Madre me había enseñado todo lo que sabía sobre cómo manejar un arco. Disparar era una de las pocas cosas que se me daban bien.

—Porfa, porfa, porfa —le rogué a mi madre.

Ella me observó con los labios apretados y negó con la cabeza.

—Madre —dije—, necesito un amigo.

Ella parpadeó con compasión.

—¿Y si te desmayas?

—Iremos por las calles secundarias. La luna casi está llena.

Madre respiró hondo; las expresiones se debatían en su rostro.

—Está bien —suspiró finalmente—. Deja que te recoja el pelo.

Grité de alegría, aunque odiaba la forma en que tiraba de mis rizos que, en general, se negaban a que los domaran, característica que había heredado de ella.

—¡Gracias! —dije cuando terminó, y agarré mi carcaj, mi arco y mi muñeca favorita.

Los diez fueron una edad peculiar para mí. Sabía disparar tan bien como un hombre adulto, pero todavía tenía que renunciar a las cosas infantiles. Todavía me llevaba a todas partes la muñeca llamada Gütel que me había hecho madre. Una muñeca con el pelo negro, como el mío, recogido con lazos. Tenía puesto un vestido hecho de retazos de lino teñidos de mi color favorito, rojo fuego. A modo de ojos, tenía dos cuentas negras relucientes.

Fui una niña incrédula, una niña que montaba espectáculos —una salvaje a la que tenían que llevar a rastras a misa—, pero veía que cuando mamá confeccionaba muñecas era algo como mágico. Nada antinatural, eso sí. El tipo de cosas que hace todo el mundo, como dejar comida para las hadas o escoger la fecha de la boda para que dé buena suerte. El tiempo que le llevaba elegir los retales adecuados, las palabras que murmuraba mientras cosía, hacían que la muñeca me pareciese viva.

Cuando nos íbamos, madre me recordó que tuviera cuidado con la *kindefresser*.

—Ojos ámbar, no importa qué aspecto adopte. Recuérdalo. —Bajó la voz—. Deberías advertir al muchacho sobre tus desvanecimientos.

Asentí y me ruboricé de la vergüenza, aunque Matthäus era lo bastante educado como para no preguntar lo que me había dicho mi madre en voz baja. Nos encaminamos hacia la puerta norte, que estaba pasando los muelles y las cabañas de los otros pescadores. Me calé la capucha sobre la cabeza para que el sol no me molestara los ojos. Además de ser negros como la noche, los tenía sensibles. La luz intensa me daba dolor de cabeza.

Las hojas de los tilos comenzaban a amarillear y a caer. Cuando llegamos a la arboleda, los cuervos salieron en bandada. Estaba repleta de bestias que los carpinteros habían atrapado cuando se construyó el muro. Era común ver a una familia de liebres saltando entre los tilos. Si eras lo bastante insensato como para abrir la mano, un cuervo bajaría en picado y te robaría un *pfennic* de la palma.

Matthäus me enseñó el pájaro relleno de paja sobre un poste que todos usaban para practicar el tiro con arco. Dejé a Gütel sentada en la base de un tronco y me agaché para ponerle derecha la capa. Se me disparó el corazón cuando así el arco. Ahí estaba, al fin, fuera y sin madre. Casi me sentía normal. Me sentía libre.

—¿Has oído lo de la reina? —me preguntó Matthäus al tiempo que tensaba el arco y soltaba la flecha. Salió disparada y pasó junto al tronco para perderse en el claro soleado.

—No —dije. Entorné los ojos y los protegí del sol mientras lo observaba ir a buscarla. Incluso con la sombra de mi mano, mirar directamente a la luz del sol dolía.

Regresó con la flecha.

—El rey Frederick la ha desterrado.

—¿Cómo lo sabes?

—Un cortesano se lo contó a mi padre mientras le tomaba las medidas.

—¿Por qué desterraría el rey a su esposa?

Matthäus se encogió de hombros y me tendió la flecha.

—El hombre dijo que llevaba a muchos invitados al huerto.

Lo miré con los ojos entrecerrados.

—¿Desde cuándo es eso un motivo para el destierro? —Por aquel entonces, no entendí a qué se refería el cortesano.

Él se encogió de hombros.

—Ya sabes, dicen que el rey Frederick es un hombre severo.

Asentí. Desde su coronación aquella primavera, todo el mundo lo llamaba «el rey Barbarroja» porque se suponía que el vello de la barbilla estaba manchado con la sangre de sus enemigos. A pesar de que solo tenía diez años, comprendí que los hombres se inventaban motivos para librarse de las mujeres que no les agradaban.

—Apuesto a que es porque no le ha dado un hijo.

Lo pensó.

—Puede que tengas razón.

Encordé el arco, sumida en mis pensamientos. Tras la coronación, la reina, ahora desterrada, nos había visitado con la princesa y mamá me había llevado a ver el desfile. Recuerdo a la chica pálida y de pelo negro sentada con su madre en un caballo blanco, todavía una niña, aunque su expresión valiente la hacía parecer mayor. Tenía los ojos de un bonito color avellana con motitas doradas.

—¿Se ha llevado la reina a la princesa Frederika con ella?

Matthäus negó con la cabeza.

—El rey no lo permitiría.

Me imaginé lo horrible que sería que desterraran a mi madre de mi hogar. Ella era protectora y, en cambio, mi padre era frío y controlador. Una casa sin madre sería una casa sin amor.

Me obligué a concentrarme en el tiro.

Cuando la flecha se clavó en el tronco, Matthäus contuvo el aliento. Al principio pensé que era una reacción a mi puntería. Luego vi que estaba mirando al árbol donde había dejado a Gütel. Un cuervo gigante de plumas negras y relucientes estaba inclinado sobre ella.

Me dirigí hacia allí.

—¡Fuera! ¡Aléjate de ella!

El pájaro me ignoró hasta que estuve justo a su lado, momento en que me miró con sus ojos ámbar. *Craec*, dijo, y sacudió la cabeza hasta que Gütel cayó al suelo. Tenía algo en el pico, algo negro que brillaba y que relució cuando alzó el vuelo.

En el lado izquierdo del rostro de Gütel, había un hilo suelto. Se le había salido la lana. El cuervo le había arrancado el ojo.

Se me escapó un gemido. Me marché de la arboleda con Gütel apretada contra el pecho. La plaza del mercado se convirtió en un borrón cuando la atravesé corriendo.

—Haelewise, ¿qué ocurre? —me preguntó el curtidor.

Quería a mi madre y a nadie más.

La puerta torcida de nuestra cabaña estaba abierta. Madre estaba sentada en la entrada, cosiendo, con una aguja entre los labios. Estaba esperando a que volviera a casa.

—¡Mira! —grité corriendo hacia ella y con la muñeca en alto.

Madre apartó la que estaba cosiendo.

—¿Qué ha pasado?

Mientras le contaba furiosa lo que había hecho el pájaro, llegó padre oliendo a la captura del día. Me escuchó un rato sin decir nada con una expresión seria y luego entró. Lo seguimos hasta la mesa.

—Sus ojos —sollocé mientras me sentaba en el banco—. Eran ámbar, como los de la *kindefresser*…

Mis padres se miraron y pasó algo entre ellos que no entendí.

Sobrecogida por un estremecimiento delator, me abracé; sabía lo que venía a continuación. Más o menos un par de veces al mes —más si tenía mala suerte— me sobrevenía uno de mis desvanecimientos. Siempre empezaban igual. Sentía escalofríos por toda la piel y notaba tensión en el ambiente. Sentía un tirón de otro mundo.

La habitación se tambaleó. Se me aceleró el corazón. Me agarré a la mesa por miedo a golpearme la cabeza al caer. Y entonces, desaparecí. Mi cuerpo no, sino mi alma, mi capacidad para ver el mundo.

Lo siguiente que supe fue que estaba en el suelo. Me dolía la cabeza y sentía las manos y los pies entumecidos. Tenía un regusto a sangre en la boca. Me embargó la vergüenza, ese horrible no saber que siempre me acechaba después de un desmayo.

Mis padres estaban discutiendo.

—No has ido a verla —decía padre.

—No —siseó madre—. ¡Te di mi palabra!

¿De qué estaban hablando?

—¿Ver a quién? —pregunté.

—Estás despierta —dijo madre con una sonrisa tensa y un deje de pánico en la voz. En ese momento, pensé que se había disgustado por el desmayo. Estos episodios siempre la agitaban.

Mi padre me miró.

—Una de sus clientas es una hereje. Le dije a tu madre que dejara de verla.

Mi intuición me dijo que estaba mintiendo, pero contradecirle nunca salía bien.

—¿Cuánto tiempo he estado inconsciente?

—Un minuto —respondió padre—. Dos, tal vez.

—Sigo teniendo las manos entumecidas —añadí, incapaz de hacer que el miedo no me impregnara la voz. Normalmente recuperaba las sensaciones de las extremidades en este punto.

Madre me acercó a ella acallándome. Aspiré su olor, el aroma reconfortante a anís y tierra.

—Maldita sea, Hedda —dijo padre—. Hemos hecho esto a tu manera durante demasiado tiempo.

Madre se tensó. Hasta donde me alcanza la memoria, ella había estado al cargo de encontrar una cura para mis desvanecimientos. Padre hacía años que quería llevarme a la abadía, pero madre se negaba en rotundo. Cuando padre no estaba, me contaba que su diosa moraba en las cosas, en los poderes ocultos de las raíces y las hojas. Madre había traído a casa cientos de remedios para los desmayos: elixires burbujeantes, polvos ocultos envueltos en hojas amargas, brebajes espesos que me quemaban la garganta.

La historia se remontaba a mi abuela, a quien apenas recuerdo y que también sufría los mismos desvanecimientos. Supuestamente los suyos eran tan malos que se arrancó la punta de la lengua de un bocado cuando era pequeña, pero con los años había encontrado una cura. Por desgracia, madre no tenía ni idea de cuál era porque mi abuela murió antes de que yo sufriera el primer desmayo. Desde entonces, madre había estado buscando una cura. Como matrona, conocía a todos los herboristas de la ciudad. Antes de que se erigiera el muro, había visitado a varias mujeres sabias y curanderas, hechiceras que hablan en lenguas antiguas, alquimistas que buscan convertir el plomo en oro. Los remedios sabían fatal, pero a veces mantenían los desvanecimientos a raya durante un mes. Nunca habíamos intentado curanderos religiosos.

Odiaba el vacío que sentía en la iglesia de padre cuando me obligaba a ir a misa, mientras que las ofrendas secretas de mi madre me hacían sentir algo de verdad. Pero aquel día, mientras mis padres discutían, se me ocurrió que los eruditos de la abadía podrían aliviarme de una forma que las curanderas de mamá no podían.

Aquella noche mis padres discutieron iracundos durante horas lo bastante alto como para que los oyese. Padre seguía con que pensaba que me había poseído un demonio, sobre la amenaza que suponía para nuestra vida, que me lapidarían si me culpaban de algo malo. Madre dijo que los desvanecimientos eran cosa de familia y que ¿cómo podía decir que estaba poseída? Dijo que él le había prometido, después de todo a lo que ella había renunciado, estar al cargo de esta única cosa.

A la mañana siguiente, madre me despertó, derrotada. Íbamos a la abadía. Las ganas de intentar algo nuevo se sentían como una traición. Intenté ocultarlo por su bien.

El sol aún no había salido cuando nos encaminamos hacia el muelle tras nuestra cabaña. Cuando empujamos el bote al lago, el guarda en la torre de la bahía reconoció a mi padre y nos hizo señas cuando atravesamos el muro de picas. El bote se mecía en el agua y padre entonó un canto de navegante:

Señor, soberano de todo, mantén a salvo
este pecio de madera sobre las olas.

Remó hasta el otro lado del lago y dio un rodeo hasta la orilla norte, donde la neblina que los curas llamaban «impía» pendía de los árboles.

—Por el amor de Dios —dijo madre—. ¿Cuántas veces tengo que decírtelo? La neblina no nos hará daño. ¡Me crie en estos bosques!

Ella nunca estaba de acuerdo con los curas en nada.

Una hora más tarde atracamos el bote y nos dirigimos al muro de piedra que rodeaba la abadía. Un monje de expresión amable, mayor, delgado, con una barba larga blanca y bigote, abrió la verja. Se interpuso entre nosotros y el monasterio, rascándose el cuello de la túnica mientras padre le explicaba por qué habíamos ido. No pude evitar fijarme en las pulgas que seguía apretando con los dedos cuando padre le describió mis desvanecimientos. Me pregunté por qué no esparcía monarda por el suelo o se cubría la piel con ruda.

Madre debió de preguntarse lo mismo.

—¿No tenéis alguna hierba en el jardín?

El monje negó con la cabeza y le explicó que su jardinero había muerto el invierno pasado. Luego asintió a padre para que terminase de describirle los desmayos.

—Algo antinatural se posa sobre ella —le dijo al monje alzando la voz—. Luego cae en una especie de trance.

El monje me estudió con atención y su mirada permaneció sobre mis ojos.

—¿Sospechas que sea un demonio?

Padre asintió.

—Nuestro abad podría expulsarlo —se ofreció el monje—. Por un precio.

Algo me dio un vuelco en el corazón. Lo mucho que quería que esto funcionase.

Padre le tendió al monje un puñado de *holpfennige*. Este los contó y nos dejó pasar antes de cerrar la verja pesada tras nosotros.

Madre frunció el ceño mientras seguía al monje por los terrenos.

—No tengas miedo —me susurró—. No tienes ningún demonio dentro.

El monje nos condujo por una puerta enorme de madera que daba a la nave principal de la catedral, una estancia larga con un altar en el otro extremo. En el pasillo, unas velas parpadeaban bajo unos murales. Nuestros pasos resonaban. Cuando llegamos a la pila bautismal, el monje me dijo que me quitara la ropa.

Padre me dio la mano y la apretó. Me miró a los ojos con una expresión amable. Casi me estalla el corazón. Hacía mucho tiempo que no me miraba así. Durante años, parecía culparme por el demonio que pensaba que me había poseído, como si alguna debilidad, un defecto de personalidad, lo hubiese invitado a entrar. Pensé que si aquello funcionaba, me miraría de esa manera todo el tiempo. Podría jugar a las tabas con los otros niños.

Me quité las botas y el vestido. Pronto me quedé descalza y en ropa interior, cambiando el peso de un pie al otro de lo heladas que estaban las piedras. La pila era enorme, tenía cerca de dos metros de ancho y contaba con imágenes talladas de la Virgen María y los apóstoles. Me incliné sobre el borde y vi mi reflejo en el agua bendita: la piel pálida, los difusos agujeros negros que tenía por ojos, los rizos negros indomables que se me habían soltado de las trenzas mientras navegábamos. La pila era lo bastante profunda como para que el agua me llegara al pecho y era totalmente cristalina.

Cuando el abad llegó, puso las manos sobre mí y dijo algo en el idioma de los clérigos. Se me aceleró el corazón, desesperada por sentir esperanza. El abad se humedeció la mano e hizo el signo de la cruz en mi frente. Tenía el dedo congelado. Como no ocurrió nada, el abad repitió las palabras y trazó el signo de la cruz en el aire. Contuve el aliento, esperando a que algo sucediera, pero no sentí nada más que el aire fresco de la catedral y las piedras frías bajo los dedos de los pies.

El agua bendita resplandecía y me llamaba. No podía esperar más. Me zafé de las manos del monje y me metí en la pila.

—¡Haelewise! —bramó mi padre.

El agua fría me aguijoneó las piernas, el vientre, los brazos. Al sumergirme bajo el agua, se me ocurrió que si tenía un demonio dentro, expulsarlo podía doler. El silencio de la iglesia quedó reemplazado por el rugido del agua en los tímpanos. Era como hielo líquido. *Bendita entre benditas*, pensé, y abrí la boca para emitir un grito mudo. ¿Cómo podía vivir el espíritu de Dios en un agua tan fría?

Cuando volví a la superficie con un jadeo, el abad estaba hablando en el idioma de los curas.

—¿Qué te crees que estás haciendo? —me gritó mi padre.

Cuando terminó la oración, el abad intentó calmarlo.

—El Espíritu Santo se lo ha encomendado.

Salí de la pila y me pregunté si tendría razón. Los regueros de agua helada me caían por el rostro. El pelo me goteaba a la espalda. Me puse de pie y dejé un charco en el suelo. Me castañeaban los dientes. Madre se acercó a mí, me ayudó a escurrirme el pelo y la muda e intentó secarme con su falda.

Padre me observaba mientras me ponía el vestido. Desvió la vista hacia el abad, y luego hacia mi madre, con el ceño fruncido.

—¿Cómo te sientes?

Me quedé inmóvil mientras lo meditaba. *Mojada y con frío*, pensé, pero nada diferente. O no había habido ningún demonio, o no podía afirmar que se hubiera marchado. Sentí una punzada al darme cuenta de ello. Pensé en todos los remedios que habíamos intentado hasta el momento, las pociones con sabor a rayos, los pasteles de carne ácidos y hierbas amargas. ¿Quién sabía qué sería lo siguiente?

Les devolví la mirada y abrí los ojos todo lo que pude. Luego me arrodillé sobre el charco que había dejado sobre la piedra y me persigné.

—Santa Madre de Dios —dije—. Estoy curada.

CAPÍTULO DOS

Después del exorcismo, no tuve desvanecimientos durante seis benditas semanas, el respiro más largo que me han dado nunca. Cuando volvieron, intenté ocultárselo a padre. No soportaba decepcionarle. Al final lo descubrió y decretó que solo buscaríamos la ayuda de hombres y mujeres santos, ya que los efectos del exorcismo habían durado más que cualquier otra cosa que hubiésemos intentado antes. Cuando cumplí los quince años, habíamos visitado cada iglesia y templo a dos días de camino y había desarrollado un profundo escepticismo sobre la durabilidad de estas curas. Los desmayos seguían inmediatamente a algunos de estos peregrinajes, mientras que otros los aplacaban un mes. Madre no me dejaba salir de casa sin ella. Solo podía ver a Matthäus cuando me llevaba a la sastrería.

Aquel verano, padre encontró a una anacoreta a tres días al sur de la ciudad, conocida por obrar milagros. Tras el peregrinaje, pasé muchas semanas sin desmayarme y mi escepticismo comenzó a disminuir. A principios del tercer mes sin desmayos, enloquecía de esperanza. Hasta madre lo creyó. Empezó a hablar del momento en que me casara, tuviera hijos y pudiera visitar a mis propias clientas. Comenzó a mandarme a hacer recados para comprar suministros para los partos y me dejaba ir a disparar con el arco con Matthäus, aunque todavía me advertía que tuviese cuidado de la *kindefresser.*

Aquel mes, Matthäus vino casi cada día después de terminar con sus labores en la sastrería. Nuestra amistad florecía. Mientras practicábamos tiro, hablábamos, cotilleábamos y nos contábamos historias. Me confesó secretos —la obsesión que tenía su padre con los nobles a quienes les confeccionaba la ropa, que tenía pesadillas con las bestias del bosque— con la cabeza gacha de la vergüenza. Yo le confié lo distante que había estado padre antes de que cesaran los desvanecimientos, lo mucho que quería su aprobación.

Una tarde de finales de verano, de camino a la arboleda, me preocupé por la forma en que Matthäus no dejaba de rozarme la mano con la suya. *¿Lo estará haciendo a propósito?*, me pregunté mientras observaba su expresión por el rabillo del ojo. Él silbaba alegremente, ajeno a ello. El deseo de que me tomara la mano era tan fuerte que me costaba respirar.

¿Sabrá cómo me siento?, me preguntaba. Retiré la mano mortificada y decidí parar antes de que se diera cuenta. Sabía cuándo me molestaba algo.

—Haelewise —dijo.

Maldije para mis adentros, segura de que me había leído la mente.

—¿Sí?

Señaló con la cabeza hacia la fuente pública. El hijo del curtidor estaba agazapado delante envuelto con la piel ajada de un animal mientras gruñía y amenazaba a sus hermanas.

—Albrecht y Ursilda —susurró Matthäus—. ¿Te acuerdas de cuando jugábamos nosotros?

Sonreí aliviada.

—Detrás de la sastrería.

—Ursilda es mía. ¡Para siempre! —bramó la niña mayor mientras agarraba a su hermana pequeña.

—¡Ayúdame, padre! —gritó la pequeña—. ¡La bruja me tiene encerrada en una jaula!

Los niños llevaban jugando a ese juego desde que tengo memoria. Supuestamente, cuando tenía unos cinco años, la mujer sabia que vivía en el bosque cerca del castillo del príncipe Albrecht secuestró a la princesa. La historia decía que encerró a Ursilda en la torre, protegida con una neblina que cegaba a los hombres. Para recuperar a su hija, el príncipe Albrecht se puso una piel de lobo mágica para que el hechizo no le afectase. Como lobo, condujo a sus hombres hasta la torre y rescató a su hija.

Cuando nosotros jugábamos, Matthäus siempre hacía del príncipe Albrecht y yo, de la mujer sabia. El gatito que encontramos tras la sastrería desempeñó el papel de princesa. El recuerdo me hizo sonreír.

—Éramos como hermanos —dijo Matthäus con cariño.

Pretendía que la frase sonase amable, sin duda, pero solo enfatizó lo inapropiados que eran mis sentimientos. Mi sonrisa titubeó.

—Rayos —dijo, todavía observando a los niños—. La más pequeña parece aterrada.

Seguí su mirada. Tenía razón. Parecía que la niña pequeña se lo había creído y había entrado en una especie de frenesí.

—Seguramente pidió ser Ursilda.

Cuando pasamos junto a ellos, la pequeña chilló de alegría. Su hermano mayor la alzó en hombros. Rescatada al fin. Matthäus me sonrió con una mirada divertida al compartir la alegría de la niña. *Por el amor de Dios*, pensé, *¿desde cuándo es tan guapo?*

Aumenté el paso para que su mano no corriera peligro de rozar la mía. Matthäus apartó la atención de los niños y se apresuró a ponerse a mi altura. Por una vez, no pareció notar mi postura rígida o mi sonrisa incómoda.

—Me pregunto qué le pasó a Ursilda de verdad —dijo mientras acompasaba sus pasos a los míos—. ¿Alguna vez conseguiste que tu madre te hablara de ello?

Madre había visto a muchas clientas con el paso de los años y se conocía todas las versionas de cada cuento. Cuando le preguntaba por este, el tema la incomodaba.

—Se enfadaba cada vez que lo mencionaba. Solo decía que la historia era mentira.

Matthäus pareció pensativo y se quedó en silencio hasta que llegamos al bosquecillo.

—Padre lleva años intentando vestir al príncipe Albrecht. Dice que es un buen cristiano y que la historia es una patraña, pero yo no querría ser quien le tomara las medidas.

—Ni yo —dije; sentí un arrebato de miedo por su seguridad más fuerte de lo que me gustaría admitir.

Habíamos llegado a la arboleda. Sonreí al ver el pájaro relleno de paja tan familiar sobre el poste y me sacudí el carcaj, aliviada de dedicarme a un pasatiempo que requería mi total concentración. En los instantes en que apuntaba con el arco, mi mente se quedaba en blanco y era una bendición.

El acto de disparar me distraería de mis sentimientos.

Cuanto más intentaba ignorar mis sentimientos por Matthäus, más empeoraban. A finales de aquel mes, el tercero desde que visité a la anacoreta, él era lo primero en lo que pensaba por la mañana y lo último antes de acostarme. Sabía que podía contarle cualquier cosa, que apreciaba nuestra amistad, pero no había ni una sola señal de que correspondiese a mi afecto. Sentía como si mi mente me torturase. Era la hija de un pescador. Matthäus era el hijo de un mercader rico. No había ninguna razón para que el objeto de mi afecto fuese tan inalcanzable.

Tres meses desde el día en que mi padre me llevó a ver a la anacoreta, me despertaba pensando en él y maldecía a todos los dioses del cielo por mi encaprichamiento. De mal humor, me puse las zapatillas que madre me había hecho con restos de hilo. En la habitación delantera, que hacía las veces de taller, los encajes y telas ondeaban en las vigas junto con el perejil, la salvia y las chirivías secas que cultivaba en el jardín. Una ristra de cuentas doradas de vidrio, que mi madre usaba para los ojos de las muñecas, refractaban la luz colgadas de las ranuras de la ventana. Bizqueé y maldije mis ojos sensibles. La luz brillante del sol veteaba el suelo de paja de ese color mantecoso que los curas dicen que debería recordarnos al amor de Dios. *Sí, sí, sí,* pensé con tristeza mientras me tapaba los ojos. *Belleza, belleza y alegría. Lo sabemos.*

Cerré los postigos. La cabaña quedó en penumbras. Los restos de las brasas de la noche anterior relucían en el fuego. Las pisé. Las muñecas me miraban despreocupadamente desde los estantes torcidos en las paredes, unas niñitas extrañas con brazos sin relleno y vestidos a medio acabar, princesas con una expresión ausente con cabello de hilo, un rey y una reina con ropajes abigarrados. En el estante superior estaban las muñecas monstruosas que papá odiaba. Hombres y mujeres salvajes, los llamaba mamá. Este año había cosido muñecas de Lamia y Pelzmärtel, que se vendían bien en invierno. Se dice que, en Navidad, la diablesa se come a los niños que se portan mal y Pelzmärtel se supone que aparece y les pega con palos. Junto a ellas, estaba la muñeca que hizo mamá de mí. Gütel. Había pasado años esperando a que la mujer del vidriero nos diera una cuenta a juego para el ojo que le faltaba. El vestido hecho con retazos estaba bien colocado, el pelo negro atado con lazos, el hilo del ojo todavía estaba suelto. La luz hizo que pareciera que me estaba mirando con su único ojo, triste porque la hubiese dejado en el estante.

—Haelewise —me llamó madre—. ¿Estás despierta?

—Sí. ¿Qué muñecas llevaremos hoy al mercado?

—Las reinas.

El rey Frederick —cuyo gobierno ahora se extendía por todo el Imperio romano— se había vuelto a casar y madre estaba fascinada con la esposa que había escogido. La reina Beatrice se había quedado huérfana muy joven, según me contó, y la había criado su abuela, una hechicera de Francia que le enseñó las costumbres antiguas. Padre resopló cuando oyó la conversación. La semana pasada, la pareja real había visitado al príncipe obispo y madre me había llevado a ver el desfile. Cuando la reina pasó en su carruaje azul claro, madre la saludó con fervor y la reina había sido tan amable de devolverle el saludo. Me quedé impresionada por sus trenzas doradas, que le llegaban hasta los tobillos y relucían tanto como su corona al sol. Durante el desfile, el zapatero dijo que había visto susurrar un encantamiento a un espejo de mano y la historia se extendió como la pólvora.

Al día siguiente, madre había hecho tres muñecas con el aspecto de la nueva reina, con sus largas trenzas amarillas. Las metí en un saco y la seguí fuera.

La calle estaba en penumbras. El cielo estaba oscuro y encapotado. Mi tiempo favorito para el día de mercado, así la vista no me molestaba por el sol. El sonido de nuestros pasos desaparecieron bajo el ruido de la multitud. La vendedora ambulante de flores vendía su mercancía, el mendigo en las escaleras de la catedral buscaba almas caritativas. Lo único que estaba mal aquel día era la dirección poco afortunada del viento, que traía el hedor de la curtiduría. Me aclaré la garganta y decidí sacar a relucir algo que me había estado preocupando.

—¿Te acuerdas de la hechicera que visitamos cuando tenía diez años?

Madre abrió la boca y luego la cerró.

—La resina que intentó vendernos para acelerar el momento de convertirme en mujer. ¿Crees que podríamos volver a por él? Sigo tan plana como la masa de una tarta y no hay señales del periodo.

El fracaso de no haberme desarrollado me rondaba la mente cada vez con más frecuencia a medida que crecía mi afecto incómodo hacia Matthäus. La probabilidad de atraer su interés era ya tan pequeña que quería hacer lo que fuera para mejorar mis posibilidades de estar con él.

Madre negó con la cabeza.

—No podemos volver a verla. Lo sabes. Solo curanderos santificados. Le di mi palabra a tu padre.

El azul claro de su vestido quedó engullido por la multitud mientras se apresuraba hacia la plaza. No me moví, decepcionada por su respuesta y enfadada con mi padre por obligarla. ¿Qué daño podía hacer?

Una lluvia ligera repicó en los escalones de la catedral.

—Son tiempos problemáticos. ¿Qué es un rey sin un heredero? —clamó el mendigo. Recorrió la multitud con la mirada y luego la posó sobre mí—. Me encantaría abandonar esta tierra, como tú.

Intenté controlar mi expresión. Madre me había enseñado a respetar a mis mayores y su comentario no tenía sentido. Aun así, tenía algo que me conmovía. Su rostro amable. Su capa harapienta.

—Que Dios te bendiga —le dije y dejé un *holpfennic* en su taza.

—Ah, no. —Lo recuperó—. Tú lo necesitarás más que yo.

Cuando puso la moneda sobre mi palma, sentí un escalofrío y me pregunté qué sabría él que yo no.

—¡Haelewise!

Apenas distinguía a mi madre, un puntito azul al final de la calle que me llamaba con la mano. Corrí para alcanzarla. Uno de los médicos del príncipe, un monje mayor con una barba perfectamente recortada, salió renqueando del boticario. Me saludó con una inclinación de cabeza mientras se liberaba la túnica con torpeza, que se le había quedado enganchada en un matorral.

En la puerta de al lado, el peletero tenía el ceño fruncido mientras despellejaba al zorro más blanco que hubiera visto nunca fuera de la tienda. Normalmente intentaba evitarlo —tenía mal carácter—, pero la piel de zorro era fina, blanca y suave, del color de la nieve o las estrellas. Cuando me detuve a observar, un cuervo enorme bajó en picado junto a mí hacia la calle. Me miró y los ojos ámbar refulgían. Me estremecí al recordar el pájaro de ojos ámbar que había robado el ojo de Gütel. Un miedo infantil me atenazó el estómago y sentí un escalofrío. El aire se tensó de golpe.

Lo siguiente que supe fue que estaba desmadejada sobre las piedras, devastada al darme cuenta de que la cura de la anacoreta no había funcionado. Alguien me sostenía la cabeza. Cuando al fin abrí los ojos —bizca y con la mirada entornada—, tenía la nariz del curtidor justo en frente.

—¿Dónde está tu padre? —me dijo—. ¡Pensaba que te habías curado!

Me senté. Se había congregado una multitud a nuestro alrededor. Los dos hijos del peletero con granos en la cara me estaban mirando con los ojos entrecerrados. El médico estaba detrás, por fin había desenganchado la túnica del arbusto, congelado en el acto al salir de la tienda. Me embargó la furia cuando lo vi desaparecer entre la multitud. Estaba claro que la salud de una chica de baja cuna como yo no era su problema. Estaba tan enfadada —con él, con que hubiesen vuelto los desmayos— que mascullé un juramento que mi madre solo usaba cuando padre no andaba cerca.

—*Dyēses linekwmy twe* —escupí, aunque no sabía qué significaba.

El curtidor se apartó, afectado, como si lo hubiese maldecido. El silencio cayó sobre la multitud. Me incorporé, temiendo lo que pensaría el pueblo del juramento y el desmayo.

—No la mires a los ojos —siseó el hijo mayor del peletero—. Así es como los demonios pasan de un cuerpo a otro...

Uno de los tenderos se persignó. El gesto se propagó de una persona a la siguiente. La hermana del molinero hizo la señal de protección contra los demonios formando un círculo con el pulgar y el índice. Aquellos que lo vieron retrocedieron, se miraron los unos a los otros, susurrando.

Sentí una presión en el pecho. Algo oscuro y que no tenía sentido se asentó entre la multitud. Una voz en lo más profundo de mi ser me instó a echar a correr.

Entonces vi a madre, que se abría paso a codazos en mi dirección con el rostro contraído de furia.

—¡Dejadla en paz! —gritó. La muchedumbre se quedó paralizada. Le echó tal mirada al hijo mayor del peletero que podría haber cortado la leche—. Por Santa María, estos episodios han sido una carga en mi linaje durante generaciones.

Llegó junto a mí y me puso la mano en el hombro.

—Gracias —le dijo al curtidor con viveza. A los demás los miró a los ojos y, con voz fría, añadió—: Aquí no hay nada que ver.

Fuera lo que fuere lo que se hubiera asentado en la multitud pareció evaporarse. La gente sacudió la cabeza y volvió a sus asuntos.

El curtidor parpadeó y murmuró una bendición. La hermana del molinero se metió corriendo en la tienda del peletero. El peletero fulminó a mi madre con la mirada y siguió a la hermana del molinero al interior. Su hijo mayor cerró la puerta con un golpe tras ellos.

Madre tenía una expresión seria cuando me atrajo a su pecho.

—Ha faltado poco.

La mañana siguiente parecía un día como otro cualquiera. Ningún cuervo iluminado en el alféizar de la ventana. No se había colado dentro ningún murciélago. Si había algo fuera de lo normal, era que la casa parecía más silenciosa que de costumbre. Los únicos sonidos provenían de los cascos de los caballos de afuera sobre las piedras. Por un momento no pensé en el espectáculo que había dado en la plaza el día anterior. Y luego lo hice mientras miraba las hierbas secas que colgaban de las vigas y me maldije a mí misma. Si antes mis sentimientos por Matthäus eran complicados, ahora eran totalmente imposibles. Ya era bastante malo que fuese la hija de un pescador. Su padre nunca dejaría que se casara con la chica que había maldecido al curtidor.

Quería echarme la manta sobre la cabeza y fingir que el día anterior no había ocurrido, volver a dormirme y despertarme de este sueño horrible. Pero eso no iba a pasar, así que me obligué a levantarme. Esperaba encontrar a madre —y el consuelo que me daría— sentada a la mesa mientras le añadía los últimos detalles a una muñeca. Pero la mesa estaba vacía y las velas de junco en la pared junto a ella estaban apagadas. ¿Habría salido madre a vender muñecas para pagar la tarifa de la anacoreta otra vez?

En la ventana, una ristra de cuentas que le había dado la mujer del cristalero refractaban la luz del sol en un arcoíris de colores vivos. *Por Dios*, pensé, y bizqueé por el dolor cuando me dio la luz en los ojos. A veces desearía dormir durante el día, como los búhos.

El saco que solía llevarse madre al mercado estaba colgado junto a la puerta.

—¿Madre? —Aparté un saquito de chirivías en el armario, una ristra de ajo—. ¿Estás en casa?

Los postigos traseros estaban cerrados de forma que no entraba nada de luz del jardín salvo por una rendija entre ellos. Madre estaba dormida; tenía el pelo negro y denso como una nube de tormenta arremolinado alrededor de la cabeza. Había algo en su postura que me preocupó. Era como un montón de palos esparcidos por la cama. Los ángulos estaban mal. Le toqué el tobillo bajo la lana. No respondió. Abrí los postigos. La luz se derramó por la estancia, amarilla y pura, y bañó la cama. Madre movió las extremidades, como si estuviese volviendo en sí, poniéndose bien. Se asomó bajo las mantas, parpadeando. No parecía indispuesta hasta que sonrió. Ahí fue cuando me fijé en el cansancio de sus ojos, que estaban inyectados en sangre. Parecía que no hubiese dormido nada.

—Madre —pregunté—. ¿Qué te pasa?

—¿A qué te refieres? —No parecía su voz. Apenas tenía sonido, como el susurro del viento entre los árboles.

Un sexto sentido, desproporcionado por los detalles que tenía ante mí, me llenó de temor.

—Nunca duermes hasta tan tarde. Pareces medio muerta.

Se aclaró la garganta con nerviosismo, como si su propia voz la hubiese sorprendido.

—Anoche no podía dormir. Fui a dar un paseo.

—¿A dónde fuiste?

—Solo me adentré un poco en el bosque.

Sentí un peso sobre los hombros. Pero se negó a añadir más.

Nunca había visto a madre quedarse dormida de pie. Ni en la mesa, con la aguja en la boca, mientras trabajaba. Primero, se le aflojó la mandíbula y se le suavizó la mirada. Luego se le cayó la muñeca a la que le estaba cosiendo la capa. Cuando se le cayó su preciada —y única— aguja en la paja, la convencí para que volviera a la cama. Era la primera vez que se perdía un día de trabajo. Incluso cuando ella y padre discutían hasta tarde, se levantaba temprano. Por las mañanas, se ponía sus guantes de la suerte y atendía el jardín. Por las tardes, visitaba a las embarazadas que necesitaban su ayuda. Por las noches, cosía muñecas. Nunca había tenido un momento ocioso.

A la semana siguiente, le ardía la frente y dejó de salir. No quedaba nada de la mujer que se levantaba con el sol. Dormía incluso después de que abriese los postigos. Se le agitaban los párpados cuando la luz inundaba la habitación, pero no se despertaba hasta casi el mediodía. Padre intentó ir a la abadía para que mandaran a un médico, pero ignoraron sus peticiones.

A medida que se corrió el rumor de la enfermedad de mamá, sus amigas empezaron a traer comida. La mujer del pescador que vivía al lado nos proporcionó harina para que pudiese hacer pan en las brasas. La madre de Matthäus nos trajo estofado, pero su hijo no la acompañó. Cuando señalé que llevaba una semana sin verlo, Mechtilde se disculpó y me dijo que estaba muy ocupado cosiendo los ropajes para una boda próxima. Me contó la triste noticia de que nuestro amigo, el curtidor, había enfermado por una fiebre mientras recortaba una piel de toro. Su mujer se lo encontró desplomado frente a la fosa de cal murmurando sinsentidos y con el rostro enrojecido.

No pude evitar temer que mi madre también la hubiese contraído.

Aquella tarde llamaron a la puerta. La mujer del molinero estaba de parto. Había venido su sobrino para que madre la ayudara a parir. Cuando fui a la parte trasera para decírselo, abrió los ojos de golpe.

—¿La mujer del molinero? —Le llevó un instante comprenderlo. Tenía una expresión de dolor en el rostro. Vi que estaba pensando y que tenía la piel tirante alrededor de los ojos, que habían adquirido un tono amarillento. Se le quebró la voz cuando dijo—: Dile que estoy enferma.

—¿Qué? —jadeé. Nunca habíamos dejado sola a una clienta durante los dolores. La mujer del molinero estaría bien, podía llamar a otra persona. Pero su madre, la mujer del panadero, conocía a todo el mundo. Si no íbamos, todos sabrían que habíamos abandonado a una clienta en un momento de necesidad. Perderíamos a la mitad de nuestras clientas en un día—. ¡Su madre se lo contará a todos!

Madre suspiró, su voz era tan débil que apenas resultaba audible.

—No puedo ir. No tengo fuerzas.

La miré. Era cierto. Apenas tenía energía para hablar. Tenía que haber algo que pudiera hacer. Había sido su aprendiz durante cinco años y era buena en nuestro trabajo.

—¿Por qué no voy yo sola?

Madre pareció alarmada.

—Haelewise, no. No te querrán.

Sus palabras me dolieron.

—He ido a verla contigo muchas veces. Sé lo de su pierna hinchada y los aceites para el parto que prefiere.

—Sé que puedes hacerlo y lo harías bien. Pero nadie quiere a una matrona sin hijos, y es una idea terrible después de lo que ocurrió en la plaza. Si algo sale mal, la mujer del panadero le contará a todo el mundo que es culpa tuya. Pondrías tu vida en peligro.

Su respuesta me enfadó —sabía que tenía razón—, pero sus palabras me llenaron de odio hacía mí misma. ¿Por qué tuve que decir ese juramento en presencia de tanta gente? Todos pensaban ya que era rara. Se me aceleró la mente. Por la ventana frontal oí el sonido de la gente normal riéndose. Me embargó el resentimiento por no poder hacer ni siquiera esto tan sencillo por ella.

—Está bien —dije con amargura; me sentí derrotada—. Dejaremos que nuestra práctica caiga en la ruina.

—Gracias —jadeó, demasiado enferma como para darse cuenta de mi rencor.

Después de que se le cerraran los ojos, me quedé contemplándola un rato, observando la forma en que los rayos de luna hacían que le reluciera el rostro, su complexión con un tono amarillo enfermizo. Me aterraba su enfermedad. ¿Cómo podía dejar de lado nuestro modo de vida? ¿Qué haríamos cuando se recuperase si nadie quería que asistiéramos a los partos?

Me trencé el pelo tan rápido como pude. Cuando abrí la puerta, el muchacho seguía esperando.

—Hedda está enferma —susurré—. Iré yo en su lugar.

Mientras el chico me conducía hacia la casita señorial del molinero, empecé a oír el rugido de la rueda del molino trabada por la corriente del río. Dudé en la puerta, preocupada por que madre tuviese razón. Durante toda mi vida, me había encantado asistir a los partos. Quedarme despierta toda la noche con la madre expectante. Ayudar a traer una nueva alma al mundo. Cada vez que entraba en la habitación de una mujer, sentía un peso sobrenatural, una posibilidad que atraía el alma de un niño desde otro mundo hasta el nuestro.

Sentí esa posibilidad en el ambiente tan pronto como puse un pie en la casa del molinero. El velo entre este mundo y el siguiente se volvía más fino; el tirón. De repente, me dio miedo enfrentarme a ello yo sola. Durante un parto especialmente difícil el mes anterior, perdimos tanto a la madre como al hijo: la mujer de un pescador y un bebé que nunca llegó a salir del vientre. Le dije a mi madre que había sentido un temblor en el umbral, que ella me había enseñado a reconocer como un alma. Pero la mujer del pescador no parecía tener fuerzas para empujar. Nada de lo que mi madre hizo fue de ayuda. La tercera noche, la mujer empezó a retorcerse con escalofríos. El tirón cambió de dirección de repente y le arrancó el alma del pecho. ¿Y si a la mujer del molinero le ocurría algo parecido? Si ella o el bebé morían, su familia me culparía. Mi madre tenía razón. Era peligroso que estuviera aquí sola.

El chico entró en la habitación de al lado para anunciarme.

—Hedda está enferma —oí que decía—. Haelewise ha venido en su lugar.

Las voces aumentaban y disminuían de volumen en la habitación. La luz de la luna entraba por la ventana e iluminaba los tapices de la pared. El aire estaba impregnado del aroma especiado del caldero que hervía sobre el fuego.

—Vuelve —dijo una voz al final.

Me detuve un momento, reuniendo valor. *Todas las matronas tienen su primer parto*, me dije a mí misma. *Estás preparada.*

Habían colgado una sábana de la puerta que separaba las habitaciones. La aparté a un lado y rocé una docena o más de amuletos hechos de cuerda, nudos complicados de ajo y salvia, talismanes de arcilla con cruces pintadas con tiza para protegerlos de los demonios y la muerte.

Dentro de la habitación oscura, se había congregado media docena de mujeres alrededor de la cama bebiendo un caldo. Habían tapado la ventana con un tapiz para que los espíritus no entraran. Había velas encendidas sobre todas las superficies. La luz se reflejaba en el blanco de los ojos de las mujeres. Ninguna me miró. En la esquina, la hermana del molinero hizo un signo protector contra el demonio. La mujer del molinero alzó la mirada desde la silla de partos. Tenía un crucifijo en una mano; en la otra, un talismán de santa Margarita. Su respiración era entrecortada y estaba reteniendo más líquidos que la última vez que la habíamos visto. Tenía el rostro rosa y brillante; los dedos, hinchados y rollizos, pero todavía le quedaban horas de parto.

—¡Mandadla a casa! —decía la hermana del molinero.

La parturienta suspiró.

—Lleva viniendo con Hedda todo este tiempo. Es buena en su trabajo.

—Nunca ha tenido hijos —dijo su cuñada—. Su habilidad es antinatural.

Los amuletos de cuerda se mecieron cuando salió hecha una furia. La mujer del molinero parecía agotada. En cuanto se fue su hermana, me propuse garantizarle que había tomado la decisión correcta. Si algún día trabajaba como matrona, necesitaba demostrar que valía.

La ayudé a levantarse y a caminar. Le masajeé la pierna hinchada. Entre cada contracción, le froté la espalda con aceite de menta. Los dolores todavía venían con varios minutos de diferencia. Mientras ella caminaba, encendí el fuego para mantener el agua caliente.

Con el paso de las horas, las otras mujeres se acurrucaron en el suelo y se quedaron dormidas. De vez en cuando, se despertaban y nos observaban con ojos cansados. Fingí no darme cuenta de su desconfianza hasta pasada la medianoche, cuando las contracciones de la mujer se detuvieron y todas salvo su madre cotilla, la mujer del panadero, estaban dormidas. Ya me preocupaba que hubieran cesado los dolores. A menudo, cuando eso ocurría, no era una buena señal. Mientras esperaba a que volvieran, contando los minutos, se me erizaron los vellos de la nuca. Por el rabillo del ojo, vi a la mujer del panadero mirándome desde el camastro, como si quisiera decir algo.

Me la imaginé contándole a todo el mundo lo que había ocurrido aquella noche, difundiendo rumores maliciosos sobre mí si algo salía mal. Intenté ignorar que me estaba observando, pero la sensación de sus ojos sobre mí no disminuyó. Después de un rato, no lo pude soportar.

—¿Qué? —susurré tras volverme hacia ella y resignarme a entablar una conversación—. Sea lo que fuere, suéltalo, por favor. Dímelo a la cara.

La mujer retrocedió ante mi atrevimiento.

—Seguro que no es raro que la madre de una clienta haga preguntas. Y seguro que no te importará responder las mías.

—Claro que no —mascullé. Tenía la certeza de que fuera lo que fuere lo que estaba a punto de decir, no sería tan inocente.

Esbozó una sonrisa bonita a la luz de las velas.

—¿Cuántas veces has asistido un parto tú sola?

Le devolví la mirada, desafiante.

—Este es el primero.

Cambió de postura en el camastro de forma que su rostro quedó oculto por la oscuridad.

—¿De verdad sientes la muerte antes de que ocurra? He oído que sí.

Otra vez. Suspiré.

—A veces.

—¿La sientes ahora?

No sabía si lo decía en serio o si intentaba demostrar que era una hereje.

—No siento la muerte exactamente. Solo la tensión en el ambiente, el temblor de las almas. Lo único que siento ahora es la posibilidad, el peso que al final traerá el alma del bebé a este mundo.

—Entonces, ¿no sabes si mi hija vivirá?

—Lo siento. No funciona así.

La mujer del panadero se quedó callada, pero notaba que estaba inquieta desde el camastro. Permaneció ahí tendida durante horas, removiéndose y dando vueltas, esperando a que los dolores de su hija volvieran en su totalidad. Cuando lo hicieron, sentí que la posibilidad del parto se hacía más fuerte, un peso titilante en el ambiente. Las campanadas para los rezos repicaron en la abadía al final de la calle cuando los dolores de la mujer al fin comenzaron a llegar uno detrás de otro. Entonces sentí un estremecimiento sutil en el aire a nuestro alrededor. El alma estaba lista para entrar por la garganta del bebé.

—Es la hora —dije y conduje a la madre primeriza a la silla de partos mientras que su madre le sostenía la mano.

Estaba mortalmente cansada por la dificultad del parto. La transición a la maternidad siempre era más trabajo del que las mujeres pensaban.

—Puedes hacerlo —le dije, deseando que aquello fuera cierto, aunque todavía me preocupaba que algo saliera mal.

—No puedo —respondió la mujer del molinero con debilidad.

—Solo tenemos que sentarte en la silla —dije y la guie hacia ella, aunque la debilidad de su voz me asustó.

Al igual que una madre primeriza había subestimado las dificultades del parto, yo había subestimado la carga de asistir un parto sola. Ahora sentía los ojos de todo el mundo puestos en mí, observándome mientras me veían llevar a cabo lo que había venido a hacer.

La mujer tuvo otra contracción antes de que su madre y yo consiguiéramos sentarla. Me maldije en silencio. El alma estaba esperando. Estaba dejando que el parto se alargase demasiado.

—¿Lo sientes ahora, Haelewise? —suplicó la mujer del panadero—. ¿Va a salir bien?

La desestimé con un gesto.

—Deja que me concentre.

Cuando por fin sentamos a la madre primeriza en la silla, el alma del bebé se sacudía con unos temblores violentos.

Le apreté el hombro a la mujer y le sonreí para alentarla. Se me ocurrió que mi madre siempre pronunciaba una oración antes de decirle a la clienta que empujara. Aunque no tenía ni idea de lo que decía porque lo único que hacía era hacer la señal de la cruz y mover los labios. Me santigüé e hice lo mismo. No tenía ni idea de a quién le estaba rezando. ¿A santa Margarita? ¿A su diosa? ¿A la Virgen María? *Que la transición de esta mujer a la maternidad sea tranquila*, me decidí al final, y recé la oración a quienquiera que estuviera escuchando. *Ayúdame a mantener a esta mujer y a su bebé a salvo.*

Una vez hecho esto, apoyé la mano sobre el vientre de la mujer y esperé a la siguiente contracción. Cuando la sentí tensarse, dije:

—Ahora. Cuando sientas el impulso, ¡empuja!

El sonido que hizo la mujer al pujar fue una mezcla entre un gruñido y un grito. Sus hermanas dieron un respingo en el suelo con la mirada desbocada y se recolocaron las faldas. Se tomaron de la mano murmurando ánimos, recitando oraciones por la salud de la madre y el bebé.

La posibilidad en el ambiente era muy grande. Sentía un peso poderoso que atraía el alma del niño del otro mundo a este. Vibraba de forma incontrolada en el umbral. Me agaché junto a la mujer del molinero para observar el espacio entre las piernas. Después de dos contracciones, le vi la cabeza al niño, brillante por la mucosidad y la sangre. Un hombro emergió tras el tercero. Con el cuarto, la madre emitió un gruñido que me heló la sangre, y el bebé se deslizó entre mis brazos.

Era un niño rollizo, sano, callado y robusto. Le introduje la mano en la boca como me había enseñado mi madre para despejar el camino y que el alma entrase por su garganta. Los brazos me cosquillearon cuando se me puso la piel de gallina al sentirla pasar como una exhalación, muy entusiasmada —una neblina plateada—, por su boca. En cuanto entró en él, el bebé empezó a llorar con tanta fuerza y vigor que me olvidé de todo lo demás.

Y así, sin más, el peso en el ambiente se desmoronó. El velo entre los mundos se cerró. Mecí al niño, lo miré a los ojos azules y sentí que tenía hambre y miedo. Solo pasó un instante antes de que su madre se inclinara para alzarlo, pero bastó para que me enamorara de la necesidad que vi en sus ojos. El acto de sostenerlo en brazos, de responder a esa necesidad, se sentía natural. Era tan pequeño, tan indefenso. Cuando su madre extendió los brazos, no quise dárselo.

Se me pasó un pensamiento repentino por la cabeza. ¿Quién sabía si algún día tendría un hijo propio? Podría ponerle remedio en ese mismo momento, huir con él y criarlo como mío.

Solo dudé un momento, pero la mujer del molinero debió de leer mi expresión.

—¡Dámelo! —exclamó, alarmada.

Su madre entornó la mirada.

—Lo siento —me apresuré a decir y se lo tendí—. Aquí tienes.

Tan pronto como el bebé estuvo en brazos de su madre, la mujer del panadero se volvió hacia mí.

—Muchas gracias, Haelewise —dijo—. Eso es todo. Puedo encargarme de la placenta yo misma.

Antes de saber lo que ocurría, me puso unas monedas en la mano y me acompañó fuera. Cuando la puerta se cerró a mi espalda, me detuve, tratando de asimilar lo rápido que me habían echado. Me indigné por que se hubiesen enfadado tanto por el simple deseo de sostener al bebé solo un ratito más. ¿Qué mujer no lo habría sentido? Era el primer niño que había traído al mundo, pensé con petulancia. Por supuesto que me había dejado llevar por el momento.

Aquella que esté libre de pecado, que tire la primera piedra.

CAPÍTULO TRES

Cuando volvía a casa de la casa del molinero, decidí tomar el camino que pasaba frente a la sastrería. Matthäus le estaba abriendo la puerta a un cliente rico cuando llegué. Pareció que se iba a acercar a hablar conmigo hasta que su padre vio lo que iba a hacer y lo llamó para que entrase. Antes de que Matthäus cerrase la puerta, me miró a los ojos con una expresión de disculpa y articuló un «lo siento».

El encuentro fue tan humillante que intenté apartarlo de mi mente. Cuando llegué a casa, padre no estaba por ningún lado. Me pasé los siguientes días cocinando, limpiando e intentando que mi madre recobrase la salud. No podía dejar de pensar en el momento en que tuve al hijo del molinero en brazos, la necesidad que sentí de llevármelo. Antes simplemente había asumido que sería madre porque era lo que se esperaba de mí. Ahora era algo que anhelaba.

Cada mañana, comprobaba si el bote de mi padre estaba en el muelle detrás de nuestra cabaña, pero no volvió hasta pasados cuatro días. Cuando lo hizo, tenía la ropa sucia y el rostro cubierto de unas cicatrices inexplicables, pero también buenas noticias. El obispo por fin le había concedido la petición de enviar a un médico para curar la enfermedad de mi madre.

A quien envió fue al mismo monje que me había dejado a mi suerte en la plaza. Cuando abrí la puerta y vi su túnica elegante, su mirada fría y la barba perfecta, mi rabia se reavivó.

—Bueno, mira a quién ha enviado el obispo. —No me molesté en esconder mi resentimiento—. Gracias por tener la humildad de venir a visitarnos.

Él se tensó y entornó la mirada ante el sol tardío de la mañana.

—Voy adonde me dicen que vaya. Alguien le escribió al obispo en beneficio de tu madre.

De alguna forma, mi padre debía de haber encontrado a alguien que le escribiese durante los cuatro días que estuvo fuera.

Me llevó un momento controlar el enfado y conducir al médico a la habitación de atrás. Tan pronto como vio a mi madre dormida en el catre, me tendió un vial.

—Llénalo con agua de la fuente pública —me dijo, asumiendo que haría lo que me pidiera.

—Acabamos de llenar la jarra en el pozo —dije, indecisa de dejarla sola con él—. Lo llenaré con esa.

Él negó con la cabeza.

—El agua tiene que ser de la fuente.

—Por el amor de Dios —mascullé—. El agua del pozo está limpia.

En la cama, mi madre abrió los ojos.

—Haelewise —susurró—, vigila esos modales.

El médico la miró a los ojos y luego a mí, y se resignó a darme una explicación.

—Todo lo que hago es con la bendición de Dios. El pozo está estancado y tiene tres metros y medio de profundidad. Solo la fuente del agua está lo bastante limpia como para bendecirla.

—Está bien —accedí, enfadada. Recogí el vial y me marché echa una furia a la fuente, aunque sospechaba que el agua del pozo estaba más limpia. El Señor sabía que su sabor era mejor.

A la vuelta, el médico estaba sentado en el catre junto a mi madre mientras miraba una tabla con unos símbolos indescifrables.

—La luna está en Libra —murmuró y sacó una lanceta de la bolsa. Con un movimiento de muñeca, le hizo un corte en el antebrazo.

Era extraño que a mi madre le pareciese bien.

El médico miró con aire pensativo las gotas de sangre sobre la hoja.

—Dame el vial —me pidió con la mano extendida.

Prácticamente se lo lancé.

Ignoró mi enfado, dijo una oración rápida sobre el vial en el idioma de los curas y luego mezcló unas cuantas gotas de agua con la sangre de la lanceta.

—Estás inactiva —dijo un momento después y miró a mi madre—. Demasiado flemática. Necesitas comida sazonada con mejorana, más baños y ejercicio.

Madre le dedicó una sonrisa tensa.

—Si tú lo dices.

Sabía que solo estaba siendo educada.

—Antes de que enfermaras, ¿notaste algún mal olor en la casa?

Madre negó con la cabeza con una sonrisa falsa.

El médico le envolvió el brazo con los dedos, presionando la cara interna de la muñeca. Reprimí el impulso de apartarle la mano de un guantazo.

—¿Tienes pecados que expiar?

Madre negó con la cabeza.

—No es una enfermedad espiritual, hermano.

Mis pensamientos se debatían entre dos extremos. Desconfiaba del médico, pero temía por la salud de mi madre.

—Dile dónde fuiste la noche que enfermaste.

—¿Cuántas veces tengo que decirte que solo fui a dar un paseo? —espetó.

Hubo algo en sus ojos que me dijo que guardara silencio. Era la misma mirada que me dirigía cuando era pequeña, cuando me anudaba el cordel en la muñeca para mantenerme a su lado cuando íbamos al mercado.

El médico la miró detenidamente.

—¿Dónde fuiste?

—Solo me adentré un poco en el bosque.

Él arqueó una ceja.

—¿Atravesaste la puerta norte? ¿Por la noche?

Madre asintió y cerró los ojos.

—El bosque se impregna de vapores venenosos por la noche —presionó el monje—. La neblina trae enfermedades.

—La neblina no hace tal cosa —soltó madre perdiendo los estribos—. Es totalmente benigna. La materia de la que están hechas las almas...

El médico pareció sorprendido.

—¿Acaso estás delirando? La neblina viene de la inmundicia de la tierra del bosque. Podredumbre y excrementos, bichos que se arrastran y hojas muertas. El curtidor fue a cazar al bosque la noche antes de que enfermara. Aquella noche, la neblina era mala. No sé si lo has oído, pero murió ayer.

La aflicción nubló el rostro de mi madre. Notaba el escozor de las lágrimas en los ojos. Por un momento, el médico pareció satisfecho por haber dejado claro su argumento. Luego recordó hacer una inclinación de cabeza.

—Que Dios se apiade de su alma.

Esperó el tiempo suficiente para ser respetuoso y luego volvió a sermonearnos sobre la neblina. La llamaba «miasma»: una esencia maligna de muerte y enfermedad que manaba del suelo.

—Te ha impregnado la sangre —dijo—. Habrá que realizar una sangría.

Madre lo atravesó con la mirada, como hacía con padre cuando decía una ridiculez, pero extendió el brazo.

—Escucha lo que te digo —me conminó—. Lo hago por la promesa que le hice a tu padre. La neblina no tiene nada que ver con mi enfermedad.

El médico negó con la cabeza con las cejas arqueadas y luego me dijo que encendiera las luces de junco y las antorchas. Cuando volví, había sacado las sanguijuelas, unos gusanos negros y planos horrorosos, de un bote. Le llevó dos horas colocarlos sobre la piel de mi madre y una hora más hasta que ella palideció. Entonces se quedó inmóvil, con la frente perlada de sudor, mientras las sanguijuelas hacían su trabajo. Contemplé su pecho subir y bajar, impaciente por ver alguna señal de mejora, pero no la hubo. Su complexión tan solo se volvió más pálida, lo cual resaltó la cicatriz rosa descolorida de su mejilla. El médico la tocó.

—¿Cómo se la hizo?

—Cazando en el bosque. Antes de que construyeran el muro. Al menos, eso es lo que ella dice. Que yo recuerde, la tiene desde siempre.

Él asintió en silencio, pensativo.

—Tu madre es terca.

Tuve que reírme. La habitación se sumió en el silencio.

—¿Vivirá?

El médico miró el tarro con las sanguijuelas. Algo se movía en el fondo, una masa pequeña y negra de gusanos.

—Si el Señor quiere.

Frunció el ceño mientras retiraba las sanguijuelas de su piel; las gotas de sangre resplandecían como joyas. Cuando terminó, me dijo que algunos pacientes dormían un tiempo después de una sangría y que tenía que asegurarme de que no se le secase la garganta. Me enseñó cómo sostenerle la mandíbula para abrirle los labios. Me dio un vial lleno de un brebaje rojo y espeso y dijo que eso la calmaría.

—No más de tres tragos al día —me dijo—. Es fuerte.

Asentí, algo más amable con él.

Sacó un incensario de la bolsa cubierto de filigranas diminutas y una cruz tras otra. Me lo tendió. Dentro había un montón de bloquecitos de incienso que desprendían un aroma dulce.

—Préndelos —dijo—. Están bendecidos por el obispo.

Así el incensario y pensé que sabría que mi madre estaría escéptica.

—Hipócrates pensaba que los desvanecimientos ocurrían según la fase de la luna. ¿A ti te pasa en algún momento particular del mes?

Asentí, confusa por el cambio de tema.

—Más o menos cerca de la luna nueva.

—Mira aquí. —Me separó los párpados y luego me acercó una vela al rostro. Una pequeña bola de luz explotó en mi campo de visión—. Tus pupilas no responden para nada a la luz. Por eso tienes los ojos tan oscuros.

Un dolor me atravesó las sienes.

—¿Te ha llevado tu padre alguna vez a que te exorcizaran?

—No funcionó.

El médico se aclaró la garganta y se levantó.

—Deja que te dé un consejo. Si tu madre sobrevive, mantenla alejada del bosque. Y tú, quédate en casa tanto como puedas. Hace poco han ahogado a una joven que sufría ataques en el pueblo de al lado. Muchos te culpan de la fiebre.

Madre se sumió en un sueño profundo y no se despertaba. Encendí el incienso y abrí los postigos, pero no sirvió de nada. La contemplé de espaldas a la luz, observando su expresión relajada, la flacidez de su pelo negro. *Está muy quieta,* pensaba una y otra vez. Le llevé agua. Ella dormía y dormía. Padre llegó a casa más tarde. Le olía el aliento a alcohol y ni siquiera me miró mientras comimos. Tampoco es que aquello fuera raro. Bebía a menudo y habíamos hablado poco desde que me desmayé en la plaza.

Cuando él se marchó a la mañana siguiente, ella aún no se había movido. Su pecho subía y bajaba bajo la manta, pero no hacía nada más. Me pasaba el día entero de pie en la esquina de su habitación mientras la miraba respirar. Los signos de su enfermedad eran similares a los de la fiebre mortífera que pululaba por ahí. Tenía miedo de que el médico tuviese razón, que de alguna forma la hubiese contraído en el bosque.

Aquella noche padre regresó de nuevo tarde a casa con paso inestable, como si se hubiese pasado el día en la taberna. No bendijo la mesa cuando nos sentamos a cenar. No hizo un corte en forma de cruz en el pan. Hasta olvidó lavarse las manos con el agua de la jarra. Mientras compartíamos el pastel de huevo y pescado que había preparado, se quejó de que el médico solo había empeorado las cosas.

—¿Y cómo convenciste al obispo de que lo enviase? —Padre desvió la mirada hacia mí—. El médico dijo que alguien le había mandado una carta.

—Lo único que hice fue hacer llegar una petición.

Lo miré a los ojos.

—Eso fue hace semanas. Accedió a venir después de que te marcharas cuatro días. ¿A dónde fuiste?

La lluvia golpeaba el tejado. Él se sacó una espina de entre los dientes.

—Es culpa tuya que tu madre esté enferma —dijo por toda repuesta.

Las palabras se me clavaron como un cuchillo en el pecho. Apenas podía respirar y me lo quedé mirando fijamente al otro lado de la mesa. Me hormigueaba la piel. Tomó otro sorbo de la jarra. Un trocito de chirivía se le cayó de la barba. Cerré los ojos y tragué.

—¿Cómo puedes decir eso?

Me atravesó con la mirada durante un instante y luego se encogió de hombros. Tenía los ojos muy abiertos y lo que le quedaba de cabello rubio, desaliñado.

—Porque es cierto.

Sentí un nudo en la garganta por la culpa. Corrí a mi cuarto en la alacena, me eché la manta de lana sobre la cabeza. Las lágrimas me salpicaban las mejillas cuando lo oí salir de casa.

Aquella noche, no dejé de dar vueltas, vigilando a mi madre cada hora hasta que mi padre regresó a casa oliendo a alcohol. La paja me picaba en la espalda. Fuera, los perros aullaban. Cerré los ojos con fuerza; tal era el dolor que me inundaba el pecho que ningún médico podría curarlo.

Me desperté antes del amanecer. Madre seguía dormida, inmóvil, así que salí al jardín y terminé de recolectar los puerros. Hacía mucho tiempo que no iba sola al jardín. Una de las patas del banco de madera que había construido mi padre cuando lo cercamos se había soltado, así que el asiento se tambaleaba. El sol apenas estaba asomando y como el muro era alto, la mayor parte del jardín estaba en penumbras. Cuando me arrodillé a la sombra junto a los puerros, un tordo bajó del árbol tras el muro desmoronado para comerse un gusano. Cuando volvió a subir de un salto al muro con un dulce gorjeo, envidié su alegría.

La tierra se derramó por la hierba cuando sacudí los puerros. Las gallinas, al oírme trabajar, cacarearon y salieron del gallinero. Me picotearon las faldas. El gallo no estaba por ningún lado. Me di cuenta de que, desde que madre había enfermado, nadie le había dado las sobras para comer, así que probablemente estaría deambulando por la calle buscando comida.

Me decidí a alimentarlos pronto y me pregunté por qué mi padre me culpaba por la enfermedad de mi madre. ¿Pensaría, como la gente del pueblo, que yo causaba las fiebre? ¿También creería que era yo quien había maldecido al curtidor? Aquella idea me hizo enfadar. Le tenía cariño al curtidor. Era amable y amigo de mi madre. Un oscuro impulso me hizo desear que fuese lo que todos pensaban que era. Se lo tendrían bien merecido si marchaba hacia la puerta de la ciudad durante el crepúsculo con los brazos extendidos y bajo la luna llena para llamar a la neblina y que cayera sobre todos ellos.

Luego me recompuse y sentí el corazón atenazado por la culpa. Murmuré una oración breve a modo de disculpa. Cuando terminé, no podía dejar de mirar las tres cruces de guijarros junto al huerto que señalaban las tumbas de mis tres hermanos mayores, que habían nacido muertos. A menudo madre les cantaba mientras trabajaba en el jardín, una nana que me dijo que le había enseñado su madre. La imaginé plantando una semilla con sus guantes de la suerte llenos de agujeros.

Mientras apilaba los puerros en la falda, su canción me acechaba:

Duerme hasta el alba, mi pequeña,
Hausos te dará miel y huevos dulces.
Hera te traerá flores azules y rojas.

Me canté la canción mientras sujetaba la falda y se me quebró la voz por la pena. Lo único que quería era que madre se recuperase.

Me llegó un sonido desde la parte de atrás de la casa, tan débil que podría haber sido el viento. Era la voz de madre.

—*¿Haelewise?*

Me dirigí de inmediato a la puerta trasera, los puerros rodaron por el suelo de la habitación y yo tenía las manos y las rodillas llenas de tierra. Madre se había incorporado sobre la almohada. La luz del sol le bañaba los brazos.

—¿Cuánto tiempo he estado inconsciente?

—Dos días —dije y me apresuré a abrazarla. Las lágrimas me inundaban los ojos—. Me preocupaba que no despertaras.

Intentó tragar. *Agua,* articuló.

Corrí hacia el pozo y saqué un cubo. Buena parte del líquido que le di se le derramó por la barbilla.

Se bebió tres tazas antes de hablar.

—Creo que ni siquiera he soñado.

—Necesito preguntarte algo que dijo padre.

Entornó la mirada.

—¿El qué?

—Dice que enfermaste por mi culpa.

—No, no, no. ¡Te aseguro que no!

—Ya lo temía antes de que él lo dijera. Si no es cierto, entonces dime dónde fuiste la noche antes de que enfermaras.

Alargó el brazo para apretarme la mano en un intento por tranquilizarme. Ninguna de las dos habló.

—Tu padre es como el médico, hacen preguntas sobre vapores venenosos y pecados, buscan algo a lo que culpar. La enfermedad no es obra tuya. Es la misma que se llevó a tu abuela.

Tenía unos recuerdos vagos de una mujer mayor, una señora delgada con delantal, un pecho abundante y la cabeza cubierta de pelo negro. Hacía ya tanto tiempo que ni siquiera veía su rostro. Lo único que recuerdo es que era amable y que su casa estaba llena de pastos y manzanas. Parpadeé para alejar el recuerdo y traté de pensar.

—Entonces, ¿por qué me culpa padre?

Madre suspiró y los ojos le brillaron con tristeza. Luego dio unas palmaditas en el lecho junto a ella.

—Es una historia larga. Siéntate.

Me senté con las piernas cruzadas en la cama, como había hecho tantas otras veces cuando era pequeña. Ella me dio la mano y la apretó; me miró a los ojos como si lo que estuviera a punto de contarme fuese importante. Su mirada seguía siendo afligida.

—Tu padre... —comenzó, luego se detuvo, como si estuviese meditando las palabras—. Tu padre lleva mucho tiempo enfadado conmigo. ¿Qué has oído decir de la mujer sabia que vive en la torre del bosque?

Le devolví la mirada, confundida.

—¿Qué tiene que ver ella con esto?

—Dame un momento. Dime lo que sabes.

Lo pensé.

—Algunos dicen que es una anciana jorobada y horrenda; otros dicen que es una ogra. Cuentan que vive en una torre cerca del castillo del príncipe Albrecht, en lo más profundo del bosque. Dicen que ningún hombre puede ver lo que hay dentro del círculo de piedras que rodea la torre, que en cuanto uno entra, su visión se nubla. Dicen que conoce las costumbres antiguas, cómo hacer un filtro que hacer tanto que un vientre se abulte como que deje de crecer. Cuentan muchas cosas, madre. No hay nada como una mujer que vive sola para hacer que se extiendan las historias. Supuestamente secuestró a la princesa Ursilda y su madre tuvo que vestirse con una piel de lobo para rescatarla. —Alcé la mirada—. Pero me dijiste que esa historia era falsa.

Mi madre apretó los labios con fuerza y su rostro adquirió la expresión tensa que hacía cuando le preguntaba por ella, aunque esta vez supe que iba a apartar aquello que la hacía guardar silencio. Cuando habló, su tono era diferente del que utilizaba cuando me contaba una historia. No con esa voz traviesa con la que narraba los cuentos, sino con una que era clara y objetiva.

—Lo de la mujer sabia que conoce las antiguas costumbres es cierto. Y Albrecht de verdad se puso una piel de lobo…, ahora la tiene su hijo Ulrico, aunque se muestra como un buen cristiano en la corte. Sin embargo, no hubo «rescate». La madre de Ursilda la envió a la torre para que aprendiera las antiguas costumbres.

Estudié el rostro de mi madre.

—¿Cómo sabes todo esto?

—Me lo contó la mujer sabia.

—¿Cuándo? ¿Para qué fuiste a verla?

Mi madre tomó aire y se negó a mirarme a los ojos. Me dio la impresión de que estaba intentando decidir cuánto contarme. Cuando habló al fin, tenía la voz turbada.

—No le digas a tu padre que te he contado esto, pero casi morí al dar a luz al tercero de tus hermanos que nacieron muertos. Después de aquello, tu padre me repudió. Acudí a la mujer sabia para pedirle algo que dejase a un hombre dormido e hiciera que un bebé vivo resultara de lo que hiciera a continuación.

Que admitiera aquello me horrorizó.

—¿Así fue como nací?

Ella asintió despacio.

—La mujer sabia me dijo que la vida solo podía forjarse con otra vida, que tendría un coste. Entonces, sentí los estragos en mi cuerpo, pero…

—¿Por eso me culpa padre?

Madre asintió de nuevo.

—Cuando mi vientre se hinchó, le conté lo que había hecho, pero él no me creyó.

Fuera, los niños jugaban cerca de los muelles. Los gritos emocionados resonaban por la calle.

—Tengo sed —me dijo.

La dejé para ir a por otro cubo de agua al pozo. Cuando volví, estaba tendida muy quieta, con los nudillos blancos y la mirada enloquecida. Me temblaban las manos cuando sostuve la taza contra sus labios. Un reguero de agua le cayó por la barbilla.

Cuando padre volvió a casa tarde aquella noche, estaba acurrucada con madre en su catre.

—No puede moverse —le dije. No pude evitar que la voz no sonara cargada de pánico.

Él se encogió de hombros desestimando mis preocupaciones y me mandó a la cama.

Me quedé en la cama en la despensa toda la noche, desvelada; el sueño me esquivó hasta antes del amanecer. Cuando me levanté, la luz del día entraba a raudales por los postigos y oí a mis padres hablar en voz baja de fondo. Pegué la oreja a la pared y escuché.

—He hecho lo que he podido —decía madre—. No hay vuelta atrás.

—Sin consultármelo, como de costumbre. Haces lo que te venga en gana por diabólico que sea...

—Quiero que me enterréis en el jardín —dijo mamá.

Sus palabras fueron como un bofetón. Parpadeé con los ojos llenos de lágrimas. Padre maldijo y golpeó algo —la mano, quizá— contra la pared. Lo único que escuché fue el golpe. Luego oí unos pasos acercándose a la despensa. Salió hecho una furia. Me entró el pánico y me encogí en una esquina. Si me descubría espiando, me pegaría, pero no tuve tiempo de acostarme y fingir que estaba dormida. Apreté el estómago y me apreté contra la pared. *No me verá,* me dije a mí misma. *No me verá, no me...*

Las paredes de la despensa temblaron cuando pasó junto a ellas a oscuras, a centímetros de distancia. En la sala principal, le oí agarrar el abrigo que se ponía para navegar. La puerta se cerró de un golpe y respiré hondo mientras el miedo se apaciguaba. Cuando estuve segura de que se había marchado, corrí hacia la parte de atrás. Madre parecía sobresaltada.

—¿Estás despierta?

—¿Qué has hecho? —pregunté y se me quebró la voz—. ¿Por qué estabas hablando de dónde quieres que te enterremos?

—Haelewise —dijo mi madre con el rostro contraído—. Ven aquí.

Me senté a su lado. Ella me obligó a mirarla.

—Era solo una precaución —añadió—. En caso de que ocurra algo.

Me mordí el labio, abatida. Sabía que estaba mintiendo.

El alba jugaba con la luz y proyectaba formas extrañas sobre la cama. La piel de madre relucía, pálida y fina, muy estirada sobre los huesos. Parecía una anciana, como si tuviera el doble de edad, y el pelo negro sobre la almohada estaba salpicado de blanco.

—¿Te he contado alguna vez cómo nos conocimos tu padre y yo?

Negué con la cabeza, me costaba centrarme en sus palabras.

—¿Qué importa? Acabas de decirme que te estás muriendo.

Madre suspiró. Tenía la voz débil.

—Tu padre solía vender marisco en el mercado. Llevé el carromato allí para comprar harina y otros suministros, aceites raros y especias. Por aquel entonces, era apuesto. De hombros anchos y cintura estrecha, ojos melancólicos y un pelo rubio precioso. —Cerró los ojos y sonrió un tanto, como si estuviese imaginando la versión joven de mi padre. Ahora empezaba a quedarse calvo y tenía más barriga—. No sabía, cuando los seguí hasta el bosquecillo de tilos aquel día, lo maravilloso que sería besarle. Ni tampoco sabía todo lo que ocurriría después de que ese beso me arruinase la vida. Cuando noté que estaba embarazada, mi madre quería que me tomase una poción, pero en vez de eso me casé con él. —Le tembló la voz—. Al final, tu hermano nació muerto.

Me obligué a respirar, intentando buscarle un sentido a su historia. ¿Por qué me contaba esto ahora?

Cuando volvió a hablar, su voz sonaba tan baja que apenas podía distinguir las palabras.

—He renunciado a muchas cosas por tu padre. Aquellos primeros meses tuvimos unas discusiones acaloradas. Él quería que me bautizara. —Su voz estaba teñida de arrepentimiento—. Tu padre ganó la discusión.

Me dio pena.

—Pero aun así quemas ofrendas. Visitas a curanderas. Eres matrona.

Me miró a los ojos.

—No es suficiente.

No le pregunté: *¿suficiente para qué?* Recordé la noche de hacía un mes, cuando volvíamos a casa del parto en el que tanto la mujer del pescador como su hijo nonato habían muerto. Las lágrimas caían a raudales por el rostro de mi madre y su voz se había llenado de pena. Me confesó que había cosas que podría haber hecho para salvarlos si no tuviera que preocuparse por que la considerasen una hereje.

Su voz interrumpió mis pensamientos.

—¿Cómo es Matthäus?

La pregunta me tomó desprevenida.

—¿Por qué?

—Solo dímelo.

Suspiré. Era difícil pensar en algo que no fuese el hecho de que mi madre estaba planeando su entierro. La conmoción me atormentaba. Y pensar en Matthäus me entristecía. Desde que lo vi fuera de la sastrería, no había llamado a nuestra puerta ni una sola vez. Sospechaba que su padre le había prohibido verme.

—Amable —dije al final—. Sincero.

Madre asintió.

—Eso me pareció. Bien. ¿Qué sientes por él?

Su pregunta conjuró un nudo en mi garganta.

—No quiero hablar del tema.

Ella estudió mi rostro con cautela, meditando sobre lo que acababa de decir.

—Su madre se pasó por aquí antes de que despertaras. Pronto dejará de ser aprendiz. Mechtilde dice que quiere pedir tu mano.

Sus palabras me dejaron sin aliento. La conmoción se podía palpar y casi era tan grande que no podía soportarlo. Debí de quedarme tan blanca como un fantasma.

—¿Estás bien, Haelewise?

—¿Que quiere qué? —dije finalmente al darme cuenta de que había dejado de respirar. Cerré los ojos y me obligué a respirar hondo—. ¿Acabas de decir que Matthäus quiere casarse conmigo?

Ella asintió de modo alentador con una expresión encantada en el rostro.

—Te gusta.

—Dios bendito, sí. No puedo dejar de pensar en él. Pero su familia es muy rica. Estoy muy segura de que después de lo que ocurrió en la plaza, su padre le prohibió verme. —Se me quebró la voz—. Soy casi tan fértil como la tierra bajo el barril del curtidor. Incluso mi alma desprecia mi cuerpo, madre. Me atrevería a pensar que no le interesaría a nadie.

—Ay, Haelewise... —Me asió la mano y me acercó—. Eres hermosa. Mechtilde dice que está enamorado de ti. Está intentando convencer a su marido para que permita que os caséis por amor.

—Nunca accederá. Ahora no.

—Hay una cura para tus desmayos, Haelewise. Tu abuela... —Su voz se fue apagando. Parecía pensativa, casi meditando. Al fin, asintió. Había decidido algo—. Tráeme un poco de agua.

Cuando volví del pozo, dio unas palmaditas sobre el lecho. Le llevé el agua y me senté a su lado. La cama estaba caliente y la manta me picaba bajo las piernas. Me atrajo hacia sí en un abrazo y apoyó la barbilla en mi cabeza.

—¿Te he contado alguna vez la historia de la manzana dorada?

Negué con la cabeza.

Madre respiró hondo.

—En las historias antiguas había una madre cuya hija sufría de fiebres. La niña ardía tanto que la madre casi muere mientras estaba en su vientre. Ardía tanto que, en el parto, casi nació muerta. Pero su madre la sostuvo contra su pecho de todas formas para amamantarla. La madre lloró de alegría cuando la pequeña comenzó a succionar.

En ese punto, mi madre hizo una pausa para tomar aire con profundidad. Dejé que mi cabeza descansase sobre su hombro. Cerré los ojos, me notaba soñolienta y reconfortada; era la forma en la que me sostenía en brazos cuando era pequeña. Me envolvió con los brazos para acercarme más. Mientras esperaba a que continuase, aspiré el débil aroma a anís y escuché el latido de su corazón.

—A medida que la niña crecía —continuó finalmente—, su madre buscó una cura para sus fiebres por todas partes. Le preguntaron a cada alquimista, hechicera y médico. Trajeron al ermitaño que vivía en la casucha junto al mar. Al cura. Al obispo. Nada funcionaba.

Hizo otra pausa, solo un momento, para recuperar el aliento. No pude evitar preguntarme si se la estaría inventando. Se parecía demasiado a sus esfuerzos de curar mis desvanecimientos.

Fuera, un vendedor ambulante pregonaba a gritos su mercancía. De repente, la habitación parecía muy fría. Me tapé las piernas con la manta.

—Al final —continuó mi madre al cabo—, no fue una curandera quien sanó a la niña. Fue ella misma la que encontró el remedio en una planta que crecía a las puertas de su casa. Esta planta daba unas manzanas doradas diminutas que se consumían a medida que se acercaba el invierno y llenaba el aire de un aroma celestial. El día que la niña se comió una, sus fiebres cesaron de una vez por todas.

Cuando pronunció estas últimas palabras, alzó la voz, despacio y con firmeza, como un caballo de carga ascendiendo por un camino rocoso. Después tragó, como si tuviese la garganta seca. Le tendí la taza con agua.

—¿Dices que hemos estado buscando la cura en los lugares equivocados?

Ella negó con la cabeza y bebió.

—¿Crees que la cura ha estado aquí todo el tiempo?

—Solo digo que, a veces, el remedio crece junto a tus puertas, si lo buscas.

—¿Qué?

Dejó la taza.

—Tráeme el tarro de anís. Hay algo que quiero darte.

Madre lo guardaba en la alacena para hacer los pasteles de semillas que se comía después de cenar. El anís repiqueteó cuando le llevé el tarro. Ella quitó la tapa e introdujo la mano entre las semillas. Su aroma impregnó el aire cuando sacó algo, una llave antigua, y luego negó con la cabeza; no era lo que estaba buscando.

—Sujétala —me dijo. Volvió a rebuscar dentro del tarro y luego sacudió las semillas de una figurita de piedra negra y diminuta.

—Toma. —Me la tendió—. Pertenecía a tu abuela.

La examiné. Habían tallado la piedra negra con la forma de una mujer que sostenía a un bebé en brazos, pero nadie la confundiría con la Santa Madre. Era una mujer pájaro, desnuda, con pechos abundantes y caderas anchas. Su rostro tenía una forma extraña, grotesca, con protuberancias a ambos lados y ojos separados. Tenía alas y un pico.

—¿Qué es?

—Un amuleto de buena suerte. Guárdalo en un lugar seguro. La llave también. No sé para qué es, pero puede que la necesites. No dejes que tu padre, o nadie para el caso, encuentre el amuleto. Se lo contarán al padre Emich y él te llamará «hereje».

Desde pequeña, madre me había inculcado la necesidad de mantener su fe en secreto. No le había hablado a Matthäus de las ofrendas que quemaba, las maldiciones que murmuraba, los encantamientos para alejar la mala suerte. Tenía miedo de contarme demasiado porque no quería ponerme en peligro. Cuando era muy pequeña, habían lapidado en la calle a una francesa que predicaba el evangelio de María Magdalena. La fe de madre era mucho más profana.

Miré la figurita más de cerca; le habían dado forma con cuidado a la piedra negra y suave. Casi se sentía resbaladiza. Tenía garras como las de un águila a modo de pies y tres dedos en las manos, sin pulgar. Era extraño, pero se sentía cálida al tacto. Miré a mi madre a los ojos, sobrecogida.

—Solías decir que tu diosa habita en las cosas, en los poderes ocultos de las raíces y las hijas…

—Haelewise. Hoy he roto de una docena de formas distintas la promesa que le hice a tu padre. Por favor, no me pidas que lo haga de nuevo.

Suspiré y cerré la boca.

—Todo el mundo habla del placer del acto —dijo de repente, como si estuviera enfrascada en otro pensamiento—. Y es cierto. Sí. Pero lo mejor son los niños que resultan de él. —Me puso la mano en la barbilla para que mi rostro quedase frente al suyo.

Asentí con un nudo cada vez más fuerte en la garganta.

—Me has dado muchísima alegría, ¿lo sabías?

CAPÍTULO CUATRO

Guardé la llave y la figurita de la madre pájaro en el saquito que llevaba en mi morral, donde padre no los encontraría, y cada noche, cuando me metía en la cama, examinaba el amuleto. A veces acariciaba sus curvas, la piedra negra cálida bajo mis dedos, y el aire parecía más cargado que antes. Era fascinante observarla, horrenda y hermosa al mismo tiempo. Cautivadora. Era un indicio del mundo más allá de los muros del obispo, donde puede que se aceptaran las creencias de madre, donde puede que mis desvanecimientos no se considerasen una prueba de que estaba poseída.

Le acariciaba la silueta cada noche y susurraba oraciones para que mi madre se curase. Tampoco era que los rezos hicieran mucho. Algunas noches, tendida en la alacena, confieso que mi fe flaqueaba. Me preguntaba si los dioses de mi padre y de mi madre eran como la *kindefresser,* cuentos que contaba la gente para influenciar a otras personas. Pero cada vez que me atenazaba la duda, recordaba el velo que sentía entre los mundos, las almas que notaba entrar y salir de los cuerpos. Había un mundo oculto que titilaba detrás del que conocíamos. Lo había sentido. Envolvía a la mujer pájaro entre los dedos y sentía su poder.

Pasaron las semanas y Matthäus no llamó a mi puerta. Por supuesto, no me propuso matrimonio. Empecé a sentirme como una idiota por haberme creído el cotilleo de mi madre. Seguramente solo intentaba hacerme sentir mejor.

Debió de extenderse el rumor de que yo había asistido en el nacimiento del hijo del molinero en lugar de mi madre. Nadie vino a buscarla para un parto. A medida que el otoño se iba volviendo más frío, ella dormía cada vez más. De vez en cuando, perdía la capacidad de mover las extremidades. Cuando estaba despierta, su voz recorría la casa como un suspiro, una brisa suave. Perdía el hilo al hablar y miraba confusa.

De padre no oía más que el ruido sordo de las botas contra el suelo. Esperé más, cada día, a oír el tintineo del *holpfennige* en el tarro. No me decía ni una palabra cuando llegaba, aunque siempre traía comida a la mesa cuando lo hacía. Pescado blanco fresco que cocinaba al fuego y comíamos a puñados, media cuña de queso duro.

Las verduras del otoño maduraron. Coseché zanahorias y repollos, puerros y cebollas, y los sumergí en salmuera. Puse derechos los guijarros de las tumbas de mis hermanos cuando los animales los movían.

Una tarde de octubre llamaron a la puerta. Madre estaba durmiendo, como de costumbre. Ni se inmutó. Cuando vi a Matthäus en el umbral, se me aceleró el corazón. No lo había visto desde que mi madre me revelara sus intenciones. Me sorprendí preguntándome si habría venido a proponerme matrimonio, pero aplasté el pensamiento, avergonzada.

Cuando lo dejé pasar, examinó las muñecas en los estantes de la habitación principal. Nunca había puesto un pie en nuestra casa a pesar de todas las veces que había venido. Las velas de junco sobre la mesa chisporrotearon. Una brisa meció las cuentas de las ventanas y la luz bañó el suelo. En la esquina, una rata se rascaba la nariz. *Vete*, quería decirle. *¡Vuelve a tu agujero!*

—¿Cómo está tu madre? —me preguntó.

—Mal.

Él suspiró y sacó una ristra de cuentas de madera del morral.

—Mi padre no sabe que estoy aquí. He tenido que escabullirme mientras está fuera haciendo recados.

Intenté ocultar mi decepción. Había estado en lo cierto todo aquel tiempo. Su padre no quería que me viera. ¿Por qué nuestras madres pensaban que su padre me aceptaría como nuera?

—Mi madre y yo queríamos regalarte algo —continuó. Me puso las cuentas en la mano y me cerró los dedos en torno a ellas; sus manos permanecieron sobre las mías—. Es un rosario. El duque de Zähringen nos ha regalado varios y pensamos que te gustaría tener uno. Se usan para rezar el padrenuestro una y otra vez, para contar las repeticiones. El duque dice que a Dios le conmueve que repitan las oraciones.

Su contacto me dio vértigo. Abrí la mano. Las cuentas eran preciosas, como perlas suaves de madera. Su peso no parecía de este mundo.

—¿Estás seguro de que me lo quieres dar?

—Es una especie de regalo de despedida, me temo. Tengo que partir de viaje con mi padre. Dice que no volveremos hasta que comience la Cuaresma.

—Ah —dije con suavidad. Quedaban cuatro meses para la Cuaresma—. ¿A dónde irás?

—El duque de Zähringen va a dar un banquete en Zúrich. Quiere que toda la familia vista ropa nueva. Todo teñido con cochinilla, rojo chillón, con águilas bordadas por el blasón de su familia. —Tomó mis manos entre las suyas—. Cuando volvamos, las cosas serán diferentes. Lo prometo. Vendré más a menudo. Hablaré con mi padre sobre ti durante el viaje.

Me embargó la vergüenza. Aparté las manos.

—¿Qué le vas a decir? —Me tembló la voz—. ¿Qué puedes contarle?

Me miró a los ojos; los suyos estaban llenos de dolor.

—La verdad —dijo con suavidad—. Que me importas.

Volví a pensar en lo que me había dicho mi madre, que quería casarse conmigo. Noté un sollozo repentino en la garganta. Lo contuve y desvié la mirada. La rata nos observaba desde la esquina mientras movía la cola.

Matthäus me sostuvo la mirada.

—Mi madre y yo hemos estado persuadiéndolo, pero… —Negó con la cabeza—. Ya sabes cómo son los padres.

Asentí.

Me abrazó un largo rato; sus brazos me envolvieron con fuerza. Se le habían ensanchado mucho los hombros. Quería que me besara.

—Sal de aquí —le dije y lo alejé para dejar de pensar en ello.

Se rio y me apartó el pelo de la frente. Cuando vio que tenía los ojos anegados en lágrimas, hizo un ademán para marcharse; no quería causarme más dolor.

—Me pasaré tan pronto como volvamos. Lo prometo.

Cuando la puerta se cerró tras él, la rata se escabulló a su agujero.

El rosario fue un consuelo inesperado. Lo guardé en el morral junto con el amuleto de la madre pájaro, que fui ignorando cada vez más según pasaban las semanas. Quizá fue porque el rosario había sido un regalo de Matthäus. O puede que porque, a diferencia del amuleto, no tenía que esconderlo de mi padre. Lo llevaba conmigo durante el día para rezar por mi madre en mis ratos libres. Cada noche, en mi alcoba, susurraba el padrenuestro y contaba las repeticiones con las cuentas hasta que me quedaba dormida.

Una mañana, madre estaba lo bastante bien como para hablar y le conté la visita de Matthäus.

—¿Cómo fue?

Suspiré. Mis problemas no serían más que una carga para ella. Intenté pensar en una manera de explicárselo sin disgustarla.

—Se va con su padre a Zúrich. El duque de Zähringen va a dar un banquete. No volverá hasta la Cuaresma.

—¿Te dijo algo acerca de sus intenciones contigo?

Evité su mirada, esperando cambiar de tema.

—Quiere convencer a su padre durante el viaje. Sabré más cuando vuelva.

Asintió pensativa mientras jugueteaba con la manta entre los dedos. Un rato después alzó la mirada.

—Si su padre no le da su bendición, ¿sabes que puedes casarte sin un cura?

Eso me llamó la atención.

—¿Cómo?

—Os tomáis de las manos, pronunciáis unos votos. Las palabras en sí albergan poder. —Me asió las manos y las apretó—. Mírame, Haelewise. Esto es importante.

Su mirada era tan intensa que quería desviar la vista.

—Sus costumbres no son la única manera —dijo—. Recuérdalo.

Con el paso de las semanas, el estado de madre empeoró. Le ardía la frente. Arrastraba las palabras. Siempre tenía demasiado frío o tosía cuando la chimenea llenaba la cabaña de humo. En diciembre, tenía la piel completamente amarilla. Sus ojos parecían a punto de salirse de las cuencas. Estaba inflamada y tenía las mejillas hinchadas. No podía salir de la cama. Para entonces, estaba claro que fuera lo que fuere aquello contra lo que estaba luchando, no era la fiebre que circulaba por ahí, que si no era superada mataba a sus víctimas en cuestión de días. Rezaba con ímpetu para que se recuperase y pasaba las cuentas del rosario una docena de veces al día. Padre le pidió al obispo que enviase a un cura para bendecirla, pero había tanta gente enferma de fiebre que no había curas suficientes para visitar a todo el mundo.

Una mañana me encontraba de pie junto a su lecho retorciéndome las manos y sin saber qué hacer. Llevaba horas sin poder moverse y su respiración era trabajosa. En la mesa junto a la cama, la bebida calmante que había dejado el médico relucía. Vertí el doble de la dosis normal en la taza y se la llevé a los labios. Era como un bálsamo. Se tranquilizó al instante. Se le cerraron los párpados. Se quedó dormida.

Cuando se despertó, podía moverse de nuevo. Sonriendo, cantó una canción infantil entre susurros extraños.

—*Cinco, seis, bruja. Siete, ocho, buenas noches.*

Tenía los ojos húmedos y brillantes, acarició una arruga en la manta de lana y me miró.

—Qué bonito —dijo con un arrullo—. ¿Lo has visto? ¡Qué gatito tan bonito!

¿Qué otra cosa podía hacer salvo acariciarlo con ella mientras sentía que me abrían el pecho en dos?

Aquella tarde tuvo otro episodio de parálisis. Parecía que cada vez eran más frecuentes. Sus ojos asustados recorrían la habitación a toda velocidad. Le di más líquido y se quedó dormida.

Esta vez pasaron horas antes de que se despertara. Cuando lo hizo, el gatito había vuelto. Lo acaricié con ella y le pregunté de qué color era. Me dijo que azul. Pensé que era muy raro que se riera tanto.

Al anochecer, se quejó de que tenía mucho calor, aunque aquel día había caído la primera nieve del año. Cuando llegó la noche, hacía tanto frío que el fuego de la habitación principal apenas caldeaba la parte de atrás. Lo apagué, le quité las mantas y abrí los postigos para que entrara el frío. Fuera no había luna, solo un revoltijo de estrellas. Los adoquines estaban cubiertos de una capa fina de nieve. Humedecí un paño y se lo coloqué en la frente. Al rato, se durmió.

Cuando abrió los ojos, una luz ardía en ellos.

—Haelewise —susurró. Apenas fue capaz de articular la palabra—. Quiero dejarte algo.

Cuando su voz se apagó, me aferré a su mano, aterrada, preguntándome si necesitaría que le diera más brebaje.

—Tienes el don… —graznó. Abrió la boca una, dos veces, como un pez, tratando de terminar con desesperación lo que fuera que quería decir.

Se miró el pecho. Un momento después, articuló dos palabras, despacio, con cuidado: *el don*. Abrió los ojos desmesuradamente. Una tensión familiar restalló en el ambiente en aquella habitación cargada de tensión. El velo se levantó. Contuve el aliento. Le apreté la mano.

—¿Madre?

Pero sus ojos abiertos estaban fijos en los travesaños. Tenía una expresión aterrorizada y sus labios finos fruncidos formaban una «O». Un momento después, su mano languideció entre las mías.

No. La palabra se repetía en mi cabeza. *No, no, no.*

Me arrodillé a su lado y así su mano con fuerza, rogando que no me abandonase. Sentí un tirón menguante del otro mundo. Contemplé la boca, el pecho de mi madre, rogando para que volviera a respirar.

La condensación que salió de su boca era plateada, como el agua, el susurro de la brisa. Me estremecí cuando me atravesó al salir de este mundo. Se me nubló la vista por las lágrimas cuando la tensión del aire se desplomó. Lo único que quedó fue el frío que entraba por la ventana y el cuerpo de mi madre sobre la cama. Mi madre, pero no; su cuerpo, pero no. Un rostro amarillento, ojos verdes vidriosos, espirales de pelo canoso.

Un rato después, dejé de ver el cuerpo frente a mí y solo fui consciente de los recuerdos que no dejaban de reproducirse en mi mente. Todo lo que mi madre hizo por mí, las canciones que me cantó, los cuentos que me contó, los alquimistas y sanadoras que buscó. Lo que me enseñó para saber cuándo llega el invierno, cuando la araña vuelve a su escondrijo, y cómo leer el significado del canto de los pájaros en cada estación. Un tiempo después —no tengo ni idea de cuánto—, escuché un ruido detrás de mí. Padre estaba en el umbral. Había encendido las velas de junco en la habitación principal. Veía su silueta en sombras, bloqueando la luz. No estaba segura de cuánto tiempo llevaba ahí. Estaba de pie, inmóvil, con la mano en el marco. Luego se quitó el sombrero y agachó la cabeza.

Lo supo. Me recorrió una oleada de alivio. Habría sido horrible tener que decírselo. Un instante después, entró, y sus botas resonaron por el suelo. Miró a los travesaños y se persignó. Sus labios se movieron y su expresión era inescrutable al decir la oración. No me miró a los ojos. Cuando salió, dando un portazo tras él, un sentimiento horrible de culpa se instaló en mi corazón. Recordé su acusación de que yo era la causa de la enfermedad de mamá. Por la ventana lo veía alejarse con rapidez, con determinación, calle abajo hacia la plaza.

Cerré los postigos y luego fui a acostarme a la despensa temblando de frío. Metí de cualquier manera el rosario y la figura de la madre pájaro en el morral para no tener que verlas. Sabía que debía pensar que la muerte de mi madre era parte del plan de Dios, pero en cambio, me sentía traicionada. Había rezado el padrenuestro cientos de veces y había ignorado todas y cada una de esas oraciones. Mi dios padre no era mejor que mi diosa madre, y entonces no pude evitar pensar que su amuleto de «buena suerte» no era más que un juguete divinizado.

No esperaba quedarme dormida. No podía dejar de pensar en el cuerpo de mi madre en la habitación de al lado. En sus últimas palabras sobre dejarme algo, lo de que tenía un don. Nada tenía sentido. Pasaron horas antes de que me quedase dormida, pero al final conseguí evadirme. Soñé que cocinaba y que echaba especia tras especia en un caldero a rebosar de cieno que olía a cebolla y a tierra. Mientras mezclaba, comprendí que era un remedio mágico. Le llevé un cucharón a mi madre, que todavía vivía en el mundo del sueño. Se lo bebió y salió de la cama.

Cuando me desperté, me llevó un momento darme cuenta de que el sueño no era real. Miré al techo. Me ardían los hombros. Notaba el corazón palpitarme en los oídos y el más tenue de los sonidos, un silbido estrangulado de tristeza, surgió de mi garganta.

El tiempo era como un lazo interminable aquella noche. Se extendía y me envolvía. Atado con tanta fuerza a cada momento que apenas me dejaba respirar tendida en la paja de la despensa oscura. Hasta las ratas de las paredes parecían trepar menos por ellas.

Pasaron años, o eso me pareció. Me paseé de un lado a otro por la habitación principal. Por la ventana, veía el cielo negro y sin luna.

Fuera, las estrellas caían en forma de nieve. Casi me había vuelto loca cuando oí el ruido sordo de las botas de mi padre, antes de percibir el olor a alcohol cuando entró por la puerta. No me dijo ni una palabra, pero descubrí que podía dormir al estar él en casa.

Era mediodía cuando desperté. La casa olía a algo dulce, como a alguna especia mezclada con pino. Me puse las zapatillas y fui de puntillas hasta el cuarto de atrás, donde descubrí que el cuerpo de mi madre no estaba. Tampoco estaba la manta sobre el catre. Incluso había quitado el jergón de la estructura.

En la sala principal, la paja ardía en el fuego. Mi padre estaba sentado a la mesa con la misma ropa que llevaba la noche anterior y tenía las botas y las uñas cubiertas de barro. Había charcos en el suelo. Sobre la mesa estaba el incensario del médico en el que solo ardía un único trozo de carbón. Un fino humo empolvado emanaba de él; eso era lo que llenaba la habitación del aroma dulce. Cuando miré fuera, vi que la nieve sobre el jardín al fin se había compactado.

Ver la nieve relucir bajo el sol del mediodía me destruyó. La había enterrado sin mí.

—¿Cómo has podido? —dije volviendo a la sala principal con la voz rota.

Me miró fijamente con una expresión ausente. Me fijé que estaba demasiado aletargado para responder. Quería preguntarle si había encontrado a un cura o había enterrado a madre él mismo. Luego vi que en el tarro junto a la puerta no había ningún *holpfennige.*

Todo este tiempo, los había estado guardando para su funeral.

CAPÍTULO CINCO

Tres semanas después de la muerte de mamá, en Nochebuena, me quedé mirando la alacena vacía. Me maldije a mí misma por haberme olvidado de dar de comer a las gallinas. Llevaba semanas sin verlas y padre me había pedido que hiciera la cena de Navidad. Sería tan fácil como adentrarme en el bosque que hay detrás de la puerta sur y disparar a un faisán, pero los guardias me acusarían por caza furtiva si hacía el amago de regresar con él por la puerta. Madre siempre usaba los *pfennige* que ganaba vendiendo muñecas para comprar los ingredientes para las fiestas. La idea de venderlas sin ella me destrozó, pero también lo hacía cenar en Navidad sola.

Las muñecas sin terminar me miraban con malicia desde los estantes con sus rostros cual orbes negros de tela. Si intentaba terminarlas, parecerían duendes; todavía tenía que aprender a usar la aguja sin pincharme. Aunque madre había terminado una docena antes de enfermar. Seleccioné una muñeca de Pelzmärtel de un estante y una princesa con un velo de malla de otro, las metí en un saco y me detuve en la puerta.

La advertencia del médico de que me quedara en casa resonó de forma lúgubre en mis oídos. En el gancho junto a la puerta colgaba la capa de mi madre. Era azul claro; la había teñido una curandera a quien llevábamos años sin ver. Madre me dijo que el tinte incluía varios ingredientes para que trajese buena suerte. Los demás habitantes de la ciudad llevaban ropa azul oscuro que hacía el tintorero y que estaba más de moda. Me vi tentada a ponerme su capa —a veces la usaba en casa solo para que su aroma me envolviera—, pero el color azul me delataría.

Fui a la alacena a ponerme mi manta gris deshilachada a modo de toca; ocultaría mi rostro si me envolvía con ella como si fuera una túnica con capucha. Odiaba el hecho de haberme convertido en una paria. Lo único que había querido desde pequeña era una vida sencilla: un marido, hijos con los que acurrucarme y contar cuentos maravillosos, trabajar como matrona. Ahora nada de eso parecía posible.

Mientras me dirigía al mercado, me gruñía el estómago. El aire olía a hojaldre y a golosinas. Los niños jugaban en la calle a tirarse bolas de nieve. Los vendedores ambulantes anunciaban a gritos los pasteles especiados que vendían para Nochebuena. El sol brillaba, pálido y frío sobre la nieve brillante, tan blanca que me dolía la vista. Junto al pesebre que habían erigido frente a la catedral, las numerosas personas que iban al mercado se habían congregado para escuchar a un coro de niños vestidos de pastores que cantaban en el idioma de los curas. Me detuve a escuchar y mantuve las distancias para que nadie viese mi rostro. La canción me removió algo, un recuerdo difuso de una Nochebuena en la que mis padres y yo nos habíamos detenido a escuchar un coro similar. El recuerdo me entristeció tanto que me sobresalté cuando la canción terminó y todo el mundo comenzó a dispersarse. Contuve el aliento mientras la multitud pasaba en masa junto a mí, esperando que nadie me reconociese.

—¡Muñecas! —me obligué a gritar con voz melodiosa al tiempo que me calaba la capucha aún más sobre el rostro—. ¡Vendo muñecas!

Varios niños, aparentemente aburridos de la actuación, se acercaron enseguida. Los siguieron sus madres. Vendí las muñecas en nada y menos. Nadie se percató de mi disfraz. Mientras compraba los ingredientes de la cena de Navidad, vi a un hombre que se parecía a mi padre paseando del brazo de una mujer rubia que parecía la viuda Felisberta, de la iglesia. A medida que se acercaban y vi que eran ellos, tiré de la capucha harapienta. Mi padre no se fijó en mí cuando pasó y su calva brilló con la luz del invierno. La viuda y él bebían algo de las jarras y sus tres hijos pequeños iban dando saltitos tras ellos mientras comían pasteles especiados. Sentí un vuelco en el estómago al ver a mi padre paseando con una mujer que no era mi madre y sus hijos. Me alejé a toda prisa, no soportaba verlos, y me comí el pastel especiado que había comprado para reconfortarme.

En las escaleras detrás de la catedral vi a dos jóvenes casadas que llevaban tocas y túnicas. Las palomas bailaban a mis pies batiendo las alas.

—¿Qué te hace pensar que puede curar la fiebre? —le decía la primera mujer a la segunda.

—Es una sanadora santa —respondió la segunda—. He oído que está escribiendo un libro sobre las propiedades curativas de las plantas.

—Nunca vendría, está demasiado lejos. Tendría que cruzar el Rin entero.

—Aun así. Apostaría a que podría hacerlo. Dicen que Dios obra a través de ella. Tiene visiones. Las escribe.

—Suena a que es una mujer varonil.

La segunda mujer se rio.

—He oído que está construyendo una abadía ella sola. Una fortaleza con un río para que se lleve los excrementos y la suciedad. Ha curado a una mujer con ataques en Bingen.

Casi me atraganto con el pastel.

—¿De quién estáis hablando?

Las mujeres se volvieron hacia mí.

—De madre Hildegarda —dijo la primera mujer mirándome fijamente.

Por primera vez noté sus túnicas teñidas de colores vivos, la manera forzada en la que hablaban *diutsch*. Sus trenzas largas con lazos que mi madre llamaba «trenzas de muerta» porque eran extensiones hechas con el pelo de personas fallecidas. Eran mujeres de los cortesanos. La primera mujer echó un vistazo bajo mi capucha.

—¿No eres la hija de la matrona?

—¿La que maldijo al curtidor? —La otra me escrutó el rostro—. Es ella. ¡Aléjate!

Notaba los latidos del corazón en la garganta.

—¡No he maldecido a nadie! —grité mientras echaba a correr.

Mis pies golpeaban los adoquines. No me detuve hasta que me quedé sin aliento en el callejón detrás del peletero. Me doblé por la mitad, jadeando, y me reprendí. Había sido una idiota por haberle hablado a las mujeres. Estaba temblando mientras recuperaba el aliento. El aire parecía menos denso. *Ahora no*, pensé. *Aquí no...*

Pero ocurrió. Sentí el tirón. Mi alma abandonó mi cuerpo.

Cuando recobré el sentido, estaba tumbada de espaldas sobre la nieve medio derretida y se me había caído la capucha. Los hijos del peletero me habían visto desmayarme.

—No deberías haber salido —se burló el más joven. Bloqueaba el callejón y compuso el mismo gesto que la hermana del molinero en la plaza—. Perderás a tu demonio cuando se meta en otra persona.

Me puse de pie con una oleada de miedo en el estómago. El hijo mayor me miró con malicia y le dio un codazo a su hermano pequeño. Seguí su mirada y vi la hinchazón incipiente de mi pecho, expuesto por una rotura en el vestido. Había estado tan inmersa en el duelo que no me había fijado en que me estaba desarrollando. Sentí que me sonrojaba al tiempo que me cubría el pecho. El hermano mayor se acercó a mí; tenía los músculos en tensión, como una serpiente a punto de atacar. Salté en dirección contraria y aparté al hermano pequeño de mi camino de forma que se resbaló y cayó de frente sobre la nieve. Mientras huía por el callejón, vi la sangre, una mancha hermosa y roja sobre la nieve donde se había golpeado la nariz contra los adoquines.

El día de Navidad, padre volvió a casa conmigo de misa. Tan pronto como llegamos a la cabaña, nos lavamos las manos y me senté en la mesa de la cocina para cortar los ingredientes de la cena. Al principio, padre no habló. Tan solo se quedó junto a la ventana mientras me observaba con el sol invernal brillando a su espalda, lo cual creaba un halo alrededor de su calva demasiado brillante.

—Pronto necesitarás ropa de mujer —dijo mientras miraba cómo cortaba—. Ya va siendo hora. ¿Cuántos tienes? ¿Dieciséis?

Asentí, avergonzada.

Pescó unos *holpfennige* del morral y los puso sobre la mesa. Luego, sacó una bolsa de fruta confitada del paquete y la dejó junto a las monedas.

—He pensado que, como es Navidad, podríamos tomar algo dulce.

Su consideración me tomó por sorpresa. Me fijé en las sombras bajo los ojos, la tristeza en su tono de voz. Toda la pena que estaba conteniendo amenazó con desbordarse.

—Echo mucho de menos a madre —dije de repente. Me tembló la voz.

Padre suspiró.

—No desesperes, Haelewise. Es impío.

—Solo han pasado tres semanas.

Me miró con dureza. Me devané los sesos en busca de algo neutral sobre lo que hablar. Durante todo el día, mientras cocinaba, me había sumido en mis propias ensoñaciones sobre peregrinar a la abadía de Hildegarda.

—¿Qué sabes de madre Hildegarda?

Sacudió la cabeza con sorna.

—¿Una mujer que está construyendo una abadía, cura enfermedades y escribe sagradas escrituras? Bien podría haber salido de una de las historias de tu madre.

—He pensado que a lo mejor puede curar mis desmayos.

—Podría ser. Dicen que puede hacer cualquier cosa. Aunque Bingen está demasiado lejos. ¿Cómo llegarías allí?

Suspiré. No cómo puedo ayudarte a llegar allí, sino cómo irías tú sola.

—Todavía le estoy dando vueltas.

Padre suspiró y fue a la despensa en busca del incensario del médico. Lo llenó con carbón y polvo y lo acercó al fuego. Chisporroteó en la mesa cuando lo dejó allí y de las cruces talladas en el lateral manó un humo fragrante familiar.

—¿Qué haces?

—Purificar la casa.

—¿De qué?

Frunció el ceño.

—De los pecados de tu madre.

No creía lo que acababa de oír. ¿Culpaba a mi madre por su enfermedad? ¿Pensaba que era un castigo de Dios por sus «pecados»? Sacudí la cabeza tratando de alejar esos pensamientos de mi mente, pero no pude. Se me llenó el corazón de rabia.

Padre apartó la mirada, observando la espiral de humo del incensario salir por los agujeros del techo.

Pensé en lo que había dicho, que me culpaba por la muerte de mamá. Me entraron ganas de gritarle.

—¿Vas a decirme por qué crees que yo soy la responsable de la enfermedad de mamá?

Apartó la mirada del humo; estaba claro que sus pensamientos estaban en otros lares. Un momento después, abrió la boca y luego la cerró, como si por una vez tratase de medir sus palabras.

—Lo que debería haber dicho es que culpo a tu madre por tu demonio.

Lo miré fijamente, esperando a que se explicase.

Le salieron las palabras a borbotones, como si llevara queriendo decirlas mucho tiempo.

—Sabes que tu madre se crio en lo más profundo del bosque oscuro al norte de la ciudad. Tu abuela susurraba encantamientos retorcidos. Cuando nos conocimos había una oscuridad, algo salvaje en tu madre. Cuando le pedí que se casara conmigo, me prometió que lo olvidaría todo, pero nunca fue de las que cumplen sus promesas. Todos esos remedios antinaturales para tus desvanecimientos que consiguió en secreto, los conjuros profanos que murmuraba en voz baja. No creas que no los oía. Cuando dejé de compartir su lecho, incluso rompió nuestros votos matrimoniales. —Titubeó y, al ver mi rostro, abrió los ojos desmesuradamente—. ¡Por la Madre de Dios! —bramó—. ¿Te lo contó todo?

Negué con la cabeza. No quería traicionar su confianza.

—No sé a qué te refieres.

—Maldita sea, Haelewise. —Estaba claro que no me había creído. Me agarró la mano al otro lado de la mesa. Estalló el mal genio, como siempre hacía cuando me negaba a hacer lo que me decía. Me atenazó la muñeca con los dedos y me retorció el brazo—. No me mientas. ¿Qué te contó?

Se me humedecieron los ojos. Me quedé inmóvil y conté los agujeros del incensario. El humo me hacía cosquillas en la nariz. Era intenso, como a especias, pero con un dulzor imposible; me recordaba a los olores del mercado de cuando era niña. Canela y anís, hinojo y salvia. Fuera lo que fuere lo que hubiese encendido, no se parecía y, a la vez, era todos ellos.

—Que visitó a una mujer sabia para conseguir una poción.

Me soltó la muñeca y, por extraño que parezca, se le veía aliviado.

—¿Eso es todo?

Noté un nudo en el pecho. Me obligué a asentir.

—Lo juro.

Suspiró de alivio y cerró los ojos. Pasó un instante antes de que hablara con tono escueto.

—Tengo que contarte algo. ¿Te acuerdas de Felisberta? ¿De la iglesia?

Noté el pulso en los oídos. Felisberta era el nombre de la rubia con la que lo había visto en la plaza. Asentí y me temo que sabía a dónde quería llegar.

—Su marido murió de la fiebre. Tiene tres hijos. Su familia la ha abandonado. El padre Emich me ha animado a casarme con ella.

El estómago me dio un vuelco. Apenas podía respirar. Pensé en lo mucho a lo que mi madre había renunciado por él.

Ni siquiera pudo mirarme a los ojos.

—Te pediría que te vinieras a vivir con ella, pero tu demonio le da miedo. Tiene que pensar en sus hijos.

Sus palabras me desconcertaron. Había soportado sus sentimientos volubles hacia mí durante toda mi vida, pero no pensé que pudiera ser tan cruel. No solo estaba reemplazando a mi madre, sino que ¿iba a abandonarme porque su nueva esposa no me quería en casa? Ninguna otra chica de mi edad vivía sola.

—¿Has pensado en lo que esto significará para mí?

—Vendré a verte un día a la semana. Te traeré pescado y queso. No será muy diferente a como están las cosas ahora.

Me quedé mirando la pared con un nudo en la garganta que duró toda la cena de Navidad. Cuando mi padre parloteó sobre las virtudes de Felisberta, se me anegaron los ojos en lágrimas. El pescado y las frutas confitadas se me atoraban en la garganta. No dejaba de pensar en la francesa que lapidaron en la calle por predicar el evangelio de María Magdalena. Si mi padre me dejaba y volvía a desmayarme en la plaza, la gente del pueblo me quemaría en la pira.

Me pasé la noche de Navidad sumida en una especie de estupor tratando de asimilar aquel abandono. Era una estupidez que siguiera deseando que mi madre estuviera viva para reconfortarme o que Matthäus se diese prisa en volver a casa.

Padre regresó al día siguiente con Felisberta, conducía un carro tironeado por un burro viejo y gris. Se lo llevaron casi todo —todas las sillas y baúles— y solo dejaron los tarros de barro cocido de la despensa, la mesa de la cocina, el camastro donde dormía y el baúl de mi madre. Felisberta también intentó llevárselo, pero cuando se agachó para rebuscar lo que había, padre la detuvo.

—Eso pertenecía a la madre de Haelewise —le dijo con un tono ronco y amable—. Déjaselo a ella.

Las lágrimas me escocían en los ojos. Me dolía el corazón. Después de todo lo que había hecho, todavía quería su amor, incluso —o quizá por eso mismo— a pesar de que sabía lo raro que era. En cuanto se marcharon, busqué en el baúl, impaciente por encontrar lo que mi padre quería que tuviese. Estaba repleto de los antiguos vestidos y blusones de lino de mi madre, la mayoría teñidos de su tono favorito de azul. Se me rompió el corazón cuando me llevé la tela a la nariz e inspiré su aroma. Había una toca que había descartado porque estaba raída. Un par de botas viejas. Y debajo de todo, una caja pequeña de madera con una figura simple tallada. Al sacarla, intenté abrirla y me di cuenta de que estaba cerrada con llave.

¿Un cofre? No sabía que tuviésemos uno.

La llave del tarro de anís. Cuando la introduje en la cerradura y la giré, esta hizo un clic. Dentro, encontré un espejo de mano deslustrado en oro envuelto en un paño de seda azul y en el mango había símbolos extraños y pájaros tallados. Sobrecogida, recordé la historia del zapatero sobre haber visto a la reina con uno de esos. ¿Por qué tendría uno mi madre? ¿Cómo podía poseer algo tan caro?

Al desenvolver la tela, vi que el cristal del espejo estaba roto.

El lago comenzó a congelarse a la semana siguiente, y los charcos dejados por la marea cerca de los muelles se volvían blanquecinos, cubiertos por una fina capa de hielo. El invierno anterior había disfrutado pisándolos en mis caminatas diarias. Pero desde el encuentro con los hijos del peletero era reacia a salir de la cabaña. Me pasaba la mayor parte del tiempo sentada en el jardín e intentando inventarme recetas con la poca comida que tenía en casa. Más de una vez escuché el chillido infernal de un alcaudón que cantaba sobre el muro del jardín, así que me acerqué sigilosamente y le disparé…, aunque en verdad el pájaro era demasiado pequeño como para comérmelo.

De vez en cuando sacaba el espejo de mano roto y me preguntaba qué más no sabía sobre mi madre. Fantaseaba con viajar a la abadía de Hildegarda. Si Matthäus convencía a su padre para que le permitiera casarse conmigo, a lo mejor pudieran permitirse enviarme allí para buscar una cura. Cada vez que iba a al mercado, cruzaba las calles menos transitadas y comprobaba a menudo que la capucha improvisada me ocultara el rostro. Evitaba la calle donde estaba la peletería y, en vez de esa, pasaba por la del sastre. Si veía al padre de Matthäus dentro, entonces él habría vuelto de Zúrich. Pero siempre era su madre a la que veía en su interior. Por las noches soñaba que volvía a casa y que llamaba a mi puerta con buenas noticias: su padre había accedido a que nos casásemos por amor. Y así, sin más, todos mis problemas se esfumaban. Hasta que me despertaba, claro está.

Al principio, padre mantuvo su promesa y venía a cenar conmigo una vez a la semana. Traía comida para compartir, queso de olor fuerte y pescado salado. Pero a medida que pasaba el tiempo, comenzó a olvidarse. A veces se dejaba el queso; otras, el pescado. Un día, unas semanas antes de Cuaresma, apareció con las manos vacías y se fue porque ni siquiera tenía nada que cocinar. Me di cuenta de que tendría que comprar los ingredientes yo misma si quería comer con él.

Al día siguiente, disfrazada con mi antigua manta a modo de capa, vendí otra muñeca terminada para comprar comida. Cuando estaba comprando la harina, vi un rostro nuevo, un pregonero que no había visto antes. Era un hombre grande, de rostro rubicundo, y hablaba en voz muy alta mientras se paseaba entre los grupos con un pergamino. Cada vez que se acercaba a un grupo nuevo de personas, hablaba con ellas con ojos brillantes y una expresión animada; estaba demasiado lejos para que pudiera escucharlo. Al terminar el discurso, había un intercambio: vi que una mujer le daba una bota de vino y otra le estampaba un beso. Después, bajaba la voz. Las mujeres sofocaban una exclamación con lo siguiente que decía y luego el pregonero continuaba. Cuando se me acercó, el estómago me dio un vuelco por la expresión de su rostro. Recogí mis cosas para marcharme.

—¿A dónde vas tan deprisa? —dijo arrastrando las palabras y me siguió mientras me apresuraba a cruzar la calle que conducía a la plaza. El aliento le olía a vino—. ¿No quieres oír las noticias de su majestad imperial y real? Mañana leeré el decreto oficial, pero puedes escucharlo ahora, si te ganas el favor...

—No tengo nada para darte.

—Es sobre la princesa.

Algo dentro de mí se quebró. Vender muñecas me había puesto de los nervios; para entonces, ya no me quedaba paciencia.

—Déjame en paz.

Su expresión se endureció. Me agarró del brazo, me arrastró a un callejón y me lo retorció a la espalda. Me di cuenta de mi error demasiado tarde. El pregonero esperaba obtener lo que quería sí o sí. Cuando me empujó contra el muro, me fijé en el sello del pergamino: un escudo de oro con leones negros. El sigilo del rey. Cuando me besó, cerré los ojos y deseé que mi alma abandonase mi cuerpo.

—Así es como funciona —se burló—. Un favor a cambio de información. ¿Entendido?

Asentí y lo fulminé con la mirada. Me soltó el brazo.

—La princesa Frederika ha huido del castillo —gruñó—. Venía hacia aquí. Si la ves, el rey Frederick te ordena que informes de ello de inmediato bajo pena de muerte.

CAPÍTULO SEIS

Las últimas semanas antes de Cuaresma fueron horribles. Me moría de hambre. Estaba sola. Tenía miedo de salir. Pero tenía que vender las muñecas de mi madre hasta que madurasen las verduras de primavera, así que salí y me encaminé al mercado con mi capa raída. Me manché la cara y la ropa para que no les resultase atractiva a los solteros y que me viesen como una mendiga o algo peor. Pronto descubrí que aquel disfraz me daba libertad. En cuanto vendía todas las muñecas, nadie se fijaba en mí. Ni los nobles, ni los mercaderes, ni siquiera los niños que jugaban en las calles.

Para cuando llegó el Miércoles de Ceniza, no quedaba nada en los estantes de mi madre salvo Gütel y unas cuantas muñecas sin terminar que no vendería. Muñecas sin ropa, bufones sin brazos, princesas sin rostro con coronas a medio acabar. Las destrozaría si intentaba terminarlas yo sola. Apenas quedaba luz cuando me recogí el pelo, me eché la manta por encima y me apresuré a comprobar si Matthäus había vuelto de Zúrich. La primavera aún tenía que aplacar el frío del invierno por la mañana temprano. Incluso con la manta, estaba congelada.

El corazón se me aceleró cuando entré en su calle. Lo mucho que recé por que estuviese en casa. Había pasado mucho tiempo sin verle. Puede que tuviera buenas noticias sobre su padre. Su casa se alzaba sobre la sastrería y el techo atravesaba el cielo gris. Miré hacia arriba y no pude evitar preguntarme cómo sería vivir allí con él. Su casa no era de piedra como algunas de las casas de los nobles, pero tenía su dignidad. Las vigas transversales, la paja que cubría el tejado. Tenía seis ventanas grandes, una escalera y dos plantas.

Cuando me acerqué, el gato naranja que habíamos salvado de pequeño —ahora era un gato enorme y le faltaba una oreja por las peleas callejeras— se rozó contra mis piernas mientras ronroneaba. Lo acaricié con aire ausente y busqué un guijarro para arrojarlo a la ventana del piso de arriba donde dormían Matthäus y sus hermanos. El guijarro repiqueteó contra los postigos. El aliento me salió en vaharadas desesperadas por el frío.

—Tss.

No pasó nada durante un rato aparte del aguanieve que me cayó en la nariz. Entonces se abrieron los postigos y Matthäus se asomó con el gorro de dormir. Verlo fue como un bálsamo. Me inundó una oleada de alivio. Me quedé sin aliento.

—¿Haelewise? ¿Eres tú?

Intenté controlar mis emociones.

—¿Puedes bajar?

—Claro.

Tres caritas más pequeñas aparecieron a su lado. Oí a sus hermanos protestar cuando Matthäus les dijo que volvieran a la cama.

Cuando abrió la puerta, el estómago me dio un vuelco. ¿Era así de alto cuando se fue a Zúrich? Hasta desaliñado, con el camisón puesto y el cabello cayéndole sobre los ojos bajo el gorro, era sorprendentemente guapo. Cuando me sonrió, se me dispararon las esperanzas. Lo había echado mucho de menos.

—No estaba seguro de si eras tú —dijo y señaló mi ropa con un gesto.

Agaché la mirada.

—No quería que me reconocieran.

—Siento mucho lo de tu madre —dijo Matthäus. Tiró de mí hacia él con los ojos cargados de pena—. Madre me lo contó anoche.

En su abrazo, la aflicción brotó de donde había permanecido a la espera. Me ardían los ojos y sentí que me rompía entre sus brazos. Quería que me abrazara así para siempre.

—Lo siento mucho —susurró y me apartó para mirarme—. Sé lo unidas que estabais. Yo también la echaré de menos.

No sabía qué decir. Tenía un nudo en la garganta. Me sequé la cara con la manta al darme cuenta de que me goteaba la nariz.

—¿Cuándo has vuelto?

—Ayer.

—Siento haberte despertado —dije intentando no sonar desesperada—. Se me han escapado las gallinas. Me olvidé de darles de comer. Necesito ayuda para terminar las últimas muñecas de mamá para venderlas y comprar comida.

—¿Tu padre no se está ocupando de ti?

—Se ha vuelto a casar con la viuda Felisberta.

Los ojos de Matthäus se ensancharon del enfado.

—Casad… ¿tan pronto?

—Sí —dije con brusquedad; el enfado que sentía hacia mi padre se avivó—. Madre murió en diciembre. Se mudó a su casa el día después de Navidad. He estado viviendo sola, vendiendo muñecas por dinero.

—¿No te pidió que te mudaras con él?

Negué con la cabeza y apreté los labios con fuerza.

No soportaba ver su expresión de compasión. De repente, fui consciente de que parecía estar hecha un desastre y alcé la barbilla.

—No habría ido ni aunque me lo hubiese pedido.

Negó con la cabeza.

—Deja que hable con mi padre.

En cuanto entramos, me sequé la cara con cuidado con la manta. Alisé la tela y deseé haberme puesto algo más presentable. Estaba tan acostumbrada a salir de casa con ella que ni siquiera me había parado a pensar en cómo me vería.

Mientras esperaba a que saliera, la calle pareció alumbrarse un poco más. Recordé que Matthäus me había prometido venir a verme tan pronto como regresara. El hecho de que le hubiese llevado tanto tiempo, que no hubiese venido a verme enseguida, no era buena señal. Si había arreglado las cosas con su padre, ¿por qué no había venido a contármelo de inmediato? Para cuando salió, mi corazón rebosaba de temor.

Se había cambiado a la ropa de diario, se había puesto una sobrecamisa y clavado una aguja en la capa. Su expresión era difícil de leer.

—Siento haber tardado. Me ha costado convencerle para que me dejase tomarme la mañana libre.

Se me aceleró el corazón. Abrí la boca para preguntarle si había hablado con su padre y luego decidí que no estaba preparada. La reticencia de su padre a dejarlo ayudarme aquella mañana era mala señal.

Emprendimos el camino de regreso a mi casa y nuestros pasos resonaban por la calle larga y vacía. La única persona con la que nos cruzamos fue una mujer que estaba vaciando el orinal.

—Siento no haber ido a verte ayer —dijo Matthäus—. Quería ir, pero mi padre insistió en que visitase a alguien antes.

—¿A quién?

—Phoebe de Kürenberg.

Había oído hablar de los Kürenberg. Poseían tierras al pie de las montañas en el bosque norte y una casa de madera preciosa en la orilla del lago.

—¿Necesitaba que le tomaras las medidas?

Suspiró con pesadez.

—Por desgracia, no.

—¿Por qué quería tu padre que fueras a verla?

Parecía dolido. El miedo me atenazó el estómago. Tenía que preguntar. No podía esperar más.

—Matthäus, ¿hablaste con tu padre?

—Haelewise…

—¿Qué no me estás contando?

No era capaz de mirarme a los ojos.

—La conversación no fue bien.

Sabía que iba a decir algo por el estilo, pero oírlo de sus labios fue devastador.

—Estoy trabajando en ello —se apresuró a añadir—. Lo prometo…

Se me arremolinaron los pensamientos. Todas mis esperanzas se habían esfumado, todo aquello por lo que había rezado. Me sentí a punto de vomitar.

—Haelewise, lo digo en serio. Estoy tratando de convencerlo. Mi madre está de mi lado.

Lo miré a los ojos.

Respiré profundamente.

—Gracias por contármelo.

Pasó un buen rato hasta que alguno de los dos habló. Nuestros pasos resonaban en los adoquines.

—Te echaba de menos —dijo al fin.

Debía de tener una expresión desdichada en el rostro.

Al rato, cambió de tema.

—¿Has oído lo de la boda de la princesa Ursilda?

—No —admití tratando de que mi voz sonase firme.

—Su padre convenció al fin a un príncipe para que se casara con ella —prosiguió Matthäus—. La boda es la semana que viene. Padre terminó el vestido ayer. No deja de bromear acerca de coser piel de lobo en las mangas para que vaya a juego con el abrigo de su hermano.

Matthäus siguió hablando sobre la boda y al final recobré las suficientes facultades para prestar atención. El rey Frederick asistiría y había mandado a confeccionar un vestido para su hija a la fuga en caso de que apareciese. Al parecer, Ursilda y Frederika eran amigas y esta última se había prometido en matrimonio con el hermano de Ursilda, el príncipe Ulrico, antes de escaparse.

Ese detalle me llamó la atención. Me detuve en seco. ¿El príncipe Ulrico con la piel de lobo?

—¡No me extraña que Frederika huyese!

Matthäus asintió.

—Lo sé.

—¿Por qué le prometería su hija a Ulrico?

Él suspiró.

—Supongo que no cree en las historias.

Cuando llegamos a la cabaña encendí el fuego y luego dispuse las muñecas sin terminar sobre la mesa con los retales de mi madre. Los príncipes y princesas sin pelo cuyas piernas no tenían relleno, duques a medio vestir con unas capitas tristes y nada más. Planificamos siete muñecas y empezamos a coser vestidos y pantalones, entretejiendo la lana en el cráneo. No dejaba de pincharme con la aguja y de maldecir. La tercera vez que ocurrió, Matthäus me detuvo y colocó su mano sobre la mía.

—Haelewise, ¿me concederías algo?

Lo miré esperanzada. La piel me hormigueaba donde nuestras manos se rozaban. La forma en que me miraba decía que él también lo sentía. Abrió la boca con una expresión aturdida y luego la cerró. Sus pensamientos se reflejaban en su rostro. Me quería, y no solo eso: le sorprendía la fuerza de ese deseo. Sostuve sus manos entre las mías y las apreté con fuerza; le sonreí, rezando para que su petición tuviera algo que ver con nosotros.

Pero entonces, cuando bajó la mirada a nuestras manos, algo cambió en su interior.

—Dame la aguja —dijo y apartó las manos con una expresión resignada.

Se me escapó un gemido de protesta.

—No sabes coser —dijo, riéndose, y dirigió su atención a la tarea que tenía entre manos—. Mejor cuéntame una historia.

Me di la vuelta para que no viera mi decepción. *Es muy fácil entretenerle*, me dije. *Esto se te da bien*. Me obligué a concentrarme, a pensar en el tipo de historia que vendría mejor en aquel momento. Sabía que a Matthäus le gustaban las que estaban basadas en personas reales de la corte, sobre enfermedades que se curan e injusticias que se enmiendan. Sin embargo, la amargura me envenenaba los pensamientos. Todas las ideas que se me ocurrían eran cuentos chabacanos que sabía que no le gustarían. Historias escandalosas que acababan mal. No estaba de humor para complacerle.

Me resigné a contar una historia que disfrutaría narrar, sonreí con suficiencia y comencé el cuento.

—En las viejas historias, había una reina joven y hermosa que no podía tener hijos. Compartió el lecho de su esposo cada noche durante muchos años, pero su vientre nunca se hinchó.

Matthäus parpadeó cuando me referí al sexo y se quedó paralizado, a punto de enhebrar la aguja.

Me incliné hacia él con una ceja arqueada, nuestros hombros casi se tocaban y mi voz era un susurro sin pretensiones.

—La reina bebía los tés del curandero real. Rezaba. Probó con todas las hierbas que le dieron los monjes del rey, todos los trucos que le recomendaron las matronas, pero su vientre seguía siendo tan plano como una tabla. Hasta que le llegaron los rumores de que el rey pediría la anulación. Mandó a llamar a una bruja del bosque que conocía las propiedades ocultas de las plantas. En secreto, la reina le pidió un brebaje que la ayudase a concebir. «Una vida solo puede forjarse con otra vida», le dijo la bruja con voz ronca. «Tendrá un coste».

Matthäus se sentó totalmente recto. Una parte de mí se sintió mal. Sabía lo que estaba haciendo. Usaba mi cuerpo para recordarle lo que sentía por mí. Intentaba desequilibrarle de forma intencionada contándole un cuento que lo inquietaría. Muy en el fondo estaba enfadada porque Matthäus no le hubiese plantado cara a su padre, enfadada de que este nos mantuviese separados.

—A la reina no le importó —dije, desafiante—. Renunciaría a cualquier cosa por tener un hijo. La bruja le preparó un elixir antinatural. Aquella noche, tuvo al rey despierto muchas horas.

Para entonces, Matthäus se había quedado completamente inmóvil y se había puesto como un tomate. Una parte de mí lo disfrutaba.

—Al invierno siguiente su vientre se hinchó y redondeó. La reina reía y cantaba. Tenía calor todo el tiempo sin importar el frío que hiciera. Cuando le faltaba poco para salir de cuentas, empezó a costarle dormir. Permanecía despierta toda la noche bordando vestidos diminutos, sentada en el alféizar y mirando por la ventana abierta. Una noche, mientras bordaba, se pinchó. Una gota de sangre cayó sobre la nieve. La sangre salpicó y una flor brotó donde había aterrizado. De un rojo intenso, era la rosa más aterradora que había visto.

Matthäus me observaba, desconcertado por el rumbo que estaba tomando la historia, aunque sabía que, a pesar de todo, una parte de él se estaba divirtiendo. Una sonrisa débil rondaba en sus labios. Me concentré en la parte de él que estaba más interesada —aquella que, en el fondo, adoraba las historias en sí mismas— y le hablé.

—De los pétalos de la rosa salió un hada —continué. Alcé la voz—. Una ninfa malvada con el pelo del color de la noche y piel como la nieve. Tenía mechones de espinas negras enredados y labios rojo sangre. Cantó una melodía espantosa:

¡Una vida por otra vida! Blancanieves es mi nombre.
Tu hija en tres días morirá
a menos que también lleve mi nombre.

Él pareció abatido ante la amenaza del hada y soltó la aguja.

—Rayos —masculló—. ¿Qué hizo?

Sonreí triunfante; mi cuento lo había atrapado.

—Gritó. Sus doncellas entraron corriendo, pero el hada se había esfumado para cuando llegaron y solo quedaba la rosa. Descalza, consternada y en camisón, la reina salió como una exhalación para arrancar la flor. Solo que, cuando llegó, la rosa no estaba. Al regresar a sus aposentos con los dedos de los pies cubiertos de nieve y la respiración trabajosa, comenzaron las primeras contracciones. El parto duró tres días antes de que la matrona le dijese al fin que empujase.

Matthäus se inclinó hacia delante esperando a que continuase. Le sonreí, orgullosa de que la historia lo hubiese cautivado tanto.

—La reina estaba tan agotada para cuando vino el bebé que pensó que no podría hacerlo. Finalmente, cuando tuvo a su hija en brazos y vio los rasgos tan extraños de la niña (la piel blanca, los labios rojos, el pelo negro), supo lo que había hecho: había dado su vida por la de esa niña. Se la acercó al pecho para amamantarla con los ojos llenos de lágrimas.

Matthäus me miró horrorizado.

Sostuve un dedo en alto.

—Llamó al rey y le dijo que debían ponerle nombre al bebé de inmediato. Blancanieves, insistió, para que su sacrificio no fuese en vano. Entonces, con el corazón roto, perdió el conocimiento. Murió al día siguiente.

A Matthäus se le cayó la muñeca que tenía en la mano.

Esperé un tiempo prudencial antes de continuar. Lo había aprendido de mi madre, del médico del obispo. Una muerte es significativa, importante. Una muerte requiere una pausa.

—El rey no se tomó bien la muerte de su esposa. La tristeza lo volvió débil. Un mes después, se había vuelto a casar. Su nueva esposa, Trenzas de Oro, era una bruja poderosa que lo había estado acechando durante el duelo. Tenía un espejo de mano dorado en el que podía ver todo el reino. Llevaba un chal amarillo mágico tejido con sus cabellos.

Abrí los ojos porque sabía lo alarmado que se sentiría Matthäus ante la magia antinatural de la reina. Toda buena historia necesita una especie de villano y yo todavía estaba enfadada por lo de Felisberta. No vi ningún motivo para no escoger a la madrastra para este papel.

—A medida que Blancanieves crecía cada vez más hermosa, Trenzas de Oro se volvía envidiosa al envejecer. Los labios de la niña eran rojos. Tenía las mejillas sonrosadas. Al rey le recordaba a su difunta esposa, a quien parecía seguir llorando. Cuando la niña cumplió los doce, Trenzas de Oro convenció al rey para prometer a Blancanieves con un príncipe malvado. El rey desconocía que este se convertía en lobo las noches de luna llena.

Hice una pausa, abrumada, enfrascada en la historia y empatizando con los personajes. El rey afligido. La hija hada. Por un instante, casi simpaticé con la reina.

—Blancanieves huyó del castillo a caballo. El pelo negro se le arremolinaba a sus espaldas. El rey le pidió a la reina que utilizase el espejo para encontrarla. Sin embargo, ella le mintió y le dijo que el espejo solo mostraba una neblina. En realidad, la reina podía ver a Blancanieves. La joven inocente estaba tendida en un claro profundamente dormida. Después de que el rey se acostara, Trenzas de Oro cerró los ojos y murmuró un hechizo para que las aves nocturnas estuvieran famélicas. La reina malvada observó el espejo encantado mientras los martinetes y los búhos volaban hacia el claro. Volaron sobre Blancanieves y se posaron en las ramas de los árboles cercanos. La reina siguió entonando el hechizo hasta que hubo cientos de aves en el claro. No se detuvo hasta que mataron a Blancanieves a base de picotazos.

Matthäus sofocó un grito.

—Eso es todo —dije con voz neutra—. Así acaba.

Matthäus hizo una pausa y se sentó recto. Recogió la muñeca que había estado cosiendo y se la quedó mirando como si fuera un objeto extraño. Permaneció en silencio un buen rato mientras examinaba la muñeca. Entonces, retomó la costura y su voz adquirió un tono pensativo.

—Llámame ingenuo. No lo sé. Solo un ingenuo espera que todo le salga bien en la vida. Pero prefiero los cuentos que dan esperanzas a quien los escucha.

CAPÍTULO SIETE

Matthäus no volvió a mi cabaña hasta pasado mucho tiempo después de aquel día. Si fue por su padre o por mi historia, no lo sabía. Me sentía muy sola sin él y me arrepentía enormemente por haber dejado que la amargura se llevara lo mejor de mí. Le di vueltas a la historia una y otra vez y deseé haberla contado de forma distinta.

Casi me eché a llorar al ver el huerto de mi madre florecer en primavera. Cada vez que un tallo nuevo brotaba de la tierra, se me llenaba la cabeza de recuerdos míos arrodillada a su lado mientras aprendía a plantar semillas o a identificar plantones. Cada tallo nuevo tenía un nombre que ella me había enseñado. Endivia y espinaca, coles y espárragos. A veces oía la musicalidad de su voz cuando me decía sus nombres, endulzada por el amor de una madre hacia su hija, y se me rompía el corazón. Otras, ver un matojo nuevo de plantones me enfurecía. ¿Cómo se atrevían a crecer —tan constantes, predecibles— después de que hubiesen arrancado a su jardinera de la tierra?

A estas traiciones no tardaban en seguirles una revuelta de flores. Flor tras flor de delicadas prímulas azules, junto con las flores de nabo y el común pie de león amarillo. Había plantones nuevos por todas partes, como si remover la tierra hubiese inspirado a las semillas viejas a brotar. Los nabos y las chirivías crecían demasiado cerca del muro. Cada mañana las miraba envuelta en mi túnica deshilachada y me preguntaba dónde habría enterrado padre a mi madre.

¿Estaría su cabeza bajo las espinacas o las prímulas? ¿Crecerían los lirios sobre los dedos de sus pies?

Una mañana, cuando salí a quitar la maleza, me fijé en una planta nueva que no reconocí entre los lirios, una cuyo nombre no me enseñó mi madre. El tallo verde retorcido brotaba del suelo y tenía un único brote púrpura en la punta. En cuestión de semanas, crecieron otras plantas similares junto a ella. A la semana siguiente, aparecieron más. En mayo había docenas desperdigadas por la parte trasera del jardín. Eran arbustos extraños con hojas parecidas a lechugas silvestres, con un ramo de brotes púrpura diminutos en el centro. Ladronas de luz, las habría llamado mamá. Malas hierbas. No fui capaz de decidirme a arrancarlas.

A finales de verano, estaban por todas partes. Arbustos sanos parecidos a repollos de hojas enormes de treinta centímetros de alto y un metro de ancho. En el centro de cada una, donde antes brotaban las flores, ahora crecían unos globos diminutos con forma de nuez, unos frutos de un verde tan vivo como nunca antes había visto. Con el paso de las semanas, las bayas crecieron y su piel se tornó amarilla.

Lo siguiente que ocurrió no tendría que haberme sorprendido. Matthäus era un año mayor que yo, tenía dieciocho, y casi había terminado la formación. Llevaba meses sin verlo. Phoebe de Kürenberg tenía veintiuno o veintidós. Si su padre no la casaba pronto, sería demasiado tarde. Cuando el cura anunció que Matthäus y Phoebe estaban prometidos durante las proclamas matrimoniales, yo estaba de pie en mi lugar habitual tras el pasamanos al fondo de la iglesia, cerca del mendigo que a menudo pedía limosna en los escalones de la catedral, donde no me sentaría accidentalmente junto a nadie que me reconociera. En cuanto el cura dijo «Matthäus, hijo de Heinrich, el sastre», sufrí el dolor de cabeza más intenso que había tenido nunca.

Me aferré al pasamanos hasta que se me pusieron blancos los nudillos. El mendigo me miró a los ojos.

—Una boda —murmuró por lo bajo—. ¿Eso es lo que te aleja?

—¿Alejarme? —susurré—. ¿A dónde iría?

No respondió.

El cura soltó una perorata. La iglesia daba vueltas a mi alrededor. Tenía náuseas, como si mi cuerpo quisiese rechazar lo que había oído. *Cálmate*, me dije. *Pues claro que Matthäus va a casarse con la chica Kürenberg. ¿Acaso creías que lo habías embelesado de alguna forma con tus ojos ciegos de murciélago y tu ingenio deslumbrante? ¿Cómo podría convencer a su padre para que lo dejase casarse contigo?*

No sé cómo, conseguí aguantar durante el servicio. Después, vi que Matthäus se marchaba con Phoebe, cuyas trenzas rubias como el trigo le envolvían la cabeza a modo de corona. Llevaba un vestido verde sofisticado que se le ceñía a las caderas. Era una mujer, mucho más que yo, aquello estaba claro. Nunca había odiado tanto a alguien.

Cuando llegué a casa de la iglesia, no pude comer en lo que quedaba del día. No pude dormir. Hay un límite en la cantidad de pérdidas que puede soportar una persona y yo ya había tenido más que suficiente. Me pareció injusto que el mundo también se llevara a Matthäus. Era como si los dioses me estuviesen poniendo a prueba para descubrir hasta dónde podía aguantar.

A la mañana siguiente, agotada, salí al jardín trasero para intentar hacer las paces con lo que había ocurrido. Pensé en sentarme en el banco roto y rezar una oración. Esperaba que sentarme fuera entre las plantas, enredaderas y piedras me tranquilizaría, pero sin embargo, descubrí que los recuerdos de mi madre me acechaban. Sentada en el banco, me acordé de un día de primavera; estábamos removiendo la tierra para plantar cuando una familia de petirrojos bajó del nido que habían hecho en el muro trasero del jardín. Los pájaros habían revoloteado hasta el suelo, picoteando y gorjeando mientras buscaban gusanos en la tierra recién removida. Uno de ellos aterrizó en su falda y la risa de madre fue radiante.

En ese momento, cuando contemplé el muro del jardín, vi que hacía tiempo que el nido no estaba y no se veía a los petirrojos por ningún lado. El jardín nunca había sido grande ni había estado bien cuidado, pero yo había dejado que se descontrolase durante el verano ahora que madre no estaba ahí para cuidar de él. Las piedras del muro estaban cubiertas de musgo y enredaderas y se le habían caído varias rocas. Los terrones que poníamos entre los huecos de las piedras cada año se habían erosionado y habían dejado agujeros por los que se podían ver los muelles detrás de la casa. Se me ocurrió que, si no hacía algo, sería cuestión de años antes de que el muro sucumbiera a los estragos del tiempo. Parecía que nada en el mundo podría escapar de ese destino.

Mientras lo contemplaba, oí un ruido amortiguado: una voz que me llamaba por mi nombre.

—¿Quién anda ahí? —grité sobre el muro.

—Matthäus.

Noté un nudo en el pecho. La última vez que lo había visto yo llevaba una manta andrajosa. Y ahí estaba otra vez hecha un desastre, despeinada y con las botas cubiertas de tierra. Intenté pensar en algún motivo para decirle que se fuera, pero no pude. Entré y entreabrí la puerta principal. Lo vi al otro lado, el pelo negro le cubría los ojos grises. Estaba tan guapo que quería tirarme de cabeza al lago.

—He venido para explicarte lo de mi compromiso.

—No me debes nada.

Me miró a los ojos a través de la rendija con expresión suplicante.

—Lo ha organizado mi padre.

Entorné la mirada.

—¿Cómo es? Tu prometida.

—Phoebe tiene un humor horrible y una risa cruel. Está embarazada de otro hombre.

—¿Que qué? —Abrí la puerta.

Entró en la estancia principal.

—Estaba comprometida con otro hombre, pero huyó. Su padre le hizo una oferta al mío que no pudo rechazar. Un título. Una cabaña junto al lago. El favor del príncipe obispo.

Sacudí la cabeza.

—¿Está embarazada de otro hombre?

—No la quiero. —Se apartó el pelo de la cara, totalmente ajeno a lo guapo que estaba—. Desearía que fueras tú.

Aquello era lo único que podría haber dicho para recuperarme. Respiré hondo. Nos miramos, conscientes del espacio que nos separaba. Me tomó la mano y la apretó; luego se acercó lo suficiente como para que pudiese percibir las motas verdes de sus ojos.

—Cuando mi padre me pidió que cortejara a Phoebe me enfurecí. Pero me dijo que me desheredaría, que impediría que trabajase de sastre si no seguía adelante.

Oírle decir todo esto cuando estaba comprometido con otra persona fue una tortura.

—¿Por qué me lo cuentas?

Se quedó callado un buen rato.

—¿Quieres que lo diga?

Apenas era capaz de mirarme de lo mucho que me dolía.

—Sea lo que fuere, sí.

El silencio inundó la estancia. Cuando habló al fin, se miró los pies y tenía la voz ronca y cargada de afecto.

—Tengo que casarme con ella, pero te quiero a ti.

Al principio no estaba segura de a qué se refería.

Me miró de reojo con una expresión evidente de vergüenza.

—Te he echado muchísimo de menos —dijo—. Sé que los planes de mi padre te han herido, pero no me imagino la vida sin ti. Me dijo que cuidaría de ti. Fuimos a ver a un médico en Zúrich que dijo que podría curar tus desmayos.

¿Cuidar de mí? Un médico en Zúrich…

De repente, me di cuenta de lo que me estaba ofreciendo. Quería que fuese su amante. Aquello fue como si me hubieran vertido un cubo de agua fría sobre la cabeza.

—*¿Qué?*

—Mi padre dijo que no le importa lo que hagamos siempre y cuando me case con Phoebe. Ha hablado con su padre del tema.

Lo miré boqueando, incapaz de darle sentido a lo que estaba diciendo. Notaba los labios secos. Se me enredaron los pensamientos.

—¿Qué opina Phoebe de esto?

—No podría importarle menos. Solo necesita un marido para que su bebé no sea un bastardo.

Lo miré anonadada.

—Es una forma de estar juntos.

Respiré hondo.

—Salvo que no lo es.

—¿Por qué no? Incluso podríamos tener hijos.

Una furia colérica me atravesó.

—Quiero una *familia*, Matthäus. Nadie dejaría que la amante de alguien entrara en su casa para asistir en un parto. ¡Nuestros hijos serían bastardos! ¿Acaso lo habías pensado?

Me temblaba la voz.

Él parpadeó. Estaba claro que no lo había visto desde mi perspectiva.

—No —admitió—. Lo siento. Supongo que no lo pensé.

—Márchate —dije y me encaminé hacia la puerta para abrirla—. Ahora mismo no soporto verte.

Parecía realmente destrozado cuando salió.

La verdad era que no quería llorar delante de él.

Dos semanas después, volvió a llamar a mi puerta. Esta vez lo hice esperar. Me lavé la cara y me puse uno de los vestidos de mi madre del baúl, uno azul claro precioso con un lazo que acentuaría mi cintura. Me saqué las trenzas de debajo de la toca para que las viera. Luego abrí la puerta a medias.

—¿Qué quieres? —dije con sequedad.

—Lo siento. —Tenía un aspecto horrible, como si no hubiese pegado ojo desde la última vez que hablamos. Tenía ojeras y una expresión torturada—. Debería haber pensado mejor en lo que te estaba sugiriendo.

Lo fulminé con la mirada. Se merecía un par de semanas sin dormir. De ninguna manera lo estaría pasando peor que yo.

—Deberías haberlo hecho.

—Entiendo que no lo aceptes, Haelewise. Te mereces un marido por derecho. Para mi desgracia, yo no puedo serlo.

Esperó a que le respondiera. Como no lo hice, continuó:

—Te he hecho algo.

Se sacudió el morral que llevaba, no me había fijado en él, y sacó dos botas de piel y un fardo de tela de un rojo vivo. Cuando lo sostuvo en alto, me di cuenta de que era un vestido de mi color favorito. Tenía el cuello bordado, una enagua cosida y mangas acampanadas ribeteadas de oro. Se ataba a los costados para que se me ciñera a la figura.

—Es precioso —suspiré, sorprendida a mi pesar. Era como si hubiesen atrapado el resplandor de una puesta de sol en una tela.

Me dedicó una sonrisa nerviosa.

—He estado trabajando en él todas las noches después de acabar en el taller. Apenas he dormido.

Los pensamientos me iban a toda velocidad.

—No lo entiendo, Matthäus.

Volvió a introducir la mano en el morral y sacó una capa del mismo tono rojizo con una capucha bordada casi al completo. La extendió para que pudiera verla. El borde de la capucha también estaba ribeteado de oro. Era tan fina que cada uno de los hilos parecían emitir un brillo mágico. Toqué el broche —nunca había tenido uno—, de repente abrumada por aquel gesto tan bonito.

—¿Por qué me has hecho un vestido, Matthäus?

—Te quiero —dijo aquellas palabras con sencillez, directo, como si no hubiera discusión al respecto. No hubo rastro de emoción, ni un gesto grandioso, pero sí lágrimas en sus ojos. Cuando vi aquellas lágrimas, por primera vez, entendí el tormento que había nacido de su proposición. Me quería. Todo se detuvo cuando lo comprendí —mi respiración, mi corazón—, y juro que hasta el sol y la luna dejaron de moverse. Me quería tanto como yo lo quería a él, pero no sabía cómo librarse del matrimonio con Phoebe.

El enfado que sentía hacia él comenzó a menguar.

—Yo también te quiero —dije con suavidad.

Me miró a los ojos.

—Ven a la boda.

Lo miré boquiabierta. Se me secó la boca.

—¿Por qué haría tal cosa? ¿Por qué quieres que vaya? ¿Estás loco?

Me miró con expresión suplicante, casi avergonzado.

—Quiero mirarte a ti cuando diga los votos.

Sus palabras flotaron en el aire. Aparte de ellas, la cabaña estaba en silencio. Separé los labios y se me escapó un leve jadeo. Algo se quebró en mi interior.

Avanzó hacia mí, pero me alejé, temerosa de lo que ocurriría si dejaba que me tocase. No confiaba en mí misma.

—Ven a la boda —repitió—. Por favor.

—No sé si podré soportarlo —dije con la voz ronca por la emoción—. Deja que lo piense.

CAPÍTULO OCHO

La noche antes de la boda fui a bañarme a los muelles. Estaba tan nerviosa como si fuese a desposarme yo. No podía dejar de pensar en la oferta de Matthäus. Por un lado, era imposible. No soportaría compartirlo con otra mujer y ya me consideraban una paria. En la ciudad había mujeres que vivían solas —las viudas y las solteronas—, aunque todos sabían que no era el caso. Todos cotilleaban. Los niños cantaban canciones obscenas. Me evitarían y me llamarían «prostituta».

Por otro lado, quería estar con él. En el fondo lo quería más que nada. Después de que mi madre muriera y mi padre se marchara, Matthäus era todo lo que me quedaba. ¿Cómo sobreviviría sin trabajo ni forma de ganar dinero? ¿De verdad podía vivir del huerto y la comida que mi padre se olvidaba de traerme? Nunca me había enseñado a pescar.

En la orilla del lago, me desvestí salvo por la ropa interior y agradecí que la luz de las farolas fuese escasa. Se me metió el barro entre los dedos de los pies mientras mantenía el equilibrio al borde del muelle. Me sumergí y me limpié bajo las uñas para asegurarme de que estuviesen limpias. Me humedecí el pelo y me froté los brazos hasta que se me irritó la piel. Por un instante, solo fui consciente de las estrellas y el frío que me entumecía la piel. Luego recordé lo que ocurriría al día siguiente. Me hormigueó la piel y sentí un tirón.

Lo siguiente que supe fue que me estaba ahogando en el fondo del lecho enlodado del lago. Tosí y jadeé sin querer antes de poder controlar los movimientos lo suficiente como para ponerme en pie.

Inestable, me agarré al muelle. Tenía las extremidades adormecidas. Me ardían los pulmones. La marea rompía contra el muelle. Cerré los ojos, sentí el barro entre los dedos de los pies y pensé en lo estúpido que sería intentar vivir sola. Ni siquiera podía darme un baño sin ponerme en peligro.

De vuelta en casa, me desvestí frente al fuego y luego me calenté las manos y me cepillé el pelo. La luz del fuego danzaba por la habitación.

Cuando la muda se hubo secado, decidí probarme el vestido y la capa que me había hecho Matthäus. Quería saber cómo me vería él al día siguiente si decidía ir a la boda. El lino del vestido susurró cuando me lo pasé por la cabeza. La tela se abrazó a mis pechos pequeños cuando até los lazos de los costados. Me alisé la parte del vientre y luego me puse la capa; el dobladillo dorado de las mangas relucía. La parte superior era ajustada y los puños colgaban largos y preciosos. Quise llorar. ¿Cómo iba a soportar que Matthäus se casara con otra?

Cuando la puerta se abrió con un crujido, le estaba haciendo esta misma pregunta a las llamas crepitantes.

—Pensé en venir a ver cómo estabas… —decía padre mientras giraba el pomo. Se detuvo a mitad de frase—. Hedda —susurró sin aliento mientras la puerta se cerraba con un golpe a su espalda.

Me di la vuelta, perpleja porque hubiese pronunciado el nombre de mi madre.

—¿Padre? Soy yo.

Salvo por la luz del fuego, la casa estaba a oscuras.

—Lo sé —dijo, pero había algo en su tono. Se acercó a la luz y me miró con el ceño fruncido y una expresión seria—. ¿De dónde has sacado esa ropa?

Agaché la mirada hasta la capa. Me había llamado por el nombre de madre. ¿Cuándo se había vestido ella con unos ropajes tan elegantes? Intenté desenterrar los recuerdos de la casa de mi abuela, pero estos eran solo unos destellos sombríos. Un pecho voluminoso, cabello oscuro. Las manzanas relucientes que guardaba en el delantal, el estofado burbujeando en el caldero. No había forma de saber lo rica que era.

—Respóndeme.

—Matthäus se casa mañana. Lo hizo para que me lo pusiera.

Padre se puso rígido.

—¿A qué precio?

—Fue una muestra de amistad —balbuceé—. No tenía nada apropiado.

Me miró con sospecha.

—¿Y por qué querrías ir? Creía que querías casarte con el chico.

Se me encendió el rostro.

Padre me dedicó una mirada intencionada y negó con la cabeza con desaprobación.

—¿Qué dicen las mujeres sabias en las historias de tu madre? Siempre tiene un coste.

Me quedé hasta muy tarde tratando de decidir si ir a la boda y mi cuerpo casi toma la decisión por mí. Dormí hasta que sonaron las campanas de la iglesia, cuando apenas tendría tiempo de vestirme. Sin embargo, tan pronto como abrí los ojos, supe que iría. Quería oír a Matthäus pronunciar los votos para mí. Me apresuré a vestirme, me enfundé el traje y me recogí el pelo.

Luego corrí calle abajo hacia la catedral. La misa había empezado ya. Veía la coronilla de Matthäus junto a las trenzas rubias de Phoebe en el banco de los Kürenberg. Verlos juntos hizo que me doliera el corazón. Mientras el cura seguía con su perorata, lo único en lo que podía pensar era en lo mucho que la odiaba. Descubrí que era incapaz de hacer otra cosa que no fuera fulminarla con la mirada, llena de odio.

Después de la misa me apresuré a salir. La muchedumbre se congregó en los escalones para ver cómo Matthäus y Phoebe consagraban su unión. Las palomas ululaban con aflicción, como si compartieran mis sentimientos ante aquel evento. Primero salió Matthäus de la iglesia, engalanado con una camisa de cordones y unos pantalones elegantes, distraído, mientras recorría la multitud con la mirada de manera minuciosa. Phoebe lo siguió con su vestido sacudiéndose al viento, una túnica larga con un patrón complejo azul y dorado bordado al cuello y una cintura alta y fruncida que no escondía su vientre abultado. Su cabello claro parecía más abundante que de costumbre y tenía las mejillas cubiertas de un rubor salmón horrible. No podía dejar de mirarla. Esa podría haber sido yo, decía sin cesar una vocecita dentro de mí. *Esa podría haber sido yo* —un cántico profano—, *solo yo llevaría a su hijo en mi vientre.*

Me temblaron las manos de rabia cuando vi al cura bajar los peldaños hacia ella. Recordé cuando tuve en brazos al hijo del molinero, el primer parto al que había asistido, que quise llevármelo. Si no aceptaba ser la amante de Matthäus, tal vez nunca tendría un bebé propio. Y si aceptaba, repudiarían a nuestros hijos.

Cuando el cura dio comienzo a la ceremonia, la multitud permaneció en silencio y la expresión de Matthäus se volvió agitada. El cura no tardó en pedirles que pronunciaran sus votos. Phoebe recitó su promesa en tono monocorde, como con resignación ante aquella unión. Cuando el cura le pidió a Matthäus que hiciera lo propio, hubo una pausa larga mientras examinaba a la multitud. Cuando por fin me vio, una expresión de alivio le inundó el rostro. Me miró mientras repetía los votos a pesar de que dijo su nombre. Notaba las mejillas ardiendo, pero no aparté la mirada.

Y entonces, el cura bendijo la unión y entrelazó el lazo azul tradicional alrededor de sus muñecas. Estalló una ovación educada cuando los recién casados bajaron juntos los escalones con sus familias revoloteando a su alrededor. La madre de Matthäus sonreía y se reía al abrazarle. Su padre, ataviado con un abrigo y una túnica nuevos de mal gusto, le palmeaba la espalda y se pavoneaba como un gallo. Odiaba tanto a ese hombre. Me abrí paso entre el desfile de invitados que se dirigían al banquete. Crucé la calle adoquinada hacia la parte norte de la ciudad, siguiendo a regañadientes a la panda colorida de asistentes con ropas lujosas de colores llamativos.

La propiedad nueva de Matthäus era la cabaña Kürenberg a la orilla del lago, cerca de las puertas de la ciudad. Bajo el oscuro cielo gris, el lugar casi parecía amenazador, pues estaba construido con piedras grises puntiagudas. El lago destellaba tras él. El jardín estaba rodeado por un muro alto erigido con las mismas piedras que las de la casa. Las rocas grises de tamaño y forma desiguales se curvaban para formar la entrada. La puerta de madera estaba abierta, pero los goznes eran pesados. La fachada tenía un portal tallado con forma de sol.

Seguí a los demás al interior y oí el estruendo de las risas y las conversaciones, la voz de un hombre que cantaba. En una esquina, un joven no mucho mayor que yo sostenía una lira delicada. Sus ropajes eran de un extravagante terciopelo verde oscuro. Su atuendo era tan elegante que parecía que se lo había robado a un príncipe. Era un trovador germano. Solo había oído hablar de ellos en las historias. Nunca había estado en un evento lo bastante sofisticado para el que hubieran contratado algún espectáculo.

Me sentía inquieta mientras recorría el jardín con la mirada. Estaba salpicado por una docena de mesas decoradas con guirnaldas, plumas y coronas de flores ostentosas. Había espinos podados con esmero alineados junto a la pared. A través de una portilla se podía ver el vaivén de las olas del lago. Mientras buscaba algún lugar donde sentarme, una pluma de pavo real revoloteó hasta el suelo con un destello azul atroz y sentí una punzada aguda de resentimiento. Toda esta riqueza era lo que había hecho a Phoebe tan atractiva a ojos del padre de Matthäus. Si yo hubiese sido tan rica, habría emparejado a su hijo conmigo en un santiamén.

Entonces me rugió el estómago al oler la promesa de un banquete colosal —salchichas, mostaza, salvia y azafrán, mollejas y pudin—, así que me puse en fila detrás del resto de los invitados junto a la pila de agua para lavarme las manos. Luego encontré una mesa pequeña en la esquina más cercana a la puerta y me senté; al instante, me dispuse a arrancar una de las guirnaldas junto a mi asiento para reducirla a pedazos del enfado. Me llevó un momento darme cuenta de lo que estaba haciendo, reconocer mi ira y obligarme a parar. Alcancé el saquito para las monedas y rocé el amuleto. Murmuré una plegaria rápida a cualquier dios que me escuchase para no atizarle a nadie un puñetazo en la cara antes de haber comido algo.

La oración quedó interrumpida por el sonido de más música. Rasgada con la pluma del trovador, la lira emitió un sonido ondulante que me recordó a las hojas arrastradas por el viento. Era endiabladamente hermoso. La voz de la joven noble que se levantó de la mesa junto al trovador era pura y clara:

Crie un halcón salvaje con mis propias manos.
Fuerte y de plumaje gris, siguió mis órdenes
hasta que le quité los puntos de los ojos
y alzó el vuelo en busca de un nuevo guía.

El trovador no dejaba de mirar a los recién casados con una expresión divertida. Phoebe y Matthäus parecían incómodos. Phoebe se llevó la mano a la boca. Un murmullo bajo recorrió la multitud mientras la cantante seguía cantando. La invitada sentada a mi lado, una mujer canosa vestida de seda, soltó una risita nerviosa. La mujer sentada en frente se rio entre dientes y sus labios se curvaron en una sonrisa satisfecha.

—¿Cuántos pretendientes han salido huyendo de Phoebe ya?

La mujer mayor tosió.

—Al primero no le gustaba su temperamento. El segundo descubrió al tercero…

Sonreí con suficiencia.

—¿Quién es el trovador?

La mujer mayor resopló con sorna.

—Ludwig de Kürenberg, por supuesto. Debes de haber venido por el novio. —Se ciñó el broche al cuello y se dirigió a la mujer rubia—. Al menos su primogénito tendrá sangre noble.

La otra mujer se rio. Rechiné los dientes y me volví hacia la música. La siguiente canción comenzó con un compás apagado que me hizo suspirar antes de que el trovador abriese la boca siquiera. Les había oído la melodía a los músicos que tocaban en el mercado: era una canción común sobre unos amantes que se conocían desde pequeños. Cuando Matthäus atrajo mi mirada desde la mesa central, me di cuenta de que debía de haberla pedido por mí. Sentí el escozor de las lágrimas en las comisuras de los ojos. Escondí el rostro tras el cáliz y tomé un largo sorbo del vino espesado con miel para ocultar mi aflicción. El líquido me calentó las manos y la garganta al tragar; sabía a especias caras y a una alegría que no sentía.

Para cuando la canción terminó, mi cáliz estaba vacío y una mujer vino corriendo de las cocinas para rellenarlo. Mientras sorbía la segunda copa, otros sirvientes comenzaron a traer más comida de la que había visto en un solo lugar. Una docena de salchichas distintas con mostaza para untar, ganso asado, carne de venado, codorniz confitada e incluso un jabalí asado. No pude evitar quedarme mirando los colmillos de la pobre bestia. Incluso habían asado un pavo real, presentado con sus plumas azul iridiscentes unidas de nuevo a su piel en forma de abanico en un despliegue fantástico.

El hambre que tenía superó la envidia a medida que pasaban los platos y rápidamente me dispuse a atiborrarme. Después de las carnes, trajeron cuencos enormes de fruta. Rodajas de pera empapada en pimienta tan blanda y carnosa que parecían derretirse en mi boca. Un pudin de almendras tan pesado y pegajoso que era como un engrudo delicioso. Mientras lo devoraba, con la boca tan llena que debía de parecer una ardilla, descubrí a Matthäus observándome. Avergonzada, tragué tan rápido como pude.

Cuando trajeron el último plato, el trovador se levantó y se paseó por las mesas preguntando si alguien tenía una petición. Justo cuando le estaba hincando el diente a una tartaleta de moras, asintió, se aclaró la garganta y habló.

—Me han pedido que cantase tanto una canción nupcial como fúnebre —dijo.

Un grupo de hombres en la mesa de al lado se rio a carcajadas y se dieron palmadas en los muslos hasta que las mujeres sentadas junto a ellos los fulminaron con la mirada. Después de la conversación acerca de Phoebe que había escuchado, entendí la broma.

—Algo sagrado y malvado. Algo inocente y sabio. —El trovador fingió un ademán de frustración—. ¡Sois un público difícil!

La mujer canosa que estaba a mi lado se rio.

—He estado trabajando en una canción que puede ser todas ellas salvo sagrada. —Arrugó la nariz y le echó un vistazo a Matthäus—. Está basada en una historia nueva que nunca se ha cantado. El novio no me ha revelado su fuente.

Un murmullo brotó entre la multitud. En la mesa central, Matthäus volvió a mirarme tratando de decirme algo. Con el rostro ardiendo, enterré la cara en la copa.

El trovador sostuvo la lira en alto y rasgó las cuerdas con la pluma haciendo que resonase mientras volvía a su sitio en el extremo del jardín.

—¡El cuento de la princesa que huyó!

Casi me atraganté con la bebida. ¿Era *mi* historia? ¿La que le conté a Matthäus? ¿Lo había preparado para mí? Todo el mundo comenzó a hablar al mismo tiempo. Oí fragmentos de lo que le decía la mujer rubia a la que estaba a mi lado al otro lado de la mesa.

—Canción nueva… Princesa Frederika… Príncipe Ulrico…

Cuando el escándalo se apaciguó, el trovador rasgó de nuevo la lira y punteó una melodía tanto extravagante como triste. Un momento sonaba como una canción de amor y, al siguiente, como una nevada. La gente dejó la comida, terminaron lo que estaban comiendo y asieron sus bebidas. Hice lo mismo y me bebí de un trago lo que quedaba de la segunda copa de vino, confusa. ¿Por qué le contaría Matthäus mi historia al trovador? Pensaba que la odiaba.

El silencio se instaló en el jardín cuando el trovador cantó el primer verso:

La reina sentada en la ventana con aguja e hilo,
durante siete años sin concebir compartió el lecho del rey.
Afligida, se pinchó la suave yema con un punzón.
Sobre la nieve, una gota roja de sangre cayó.

Cuando terminó, el jardín estaba en silencio salvo por el sonido distante de un trueno. Tras los muros, se oía la marea romper contra la orilla del lago.

Qué extraño era oír mi historia cantada por otro. Dejé de comer. Bajé las manos sin fuerza sobre el regazo. Matthäus volvió a mirarme y, esta vez, supe lo que significaba. Entendía por qué le había contado esa historia. Lo entendía y perdonaba mi envidia, mi dolor. Sabía lo mucho que me encantaba contar historias. Había organizado esta actuación como un regalo para mí.

Por un breve instante, mis pensamientos se despejaron como una franja repentina de cielo en un día nublado. Me animé. Y entonces, el instante pasó. ¿Qué importaba que pensase en mí cuando ella era quien se sentaba a su lado?

Con un suspiro, dirigí mi atención al trovador, que ahora cantaba un verso sobre el hada de la rosa color sangre. Todos a mi alrededor se habían quedado a medio comer, cautivados por sus palabras. Las mujeres de mi mesa. Los hombres en la de al lado que se habían carcajeado por la broma del trovador. Contuvieron el aliento cuando Trenzas de Oro prometió a la princesa en matrimonio con el príncipe lobo. Vitorearon cuando la princesa huyó del castillo.

Dos pensamientos pugnaban en mi interior. Nadie me escucharía a mí de esa forma, una chica pobre sin sangre noble. Y aun así, era mi historia la que todos escuchaban, era mi historia la que estos nobles esperaban oír con el alma en vilo. Miré de reojo la mesa central. Phoebe estaba tan embelesada como el resto. Una alegría secreta brotó dentro de mí porque iba a ver cómo reaccionaba ante el fatídico final. Me causó mucho placer cuando las aves nocturnas descendieron sobre la princesa y el rostro rollizo de Phoebe empalideció de la conmoción.

La alegría me duró poco, sin embargo, cuando se volvió hacia Matthäus para susurrarle algo al oído. Fuera lo que fuere lo que le había dicho, él reaccionó con arrepentimiento. Agachó la cabeza y dijo algo con una expresión de disculpa, como el marido atento que me di cuenta de que pronto sería. Cada vez que ella lo necesitase, él estaría ahí. Era ese tipo de hombre. ¿Cuánto tiempo podría fingir amor antes de que sus sentimientos se volvieran reales? ¿Un año? ¿Dos? Pensar que llegara a amarla me escoció.

Cuando la música se apagó, la mujer junto a mí le susurró algo a su amiga sobre lo tonta que había sido la princesa de verdad por haber huido de su compromiso. Como la anulación la había convertido en una bastarda, Ulrico era lo mejor a lo que podía aspirar Frederika.

Su amiga asintió de acuerdo con ella.

—Los rumores sobre Ulrico son habladurías de los campesinos ociosos. Lo vi una vez fuera de la catedral dándole limosna a un mendigo. Es un buen cristiano.

El trovador hizo una reverencia y varios hombres alzaron sus jarras.

—¡Otra vez!

El trovador sacudió la cabeza y se sumergió en una balada en honor a los hombres que acababan de morir en una batalla sangrienta muy lejos de allí. Mientras rasgaba la lira, Matthäus comenzó a pasearse por las mesas para agradecerles a los invitados que hubieran ido. Cuando llegó a la mía, sonrió con formalidad y me apretó las manos. Luego se acercó y me susurró al oído:

—Ven a verme a la tienda mañana.

Asentí con rapidez y lo miré a los ojos antes de que se dirigiese a la mesa siguiente.

Antes de que pudiera terminar la ronda, las nubes de tormenta se abrieron sobre el jardín. Los goterones salpicaron mi cáliz vacío.

—¡Mi vestido! —espetó de repente la mujer canosa a mi lado. Se levantó y miró una mancha azul en la falda. Se cubrió la cabeza con la capa y se alejó del banco corriendo.

Me miré la ropa nueva y me pregunté si yo también debía buscar un sitio donde resguardarme. Habría sido una excusa excelente para salir de allí.

Las gotas cayeron sobre la mesa con un ruido sordo. El resto de los invitados comenzaron a levantarse. En la mesa central, vi a Matthäus ayudar a Phoebe a levantarse del banco. Aparté la mirada antes de que me descubriese y me apresuré a salir.

—Perdóname —le susurré a nadie en especial, y luego regresé a casa bajo la lluvia chapoteando en el barro.

CAPÍTULO NUEVE

Descoserse no es humano. Deshacerse está en la naturaleza de las muñecas y de las enaguas. Y sin embargo, la noche de la boda, era como si una costurera profana hubiese tirado de los hilos con los que estaba cosida. Tendida en la despensa, no tenía ni idea de cómo volver a coserme. Cada vez que cerraba los ojos, veía a Matthäus y a Phoebe en el jardín. Lo vi ayudarla a levantarse del banco para resguardarse de la lluvia. Intenté concentrarme en la forma en que había pronunciado sus votos como si fuesen por mí, en los detalles que había organizado, pero no podía dejar de verlo con ella.

Esperando que me trajera consuelo, saqué la figurita de la madre pájaro del morral e inspeccioné sus curvas extrañas. Me acordé del día en que madre me la regaló. Lo mucho que me había calmado apoyar la cabeza en su pecho, escuchar sus historias, disfrutar del leve aroma a anís que siempre la envolvía. Aquella noche, sentí su ausencia tan profundamente como el día en que murió. La boda de Matthäus habría sido mucho más soportable si todavía estuviese conmigo para consolarme.

Aquella noche no dormí hasta que casi salió el sol. Me la pasé inventando historias tenebrosas. Había una sobre un novio violento y otra acerca de un lobo en el bosque.

Cuando me desperté al mediodía, tenía más hambre de la que había tenido durante semanas por lo bien que había comido el día anterior. Salí al jardín para ver si había madurado alguna de las verduras de otoño. No había verduras nuevas, pero las bayas doradas de las plantas nuevas, las ladronas de luz que se habían apoderado de la parte trasera del huerto, habían crecido bastante. Me pregunté si serían comestibles.

Arranqué una de las frutas doradas demasiado madura y reluciente por el rocío. Su aroma dulzón me abrumó. Me recordó al de las manzanas. *Una manzana dorada*, pensé asombrada al recordar el cuento de mi madre.

El corazón me dio un vuelco. La fruta pequeña brillaba por la escarcha. Sus palabras regresaron a mí: *Quiero dejarte algo*. ¿Las habría plantado ella?

Nunca hubo ninguna duda acerca de lo que iba a hacer. Mi madre lo había dejado claro. La manzana dorada era la cura para mis desmayos. La fruta no se parecía a nada que hubiese probado antes. Era dulce, blanda e incluso más carnosa que las peras del banquete de la boda. Le di otro bocado y luego otro, sorprendida por el regusto dulce, la suavidad de la pulpa, crujiente por la escarcha. Me obligué a comer despacio para saborearla. Cuando llegué al revoltijo de semillas doradas en el centro, se me quedó una entre los dientes y paré. Sabía fatal.

Inspeccioné el núcleo, sorprendida de lo bien que veía. Distinguía cada cristalito congelado, cada espiral y enredo en la pulpa. Todo a mi alrededor, así como las plantas moribundas del huerto, relucían con gotitas diminutas de escarcha. Por primera vez, vi los detalles en las venas ramificadas de las hojas.

¿Acaso esta fruta también me había curado la vista? Miré al cielo para ver si su claridad todavía hacía que me dolieran los ojos. Por una vez, no sentí la necesidad de entornarlos. Sentí una punzada en el corazón. Quería contárselo a alguien.

Matthäus. Se suponía que debía encontrarme con él en la sastrería. Casi me había olvidado. Tomé la capa que me había hecho y que había colgado del gancho. Me dirigí calle abajo en dirección al mercado con paso rápido, mareada por los detalles nuevos que veía en el mundo. La textura de cada hoja muerta. Las grietas en los adoquines que zigzagueaban con un relieve nítido. Estaba tan eufórica que olvidé evitar la peletería. A medida que me acercaba al callejón tras la tienda, el hijo mayor del peletero salió tambaleándose por la puerta trasera. Tenía los ojos inyectados en sangre. Le había salido una ampolla en la comisura de la boca.

—¿Haelewise? —dijo con una mueca—. ¿Por qué vas vestida así?

Oí unos pasos detrás de mí. Me di la vuelta y vi al hermano menor acercarse a paso tranquilo por el lateral de la tienda. Por primera vez, me fijé en sus pestañas oscuras, el azul frío y severo de sus ojos.

—Qué capa tan elegante. Entra y enséñanos lo que has hecho para conseguirla.

Miré mi atuendo y supe lo que estaba pensando, lo que cualquiera pensaría al verme con aquella ropa. Las mejillas me ardieron por haberlo considerado siguiera, que iba de camino a ver al hombre casado que me había regalado la capa. Me aferré al morral que llevaba a la cadera, desesperada, rezando por escapar del callejón con la virtud intacta. Y así, sin más, volvió a ocurrir. Me hormiguearon los dedos y sentí un escalofrío delator. El otro mundo se acercaba. *Ahora no*, pensé. *No, no, no…*

Sin embargo, en lugar del tirón que tanto temía, el equilibrio cambió en dirección contraria. El aire estaba cargado de posibilidades igual que durante un parto. Oí un murmullo, la voz fantasmal de una mujer en los oídos. *Utiliza su lujuria*, me siseó con una diversión casi endiablada.

Me quedé paralizada, aterrorizada de que el demonio que mi padre creía que me poseía al fin me hubiese hablado. Volví a enfocar el callejón. La sonrisa libidinosa del hermano menor. Los pasos del mayor a mis espaldas. Demonio o no, me pregunté si el consejo funcionaría. *¿Qué otra opción tengo?*, pensé. Me obligué a sonreír al hermano menor e intenté esconder mi nerviosismo. Me miró. Me ajusté el corpiño.

—En realidad, me encantaría tener pieles nuevas —susurré al tiempo que me acercaba a él con una sonrisa lasciva forzada.

El hermano menor sonrió con suficiencia, sorprendido, y extendió la mano para atraerme hacia él. Tan pronto como lo hizo, me di la vuelta. Su mano barrió el aire vacío y yo me escabullí tras él por el callejón. Me arañé la piel contra la pared. Maldijo cuando me alejé a la carrera y la capucha me cayó sobre los hombros. Lo último que vi antes de entremezclarme con la multitud fue la humillación en su rostro.

De vuelta en la seguridad relativa de mi cabaña, no pude dejar de pensar en la voz que había oído en el callejón. ¿Comer la manzana de mi madre había conjurado a un demonio, o sería su diosa? Quería que fuera esta última, pero sabía tan poco de ella que no había forma de decirlo. Saqué la madre pájaro del saquito y la puse sobre la mesa, inspeccionándola por si obtenía alguna pista sobre su naturaleza. Los pechos, las alas, las garras eran muy extraños. Cuando cerré los ojos, juro que pensé que sentía el aire volverse más denso por las posibilidades a su alrededor, como si atrajese algo del otro mundo. Era poderosa, independientemente de lo que representase, pero su desnudez, su ferocidad, me preocuparon. ¿Qué tipo de diosa aconsejaría a una mujer utilizar la lujuria de un hombre en su beneficio? Quería confiar en ella —después de todo, mi madre la adoraba—, pero temía que mi padre tuviese razón y que hubiese conjurado a un demonio por hereje. Un demonio con una voz sibilante al que le divertía la vergüenza de los hombres.

La idea me atraía y repelía por igual, lo cual era inquietante en sí mismo. A medida que se hacía tarde, volví a guardar la figurita en el saquito de las monedas y decidí que no le hablaría a Matthäus de las manzanas doradas. ¿Cómo podía hablarle de la cura sin mencionarle la voz que me había permitido oír? Y contarle esto lo escandalizaría. Se parecía más a mi padre en cuestión de creencias que yo.

A la mañana siguiente, me comí lo único que tenía para desayunar: manzanas doradas. Rocé la figurita de la madre pájaro con los dedos en el saquito; deseaba saber con qué dios o demonio estaba relacionada. Reflexioné sobre la oferta de Matthäus y esperaba que viniese a verme, ya que yo no había podido ir a la tienda el día anterior. Pero no vino.

Pronto me moría por comer algo que no fuese fruta. Decidí ir a la ciudad y cambiar la última muñeca por algo de comida. Podía pasarme por la sastrería a la vuelta. Me quedé frente al estante donde estaba Gütel durante un buen rato antes de bajarla. Me fulminó con la mirada con su expresión cargada de desdén.

—No me mires así —le dije—. No tengo otra opción.

Le peiné el pelo de lana, le enderecé los lazos y elegí dos cuentas marrones de vidrio del cordel que colgaba junto a la ventana. Le quité la negra que aún tenía en la cara y me dispuse a coserle unos ojos nuevos. Una hora después y tras varios pinchazos en los dedos, quedé satisfecha.

Caminé calle abajo envuelta en mi capa raída con Gütel en el morral, cautivada y temerosa al mismo tiempo por los nuevos detalles que veía en el mundo. El cambio que se había producido en mi vista era incluso más evidente que el día anterior. La plaza del mercado se veía más clara, más nítida, más intricada, mientras la atravesaba con cautela y rezaba que nadie me reconociese en el tiempo que me llevara vender a Gütel y comprar queso y salchichas.

En el extremo del mercado, los hijos del peletero habían congregado a una pequeña multitud a su alrededor: los hijos del curtidor, el zapatero, el herrero, los primos del molinero. Las palabras del hermano mayor flotaron hasta mí.

—La ha poseído un súcubo… —decía—. Haelewise nos rogó que yaciéramos con ella.

Una sensación de conmoción y enfado me inundó el pecho.

—¡Mentiroso! —grité antes de que pudiera pensarlo mejor—. Eso no fue lo que pasó…

Todos se dieron la vuelta.

—¡Es ella! —gritó el hijo del curtidor e hizo la señal para protegerse del diablo. La multitud a mi alrededor se dispersó para poner tierra de por medio conmigo. El gesto se extendió de mano en mano, desde el hijo del curtidor a quienes lo rodeaban.

—¡Nos va a maldecir a todos! —gritó el hermano mayor.

La oscuridad alentó al gentío, el miedo intensificado por todas las muertes que se había cobrado la fiebre. La del curtidor, la de mi madre. Aterrada, busqué algún resquicio entre las personas para escapar.

—¡Detenedla! —gritó la viuda del curtidor, una mujer demacrada con mirada afligida.

La muchedumbre me cerró el paso. Un hombre de expresión amarga avanzó y agarró una piedra.

—¡La fiebre es por su culpa! —bramó y la sostuvo en alto.

La gente asintió y comenzó a buscar piedras por el suelo. Si esperaba más tiempo, sabía lo que ocurriría. Eché a correr y empujé a la viuda del curtidor para apartarla de mi camino, huyendo de la plaza tan rápido como me permitían las piernas. A mis espaldas, oía a la gente gritar y llamarme todo tipo de cosas. Miles de pisadas que se acercaban deprisa. El entrechocar de las puertas cuando más personas se apresuraban a salir para unirse a la persecución.

Corrí a casa tan rápido como pude, abrí la puerta de golpe y la trabé para que nadie pudiera cargar contra ella. Aseguré los postigos respirando con dificultad mientras oía el sonido de la marabunta que sabía que vendría. Y entonces, justo cuando estaba colocando el catre de mi madre contra la puerta trasera, ahí estaba, unos golpes en la puerta principal. Los hijos del peletero me gritaban para que saliera y pagara por las pieles.

—¡Has traído la fiebre! —gritó alguien.

—¡Hereje! —Era la voz de un niño, débil y aguda.

—¡Bruja!

Me arrastré debajo de la mesa y me senté con la espalda apoyada en la puerta, temblando, luchando contra el impulso irracional de taparme los oídos con los dedos y fingir que no estaban ahí. Un rato después, oí que fuera se sucedía una conversación animada, una especie de discusión. No distinguí de qué iba, pero me inundó una sensación de desasosiego por las pocas palabras que oí —palabras como «quemar» y «aceite»—. Alguien quería llenar mi cabaña de humo para que saliera. Al final, la voz de un hombre que no reconocí dio por terminada la discusión.

—No merece la pena —gritó—. Se propagaría a los muelles.

Los murmullos de asentimiento fueron un alivio hasta que escuché lo que dijo la siguiente voz.

—Apostemos un guardia. Tú y tú, quedaos conmigo. La atraparemos la próxima vez que salga.

Me quedé sentada bajo la mesa durante horas con la espalda contra la puerta, tratando de decidir qué hacer. ¿Debería abandonar la ciudad? ¿Buscar la protección de Matthäus? Ambas posibilidades parecían lejos de mi alcance. Tendría que sortear a los guardias que habían apostado fuera para llevarlas a cabo. De vez en cuando oía a los hombres hablar en la calle. Eran conversaciones apenas audibles, demasiado amortiguadas como para distinguir qué decían.

Al final, salí de debajo de la mesa para buscar algo, cualquier cosa, que llevarme a la boca y aliviar las punzadas de hambre. Encontré un puñado de semillas de anís al fondo del bote. Chupé una semilla cada vez para distraerme con su sabor dulce. Cuando cayó la noche, encendí una vela de junco y me senté a la mesa mientras la contemplaba arder. No podía dormir. No dejaba de echar un vistazo a la calle a oscuras tras los postigos mientras me preguntaba si los hombres seguirían ahí. A medida que pasaban las horas, mis pensamientos se centraron de nuevo en la voz que me había hablado en el callejón. La cabeza me daba vueltas por el miedo a que fuese un demonio —una lamia o Lilith—, que mis plegarias a cualquier deidad que me escuchara lo hubiese invitado a mi corazón. No me dormí hasta tarde.

Cuando el sol de la mañana atravesó las rendijas de los postigos, me desperté con una solución nueva. Tenía que abandonar la ciudad.

Intenté reunir el valor para abrir los postigos y ver si había alguien en la calle. Se me ocurrió que quizá sería más seguro mirar a través de uno de los agujeros entre las piedras del muro del jardín. Me dirigí a la puerta trasera y me quedé un buen rato frente a ella. Me daba miedo que uno de los hombres que estaban vigilando la casa hubiese trepado por el parapeto. Cuando al fin abrí la puerta, me encontré con un día claro de otoño y la luz pálida del sol brillaba tranquilamente sobre el muro. Eché un vistazo por uno de los agujeritos entre las piedras y vi a dos hombres en la calle vigilando la casa.

Retrocedí despacio y me retiré hasta el banco que había en la parte trasera de la casa. El sonido del lago lamiendo los muelles me calmó mientras trataba de decidir cómo escabullirme de la ciudad. ¿Debería saltar el muro? ¿Robar un bote? Mi padre nunca me había enseñado a remar. Si tan solo pudiera salir volando a lomos de una bestia como la bruja que pensaban que era. Sin embargo, aunque pudiera, no tenía a dónde ir.

Con la puesta de sol, cuando el aire se impregnó del olor de las hogueras y el sonido festivo de las campanas, oí a un grupo de niños atravesar corriendo la calle riendo y cantando una canción de san Martín; me di cuenta de que era el día de San Martín. Me embargó el recuerdo de cuando cantaba esa canción con mi padre y era demasiado doloroso como para recrearme en él mucho tiempo. Hablé con mi madre, que estaba bajo tierra, con su diosa en el más allá, y toqueteé la figurita en el saquito. Froté la piedra negra con aire ausente, rezando desesperada por que me guiase para salir de la ciudad.

Debía de ser cerca de medianoche —unos días después de la luna llena, el orbe brillaba— cuando la figurita empezó a calentarse bajo mi pulgar y entraron escalofríos por la piel. Me preparé para el desmayo, pero en vez de eso sentí el aire cargado de posibilidad, igual que cuando oí la voz tras la peletería. El aire tembló como si algo se acercase. El qué, no lo sabía. ¿Un alma? ¿Una voz? Entonces, unos hilos fantasmagóricos comenzaron a desplegarse a mi alrededor.

Me estremecí al verlos elevarse como el humo de una hoguera invisible. Se volvieron más gruesos, como espirales relucientes, hasta fundirse con la forma de una mujer arrodillada en la tierra.

Era mi madre. Estaba enderezando uno de los sembrados de manzanas de oro, llevaba sus guantes de la suerte y la capa azul claro que había visto hacía un instante colgada del gancho dentro de casa. Corrí hacia ella gritando.

—¡Madre!

Ella alzó la cabeza entre las malas hierbas y me dedicó una sonrisa reluciente y una expresión de alegría con los brazos abiertos. Salté a su abrazo. La sensación espectral de sus brazos en torno a mí fue como un bálsamo. Susurró mi nombre una y otra vez y presionó el rostro contra mi pelo. Se me anegaron los ojos de lágrimas y su aroma me envolvió. Tierra y anís. Un rato después se apartó de mí y frunció el ceño. Cuando sus labios comenzaron a moverse, me llevó un instante descifrar su voz. Era un murmullo apenas audible, como el zumbido bajo de las abejas.

—Has comido las manzanas de oro —decía.

Parpadeé para apartar las lágrimas y asentí, abrumada por un pensamiento repentino.

—¿Fuiste tú quien me habló? —pregunté en voz baja por la impresión—. Pensé que había sido un demonio.

Ella no se dio por enterada de mi pregunta. Su voz sonó más grave, más alta.

—Tienes que marcharte de la ciudad. —Me dedicó una mirada de advertencia a medio camino entre el enfado y el miedo, la misma expresión que tenía cuando me hablaba de la *kindefresser.*

Intenté explicarme conteniendo los sollozos.

—La gente del pueblo quiere lapidarme. Están montando guardia fuera para apresarme.

Su expresión se suavizó.

—No llores. Tienes toda la vida por delante. —Me secó las lágrimas. Su sonrisa era amable—. Tendrás hijos, contarás historias, te convertirán en matrona. Encontrarás tu propósito.

—¿De verdad?

Ella asintió. El aire relucía a su alrededor. La neblina había comenzado a asentarse sobre el jardín. Se arremolinaba en torno a ella brillando a la luz de la luna.

—Hay un mundo entero ahí fuera tras el muro.

—¿Cómo burlo a los guardias?

—Ahora no hay nadie. Las celebraciones por el día de san Martín los ha distraído.

—Pero ¿a dónde iré?

—Busca a la mujer sabia del bosque cerca del castillo de Ulrico y Ursilda. Necesita una aprendiz.

La miré a los ojos. Me contemplaba con tanto amor.

—Haelewise… —Me sonrió radiante—. Te quiero más que a la vida misma.

Le brillaron los ojos y se le rompió la voz. Entonces, su sonrisa comenzó a flaquear por el desasosiego. De pronto, el aire se volvió tirante y sentí un tirón menguante de este mundo al otro. Mi madre buscó en el aire con el ceño fruncido y llena de pánico. Negó con la cabeza una vez, dos, y extendió la mano.

Pero antes de que pudiera tirar de mí para darme un abrazo, toda la tensión estalló. La neblina regresó al otro mundo y se la llevó con ella.

CAPÍTULO DIEZ

Me desplomé, arrodillada en el lugar donde mi madre había estado agachada en la tierra. El corazón se me inundó de alivio. La voz que me había hablado era la de mi madre. Su fantasma había regresado para visitarme. El mundo de sus historias estaba plagado de ese tipo de apariciones, pero jamás habría esperado presenciar una de verdad.

Alargué el brazo para tocar la planta de las manzanas de oro que había estado enderezando y me pregunté qué habría querido decir cuando dijo que encontraría mi propósito. Las hojas de las plantas susurraron y volvieron a su posición con mi contacto. Aferré el amuleto de la madre pájaro y toqué al bebé diminuto que tenía en brazos. Recordé lo bien que me había sentido cuando sostuve al hijo del molinero, su peso, la necesidad de cuidarlo que me embargó. Sentí un anhelo repentino por los hijos que tendría algún día.

Cuando Matthäus se casó, pensé que había perdido la oportunidad, pero debí de haber sido más sensata. Tenía el corazón roto por haberlo perdido… Pero, claro, por supuesto que él no era el único camino que tenía por delante. Si ver a la mujer sabia era el primer paso para conseguir la vida que quería, iría a buscarla. Le pediría ser su aprendiz.

Decidida, volví dentro, me puse la capa nueva y empaqueté mis cosas: un peine, una bota de agua. El carcaj y el arco. El espejo destrozado. El resto de la fruta del jardín. Conté dos docenas. No quería dejar de comerlas. Arranqué una de las hojas de la planta para que la mujer sabia pudiese identificarla. Con el morral lleno, me até el cuerno de agua al cinturón y me centré en el problema de cómo cruzaría el mercado sin que me reconociesen. Ahí fuera no había nadie, pero la plaza sería harina de otro costal... y ¿cómo atravesaría las puertas?

En la habitación trasera, rebusqué en el baúl de mi madre hasta que encontré un par de pantalones, una camisa raída de hombre y una capa olvidados al fondo. En el mercado, nadie se pararía a mirar dos veces a un muchacho con ropa harapienta. Me quité el vestido nuevo, la capa y el pañuelo para la cabeza y los guardé a presión en el morral. Me envolví los pechos pequeños con una tira larga de tela ceñida y luego me puse la camisa y los pantalones.

El pelo, pensé. Busqué el peine, me desenredé los rizos llenos de nudos y me los trencé. Pensé en cortarme la trenza con un cuchillo, pero cuando me puse la capa de mi padre, vi que podía ocultar la trenza debajo de la camisa. En realidad no quería cortarla.

Me apresuré a salir antes de que los guardias regresaran y me encaminé a las puertas de la ciudad. En la plaza a oscuras, solo me crucé con un grupo de personas festejando que salían de la taberna. Ni siquiera asintieron cuando vieron a un muchacho vestido con ropa ajada. Pasé desapercibida.

A medida que me acercaba a la silueta en sombras de la cabaña Kürenberg, sentí una punzada en el pecho. No podía marcharme sin despedirme de Matthäus.

La puerta del jardín no estaba cerrada con llave. Chirrió cuando la abrí. Cuando me colé, el gato naranja que al parecer había seguido a Matthäus a su nuevo hogar frotó la cara contra mis piernas. Verlo me atenazó el corazón. Lo acaricié y comprobé las ventanas del piso de arriba. No había velas encendidas, ninguna luz. Pero parecía que había alguien despierto en el piso de abajo. Los postigos estaban abiertos. Veía la luz de una vela titilar tras la ventana.

Eché un vistazo en el interior, donde Matthäus estaba cosiendo con la aguja en la boca, solo entre un mar de retales. Verlo así me tranquilizaba y me rompía el corazón al mismo tiempo. Mi amigo de la infancia, mi amor, ahora era el marido de otra. Desde donde estaba, no podía ver la habitación entera. Respiré hondo.

—*Matthäus* —siseé y me escondí tras un espino en caso de que hubiese alguien más con él.

No reaccionó. Volví a llamarlo por su nombre. Se dirigió solo a la ventana y se asomó con el gorro de dormir. Salí de detrás del espino y lo saludé con la mano. Al principio, pareció alarmado.

Me quité la capucha y negué con la cabeza.

—Soy yo.

—¿Haelewise? —Se rio—. ¡Rayos! ¿Qué llevas puesto? ¿Por qué no viniste ayer a la tienda?

—Sal. Te lo explicaré.

Cerró los postigos. La luz titilante desapareció tras ellos. Una ola rompió contra la orilla detrás de la casa. Un momento después, la puerta que daba al jardín se abrió y Matthäus salió, más guapo que nunca, con la vela en alto. Sin embargo, por primera vez vi la vida que no podría ofrecerme al mirarlo.

Me hizo un gesto para que me sentara con él ante una mesa y acercó la vela para mirarme.

—Tus ojos —dijo con la voz cargada de asombro—. Son preciosos.

En aquel momento no entendí a qué se refería.

Nerviosa, así su mano al otro lado de la mesa. Nuestras miradas se encontraron; sus iris grises brillaron a la luz de la vela. Esperanzados. Me di cuenta de que pensaba que iba a aceptar su oferta. Agaché la mirada hacia nuestras manos.

—Me marcho de la ciudad —dije en voz baja—. No podía irme sin despedirme.

Bajó la vela.

—¿Te marchas? ¿A dónde irás?

—A ver a la mujer sabia.

—¿La que secuestró a Ursilda? —Parecía horrorizado.

—Mi madre me dijo que no fue así. Oí que está buscando una aprendiz.

—Ay, Haelewise —dijo con los ojos rebosantes de decepción—. ¿No hay forma de convencerte para que te quedes?

Negué con la cabeza con los labios apretados. Luego sentí una necesidad perversa de hacer que lo comprendiera.

—Ayer casi me lapidan. Una muchedumbre me siguió a casa.

Sus ojos se abrieron desmesuradamente.

—¿Estás bien?

—Solo tengo el orgullo herido —suspiré—. Encontraré otro lugar donde vivir, algún sitio donde no me odien.

Se le demudó el rostro.

—Señor, ten piedad de mí. —Me miró fijamente, como si no supiera qué decir a continuación. Al final, suspiró—. ¿Puedo besarte? ¿Solo por esta vez?

Se me paró el corazón. Una parte de mí quería gritarle que no se lo merecía, pero otra se moría tanto por besarlo que dolía.

—Solo por esta vez —accedí finalmente.

Sus labios eran suaves y sabían a sal. Me sorprendió la intensidad de su deseo. El resto del mundo desapareció y olvidé dónde estaba, quién era. Solo estábamos nosotros, no había nada salvo el peso del deseo que compartíamos. No sé durante cuánto tiempo nos estuvimos besando. No fue hasta que sus manos me rozaron el muslo que recordé… que estaba casado. Su mujer embarazada estaba arriba. No podía hacerlo.

Sus ojos permanecieron cerrados un momento después de que me separase. Su expresión estaba cargada de anhelo. Entonces me miró; lo comprendía. No habló cuando me puse de pie para marcharme.

Cuando abandoné el jardín, la puerta chirrió a mi espalda. Él seguía sentado en la mesa, en silencio.

Solo miré atrás una vez. Estaba viendo cómo me iba y sus ojos refulgían de arrepentimiento. Me centré en el camino que llevaba a las puertas de la ciudad ignorando el arrepentimiento que bullía en mi interior para igualar el suyo. El sonido del lago que bañaba la orilla se burló de mi corazón roto.

Mientras me dirigía a la puerta norte, me obligué a concentrarme en el problema que tenía frente a mí: tenía que burlar a los guardias de la ciudad. Si hablaba con ellos, mi disfraz se iría al garete. Después de pensarlo, decidí pavonearme como los hijos del peletero. Con un pie delante del otro, dura, cabeza alta. Asentí cuando me aproximé a la puerta como si un intercambio de palabras fuese una molestia y compuse una expresión de indiferencia cuidadosa.

El guarda asintió, lo había engañado, y me dejó cruzar la puerta. El agua destellaba a la luz de la luna a ambos lados del puente. Durante horas solo encontré sombras, la silueta de los pájaros que dormían a lo largo de la orilla del lago. A medida que la noche se volvió grisácea al alba, el camino viró hacia el oeste en dirección al bosque, lejos del lago.

Me detuve antes de poner un pie en el camino. Madre me había contado muchas historias sobre esta parte del bosque. Se suponía que escondía animales y hadas extraños, a la *kindefresser*, la fuente de la neblina, el castillo del príncipe Albrecht sobre los acantilados. La torre de la mujer sabia.

Respiré hondo y encaré el sendero. Los fresnos longevos y los robles retorcidos se cernían sobre el camino que se adentraba en el bosque como si los árboles estuvieran bailando con las manos unidas. Lo seguí y me sorprendió lo rápido que se cerraban las sombras a mi alrededor. Las copas de los árboles eran densas, casi impenetrables. Muy poca luz se colaba entre ellas.

Anduve bastante rato por el sendero y perdí la noción de si era de noche o de día. Finalmente, cuando supuse que debía de ser por la tarde, cacé un conejo, lo comí, y luego me quedé dormida bajo un espino de fuego.

Hasta que no me desperté aquella noche no advertí el cuervo gigante, apenas visible, en las ramas de una pícea. *Craec,* graznó mirándome fijamente con sus ojos ámbar refulgentes. *¡Craec!*

Esos ojos, pensé con un estremecimiento. Ya no creía en la *kindefresser*, pero sí era supersticiosa con los cuervos de ojos ámbar desde que uno le había arrancado el ojo a Gütel en la arboleda. ¿Sería el mismo pájaro o habría muchos? El animal saltó de árbol en árbol mientras graznaba. Tenía el presentimiento de que quería que lo siguiera.

—Fuera —le dije con la voz temblorosa.

El pájaro volvió a graznar y alzó el vuelo por el camino. Las agujas de los abetos se agitaron. A medida que el terreno ascendía en una colina, empezaron a arderme las pantorrillas.

Antes del amanecer oí un sonido distante. La llamada de una trompeta. Los aullidos y ladridos de unos perros que se aproximaban. Mi madre y yo nos habíamos topado con partidas de caza hacía mucho tiempo, cuando paseábamos por el bosque. Aquella parte le pertenecía al príncipe Albrecht. Los únicos nobles que cazarían allí serían él o su hijo, Ulrico. No quería encontrarme con ninguno de ellos.

Trepé al árbol más alto que encontré. La savia se me pegó a los guantes. Las ramas se partieron bajo mis botas. Me ceñí la capa y miré alrededor.

Al norte se veía la silueta lejana del castillo en sombras sobre el acantilado donde vivía el príncipe Ulrico; estaba rodeado por una ciénaga cubierta de niebla en el valle que supuestamente estaba repleto de hadas. La imagen del castillo me dio un escalofrío. Pensé en lo que me había contado mi madre acerca de que Ulrico se transformaba en lobo durante la luna llena. Parecía muy lejano a la luz del día, pero ahora no podía evitar preguntarme en qué fase estaría la luna. Estaba menguante, casi medialuna.

Al este del castillo el sol ribeteaba las copas de los árboles en el horizonte de un rosa tenue. No había señales de la fuente del sonido.

Al oeste, el manto de árboles se extendía verde y oscuro. Los perros aullaron de nuevo, más cerca que antes.

Hubo un movimiento abajo. Un ciervo saltó entre la neblina. Una flecha se clavó en el árbol en el que estaba con un golpe seco y la pluma verde que tenía en el extremo vibró por la fuerza del disparo. Me quedé paralizada.

Los sabuesos ladraron al unísono; sonaban cada vez más alto. Apreté las rodillas alrededor del tronco del árbol y contuve el aliento.

Abajo, los alanos pasaron como una exhalación gruñendo, rapaces, tan rápido que parecían fantasmas grises—, demasiado centrados en el ciervo como para percatarse de mi presencia. Suspiré aliviada. Los ladridos se disiparon al tiempo que oía el paso relajado de los cascos sobre la tierra, un sonido tenue, la conversación de los hombres que iban tras ellos.

De entre la niebla dos nobles jóvenes salieron al trote al claro. Los caballos eran grises y robustos, estaban acicalados y tenían las patas salpicadas de barro. Unos estandartes verdes zigzagueaban por su cuello. Tras ellos, un paje montaba un tercer caballo con el estandarte verde del lobo, el escudo de armas de Albrecht. *El príncipe Ulrico,* me percaté. *Debe de ser uno de ellos.*

Ahí, a la zaga del grupo. Pelo negro, hombros anchos, con un abrigo gris desaliñado hecho con la piel de un animal, y sobre un caballo azabache. La piel de lobo. Tenía una expresión decidida y los ojos, de un azul claro. Era impresionante, con el cabello negro, para nada el monstruo que me había imaginado, aunque había un brillo depredador en sus ojos. A medida que se acercaba retrocedí, sentía que había algo muy malo en el aura que le rodeaba. Me aferré al tronco y contuve el aliento, rezando para que no mirase hacia arriba.

Lo siguió una mujer varios años mayor que yo sobre un caballo moteado. Entró en el claro y miró la luna con aire contemplativo. Llevaba una capa larga de luto y un pañuelo modesto le cubría el pelo salvo por dos trenzas pelirrojas. Estas se mecían con el vaivén del caballo y sus ojos verdes brillaban por las lágrimas que rodaban por sus mejillas salpicadas de pecas. Era hermosa de una forma antinatural. Tenía cierta aura salvaje.

—No debería haber dejado que padre me convenciera para salir —dijo con un tono agitado y guio al caballo para que se colocara junto al de Ulrico. Se acarició la capa sobre el vientre—. No me encuentro bien.

—Padre aprueba las órdenes del médico —espetó Ulrico—. Estás demasiado afligida para ser una mujer en tu estado. Te vendrá bien tomar el aire.

Ella no respondió al instante. Cuando lo hizo, sonó arrepentida.

—Sí, por supuesto, hermano.

Ulrico se volvió hacia su hermana. No pude verle el rostro y su voz de tono condescendiente apenas resultaba audible.

—Entiendo que seas esclava de tus caprichos femeninos, pero intenta que no me fastidien la caza. El asunto de Frederika me ha dejado irascible. Necesito distraerme.

Ella asintió con rapidez y se le movió el pañuelo sobre los hombros. Cuando habló, su voz estaba impregnada de una alegría fingida.

—Quizá solo necesite comer algo.

Ulrico se dirigió al paje.

—Señala el sitio, muchacho. Terminaremos la cacería cuando Ursilda haya comido.

El paje bajó del caballo de un salto con un banderín.

—El pabellón sur está justo delante —le dijo a Ursilda, de nuevo con amabilidad, como si no hubiera pasado nada. A lo lejos, entre los árboles, distinguí el contorno borroso de unas vigas de madera—. ¿Puedes llegar hasta allí?

Su hermana asintió en silencio y lo siguió.

Condujeron los caballos lo bastante lejos como para que no pudiera verlos, pero lo bastante cerca como para que me llegasen sus voces. El sonido viajaba tan bien que temí bajar del árbol hasta que empecé a dar cabezadas y me asustó caerme. *El bosque aún está oscuro,* me dije a mí misma cuando las voces de los hombres sonaron más fuertes. Despacio, bajé asegurando cada paso. La última rama que me separaba del suelo se rompió.

Los hombres se callaron. Un caballo relinchó nervioso.

Compuse una mueca.

—¿Lo habéis oído?

—¿El ciervo?

—Ven conmigo. —La voz de Ulrico sonó fría—. Los dos.

Las ramitas crujieron sobre el suelo del bosque. Sonaron más cerca. Una antorcha parpadeó. El corazón me latía en los oídos.

—No creerás que Zähringen tiene espías tan lejos.

¿Zähringen? ¿El duque que le regaló el rosario a Matthäus?

—Te lo he dicho —le siseó Ulrico al hombre—. Zähringen está furioso desde que el rey prometió cederme Villa Scafhusun.

Aunque hablaban en voz baja, percibí la satisfacción en sus palabras, el placer que le proporcionaba la desgracia de otro hombre.

Oí el crujido de una ramita cerca.

—¡Vete de mi bosque! —bramó Ulrico tan cerca que me quedé paralizada conteniendo el aliento—. O te arrancaré las extremidades una por una.

Un escalofrío me recorrió la columna. Me di la vuelta, se me cayó la capucha y la trenza ondeó a mi espalda.

Miré atrás solo una vez para ver su expresión de sorpresa. Ninguno de ellos esperaba encontrarse a una chica.

CAPÍTULO ONCE

Me alejé corriendo del claro, esquivé las ramas y rodeé los troncos de los árboles. Las ramas me arañaban los brazos y la cara. Oía el crujido de las hojas tras de mí, a Ursilda gritar:

—¡Rika!

No me detuve para averiguar a qué se refería.

Me chocaba con los árboles de arriba abajo. Corrí hasta que casi me tropecé de nuevo con el cuervo, posado en otra pícea. El enorme pájaro me miró con sus ojos ámbar brillando como el vidrio recién horneado. Batió las alas para atraer mi atención y luego salió volando hacia una serie de peñascos que brotaban del suelo como dientes.

El círculo de piedras que rodeaba la torre de la mujer sabia. Tenía que ser eso. La piel comenzó a hormiguearme a medida que me acercaba. Cuando me preparaba para pasar entre dos de las rocas, me dio la clara impresión de que iba a cruzar un umbral. Un gran poder pasaba de piedra a piedra. Dentro del círculo el otro mundo estaba tan cerca que sentía una presencia enredada en el ambiente. Una sombra viviente. *La neblina que deja ciegos a los hombres*, pensé.

Entre los árboles distinguí al cuervo aterrizar sobre un muro alto de piedra. Tras él, una torre cubierta de enredaderas se alzaba envuelta en jirones de neblina. La construcción parecía antigua, erigida con madera y piedras, mucho más que antigua. Las piedras que componían la fachada eran enormes; estaban erosionadas por el tiempo, en mal estado y también cubiertas de enredaderas. El techo alto era una maraña de ramas atadas con cuerdas con un velo de neblina.

El cuervo me miró desde donde se había posado, vigilante, y luego sobrevoló la torre en círculos y se perdió de vista. Seguí su sombra hasta el muro de piedra, encaminándome hacia la torre con el corazón en la garganta. Los muros de piedra estaban fríos bajo las palmas, mudos como en un pacto con la oscuridad. Atravesé un portón de madera y recorrí con la mirada un jardín enorme en penumbras, una espesura borrosa de matorrales, enredaderas y hierbajos. En el extremo, había unas hileras de tierra arada esperando a que salieran los brotes. En el centro, bailaban unas figuras grotescas de piedra. Unos arbustos esqueléticos retorcidos. Más cerca de la torre, había un bebedero para pájaros enorme. Cuando lo asimilé, me sobrevino un estremecimiento de terror y familiaridad y se me pusieron los vellos de la nuca de punta.

Parecía demasiado tranquilo cuando rodeé la torre en busca de una puerta o una ventana y maldije el ruido que hacían mis pies. La entrada que encontré era estrecha y alta, el tipo de ventanas enrejadas que se usaban en las fortificaciones: una rendija para disparar más que para mirar por ella.

La luz tenue del fuego parpadeaba en el interior. Cuando me acerqué, el humo me cosquilleó la nariz. Vi docenas de talismanes colgados dentro de la ventana y un revoltijo de papeles al lado de un amuleto de hueso de aspecto perverso y la piel seca de una serpiente. Aquello me llenó de temor.

Tras los barrotes, había una anciana dormitando junto a una hoguera tenue, con la cabeza apoyada sobre el hombro y un hilillo de baba en la comisura de la boca; se había recogido el cabello, gris como el acero. Tendría el doble de edad que mi madre y era lo bastante mayor para que le colgara la piel del cuello. La toca estaba teñida de un color vivo, tenía un pecho abundante y el cabello negro ensortijado con trenzas de muerta atadas con lazos blancos, como las que se hacían las mujeres de la corte.

Es una matrona rica, intenté decirme. *Una mujer de la nobleza rural. No hay razón para tenerle miedo.*

Entonces una rama se partió bajo mi pie y la mujer abrió los ojos de golpe con un brillo ámbar difuso. Me quedé paralizada y se me paró el corazón.

—Bueno, ¿qué tenemos aquí? —dijo la anciana. Se levantó del sillón y apartó los talismanes y demás de la ventana para echar un vistazo tras los barrotes.

Su expresión era amable, pero su *diutsch* no sonaba natural y arrastraba las palabras como si le costase articularlas. Sus ojos relucían con ese color ámbar difuso y sentí un nudo en el pecho cuando me miró. Oí la voz de mi madre en mi cabeza. *No dejes que la kindefresser te atrape…*

Las trompetas del príncipe sonaron a la distancia. La anciana sacudió la cabeza y se colocó donde no pudiera verla. Oía el latido del corazón en los oídos. A unos metros de distancia, se abrió una puerta.

—Psst —chistó—. Ulrico está de cacería. Entra.

¿Qué otra cosa podía hacer salvo seguirla dentro? Aunque no podía quitarme de encima la sensación de que estaba escapando de algo malo para adentrarme en otra cosa peor. La torre estaba a oscuras. Las sombras bailaban en el suelo. Nuestros pasos resonaban entre las piedras. La zona que rodeaba la puerta estaba repleta de jarras de barro cocido. Más adentro, vi el resto de la sala larga y circular. Las velas se derretían a lo largo de las paredes. Había pieles esparcidas por el suelo. Sobre la mesa había un manuscrito junto a un frasco de tinta. Las paredes curvas estaban cubiertas de estanterías con libros. Parpadeé al verlas, sorprendida ante aquel despliegue. Los únicos libros que había visto hasta entonces eran los que utilizaba el cura en misa.

Bajo una de las velas derretidas, una rejilla con viales inquietantes resplandecía dentro de un armario, una colección aún mayor que la de un alquimista. Un cuervo gigante se posó junto a ellas replegando las alas. Pensé que era el que me había conducido hasta allí, hasta que se dio la vuelta y vi que sus ojos eran negros. Hierbas, hortalizas deshidratadas, ristras de ajo y cebolla colgaban de los travesaños del techo. Al otro lado de la estancia había una mesa, un caldero y un horno de madera. Detrás, unas escaleras en penumbra conducían a otro piso.

Abandoné el umbral a regañadientes y me quité la capucha. La trenza se me había deshecho por la carrera. La anciana me dedicó una sonrisa enorme y radiante.

—Vaya, pero si es la hija de Hedda, Haelewise.

Me detuve en seco, desconcertada, y me pregunté cómo podía ser que supiera mi nombre. Madre debía de haber venido a verla por lo de mis desmayos. No había otra explicación.

Aparté aquel pensamiento.

—¿Y tú nombre cuál es?

—La mayoría me llama Madre Gothel.

—Gothel —repetí. Me sentí rara al pronunciar la palabra.

—Mi nombre de nacimiento es Kunegunde, si lo prefieres. ¿Quieres comer algo?

Tan pronto como lo preguntó, me gruñó el estómago. El día anterior no había comido nada salvo el conejo. Kunegunde sonrió. Un ligero aroma a pan flotó desde el horno, como si estuviese recién horneado en mitad de la noche..., como si Kunegunde supiera que vendría.

Aquel pensamiento me hizo estremecer. El caldero colgaba sobre las ascuas.

Kunegunde siguió mi mirada.

—Espero que no se haya quemado.

Fue a remover lo que fuera que hubiera en el caldero. Mientras lo hacía, detecté el aroma intenso a remolacha, puerro y nabo, ajo y chirivías. Tenía algún tipo de carne —no era pescado, sino algo oscuro, como carnero o venado— y emanaba un aroma extraño, una especia que ya había olido antes. La especia. Me acordé de algo. No mucho antes de que el muro se erigiera, mi madre emprendió un largo viaje para comprar suministros para los partos. Le dijo a mi padre que necesitaba un aceite poco común. Tuvieron una fuerte discusión por ello; él le dijo que podía comprar en la ciudad todo lo que necesitaba para los partos. Aun así, ella se fue y me dejó con mi padre cuatro días. Cuando regresó, me dio un paquete envuelto en hojas: un pastel de carne delicioso, un remedio nuevo para mis desmayos. Fue uno de los remedios curativos que me dio mi madre que sabía bien y mantuvo los desvanecimientos a raya un mes. Olía exactamente igual a la especia del caldero, un aroma exótico que no había olido antes ni desde entonces. Debió de comprar el pastel de carne aquí.

Recordé lo entusiasmada que estaba mi madre porque lo probara y me sobrevino una nueva punzada de dolor. Tenía que trabajar en mantener la voz tranquila.

—¿Cuántas veces vino mi madre?

—Una o dos quizá. Puede que más. —Kunegunde removía lo que había en el caldero sin levantar la mirada.

—Murió el invierno pasado —susurré. Las palabras se me atragantaron.

Entonces Kunegunde me miró. Había tristeza en sus ojos, como si recordase a mi madre con un profundo cariño.

—Oí que estaba enferma.

Las lágrimas humedecieron mis mejillas. ¿Cómo había llegado la noticia hasta aquí? ¿Cuánta gente venía a visitarla? En la ciudad, todos creían que era peligrosa, la que había secuestrado a Ursilda. Recordé a un mercader que se hacía llamar Gothel, un vendedor de telas al que conocimos en la sastrería.

—¿Gothel era el apellido de tu marido?

Ella se rio con suavidad.

—No tengo marido. Gothel es el nombre de este lugar.

Partió la hogaza que sacó del horno y llenó las dos mitades con el estofado. Me fijé en que no se molestó en grabarles una cruz. Dejó la comida en la mesa cerca del fuego y asintió para que me sentara. Eso hice, y me obligué a comer despacio; el pan me calentó las manos, aunque quería devorarlo. Era el estofado más delicioso que había probado jamás. El ajo, las hierbas y el regusto fuerte de la remolacha lo hacían muy sabroso. La carne que olí era de conejo, aunque estaba mucho más rico que el animal que asé en el bosque. La carne estaba crujiente, un glaseado con el toque amargo de esa especia.

Cuadré los hombros para reunir valor al decidir que sería mejor ser directa con mis intenciones.

—He venido para ser tu aprendiz.

Al principio se rio —un sonido azorado, alegre— y alzó la vista al cielo en lo que parecía una plegaria de agradecimiento. Sonreí, segura de que mi madre había tenido razón y que iba a aceptarme. Sin embargo, un momento después, la expresión de Kunegunde cambió y toda su alegría se esfumó. Me miró con tristeza, agotada.

—No estoy segura de que aquí estés a salvo.

El estómago me dio un vuelco.

—Pero la torre… la neblina. No tengo otro sitio al que ir.

—La neblina no es infalible. Hay formas de sortearla.

—Casi me lapidan en mi ciudad natal. Ya entiendo algo de las artes curativas —dije con la esperanza de que eso le resultase más atractivo—. Mi madre era matrona.

—Lo sé —espetó. Su humor cambió con rapidez, como si que yo asumiera que no lo sabía la hubiese enfurecido. Sus ojos refulgían.

Parpadeé. La sorpresa debió de reflejarse en mi rostro.

Ella se quedó paralizada al darse cuenta de lo brusca que había sonado.

—Perdona. Es solo que… tu madre vino a verme más de una vez. Recuerdo a mis clientas. ¿No estás cansada? Tengo otra habitación en la segunda planta. Me enfado cuando no duermo toda la noche. Deberíamos hablar cuando las dos hayamos descansado.

—Agradecería dormir aquí —dije despacio, todavía sorprendida por el cambio repentino.

Me guio al piso de arriba mientras charlaba amistosamente sobre lo oscura que estaría con los postigos cerrados, lo cómoda que me parecería la cama. Hablaba rápido, como si intentase distraerme de su arrebato con un flujo constante de conversación.

—Es aquí.

La alcoba tenía una ventana alta y estrecha iluminada por la luz grisácea del alba. Contra la pared había un catre suntuoso con sábanas de lino, una colcha y un colchón de plumas. Jamás había dormido en una cama tan lujosa. Se me debieron quedar los ojos como platos.

—Gracias —susurré.

Kunegunde asintió y se excusó diciendo que tenía que cerrar abajo antes de dormir.

—La partida de caza.

Después de que se marchara, me acerqué a la ventana y miré abajo, más allá del muro del jardín. Uno de los cuervos más pequeños se estaba lavando las alas en el bebedero. Mientras lo observaba, la comida que acababa de tomar y el largo viaje me pasaron factura y me sobrevino un agotamiento repentino. Cerré los postigos y me acosté; la falta de sueño pugnaba con el miedo a que Kunegunde no me aceptara.

Alcancé el saquito de las monedas que llevaba en el cinturón y saqué la figurita de la madre pájaro. *Por favor,* recé mientras frotaba sus curvas. *Por favor, deja que me quede.* La figurita se calentó en mi palma y emitió un suave zumbido haciendo que la neblina a mi alrededor se volviese más densa. Me envolvió en una espiral y me acarició los brazos. Me estremecí con los ojos anegados en lágrimas —de felicidad, de tristeza—; era lo mismo que había sentido cuando mi madre me visitó en el jardín. El efecto me calmó tanto que sonreí y me dejé arrastrar hasta ese lugar entre el sueño y la vigilia, una especie de trance sin sueños. Un rato después, creí oír la voz de mi madre. Esta vez no era demoniaca, sino amable. *Ve a la montaña de al lado,* murmuró.

Me incorporé tan rápido que la cama se sacudió debajo de mí. No sabría decir si estaba despierta o si había sido un sueño.

CAPÍTULO DOCE

La luz del mediodía iluminó la habitación. Por un momento no sabía dónde estaba. Luego lo recordé: el bosque, el círculo de piedras, la torre. La neblina que había notado temprano aquella mañana era reconfortante y bonita. Todavía la sentía al borde de las cosas. Me incorporé y vi dos cuervos posados en el alféizar observándome y cuyos ojos negros tenían un brillo inteligente. ¿Cuánto tiempo llevarían mirándome? ¿Habría abierto Kunegunde la ventana? Un tercer pájaro, el más grande —aunque ahora parecía que sus ojos eran negros—, planeó hasta posarse en el alféizar junto a ellos. La forma en que me contemplaba, como si me analizara, me inquietó.

—Vete —le dije. Ni se inmutó.

Los postigos chirriaron cuando los cerré para alejar a los tres pájaros. Al atrancar la puerta con ellos fuera, los oí batir las alas y graznar. Cerré los ojos, disfrutando por un momento de la intimidad que había recuperado. Entonces recordé la voz que había oído antes de quedarme dormida. Debía de haberlo soñado. Si no fuera así, el consejo de mi madre me desconcertaba. ¿Por qué tendría que ir a la montaña de al lado? Acababa de llegar aquí.

Por las escaleras flotaba el olor a carne de cerdo y se oía la grasa chisporrotear al fuego. ¿Cuánto tiempo había dormido? ¿Habría tenido Kunegunde tiempo para matar a un cerdo? Encontré el amuleto de la madre pájaro sobre la colcha, lo guardé en el saquito y bajé. Kunegunde estaba en el piso de abajo, a unos metros del fuego; le echaba un ojo a la carne crepitante mientras leía un tomo. Unos colores oscuros resaltaban en la página. Rojo rubí, azul marino, un dorado tan intenso que relucía.

—He puesto la mesa fuera —dijo sin alzar la mirada.

—¿Fuera? —El día anterior había hecho el frío suficiente como para que hiciera falta una capa.

Kunegunde asintió, dejó el libro a un lado y sacó la carne de cerdo en un plato. Olía delicioso.

La seguí hasta la puerta que conducía al jardín. El bebedero donde el cuervo se había bañado la noche anterior estaba rodeado de un lecho de espinos descuidados. Los pájaros no estaban por ningún lado. En torno al bebedero, estaban las estatuas que había visto anoche por aquí y por allá. Varias criaturas semihumanas descascarilladas terriblemente grotescas, con hocico y cuernos. Cosas aterradoras, efigies de dioses paganos como las muñecas de Pelzmärtel de mi madre... *O la figurita*, pensé de repente. A lo largo del muro trasero vi los árboles en los que me había fijado antes, con manzanas rojas como el fuego relucientes. Bajo ellos, la tierra estaba cubierta de hojas tan doradas como las monedas.

Las patas de la mesa estaban torcidas por los adoquines abultados y la superficie estaba tallada con suavidad. En el centro había una cesta con media docena de huevos cocidos de ganso. Frente a cada silla había un cuenco con sopa. Cerca de la mesa, una hoguera refulgía y emitía un calor agradable. Kunegunde dejó el plato con costillas de cerdo y nos sentamos. Podía ver una araña tejiendo su telaraña con avidez por encima de su hombro.

—Das el pego como un muchacho —dijo señalando mi camisa con un gesto.

—Huele muy bien.

El jugo y la grasa inundaron mi boca, grasienta y salada, cuando empecé a comer. Estaba famélica. La carne y los huevos sobre todo estaban increíblemente sabrosos. Nos sumimos en un silencio satisfecho mientras disfrutábamos del desayuno. Un rato después, le sonreí con nerviosismo e hice acopio de valor para sacar a relucir el propósito de mi viaje hasta allí otra vez.

—Mi madre me dijo que estabas buscando a una aprendiz. ¿Sigue siendo así?

—Sí —dijo en voz queda con expresión cansada. Me di cuenta de que estaba midiendo sus palabras—. Siento si esta mañana no me expresé bien. Mi última pupila…, las cosas no acabaron bien.

Recordé la historia que me había contado mi madre sobre Ursilda.

—Nadie vendrá a por mí. Mi padre ni siquiera se daría cuenta si llevase una semana desaparecida.

Sus ojos refulgieron con una ira tan intensa que me asustó.

—Aunque se las arreglase para descubrir a dónde he ido, te aseguro que no tiene ninguna piel de lobo —me apresuré a bromear para intentar animar su humor cambiante.

—No es eso —dijo. Cerró los ojos y soltó un largo suspiro, aunque cuando continuó, tenía la voz tensa—. Me encantaría aceptarte como aprendiz, pero estos bosques son peligrosos. Si te quedas, tienes que prometerme no salir del círculo de piedra.

—No hay problema —dije, entusiasmada—. ¿Qué oficio aprendería?

Ella asintió y se aclaró la garganta.

—Podría enseñarte los usos medicinales de las plantas, a ser matrona. Podría enseñarte a leer y a escribir. Las costumbres antiguas…

Me quedé sin aliento.

—Me gustaría mucho.

El cuervo grande planeó de forma repentina desde donde quiera que hubiese estado oculto en el jardín. Con un graznido, clavó en mí sus ojos negros relucientes cuando intentó subirse a la mesa de un salto.

—¿Le han cambiado los ojos de color?

—Hay tres. —El cuervo graznó como si estuviera afirmándolo. Ella se rio—. Erste hace lo que quiere.

Después de eso, nos quedamos en silencio disfrutando de la comida. Durante el resto del desayuno, ella me observó con aire pensativo. Era casi como si quisiera preguntarme algo pero se lo seguía pensando mejor. No me sentía lo bastante cómoda como para preguntarle qué era.

Para cuando terminamos de desayunar, tenía la camisa entera manchada de grasa. Después de ayudarla a llevar el queso y los huevos que habían sobrado a la despensa del piso de abajo, Kunegunde me sugirió que me bañase en el riachuelo. Aunque el sol calentaba más que el día anterior, dijo que al día siguiente helaría. Sería la última oportunidad de bañarme en el río. Me dio un paño, una camisa limpia y un trozo de algo que llamó «jabón»; luego, abrió la puerta de la torre.

—El riachuelo está por allí —dijo señalando al norte—. Entre esos árboles. Hay un estanque justo a este lado de las piedras.

Asentí. En ese momento, estaba lista para acceder a cualquier cosa.

—Estaré junto a la ventana, escuchando. Llámame si me necesitas. Corre de vuelta a la torre si oyes a alguien.

—Lo haré.

Fuera, las sombras danzaban bajo los árboles con sus franjas oscuras e iluminadas por el sol. Serpenteé en la dirección que me había indicado. Los árboles estaban poblados y eran altos y sus sombras eran oscuras incluso a la luz del día. Mientras buscaba el arroyo, oí el ruido de los animales alejándose del sonido de mis pies en los arbustos que me rodeaban. La miel me hormigueó cuando me acerqué a una zona del círculo de piedras que rodeaba la torre y una fuerza invisible me puso los vellos de punta. Caminé por el interior del círculo, busqué el estanque, atenta a los sonidos de la partida de caza con la que me había topado el día anterior. ¿Seguirían por allí? Lo único que oía era la cabra que balaba junto al árbol que había al lado del cobertizo. El día era más cálido que el anterior. El aliento no se transformaba en vaho. Entonces oí el sonido del agua frente a mí. El riachuelo.

Pronto vi el brillo dorado del sol sobre la corriente que discurría por el claro entre los árboles que tenía delante. El riachuelo era ancho, el agua me llegaba a los tobillos, y burbujeaba y borboteaba sobre el lecho rocoso antes de precipitarse a un hoyo perfecto para bañarse. Me quedé paralizada cuando me acerqué a la catarata. Una madre cierva y su retoño estaban bebiendo de ella. La cierva alzó la cabeza y me miró con sus grandes ojos marrones; luego le dio un empujoncito a su cría, cuyas patas parecían ramitas, y se adentraron entre los árboles.

El estanque resplandecía cristalino. Unos pececillos salieron disparados por el fondo. Era el tipo de lugar que a mi madre le encantaba. De pronto, me vino un recuerdo de nosotras dos salpicándonos en un sitio parecido cuando era pequeña. Por un momento, fui esa niña de nuevo, riéndome con ella bajo el sol. El instante pasó y me descubrí a mí misma sola, de pie junto al borde del estanque, con el corazón rebosante de tristeza. La melodía del agua, el sol idílico y los peces rápidos no me animaron en absoluto. De hecho, casi parecían burlarse de mí. Como si aquello no fuera suficiente, mientras me desenredaba la trenza, una tórtola turca se posó en la rama de un pino cercano y empezó a cantar, como si me hubiese topado con la balada de un trovador de poca monta.

—Por el amor de Dios —gruñí mientras desataba la tela con la que me había envuelto los pechos y me quitaba la ropa interior para terminar de bañarme pronto.

Una breve ráfaga de viento me hizo estremecer cuando me metí en el estanque. El agua estaba fría. No tanto como para detenerme a medio sumergirme o para hacer una mueca, pero lo suficiente como para saber que tenía que ser rápida. La catarata tintineaba y el sol se reflejaba con una alegría exasperante en la superficie del agua mientras me sumergía. Me humedecí el pelo con rapidez y me froté con el jabón como me había dicho Kunegunde. Una vez completada la tarea, empecé a lavarme las manos. Mientras lo hacía, me fijé en lo suave que tenía la piel. Tenía limpias hasta las uñas. Cuando terminé, me sequé con la toalla y me fijé en que tenía unos pelos ralos en la entrepierna.

Poco a poco, la sensación de que no estaba sola aumentó. Primero sentí un escalofrío en la nuca y luego se me pusieron los vellos de los brazos de punta. Me quedé de pie en el borde del agua envuelta con la toalla, consciente de un sonido débil. El ladrido distante de los perros.

Recogí la ropa y corrí de vuelta a la torre. Kunegunde abrió la puerta al verme llegar empapada y casi desnuda.

—¿Otra vez la partida de caza?

Asentí.

—Eso creo.

Abrió los ojos de par en par.

—No te han seguido, ¿verdad? ¿Iba Albrecht con ellos?

Negué con la cabeza.

—No los he visto. Anoche solo estaban Ulrico y Ursilda.

Kunegunde respiró hondo con una frustración evidente.

—¿Solo? Ursilda sabe cómo llegar a la torre. Podría estar conduciendo a su hermano hasta aquí.

—¿Han venido desde que se llevaron a Ursilda?

Kunegunde se quedó callada. Apretó los labios.

—Dame esa ropa. Te la lavaré. En el baúl hay un vestido que debería quedarte bien y un peine que puedes utilizar para domar ese nido de pájaro que tienes en la cabeza.

Encontré los objetos que me había descrito en el baúl. El vestido estaba confeccionado con lino muy tupido. Me quedaba casi tan bien como el que me había hecho Matthäus. Casi me llevó una hora vestirme y peinarme. A medida que avanzaba, me di cuenta de que debería preguntarle a Kunegunde acerca de las manzanas doradas. Se decía que conocía muy bien los usos medicinales de las plantas; había una alta probabilidad de que pudiese identificar la planta. *Si la conversación va bien*, pensé, *luego podría preguntarle por la mujer pájaro*. Había admitido que practicaba las costumbres antiguas.

Cuando bajé con el morral, alzó la vista del tomo que estaba leyendo en la mesa. Le pregunté si podía aconsejarme acerca de algo. Cuando asintió, saqué una manzana dorada del morral y la sostuve frente a ella.

—¿Por casualidad sabes qué planta da este fruto?

Ella se tensó. Paseó la mirada entre la fruta y mi rostro. No terminaba de descifrar su expresión, pero sí sabía que estaba preocupada.

—Sí —dijo—. ¿Dónde la has encontrado?

—Este año han crecido docenas de ellas en el huerto. —La deposité frente a ella, impaciente por obtener más información—. Parece ser que la fruta es curativa. Hace dos días probé una. Después, noté cambios en la vista y... ¿deduzco que sabes lo de mis desvanecimientos?

Ella asintió despacio, como si recordase algo.

—Desde que empecé a comer la fruta, han cambiado.

Ahora tenía toda su atención. Carraspeó.

—¿Cómo?

—Normalmente mi alma abandona mi cuerpo y me desmayo. Ahora, en vez de eso, escucho una voz.

Kunegunde cerró los ojos y se masajeó las sienes, como si le hubiera entrado un dolor de cabeza repentino.

—¿Qué te dice?

—Muchas cosas —respondí—. Anoche me dijo que fuese a la montaña de al lado.

Por un momento, no dijo nada.

—¿Tengo que pagarte antes de que me digas qué planta es?

Ella negó con la cabeza sin abrir los ojos.

—No. Tu madre ya pagó por ella. Nunca cobro dos veces por la misma dolencia.

—Entonces, ¿qué es?

—Suelta la fruta —dijo sin abrir los ojos—. Con cuidado. Intenta que no te roce más la piel.

Despacio, hice lo que me pidió.

Abrió los ojos para confirmar que lo había hecho.

—No vuelvas a tocarla. Ahora vuelvo. —Desapareció en la entrada y volvió con una jarra de agua, un saco y el jabón—. Lávate las manos —añadió—. Frótalas. Retirará cualquier residuo de la fruta que te haya quedado en la piel.

Me lavé las manos mientras ella sacaba un par de guantes. Se los puso antes de tomar la fruta entre los dedos para examinarla.

—¿Qué planta es? ¿Es venenosa?

—¿Tienes más? —Señaló el morral con un gesto de cabeza.

Con cuidado de no tocarlas, volqué el resto de las manzanas doradas sobre la mesa. Dos docenas, un poco golpeadas por el trayecto en el morral. Kunegunde abrió los ojos de par en par al ver cuántas había.

—¿Cuántas te has comido?

Lo pensé, cada vez más nerviosa.

—Varias. ¿Es malo?

Asintió, angustiada.

—Esta fruta puede ser peligrosa en cantidades tan grandes. Te daré un brebaje que expulsará el veneno. —Se dirigió al armario de la botica del que sacó balsamita, ruda y betónica (mi madre utilizaba esas hierbas) y comenzó a machacarlas en un mortero. Vertió el jugo resultante y me dijo que lo bebiera.

Mientras lo hacía, metió la fruta en el saco una por una. Con cada fruto que tomaba, sentía una pérdida. Apenas soportaba verlo.

Cuando Kunegunde las hubo guardado todas salvo una, se quitó los guantes y utilizó el agua y el jabón para lavarse las manos. Se me revolvió el estómago y vomité en el orinal.

Una vez que tuve el estómago vacío, se dirigió a la estantería para sacar un tomo que parecía como si fuese a caerse a pedazos en cualquier momento.

—Es un espéculo que describe todas las plantas del Imperio romano y sus propiedades.

Lo abrió por una página que contenía una réplica exacta de las plantas que crecían en mi jardín. Alguien había ilustrado una minuciosamente desde las hojas hasta la raíz. Ahí estaban las hojas verde desvaído que madre había enderezado, las flores violetas que crecían en el medio, las pequeñas manzanas doradas que daba. Todos los colores estaban difuminados, como si estuviesen pintados a manos de alguien que había muerto mucho tiempo atrás. Debajo de la planta, bajo tierra, la ilustración mostraba las raíces; tenía la apariencia deforme de un hombre. Miré el libro de cerca. En la página opuesta, el mismo contorno se arremolinaba junto a un bloque de texto.

—Mira aquí. —Me señaló la primera palabra de la página cuya letra inicial parecían dos montañas, una al lado de la otra, delineadas en negro—. Esta palabra es el nombre de la planta. *Mandrágora*, aunque la mayoría de la gente de por aquí la llama *alrūne*. —La volvió a señalar—. Es una descripción de sus propiedades. Aquí habla de la capacidad de la planta para inducir el sueño. Aquí discute acerca de sus propiedades curativas, que resulta atractiva a los demonios, la cantidad necesaria para envenenar la sangre. Pero todo gira en torno a la raíz.

—¿No dice nada de la fruta?

Kunegunde negó con la cabeza.

—¿De qué color son tus ojos normalmente?

—Negros —dije—. ¿Por qué?

Abandonó la habitación. Me incliné sobre el hogar y me froté las manos sobre el fuego para combatir la corriente que entraba por el hueco de la ventana. Cuando volvió, traía un espejo de mano. El oro estaba deslustrado y estaba decorado como el roto que había sacado del baúl de mi madre, aunque la superficie de este era suave. Cuando Kunegunde me lo tendió, la imagen del metal cambió: el color bronceado de sus dedos adquirió el marrón bruñido del techo y luego la versión de oro rosado de mi pulgar cuando lo toqué. El contorno borroso de mi reflejo me devolvió la mirada; todavía tenía las mejillas rojas por el baño frío y el cabello negro indómito se me rizaba desde la raíz. Moví el espejo de un lado a otro tratando de ver mis rasgos con mayor detalle. Nunca había visto el reflejo completo de mi rostro. Me parecía mucho a mi madre. Lo único que me diferenciaba de ella eran los ojos. Los ojos. Los abrí sin creérmelo. Había un círculo de color apenas visible alrededor de mis pupilas.

—Tengo los ojos dorados.

Ella asintió y volvió a ponerse los guantes.

Utilizó un cuchillo pequeño para partir la manzana dorada sobre la mesa. Desenredó una semilla de la pulpa reluciente y la cortó por la mitad. Del delantal sacó un diminuto círculo de cristal que sostuvo sobre las mitades de la semilla. Su ojo parecía más grande tras el cristal. Veía las venas que se entretejían con el blanco, los movimientos de las pupilas mientras miraba el fruto de cerca.

—La fruta está demasiado madura. Puede que haya adquirido propiedades de la raíz por haber estado tanto tiempo en la rama. —Apartó el cristal y la fruta y luego volvió a mirar el libro tras quitarse los guantes. Su expresión se tornó sombría—. Antes mencioné que la fruta atrae a los demonios. ¿Estás segura de que la voz que escuchaste era la que querías oír?

Me escudriñó el rostro y me juzgó con la mirada. El enfado me subió por la garganta y tuve que controlar mi expresión. Kunegunde no tenía forma de saber que la voz que oí era la de mi madre. No se lo había contado.

—Estoy segura —dije, incapaz de ocultar el temblor en mi voz.

Me miró el rostro un buen rato, estudiándome.

—Tu madre te dio algo antes de morir, ¿no es así? —Sostuvo el pulgar y el índice lo suficiente como para que el amuleto de madre pájaro cupiera entre ellos—. Una figurita de este tamaño.

La miré fijamente. ¿Cómo lo sabía? Se me arremolinaron los pensamientos. Si le contaba la verdad, ¿me quitaría la figura igual que había hecho con la fruta?

—¿Qué? —dije con una confusión fingida—. No.

Entornó los ojos como si no me creyera.

—Tienes que dejar de comer alrūne —prosiguió un instante después con un tono escueto.

—Distintas plantas contienen cantidades de veneno diferentes. Si te comes el fruto de la rama equivocada… —Negó con la cabeza—. Puedo darte un polvo hecho con grosellas secas y unas hierbas potentes que harán que no seas susceptible a los demonios. Curará tus desvanecimientos. E incluso tu sensibilidad a la luz…

—No quiero dejar de oír la voz —la interrumpí.

Me miró con el ceño fruncido.

—No crees que sea demoniaca.

—No.

Se le demudó el rostro.

—Si quieres, puedo añadirle una pizca de alrūne al polvo. Una cantidad pequeña que no ponga tu vida en riesgo.

Lo pensé. Necesitaba confiar en ella. No tenía otro sitio adonde ir. Tenía un brillo ansioso en los ojos, como si mi seguridad le importase.

—Está bien.

Pareció aliviada. Se levantó.

—Lo haré ahora.

—¿Crees que podrías añadirle algo a los polvos para que me viniera el periodo? Casi tengo diecisiete años y todavía no he sangrado.

Lo consideró.

—No puedo ponerle nada así al polvo, pero sí puedo preparar un aceite que resuelva el problema.

Aquella noche, Kunegunde insistió en cerrar la torre con llave. Durante los meses que permanecí allí, lo hacíamos cada noche antes y después de la luna llena. Decía que Ulrico se ponía la piel de lobo con más frecuencia alrededor de la luna llena, cuando su poder era más fuerte. Esta noche, como la anterior, dijo que era especialmente importante, ya que sabíamos que la partida de caza andaba cerca. Cerró la puerta de abajo, la atrancó, y cerró la del jardín. Las ventanas del piso de arriba tenían rejas, pero también atrancó con cuidado los postigos.

Su miedo resultaba contagioso. Para cuando me fui a la cama, me daba temor abrir la ventana de mi habitación. Me pregunté qué habría ocurrido durante el «rescate» de Ursilda para que se hubiese vuelto tan paranoica. Mientras intentaba dormir, agucé el oído por si oía a la partida de caza, pero lo único que escuché fue el viento. Me pregunté cómo sabría Kunegunde que mi madre me había dado una figurita. Debía de ser parte de lo que me permitía oír la voz de madre. Kunegunde tenía que saber cómo funcionaba.

Saqué el amuleto del saquito y lo inspeccioné. El aire parecía más pesado a su alrededor, igual que la noche anterior, y la neblina parecía volverse más densa. Cerré los ojos y la acaricié hasta que sentí a mi madre enroscándose débilmente a mi alrededor, envolviéndome como había hecho la noche anterior. Me pareció percibir un ligero aroma a anís. Me inundaron el mismo consuelo, el mismo alivio. Un rato después, la figura se calentó bajo mis dedos, como si no pudiese contener todo el poder que atraía del otro mundo. Me quedé tumbada totalmente quieta, disfrutando de la presencia de mi madre.

Cuando sentí que se desvanecía miré la estatuilla, asombrada. ¿Quién era la diosa de mi madre? ¿Qué poder le permitía al espíritu de mi madre presentarse así ante mí? La madre pájaro me devolvió la mirada en silencio, negándose a responder. Su lenguaje corporal era maternal, compasivo, pero era innegable que también era feroz. El pico, las garras, las alas, el niño entre sus brazos, los pechos y caderas desnudos. Parece ajena a todo lo que me han enseñado a considerar sagrado, tan monstruosa y sensual. Encarna aspectos de la maternidad que nunca pensé que fueran sagrados: la avaricia materna, la ira, la necesidad animal de protección y la lujuria. Yo misma había luchado contra esos instintos porque mi padre me había enseñado que eran pecaminosos. La madre pájaro no era la Virgen, eso estaba claro, pero eso no la convertía en un demonio. Froté la estatuilla deseando que mi madre apareciese y respondiese mis preguntas, pero mi única compañía aquella noche era la niebla.

Debí de quedarme dormida con la estatuilla en la mano.

CAPÍTULO TRECE

La mañana de mi segundo día en Gothel, me desperté y descubrí que habían movido mis cosas. Encima del baúl a los pies de la cama habían extendido el morral y el saquito de las monedas y todo lo que había traído conmigo estaba ordenado en filas. El carcaj y el arco. El espejo roto. Ver la figurita negra relucir con el sol de la mañana me llenó de temor. Kunegunde la había descubierto y la había cambiado de sitio. Sabía que le había mentido. Me quedé sentada en la cama durante lo que me parecieron horas, mirando mis cosas, temiendo que Kunegunde me echara en cuanto bajase.

Cuando por fin me levanté para vestirme, encontré un vial lleno de aceite y un saquito con polvo colocados junto a los demás objetos sobre el baúl. Los remedios que me había prometido Kunegunde. ¿Habría entrado para dármelos y habría rebuscado entre mis cosas después de ver la estatuilla en mi cama? No tendría que haberle mentido.

El polvo sabía amargo. El aceite era de color ocre, como sangre seca, y casi olía como una bestia. Me embadurné la entrepierna con él como me había indicado la noche anterior y luego me puse el vestido, hice acopio de coraje y me dirigí con la estatuilla al piso de abajo.

Kunegunde estaba leyendo un libro. Alzó la cabeza y me miró a los ojos con aire desafiante, como si me retase a volver a mentirle.

—Gracias por los remedios. —Sostuve la figurita en alto—. Veo que la has encontrado. Me daba miedo admitir que la tenía. Mi madre me advirtió que nunca se la enseñase a nadie.

—Mmm —musitó Kunegunde con frialdad y pasó una página.

—¿Sabes lo que es? ¿Cómo funciona?

Tenía una expresión indignada.

—No sé por qué piensas que voy a ser sincera contigo cuando tú no lo has sido conmigo.

—Lo siento, Kunegunde. Siento haberte mentido. No quería que me la quitaras.

—Insuficiente y tarde.

—¿Por qué te enfada tanto que la tenga?

—No es eso. Es el hecho de que me mintieras al respecto. —Miró de reojo la estatuilla en mi mano con una expresión dolida—. Quita eso de mi vista.

Lo dijo con tanto desprecio que me volví de inmediato para subir las escaleras y guardarla. Apenas me habló en lo que quedaba de mañana y, cuando lo hacía, sus palabras glaciales estaban cargadas de cautela. Sabía que estaba enfadada, que me estaba castigando. Quería compensarle por la mentira, pero no sabía cómo.

Después de comer, cuando se excusó para echarse una siesta, decidí salir de la torre a hurtadillas y cazar algo para la cena en un intento por hacer que estuviese feliz conmigo de nuevo. Fui corriendo al estanque con el arco dentro del círculo de piedras. Me escondí en un arbusto dentro del claro a la espera de que algún animal desafortunado tratase de aliviar su sed.

Pronto, una familia de cisnes se posó en el agua: un macho, una hembra y tres crías. No podía creer mi suerte; no había comido cisne desde que el obispo mandó a construir el muro. A mi padre le encantaba cuando mi madre preparaba *schwanseklein;* la sopa estaba deliciosa, era su comida preferida. Conocía la receta.

Los cisnes eran tan gráciles con sus cuellos largos y blancos; los contemplé durante un rato, embelesada. Alzaron el vuelo a la vez y maldije por lo bajo; abandoné mi escondrijo para seguirlos. Me detuve en el límite del círculo de piedra, dudando, pero mis ganas de arreglar las cosas con Kunegunde superaron a la obediencia.

Cuando crucé el umbral, noté un hormigueo en las extremidades y sentí el hechizo que se deslizaba entre las piedras, pero la sensación era mucho más tenue que el día anterior. La familia de cisnes caminaba por la orilla a unos metros. Lancé la flecha y abatí al macho; los otros pájaros salieron volando aterrorizados entre una nube de plumas blancas. Corrí por la orilla para recogerlo.

Mientras le arrancaba las plumas oí a Kunegunde llamarme desde el interior del círculo de piedras. Había pánico en su voz.

—¡¿Haelewise?!

Me apresuré a volver al círculo y olvidé que planeaba sorprenderla, preocupada por que hubiese pasado algo. Estaba junto al estanque con una expresión de miedo que no tardó en quedar ensombrecida por el enfado al ver el ave a medio desplumar en mi mano.

Me fulminó con la mirada.

—¿A dónde has ido?

—A unos metros riachuelo abajo.

—¡¿Has salido del círculo?!

—Voy a hacer *schwanseklein* para cenar.

Presionó los labios con fuerza. Me preparé para que me gritase. Pero estaba demasiado enfadada como para levantar la voz. Me dedicó una mirada de advertencia que me recordó a la expresión de mi madre en el huerto cuando me aconsejó que me marchase de la ciudad.

—Entra y vístete —siseó—. Ya. Creo que no entiendes la gravedad de la situación.

Después de que me pusiera la ropa, me sentó a la mesa. Me preparé para una discusión desagradable.

—Dejaré que te quedes con dos condiciones —dijo con un deje condescendiente en la voz—. Primero, debes contarme la verdad. ¿Entendido?

Asentí.

—Segundo, no puedes salir del círculo sin mí. Que te quede bien claro. Supongo que conoces la historia de la princesa Ursilda.

Asentí otra vez, impaciente por volver a ganarme su confianza.

—Cuando su madre la envió aquí, Albrecht estaba en una campaña militar con el rey. Cuando regresó y descubrió dónde estaba ella, montó en cólera. No porque sea cristiano, aunque fija serlo en la corte, sino porque sabía que yo curaría el miedo que él había insuflado en su hija, que la ayudaría a volverse lo bastante fuerte para desafiarlo. Después de llevársela a casa, le dijo al rey Frederick que yo la había secuestrado y lo convenció de que emitiera la orden de asesinarme.

Debí de parecer horrorizada.

—Es un castigo severo por haber acogido a alguien con el permiso de su madre.

—Albrecht es malvado. La piel de lobo ha pertenecido a los hombres de su familia durante generaciones. Los ha pervertido. —Me miró a los ojos con una expresión incisiva. Bajó la voz—. A veces, los campesinos que viajan por estos bosques desaparecen.

Tragué saliva, abrumada por las dos emociones que sentí a la vez: el orgullo infantil porque quisiese protegerme y el miedo por lo que decía sobre Albrecht. Recordé la sensación de que algo iba mal que había sentido en el ambiente que rodeaba a Ulrico cuando lo vi con la piel de lobo y me estremecí.

Unas horas después aquella tarde, cuando Kunegunde me invitó a dar un paseo, el día había ido tan horrible que me entusiasmó. Dijo que era seguro que saliésemos juntas del círculo porque ella estaría ahí para protegerme y tenía que ir a buscar unas hierbas importantes. La seguí al borde del círculo de piedras esperando a que considerase el paseo como una oportunidad para hablar, pero mis intentos de mantener una conversación con ella se vieron correspondidos con meros gruñidos. La sensación del hechizo deslizándose entre las piedras cuando atravesamos el círculo parecía aún más débil que por la mañana.

Renuncié a entablar una conversación con Kunegunde y me contenté con disfrutar de la belleza y el estado salvaje de los bosques fuera del círculo de piedras. El interior de la montaña era aún más agreste que el bosque oscuro que había cruzado para llegar aquí, con zorros, ciervos y conejos pululando, miles de especies raras de plantas y hongos venenosos que crecían a la sombra. Era como si la neblina alentase a crecer todo lo que tocaba.

La luz del sol, en los raros momentos en que nos topábamos con ella, no me molestaba mucho los ojos. Aunque no había comido alrūne aquel día, el polvo de grosella parecía mejorar mi sensibilidad a la luz. Al final, nos topamos con un árbol cubierto de musgo y Kunegunde me dijo que la ayudase a recoger un poco. Cuando guardé el musgo en la cesta, señaló unas plantas densas parecidas a helechos que mi madre me había enseñado de pequeña que no debía tocar.

—¿Qué es? —me preguntó.

—Cicuta venenosa —dije con rapidez, impaciente por demostrarle lo que sabía. La cicuta daba flores bonitas a principios de año, pero a estas altura solo quedaban unas semillas secas que el viento aún debía esparcir.

Ella asintió.

—Conoces la planta. Incluso en esta época del año. Tu madre te enseñó bien. La cicuta es útil en dosis pequeñas, pero demasiada puede causar vértigo y la muerte. Repítelo.

Le sonreí con optimismo y lo recité, aunque ya lo sabía. Mientras caminábamos, siguió enseñándome los nombres y usos de las plantas. Mi madre ya me había enseñado algunas de las que me nombró aquel día, pero también aprendí cosas nuevas. En aquella parte del bosque había plantas que no había visto antes. Mientras proseguíamos con el paseo, me sentí aliviada y agradecida porque su enfado parecía estar menguando.

CAPÍTULO CATORCE

Durante el resto de mi primera semana en Gothel establecimos una rutina. Por las mañanas, Kunegunde me mandaba a cazar —siempre y cuando prometiera permanecer dentro del círculo de piedras—. Disparé a una liebre y a un faisán. Un día incluso abatí a un ganso. Kunegunde se pasó horas asando las aves. Me resultó extraño que muchas de sus recetas me recordasen a mi hogar, pero no me afligí. Con cada presa que llevaba a la torre parecía estar más contenta conmigo; me dijo que hacía años que no comía tan bien. Por las tardes, se dispuso a enseñarme las letras y los números. De pequeña jamás había soñado con tener la oportunidad de aprender a leer. Me pareció fascinante cómo las letras escritas sobre una página se correspondían con los sonidos al hablar. Me gustaba muchísimo leer. Pronto, mientras Kunegunde estudiaba, yo leía en voz alta las palabras del espéculo sobre la flora local, que había escrito la anciana con una tinta marrón claro fabricada con la vegetación local machacada. Kunegunde parecía impresionada por mi memoria con los sonidos y la satisfacción que me daban las palabras. Mientras ella leía, mis horas discurrían pasando las páginas de ese espéculo y aprendiéndome los dibujos de memoria.

Me maravillaban las ilustraciones impresionantes de siemprevivas, árnicas; las vides se enroscaban en los bordes de las páginas. Enredaderas, espinas y flores exóticas. Monstruos y dioses que se parecían a las muñecas de mi madre. Reconocí a Odín, Cupido, Pelzmärtel y Lamia.

A medida que pasaban los días, dejé de notar el hormigueo en el interior del círculo de piedras y la neblina. Cuando frotaba la estatuilla por las noches, la presencia de mi madre se volvía cada vez más tenue hasta que me empezó a dolerme el corazón por el anhelo y la decepción.

Una noche, cuando llevaba una semana en Gothel, froté las curvas de la figurita en la cama y no sentí nada. Ningún zumbido, ni neblina, ni alguna señal de que esta fuese más que una piedra tallada. Por un instante descorazonador, me pregunté si alguna vez habría tenido algo especial, si habría sido la locura provocada por la tristeza la que había invocado el fantasma de mi madre. Pero no, Kunegunde me había prometido que añadiría suficiente alrūne al polvo para que todavía pudiese oír la voz. ¿Y si se había olvidado? Intenté pensar en alguna forma de preguntárselo, pero estaba recelosa porque la estatuilla era un tema delicado.

—Kunegunde —dije cuando bajé las escaleras a la mañana siguiente. Ella estaba trabajando en un manuscrito en la mesa—. ¿Puedo preguntarte algo?

Siguió escribiendo.

—Será solo un momento.

La pluma trazaba espirales sobre el pergamino y oscurecía la página con símbolos indescifrables como los que había en los espejos de mano. Un momento después, alzó la mirada, claramente irritada por haberla molestado mientras trabajaba.

—¿Sí?

—Ya no siento la neblina —dije esforzándome para sonar firme—. La que envuelve la torre. Cuando llegué aquí, el aire era poco denso y estaba por todas partes. Pero ahora siento que la torre es como un sitio normal. ¿Tú también sientes la neblina? ¿Ha cambiado algo?

—No —respondió y dejó la pluma sobre la mesa. Se empezó a poner nerviosa. No supe decir si estaba frustrada porque la había interrumpido o por la pregunta en sí. Respiró hondo en un obvio intento por mantenerse tranquila. Cuando habló, su voz tenía un deje forzado—. Yo tampoco siento la neblina. Al menos, la mayoría de los días. Viene y va. Piensa en ella como si fuera un olor. En cuanto lo llevas oliendo un tiempo, te olvidas de que está ahí.

Asentí despacio. Parecía una explicación lógica. Lo pensé un momento tratando de averiguar qué seguía inquietándome.

—Ya tampoco siento la voz. ¿Te olvidaste de añadir alrūne al polvo?

—Claro que no —espetó—. Te dije que lo haría.

—La estatuilla también es diferente —comenté vacilante mientras observaba su rostro, preocupada por disgustarla al mencionarlo—. Antes emitía un zumbido, pero ahora…

—Mismo principio —dijo Kunegunde con un tono de advertencia en la voz. Le salieron las palabras tan entrecortadas que sabía que explotaría si la seguía presionando—. No tienes nada de lo que preocuparte.

A la tarde siguiente, el viento soplaba tan fuerte que tiró las últimas manzanas rojas del árbol del jardín y dejamos los libros a un lado para prepararnos para la tormenta.

—Echa el cerrojo en los postigos —me dijo Kunegunde mientras se ponía el delantal para salir—. Ahora vuelvo. Hoy será la última luna nueva de otoño. Prepararemos un *strützel* de manzana y haremos una ofrenda. Creo que tenemos anís suficiente.

—*Strützel* —dije, entusiasmada. Madre y yo también lo hacíamos por esta época. Me dijo que era una receta tradicional para celebrar el comienzo de la mitad más oscura del año.

Kunegunde salió y yo me apresuré a cerrar los postigos mientras ella recogía las manzanas caídas bajo el árbol.

Cuando regresó y me tendió una manzana refulgente que traía en el delantal, me di cuenta —de repente— de quién era. La mujer de pelo negro y pecho abundante en mis recuerdos, la abuela que mi padre me contó que había muerto.

La manzana brillaba, roja, en su palma.

La así, mareada mientras las piezas encajaban. La tristeza que había mostrado Kunegunde cuando le dije que mi madre había muerto. El huerto enorme. El recuerdo de nadar con mi madre en el estanque. No me extraña que me dijese que viniese a Gothel.

—¿Qué te pasa, Haelewise?

La manzana se me cayó de la mano y rodó bajo la mesa.

Kunegunde la siguió con la mirada.

—¿Te ha comido la lengua el gato?

—Eres mi... —Quería decir la palabra «abuela», correr a abrazarla, pero en cuanto se dio cuenta de lo que estaba a punto de decir, sus ojos llamearon.

—*Anasehlan!* —gritó con un aspaviento. Su voz tenía la misma cadencia que la de mi madre cuando decía palabrotas en el idioma antiguo.

El hechizo resonó en el aire y chisporroteó de poder. Mi pecho colapsó y una fuerza horrible me arrancó el aire de los pulmones. No podía respirar. Me llevé las manos a la garganta.

Al ver mi miedo, su expresión se llenó de arrepentimiento y bajó las manos. La acción me liberó. Boqueé en busca de aire.

—No podemos hablar de eso —me dijo—. Tu madre me lo hizo jurar. Hay magia de sangre implicada.

Asentí despacio, aunque estaba más concentrada en recuperar el aliento que en entenderlo. En cuanto pude respirar de nuevo, me esforcé en recuperar la compostura y reflexioné sobre lo que había dicho. Fuera, la tormenta arreciaba. El viento silbaba infeliz alrededor de la torre.

—¿Magia de sangre?

Ella sacudió la cabeza con ímpetu.

—No estás para nada preparada para aprender sobre ella. Acabas de llegar.

Cuando me recuperé, nos dispusimos a preparar la masa para el *strützel*. Parecía verdaderamente preocupada por mi bienestar. No dejó de disculparse y de preguntarme si estaba bien. Me sonrió mientras amasábamos y me llamó «pequeña», igual que mi madre, y me percaté de que debía ser el apodo con el que también se dirigía a ella.

No podía creer que no me hubiese dado cuenta del parecido antes. Mientras la contemplaba trenzar la masa, vi sombras de mi madre en ella —la forma en que presionaba los labios para evitar hablar de un tema del que no quería hablar, la forma en que movía la muñeca al trenzar la masa—, y anhelé ser tan cercana a ella como nieta.

Mientras se horneaba el *strützel*, preparamos la cena: el ganso que abatí aquella mañana y los champiñones que recogí de camino a casa. Asamos el ganso sobre el fuego y cocinamos los champiñones en el caldero con la grasa del ave. Hicimos vino especiado con anís y cien rodajas de manzanas. Dijo que la comida debía ser buena; la luna nueva era una época de transición, cuando el aura sobrenatural cambiaba y las oraciones flotaban con naturalidad hasta el otro mundo, así que aquella noche dispondríamos la comida como ofrenda a la Madre.

No entendí a qué se refería con lo del aura sobrenatural, pero la idea de hacerle una ofrenda a mi diosa madre junto con mi abuela me llenó los ojos de lágrimas. Recordé todas las veces en que mi madre y yo solíamos quemar ofrendas en casa cuando mi padre estaba fuera. Me pregunté si el ritual me permitiría volver a ver la neblina de forma que mi madre pudiera venir a visitarme como las primeras noches que pasé allí, y sentí una punzada de esperanza.

Un trueno crepitó y estalló mientras el ganso terminaba de asarse y una cortina de lluvia golpeaba los postigos. Kunegunde talló una espiral en cada una de las tres cortezas de pan, les quitó la miga y los rellenó con el ganso, las manzanas, queso y los champiñones, que olían de maravilla. En una cesta, dejó una de las cortezas y dispuso el *strützel* en un bonito círculo a su alrededor. Luego, se dirigió a la entrada de la torre y dejó la cesta fuera, en el suelo. Me quedé a su lado mientras la observaba, esperanzada y entusiasmada.

Cuando inclinó la cabeza, imité el gesto.

—Madre —dijo mientras buscaba mi mano—. Todo lo que hacemos es en tu nombre. Acepta esta comida como ofrenda. Bendícenos con suficiente leña para mantenernos en calor y con clientes para comer bien este invierno. Mantén la torre a salvo.

Se me llenaron los ojos de lágrimas ante la sencillez de su oración y se me colmó el corazón de esperanza. Por un momento, pensé que sentiría la neblina arremolinarse, una presencia sobrenatural, pero la sensación era tan débil que no estaba segura. Entonces pasó y se me rompió el corazón. Extendí la mano, tratando desesperadamente de volver a sentirla, pero se había esfumado. Kunegunde permaneció en silencio a mi lado —los ojos cerrados, la espalda recta—, con una expresión embelesada. Estaba claro que ella sentía algo que yo no. Cuando abrió los ojos, se me escapó un sollozo de la garganta. La decepción era tan grande que no podía soportarla.

—¿Qué te ocurre, Haelewise?

Me desplomé.

—No la he sentido. Sé que dijiste que era normal, como el olor, pero sé que tú sí la has sentido.

Kunegunde me llevó hasta la silla junto al fuego y me preparó una taza de caudel, una bebida espesa y dulce a base de vino, para que se me asentara el estómago. Dejamos la comida sin tocar en la mesa y se sentó en la silla a mi lado. Me quedé ahí mucho tiempo con los ojos cerrados, inundada por una tristeza tan fuerte que ni siquiera podía levantar un dedo. Un rato después, me di cuenta de que salían sonidos por su boca, aunque no fui capaz de distinguirlos.

—*Haelewise* —repitió. Esta vez, salí del trance—. Viene y va. No hay forma de controlarlo. Se suponía que esta sería una noche feliz. ¿Qué puedo hacer para animarte?

Lo pensé durante un largo rato. Mis pensamientos eran muy lentos por la decepción. Necesité varios sorbos de caudel para volver en mí y reconocer que podía utilizar su ofrecimiento como una oportunidad. Aturdida, repasé todas las preguntas que tenía para ella tratando de decidir cuál formularle primero y así sacarle buen provecho a su compasión. Decidí que si había un momento en el que preguntarle por la madre pájaro, era aquella noche. Hablé bajito.

—¿Me contarás lo de la estatuilla? ¿Sabes por qué la tenía mi madre?

Kunegunde se quedó muy quieta. Por un instante, me dio miedo de haber presionado demasiado. Entonces respiró hondo. Cuando habló, sonó comedida.

—Tu madre, como yo, adoraba a la antigua Madre, que ha quedado olvidada por un mundo obsesionado con el Padre.

—¿Es a ella a quien representa la madre pájaro?

Kunegunde asintió.

—¿Quién es?

—Tiene muchos nombres. Se la adoraba en secreto allá donde vuelan las tórtolas, aquí y al este, y llega hasta tan lejos como Roma y Jerusalén.

—¿Qué implica seguirla?

Tomó un sorbo largo de vino.

—Proteger a las mujeres y su conocimiento. Mantener el mundo natural sagrado. Aprender los poderes ocultos de las raíces, las hojas y las criaturas sobre la faz de la Tierra.

—¿Por qué adopta la forma de un pájaro?

Kunegunde se reclinó en la silla.

—Esa es una pregunta difícil. No estoy segura de si alguien lo sabe con certeza, pero cada efigie que he visto de ella la representa como una mujer pájaro. Siempre he pensado que se parece más a la neblina del bosque o a una sombra viviente, o a las hormigas que se comerán la ofrenda que acabamos de dejar fuera.

Asentí y respiré hondo, alarmada por que hubiese comparado a la diosa con bichos que se arrastran. Aparté el pensamiento, reflexionando sobre el resto de lo que había dicho. Había ignorado la parte más importante de la pregunta. Necesitaba saber cómo utilizar la estatuilla para volver a invocar a mi madre. Puse una voz infantil, aguda.

—¿Qué es la estatuilla? ¿Cómo funciona?

Por una fracción de segundo, me pareció verla componer una mueca. Luego, su expresión se volvió inexpresiva.

—Solo es un amuleto —dijo como si fuese una pregunta estúpida—. Algo que llevas encima para que te dé buena suerte.

Me inundó la frustración. Sabía que estaba mintiendo. La figurita tenía algo que ver con que oyese la voz de mi madre; si no, ¿cómo supo que la tenía? Que se negase a contarme lo que sabía, lo que quería saber con desesperación, me enfureció, pero temí enfrentarme a ella después del hechizo que me había lanzado antes. Cerré los ojos y decidí fingir que la creía por ahora mientras me devanaba los sesos para encontrar la forma de abordar el tema de forma más indirecta.

—¿Hay mucha gente que adore a la Madre?

Kunegunde respondió con dureza:

—Ya no. Tenemos que adorarla en secreto. El mundo de los hombres es malvado, Haelewise. Está repleto de nobles y clérigos con tanto miedo de perder el poder que ejecutarán a quienquiera que se oponga a ellos.

Esperé a que continuase, pero permaneció en silencio. El fuego crepitó.

—El hechizo de las piedras. ¿Cómo funciona?

Las llamas se reflejaban en sus ojos.

—No lo sé. Lleva aquí más tiempo que yo. En cuanto a cómo funciona, aquí el velo es más fino. El hechizo absorbe el poder de la neblina tras él.

—¿Más fino? —dije, confundida—. ¿Cómo lo que siento durante los nacimientos y las muertes, pero permanente?

—Sí. —Se removió en la silla, todavía contemplando el fuego.

¿Cómo podía mi capacidad de sentir algo tan poderoso esfumarse y volver? No tenía sentido. La vaga decepción que había experimentado regresó e hizo que notase la mente embotada. De repente, me costaba seguir pensando. Respiré hondo, tratando de decidir qué preguntarle a continuación y luchando contra el sopor mental.

—¿Cómo se vuelve fino el velo en un lugar? —pregunté al final.

Tardó un rato hasta que le dio un sorbo al vino y habló.

—Por lo mismo que el velo se vuelve más fino en cualquier parte. Nacimientos, muertes, la presencia de dioses o fantasmas. En lugares como este, el velo se ha tornado tan delgado tantas veces que se ha desgastado. Los límites entre este mundo y el otro son permeables.

—¿Qué ocurrió aquí?

Kunegunde negó con la cabeza.

—No lo sé. Y tampoco la mujer sabia que vivió aquí antes que yo… Le hice la misma pregunta cuando llegué. Lo único que sé es que no son piedras corrientes, Haelewise. Son lápidas. Sospecho que pertenecen a mujeres. Que quienquiera que lanzase el hechizo, lo había hecho para proteger a las mujeres que permaneciesen aquí.

CAPÍTULO QUINCE

El invierno cayó con suavidad y en silencio sobre la torre y cubrió la madera de una quietud blanca enorme. A medida que los días se volvían más fríos, Kunegunde actuaba cada vez más como una abuela. Empezó a fijarse en que llevase el abrigo cuando salíamos a caminar. Me preparaba más polvo y aceite de fertilidad cuando se me acababan. De vez en cuando, me llamaba «pequeña». Estos gestos me llenaban los ojos de lágrimas, aunque seguía teniendo malas pulgas y sus mentiras complicaban que mi afecto como nieta creciera. A principios de diciembre, cuando mi madre habría estado contándome historias de mi nacimiento y señalando que era un año mayor, Kunegunde no dijo nada y descubrí que me acechaba una gran tristeza.

Aquel invierno sería el más frío que viviese jamás, y eso que he vivido muchos durante mi larga vida. Había nieve, nieve y más nieve, como si los dioses quisieran erradicar a todo ser viviente del bosque o deshacer su capacidad de vivir. La madera se volvió negra y blanca, un enramado intricado de ramas y nieve. Desaparecieron todos los pájaros salvo los cuervos que tenía Kunegunde. Los bancos de nieve se desprendían y, cuando despertábamos, veíamos las huellas de los cascos de los ciervos. La escarcha bordeaba las hojas del acebo. Las bayas de invierno maduraron, rojas como la sangre. Sin el recordatorio de los servicios, los días se mezclaron. Kunegunde no celebraba los días de los santos y solo señaló la Navidad como el día más corto del año. Su ritual de mediados de invierno implicaba vino especiado, asado de cordero y un fuego encendido con leños embadurnados con la sangre del cordero que ardió durante la noche.

En la primera noche de luna llena después de Navidad, me desperté con la sensación de que había alguien fuera. Abrí los postigos para echar un vistazo al jardín y vi a Kunegunde inclinada sobre el bebedero de pájaros, cantando sobre el hielo que relucía dentro. *¿Qué estará haciendo?*, me pregunté, y me acordé de los rumores sobre que la reina le había susurrado al espejo de mano.

Sus trenzas de muerta colgaban a ambos lados de la cintura sujetas con unos lazos blancos de brillo plateado y tenía una expresión inalterable por la concentración intensa. Estaba sudando y murmuraba algo por lo bajo. Cuando sus labios dejaron de moverse, el hielo refulgió con colores que no eran un reflejo. Al instante, se unieron hasta formar la silueta de un lobo gigante que saltaba por el bosque. El tamaño de aquella bestia hecha de sombras era imposible. Todo lo que tenía que ver con ella estaba mal. Incluso a aquella distancia, supe de inmediato lo que era. Ulrico con la piel de lobo.

Estaba utilizando el bebedero de pájaros para predecir el futuro.

Cuando jadeé, Kunegunde miró hacia arriba como si hubiese escuchado el sonido. Me aparté de la ventana de un salto, decidida a echarle un buen vistazo al bebedero por la mañana.

Al día siguiente, mientras Kunegunde trabajaba en el manuscrito, me escabullí al jardín y miré atrás para asegurarme de que no me hubiera seguido. En cuanto comprobé que estaba sola, me encaminé como quien no quiere la cosa hasta el bebedero. Me llegaba a la altura de la cadera y estaba tallado en piedra desgastada. Tenía grietas del diámetro de un cabello en las paredes y no era lo bastante profundo como para que el agua se derramase. Por todo el interior del cuenco había símbolos borrosos como los de los espejos y el manuscrito de Kunegunde. ¿Sería también el espejo de mi madre para predecir el futuro? ¿Cómo se habría roto? ¿Se lo habría dado Kunegunde?

De vuelta al interior, Kunegunde seguía enfrascada ilustrando una página del manuscrito. El borde estaba decorado con docenas de imágenes de pájaros volando y unos símbolos negros indescifrables estaban dispuestos en espiral y enroscados por toda la página. Algunos de los pájaros estaban delineados con un brillo dorado. Estaba cubriendo la página con oro. La pluma relucía con una lámina de pan de oro; la había visto hacerla con cola de ciervo.

Mientras la observaba, se me ocurrió que mi madre hablaba este idioma, que probablemente supiera leerlo. De repente, me abrumó la necesidad de tocar los símbolos, sentirlos bajo los dedos, articularlos con la legua.

—¿Es el idioma antiguo? —susurré—. Está en el espejo y en el bebedero de pájaros. Tiene que serlo.

Kunegunde estaba trazando una fina línea dorada bajo el ala de un pájaro.

—Sí —dijo con aire ausente sin levantar la mirada.

—¿Me enseñarás?

—Algún día —respondió—. Cuando estés preparada.

Pero había un tono cauto en su voz, una advertencia, y entendí que se refería a que faltaba mucho tiempo para ese día.

Durante lo que debían de ser los primeros días de febrero, los cuervos comenzaron a comportarse de forma extraña durante la lectura de la tarde. Los tres saltaron de donde estaban posados en los estantes y graznaron ruidosamente. Cuando levantamos la vista de los libros, salieron volando por la ventana enrejada.

—Alguien se acerca al círculo —dijo Kunegunde.

—¿Tan fino tienen el oído?

—No, pero sí el olfato. —Kunegunde se levantó para ir hacia la puerta y miró fuera—. La gente rara vez viaja hasta aquí en invierno. Quienquiera que sea, debe de estar desesperado.

El visitante que los cuervos escoltaron de vuelta era una mujer embarazada cenicienta con ropajes y pieles abigarrados, que tenía pinta de haber rogado por las dos cuñas grandes de queso y las hogazas de pan que nos ofreció. No dejaba de mirar por encima del hombro a los cuervos que estaban sobre el umbral, como si les tuviese miedo.

Cuando cerramos la puerta tras ella, se relajó y nos explicó su situación. No había experimentado dolores, aunque esperaba que su bebé naciera el mes pasado. La matrona no podía ayudarla. Había empezado a encontrarse mal y temía por su vida. Kunegunde aceptó las monedas y la dejó pasar.

—¿Cuánto tiempo lleva el niño sin moverse?

—Casi una semana. Varios días como poco.

—¿Cuándo fue la última vez que sangraste?

—A finales de marzo.

Kunegunde frunció el ceño.

—Hace demasiado tiempo. Si el niño no ha muerto aún, lo hará pronto. Por el color de tu piel, me temo que ya ha ocurrido, lo siento.

La mujer asintió con pesadumbre.

—La matrona me dijo lo mismo.

—Empezaremos con unas hierbas suaves. Si no funcionan, lo intentaremos con poleo.

Kunegunde me pidió que acondicionase la zona cerca del fuego y que preparase caudel. No dije nada, pero estaba de acuerdo con ella en que esto no saldría bien. No sentía lo que solía percibir antes del nacimiento de un bebé vivo, la tensión en el aire. O al parto de la mujer todavía le quedaba, o ya se le había pasado el tiempo. Comencé con los preparativos —colgué tapetes sobre las ventanas, encendí velas en cada superficie— y reviví todas aquellas veces que hice eso mismo con mi madre.

Para cuando encendí el fuego y puse el caudel a calentarse, tenía los ojos anegados en lágrimas. Mientras contemplaba el fuego tratando de recomponerme antes de darme la vuelta, la tristeza dio paso a un dolor quedo, al enfado en mi pecho. *Mi madre debería seguir aquí*, pensé mientras las llamas crepitaban. *Tendría que haber sido su aprendiz.*

Cuando le dije a Kunegunde que había terminado, me pidió que trajese la piel de serpiente que había visto colgada de la ventana y un talismán de papel en particular. A este lo colgó alrededor del cuello de la mujer y le ató la piel en torno al vientre como una cinta para el parto. Luego me dijo que le pusiera a la mujer aceite de rosas en la entrepierna y que trajese aceite de pinsapo y prímula del armario para preparar un brebaje.

Cuando le tendí lo que me había pedido, no pude evitar ponerme de mal humor. Había visto a mi madre utilizar un preparado similar para inducir el parto, pero dudaba de que aquel día sirviera de mucho. Mientras la mujer se bebía el mejunje, Kunegunde murmuró algo en voz baja —un cántico o una oración— y palpó bajo la falda de la parturienta. Me quedé asombrada cuando retiró la mano y su expresión se volvió esperanzada.

—Puede que el bebé esté demasiado apretado como para moverse.

Me di la vuelta para que no vieran mi cara de escepticismo. Nunca había asistido al parto de un niño vivo sin sentir la tensión en el aire. A medida que pasaban las horas, sentía más compasión por la mujer. La oía contarle a Kunegunde sus partos anteriores mientras esperábamos a que el brebaje hiciese efecto. Nos bebimos el caudel. El sol se puso, las sombras de la torre se oscurecieron y mi enfado hacia Kunegunde menguó. Mientras contemplaba a la mujer acunar su vientre, se me ocurrió que Phoebe ya habría dado a luz. Me pregunté si Matthäus estaría arrepentido de haber elegido obedecer a su padre. ¿Seguiría odiando a Phoebe? ¿Me echaría de menos? Confieso que la idea de que estuviera atrapado en un matrimonio sin amor me alegró.

Encendí las antorchas en las paredes. La medianoche llegó y se fue y la piel del mundo se negó a volverse más fina. Cuando quedó claro que el brebaje y el caudel no habían hecho ningún bien, Kunegunde le dio poleo a la mujer. En cuestión de una hora, los dolores eran tan intensos que el rostro redondeado le brilló del sudor. Cada vez que experimentaba una contracción, me sentía fatal por ella. Normalmente, para este momento del parto, la piel del mundo se volvía tan fina que estaba lista para abrirse. La única vez que no había sentido nada fue antes de un bebé que nació muerto.

Le froté la espalda a la mujer con aceite de menta como mi madre me había enseñado y susurré palabras tranquilizadoras. Cuando rompió aguas, Kunegunde me dijo que fundiera algo de nieve. Hice lo que me pidió, aunque estaba segura de que no habría ningún niño vivo al que bañar. A medida que las contracciones se volvían más seguidas, Kunegunde le dijo que se inclinase, que meciese las caderas y se quitara la falda. Cuando lo hizo, me pareció ver la forma de un pie golpear la superficie del vientre. Observé su piel hasta que volví a ver, estupefacta, que se movía.

—Por el amor de Dios —dije olvidando ocultar la incredulidad—. Tenías razón.

Kunegunde también lo vio.

—El niño está vivo, pero viene de nalgas. Tenemos que darle la vuelta.

La mujer asintió con una expresión decidida en el rostro.

Una sensación horrible de alarma me atravesó. Una cuestión era no ser capaz de sentir la neblina en el borde de las cosas aquí, pero si el niño estaba vivo, debería haber sido capaz de sentir la posibilidad en el aire o el tirón del otro mundo. Lo llevaba haciendo toda la vida. Kunegunde se dispuso a masajearle el vientre a la mujer con la misma técnica que utilizaba mi madre. Me dijo que preparase el baño y que buscase el cuerno de cabra con la tetina de tela en caso de que la madre tuviese dificultades para amamantar. Hice todo lo que me pidió, inquieta.

Pasó otra hora antes de que Kunegunde dijera que el niño estaba en posición. Cuando se acercó el momento del parto, le pidió a la mujer que se sentase en cuclillas en el suelo junto a un nido de sábanas y retazos limpios. La mujer gritó mientras empujaba hasta que el niño cayó en manos de Kunegunde y luego se desplomó en el suelo. El bebé era más grande que ninguno que hubiese visto y tenía una mata de pelo. Se agitaba y tenía las manos enroscadas en puños.

Era una niña. Estaba tan sorprendida de que se moviese que cuando Kunegunde me la tendió, me quedé paralizada.

—La garganta —dijo—. ¿No te enseñó tu madre a despejarle la garganta?

Asentí. La niña abrió los ojos, asombrada, en silencio y quieta. Le abrí la boca, esperando que su alma pasase junto a mí mientras trabajaba. Pero no pasó nada; el aire en la habitación estaba imperturbable. La bebé jadeó de igual forma y movió los ojos bordeados de amarillo mientras empezaba a gimotear. Apenas podía respirar mientras le acariciaba el pelo negro y rizado. ¿Por qué no había sentido su alma?

—¿Ves los ojos amarillos y la respiración superficial? —me preguntó Kunegunde desde donde estaba arrodillada junto a la mujer desmadejada—. Es por el poleo. Báñala. Envuélvela mientras la madre recobra el conocimiento. El mejor remedio para eso es la leche materna.

El agua caliente sobre la piel de la bebé hizo que se quedase quieta. Sus ojos se asomaron a los míos, maravillada, mientras le limpiaba la sangre y la mucosidad del cabello. Parecía una niña normal con un destino corriente. Me inquietaba no haber sentido su alma. Cuando la saqué del agua, chilló. La envolví hasta que volvió a calmarse. La mecí de un lado a otro, murmurando, meciendo las caderas. Me acordé del día que tuve en brazos al hijo del molinero. Me alegraba que la niña estuviese sana, pero aparte de eso, no sentía nada. A pesar del hecho de tener a un bebé en brazos, me sentía completamente desconectada del trabajo que siempre había amado.

La pequeña empezó a llorar de nuevo. *Calla,* quise gritar.

—Tiene hambre —dije, irritada, elevando la voz para que Kunegunde me escuchara.

Mi abuela sostuvo una taza de agua contra los labios de la madre sin responderme.

—Kunegunde... —insistí, indignada, para tratar de llamar su atención.

Ella siguió ignorándome, concentrada en ayudar a la mujer a incorporarse.

—¿Otra niña? —dijo cuando al fin se sentó. Observó a su bebé desde la pila de retazos donde Kunegunde la había incorporado. Se palmeó el pecho.

Le llevé a la recién nacida con la garganta cerrada por el miedo. Sostuvo a la niña con un gesto experto junto a su pecho y se apartó el vestido. La niña se calló de inmediato mientras buscaba el pezón con la boquita. La mujer cerró los ojos y se reclinó con una expresión de alivio. Miré a Kunegunde, quien negó con la cabeza y articuló la palabra «luego».

—Quédate a pasar la noche —le dijo a la mujer, que asintió agradecida—. Ambas necesitáis descansar.

Aquella noche, antes de irse a dormir, Kunegunde entró en mi cuarto, cerró la puerta tras ella y se sentó a mi lado en la cama. Oía a la mujer arrullar a la bebé en la habitación de al lado. Kunegunde bajó la voz.

—¿Qué te inquieta, pequeña?

—¿Te dio la impresión de que hubiese algo raro en el parto?

Kunegunde parecía desconcertada.

—Solo que la niña llevaba demasiado tiempo en el vientre y el poleo. ¿Por qué lo preguntas?

—¿Puedes sentir las almas?

Kunegunde carraspeó.

—¿A qué te refieres?

—Normalmente, durante un parto, siento una posibilidad en el aire, el temblor del alma del bebé. Esta vez no sentí nada. Mi habilidad para percibir el otro mundo, el movimiento de las almas. Eso que me hace una buena matrona. Se ha esfumado.

Ella me miró con fijeza.

—Ah, sí. A veces pasa. Como ya te he dicho, viene y va. A medida que te haces mayor, el don puede desvanecerse. Todavía puedes ser una buena matrona sin él.

—¿Por qué desaparecería ahora? Siempre he confiado en él.

—¿Quién sabe cómo funcionan estos misterios? —dijo. Se levantó y me apretó la mano—. Esta noche lo has hecho bien, pequeña. Estoy agotada. Mañana hablaremos más.

Había algo extraño en su tono, la impaciencia por acostarse. Noté que sabía más de lo que dejaba entrever.

—Buenas noches —dije, resignada.

Mientras escuchaba el sonido de sus pasos subir las escaleras, me sentí impotente. ¿Por qué me ocultaba cosas Kunegunde? ¿Cómo podía hacer que me contase lo que sabía? Necesitaba saber qué me estaba ocurriendo.

CAPÍTULO DIECISÉIS

Aquella noche soñé que era un pájaro negro enorme con garras y que buscaba algo en el bosque. Aterricé en un árbol junto a un claro, donde un jinete enmascarado montaba a horcajadas sobre un caballo con el estandarte del príncipe Ulrico. El jinete desmontó y desenfundó una daga de plata para amenazar a una mujer de pelo negro vestida con harapos que se había caído en la nieve. A medida que avanzaba hacia ella, tuve la certeza de que iba a matarla. Planeé hacia él para proteger a la mujer y arrancarle los ojos a picotazos, destrozarlo.

Me desperté con un sobresalto y escuché una voz débil proveniente del otro mundo, un siseo indescifrable, demasiado tenue como para que pudiese oírlo. Sabía que mi madre estaba tratando de decirme algo, que el sueño había sido premonitorio. Pero por alguna razón, no podía oír lo que intentaba decir. Froté la estatuilla y recé, aunque no ocurrió nada. Estaba tan frustrada por la incapacidad de entender el mensaje que no pude volver a dormirme. Los sonidos de la bebé llorando y los pasos de la madre por las escaleras no ayudaron.

Cuando bajé a desayunar, agotada por la falta de sueño, decidí preguntarle a Kunegunde al respecto.

—He tenido una pesadilla —le dije tras sentarme frente a mi abuela. Había huevos de ganso y pan en una cesta sobre la mesa. La madre se había ido a casa.

—¿Sobre qué?

—Soy un pájaro y sobrevuelo el bosque buscando algo. Abajo, veo que un jinete con el estandarte del príncipe Ulrico amenaza a una mujer. Está a punto de matarla con una daga de plata. Bajo en picado para destrozarlo con las garras.

Ella me observó sin interrumpirme con una expresión estupefacta.

—Al final del sueño, oí la voz que me ha hablado antes tratando de decirme algo.

Sus rasgos se ensombrecieron.

—¿Decirte qué?

—No lo sé. Eso es lo que me frustra. Siento que debería hacer algo, pero no tengo ni idea de qué.

Me observó muy quieta un momento desde el otro lado de la mesa. Un rastro de miedo le cruzó el rostro, aunque sabía que estaba intentando ocultarlo.

—No deberías prestarles atención a esos sueños —me contestó, enfadada—. Te lo dije, la voz que te habla es la de un demonio.

—Y yo te dije que no me lo creo.

Me fulminó con la mirada.

—He estado añadiendo una pizca de alrūne en el polvo como me pediste. Acuérdate de lo que te enseñé en el espéculo. El alrūne atrae a los demonios.

—Olvídalo —dije, decidida a dejar el tema. Estaba demasiado cansada para discutir.

Aquella tarde, Kunegunde y yo fuimos a dar nuestro paseo diario al bosque. La nieve tenía casi medio metro de profundidad y envolvía la base de las piedras del círculo cuando pasamos por ellas. Llevaba meses sin sentir el hechizo de las piedras y me resentí por la ausencia de esa sensación. Fuera del círculo el mundo entero se había sumido en el silencio, una quietud helada de polvo y madera. Mientras la nieve crujía bajo las botas, creí haber oído algo: el sonido de una rama al romperse en la distancia amplificado por el frío. Kunegunde y yo nos miramos y me quedé paralizada en el sitio. El eco de las voces por la nieve que oímos a continuación sonaron distantes. Sostuvo un brazo en alto para evitar que echara a correr, pero aquello también era peligroso.

—Quédate quieta —siseó. Introdujo la mano en el morral y se llevó algo a la boca. Lo masticó deprisa, tragó y canturreó en voz baja—: *Leek haptbhendun von hzost. Tuid hestu.*

Se desplomó sobre la nieve y se le pusieron los ojos en blanco.

Al mirarla, me pregunté si sería eso lo que me pasaba cuando me desmayaba. Cuando me agaché para sacudirla, no respondió.

Un instante después, Erste bajó zumbando de entre las copas de los árboles hacia nosotras con los ojos ámbar llameando. Se posó junto a ella en la nieve; los ojos comenzaron a volverse negros, y Kunegunde abrió los suyos de golpe.

—La guardia del rey —dijo, mareada. Se aferró a un árbol para estabilizarse—. La princesa Frederika debe de andar cerca. Ayúdame a volver a la torre.

Tenía nieve en las trenzas de muerta y en el vestido. La agarré del brazo para ayudarla a mantener el equilibrio, tan conmocionada que apenas era capaz de articular palabras.

—¿Qué acaba de pasar?

—Vámonos —dijo Kunegunde con una expresión preocupada.

—¿Qué has hecho? —pregunté de nuevo—. ¿Qué ha sido eso?

—Ayúdame a volver. Ahora. No puedo arriesgarme a que me vean. ¿Recuerdas lo que te dije sobre la orden de asesinarme?

Emprendimos el camino hacia la torre.

—Dime qué has hecho.

Habló despacio, respirando con pesadez mientras avanzábamos como si le supusiera un esfuerzo enorme.

—Todo lo que se hace puede deshacerse. Incluso el lugar donde reside el alma bajo la piel. El cántico liberó la mía. Entonces entró en Erste y volamos entre los árboles para encontrar la fuente del sonido.

Parpadeé, incapaz de comprender lo que decía.

—¿Los has visto?

Echó una mirada intranquila entre los árboles.

—Desde la rama de una pícea cercana a través de sus ojos. —Señaló al pájaro sobre su hombro con la cabeza.

El viento silbó entre las agujas de pino.

Los pensamientos se sucedían con rapidez. Si el cántico liberó su alma, entonces era cierto que había perdido mi sensibilidad al movimiento de las almas. *¿Por qué no?*, pensé. Lo había perdido todo. La capacidad de oír la voz de mi madre. La capacidad de dormir la noche entera.

Pisoteé la nieve tras ella.

Nos apresuramos a regresar al círculo; mi mente no dejaba de recordar lo que me había contado mi madre sobre la *kindefresser*. Podía adoptar cualquier forma. Todos los cuervos de ojos ámbar que me habían visitado cuando era pequeña. Señor. ¿Qué fue lo que me dijo Kunegunde cuando llegué aquí? Que Erste hacía lo que quería. Ese pájaro me había conducido a la torre. Kunegunde me había traído hasta aquí dentro de su cuerpo.

—¿Lo haces a menudo?

—No —respondió—. No puedes llegar muy lejos. Pueden matarte como si estuvieras en tu propio cuerpo. Habitar un pájaro es arriesgado.

Cuando llegamos a la torre, Kunegunde se lavó las manos y me pidió que la ayudase a subir para meterse en la cama; me advirtió que podía tardar en despertar. Aquella noche, tumbada en mi catre, reflexioné sobre lo que había descubierto. Mi padre habría salido corriendo si hubiera visto lo que yo aquel día o, al menos, habría exigido que exorcizasen a Kunegunde. Me acordé de lo que me dijo cuando llegué a la torre, que el alrūne me haría susceptible a los demonios. ¿De verdad les tenía miedo o lo estaba aparentando para que yo los temiese?

Mi don había comenzado a desvanecerse casi tan pronto como llegué, cuando le conté que oía una voz y ella empezó a prepararme ese polvo de grosellas. ¿Cómo podía confiar en que añadía alrūne en él? ¿Y si añadía algo que, en cambio, reprimía mi don?

Saqué la madre pájaro del saquito y recorrí sus curvas con las manos, pero no pasó nada. No había pasado nada durante meses. Cerré los dedos en torno a ella en la oscuridad, la piedra fría en mi palma, y recé para que me guiase.

No me llamó para desayunar a la mañana siguiente. Me desperté cuando Erste empezó a golpetear los postigos. Esto ya había ocurrido antes cuando Kunegunde cerraba los postigos de las ventanas de arriba. Intenté ignorarlo y enterré la cabeza bajo la almohada.

—Por el amor de Dios —dije—. Vete.

El repiqueteo cesó durante un rato. Debí quedarme dormida, hasta que me desperté un momento después con el sonido de un graznido. Parecía como si una rana hubiese muerto y utilizase magia negra para resucitarse a sí misma. Gruñí y me levanté para abrir los postigos. Erste entró y planeó escaleras arriba hacia la habitación de Kunegunde.

Cuando el pájaro se fue, me senté en la cama y me quedé observando cómo la luz del sol se derramaba por la ventana abierta. ¿Por qué me habría dicho mi madre que viniese aquí si Kunegunde era el tipo de persona que me daría algo para reprimir mi don? ¿Qué ocultaba mi abuela?

Para cuando bajé a desayunar, tenía el pecho constreñido por la frustración y la amargura. Mientras calentaba el estofado de conejo del día anterior, los tres cuervos descendieron sobre mí para suplicar que les diese carne y huesos. Les lancé las sobras, asqueada, incapaz de comprender por qué Kunegunde dejaba que esos carroñeros anduviesen cerca.

Me llevó toda la mañana terminar las tareas que normalmente hacíamos juntas. Después del engaño de Kunegunde, descubrí que me sentía extremadamente resentida por ese trabajo añadido. Para cuando les di de comer a los gansos col y las sobras de las chirivías —la madre y el padre graznaron con ansia y me dieron picotazos en las manos—, estaba indignada.

Se me hundieron las botas en los montículos mientras regresaba a la torre. Me estremecí cuando abrí la puerta. Luego subí malhumorada las escaleras hasta la alcoba inclinada donde dormía Kunegunde en el tercer piso, empecinada en descubrir qué me estaba ocultando.

Junto a la cama, el morral de Kunegunde sobresalía con lo que fuera que hubiese comido antes de que su alma abandonase su cuerpo. Me acerqué de puntillas hasta la silla para ver qué era. Kunegunde no se inmutó. El objeto del morral era amarillo y estaba arrugado. Estaba tan maltrecho que me llevó un instante reconocerlo como la sombra de una de mis manzanas doradas que Kunegunde debía de haber dejado secando al sol en algún sitio.

Me la quedé mirando sin poder creerlo. Kunegunde me había jurado que el alrūne me haría susceptible a los demonios. Me había dicho que no lo comiera y luego ¿se lo había comido ella? La ira me recorrió el pecho.

Estaba tendida en la cama, dormida, arrebujada bajo las mantas. En ese momento la odié, simple y llanamente. Solo quería vengarme.

Dejé de nuevo el alrūne en el morral para que no supiese que lo sabía. Luego salí del cuarto para lavarme las manos. Después, me quedé sentada en mi habitación tratando de comprender lo que significaba este descubrimiento. Kunegunde no quería que supiese lo que mi madre trataba de decirme; bastante era que me hubiese mentido sobre el peligro que presentaba el alrūne y estaba muy segura de que le estaba poniendo algo al polvo para reprimir mi don. Pensé en la forma en que sus ojos llameaban cuando hablaba del mundo de los hombres. ¿Querría retenerme aquí como hacía mi madre cuando me ataba la muñeca con una cuerda cuando era pequeña? ¿Tendría miedo de que mi madre me dijese que la abandonase?

El estómago me dio un vuelco. Tenía que ser eso. El primer día que pasé aquí, admití que mi madre me había dicho que fuese a la montaña de al lado justo antes de que me quitara el alrūne.

Me pasé el resto del día intentando decidir qué hacer con lo que acababa de descubrir. Me pregunté qué habría en la montaña de al lado, si podría ir sin que Kunegunde lo supiera. Aquella tarde, tomé el saquito con el polvo de grosella que había dejado sobre la mesita junto al catre. Era pequeño, apenas pesaba. Recordé la canción que cantaba de niña cuando le arrancaba los pétalos a una flor. *¿Quiero o no quiero?*, decía. *¿Lo haré o no lo haré?* Un buen rato después me sentí desafiante y aparté el polvo al decidir que no lo mezclaría con la bebida de la tarde.

Kunegunde se despertó una hora o así más tarde y bajó las escaleras con sus zapatillas de piel y una bata pesada. La luz de las antorchas lamía las paredes. El fuego crepitaba en su anillo. Yo estaba sentada a la mesa examinando una página del espéculo. Delante tenía una taza de vino a medio beber. A medida que el día iba llegando a su fin, mi enfado no había hecho más que aumentar. El efecto era agotador. Después de cenar, había leído las etiquetas de las jarras de barro cocido de la entrada y me había preparado vino especiado para tranquilizarme. Para cuando se despertó, iba por la tercera taza.

Le echó un vistazo a lo que estaba bebiendo cuando se sentó a mi lado y luego se sirvió una taza.

—¿Cuánto llevo inconsciente?

—Un día entero. —La voz me salió entrecortada.

—Espéralo si vuelvo a hacerlo. Que el alma se asiente de nuevo en el cuerpo requiere esfuerzo. Necesitas descanso. ¿Les diste de comer a los cuervos?

Asentí en silencio.

—¿A los cerdos y a los gansos? ¿A las cabras?

—Todo lo que hacemos normalmente —dije, inexpresiva.

Tomó un sorbo.

—¿Qué te pasa?

Noté el enfado subir por la garganta como si fuera bilis. Quería confrontarla, destapar sus mentiras, pero tenía miedo de que me echara. Me sentía atrapada. Las palabras salieron de mi boca antes de que me diera tiempo a pensarlo mejor.

—Lo sabes todo sobre mí. Mis padres, mi infancia. Los desmayos, las pesadillas. Esperas que confíe en ti, que te obedezca, que crea todo lo que dices. Pero ¡yo no sé nada de ti!

Kunegunde me miró a los ojos. No respondió hasta pasado un buen rato. Durante un instante, no supe si lo haría. Pensé que iba a ignorar mis quejas y que volvería a irse a dormir. Entonces asintió una vez, acercó las manos al fuego cuyas llamas les confirieron a los dedos un brillo rojizo y me devolvió la mirada.

—¿Y si te contara la historia de cómo llegué a guardar esta torre? ¿Serviría de algo?

La fulminé con la mirada, aunque la indignación dio paso poco a poco a la curiosidad. Al final, asentí.

Ella sonrió satisfecha y sacudió la cabeza ante mi vacilación. Luego le dio otro sorbo al vino y se reclinó en la silla con los ojos cerrados. Un momento después, oí el murmullo bajo de su voz.

—Mis padres me consagraron a la vida religiosa cuando era pequeña. No era la décima hija, pero me daban desmayos muy parecidos a los tuyos y pensaron que la vida espiritual me mantendría a raya. Cuando cumplí los diez, me enviaron lejos para que viviese con una viuda devota que, de inmediato, se dispuso a ponerles remedio a los huecos de mi educación religiosa. También había una niña que quería ser anacoreta y otra joven llamada Hildegarda.

Después de todo en lo que me había mentido, estaba escéptica.

—Conociste a Hildegarda de pequeña.

Kunegunde asintió. Se reclinó en la silla y le dio un sorbo a la bebida mientras contemplaba las llamas.

—Era como una hermana para mí. Solía estar enferma, pero cuando estaba bien, vagábamos por la campiña y jugábamos en las zonas silvestres de la finca. Ambas sentíamos que el mundo en sí mismo era sagrado. Estaba obsesionada con lo que ella llamaba su «verdor», la fuerza que habita en todos los seres vivos. Siempre estuvo muy segura de los votos que tomaría. Dijo que, desde su nacimiento, estaba destinada a ser la sierva de Dios. Yo no compartía su fe. Las lecciones de la viuda me parecían restrictivas. Memorizar los salmos, la obsesión con la pureza y la limpieza. Prefería pasar los días en el bosque escuchando la llamada de los animales salvajes y los pájaros. Las lecciones no hicieron nada para detener los desmayos, que no tenían ni pies ni cabeza. La viuda consultó a sanadoras y me dio remedios. A medida que me hacía mayor y me desarrollé, empecé a soñar con escapar de la vida que mis padres habían elegido para mí, con encontrar a un marido y formar una familia. Cuando Hildegarda estaba enferma, me pasaba los días recogiendo flores del bosque y del campo. Soñaba con escaparme de la casa señorial de la viuda. Uno de mis lugares favoritos era un campo de hisopos atravesado por un riachuelo junto al límite de la finca. En verano solía quitarme las botas y sumergirme en la corriente mientras aspiraba el aroma amargo y mentolado de los hisopos. Allí conocí a un noble atractivo de la finca vecina que pasaba a menudo con el caballo al otro lado del arroyo. Cuando estaba sola, hablaba conmigo. Si Hildegarda estaba allí, solo saludaba con la mano. Era tan guapo, Haelewise. De hombros anchos, ojos divertidos y amables. —Me miró, sus ojos brillaban a la luz del fuego y los cabellos sueltos del pelo alrededor del rostro relucían plateados. Por un instante vislumbré a la joven que había sido bajo el rostro cubierto de arrugas, en la expresión maravillada que encendía su mirada y el saber en su sonrisa—. Me encantaba la forma en que me miraba, Haelewise, como si mi cuerpo fuese algo sagrado. Me adoraba.

Le escruté el rostro, sorprendida de oírla hablar de amor. El fuego crepitaba entre nosotras. Sonrió con la mirada perdida, embelesada.

—Pasaba con el caballo casi todos los días a mediodía y normalmente Hildegarda estaba enferma. Si estaba sola y lo veía venir, me ponía de buen humor. Sentados en los lados opuestos del arroyo, hablábamos de todo: la habilidad de gobernar de su padre, sus hermanos, lo mucho que yo echaba de menos a mi familia, mis dudas en cuanto a la vida religiosa. Algo nos mantenía ahí cautivos y nos hacía quedarnos juntos al lado del arroyo. Con el tiempo, era lo único en lo que pensaba. Creí que para él también era así. Hay una fuerza, Haelewise, que atrae a las personas que se aman. Yo la sentía cada vez que nos sentábamos el uno frente al otro. Una pesadez tras los ojos, algo que tiraba de mí hacia él. Sentía que era lo correcto.

Le di un trago al vino atrapada en la historia a pesar de que estaba enfadada con ella.

—El día antes de que dejáramos la finca para tomar los votos, la viuda mandó a llamar al curandero para que examinase a Hildegarda. Se estaba recuperando de una de sus enfermedades y la viuda quería confirmar que estuviera lo bastante bien para viajar. Mientras aguardábamos al médico, fui al campo de hisopos esperando encontrarme al noble y despedirme de él. Me quedé dormida mientras tanto, como solía ocurrirme. En el campo, con el sol calentándome los párpados, soñé que estábamos juntos. —Me devolvió la mirada. Tenía los ojos brillantes, febriles, de ese tono ámbar reluciente sobrenatural—. Había algo en ese sueño, Haelewise. Brotó de mi interior. Ni siquiera ahora puedo explicarlo. Cuando me desperté, sabía que era sagrado, una visión que llegaría a ocurrir. No mucho después de que despertase, llegó. Hacía calor. Era mediados de verano. Le pregunté si quería caminar descalzo conmigo por el arroyo para refrescarnos y buscar piedras bonitas en el lecho del río. Me recogí la falda del vestido, totalmente consciente de que la imagen de mis piernas desnudas lo distraería. Me recogí el pelo para que se me viera la base del cuello. Él se quitó las botas, se arremangó los pantalones y me dio la mano. —Hizo una pausa; sus ojos reflejaban la luz del fuego—. La viuda me habría azotado si me hubiese visto así. Con la ropa y el cabello desaliñados, la falda recogida, de la mano de un noble. Era el tipo de cosas de las que se suponía que debía protegerme, pero todos estaban siempre tan preocupados por Hildegarda que nadie me prestaba atención. —Se rio con amargura.

Cuando le dio otro trago al vino, yo le di un sorbo al mío. Ya había olvidado todas mis dudas. Para entonces, estaba enfrascada en el suspense de su historia a la espera de que ocurriese algo entre ella y el noble, atenta a cada palabra.

—Le dije que era la última vez que lo vería —prosiguió—, y él me miró con tanta pena. Me senté en una roca que sobresalía del agua y le hice un gesto para que se sentase a mi lado. Cuando lo hizo, mis pensamientos se enfocaron en el lugar donde nuestros muslos se rozaban. Su cercanía era como un embrujo. Tiraba de mí hacia él. Cuando lo miré a los ojos, entendí lo que mi cuerpo ya sabía. Debía besarlo. Cuando lo hice, él se quedó quieto, sorprendido, pero un instante después me devolvió el beso. No puedo explicar lo que ocurrió a continuación salvo que nos besamos toda una eternidad. Y luego...

Se detuvo para contemplar las llamas. Estas danzaban en sus ojos. Permaneció en silencio. Le rellené la copa al fijarme en que los músculos de su rostro se habían relajado, como si hubiese mantenido este secreto durante demasiado tiempo. Bebió antes de seguir hablando y me di cuenta de que quería apurar el momento.

—Fue hermoso, Haelewise. La hora más sagrada de mi vida. No me arrepiento de un solo segundo. Todavía imagino el campo. Lilas por todas partes, el zumbido de las polillas halcón de alas naranjas. Lo empujé hacia el lecho de flores. Recuerdo su aroma bajo nosotros, el color del cielo sobre nuestras cabezas. Aquel día estaba azul, totalmente despejado. Cuando terminamos, nos quedamos tendidos sin aliento sobre aquellas flores durante no sé cuánto tiempo. Luego, nos dijimos adiós.

»Cuando se marchó, me quité las flores del pelo. Lavé el vestido en el riachuelo. No dije nada cuando regresé a la casa. Me guardé para mí esos momentos. Al día siguiente, emprendimos el camino hacia la abadía. Para cuando llegamos y nos preparamos para tomar los votos, no me había bajado el periodo.

Kunegunde negó con la cabeza y se quedó callada. Cuando volvió a hablar, le tembló la voz.

—Me hizo tan feliz saber que estaba embarazada. Era el motivo perfecto para no tomar los hábitos. Lo primero que hice fue decírselo a Hildegarda. Pensé —inocentemente, por supuesto— que se alegraría por mí. Pero su lealtad a las normas de la Iglesia superaron con creces nuestra amistad. Me humilló por mi condición. Me preguntó por qué había mancillado mi cuerpo. Mortificada, a la mañana siguiente antes del alba, saqué mi caballo del establo y cabalgué al sur. Fui a ver a mis padres para confesarles lo que había ocurrido y que acudieran a la familia del noble para ofrecerle la dote que habían reservado para el convento. Pero cuando se lo conté, me humillaron igual que Hildegarda y dijeron que el noble no querría casarse conmigo porque me había deshonrado a mí misma.

Me miró.

—Los odié por ello. Lo sigo haciendo. Me condenaron por la única cosa que sabía que había hecho bien. Hui al sur sin un destino fijo. Dormía a la intemperie, en los cobertizos, mientras vagaba por el país. Las cocineras a veces se apiadaban de mí y me dejaban lavar los platos a cambio de un cuarto. En una posada de esas, la cocinera me habló de madre Gothel, amiga de las mujeres en mi condición. Esperando que me acogiese, me dispuse a encontrar la torre. —Kunegunde me miró a los ojos—. Aquí fue donde di a luz.

Parpadeé, sorprendida de que su historia hubiese llegado al final. La noche nos envolvía y la torre estaba a oscuras. Las llamas brincaban en la hoguera. Parpadeé al descubrir que su historia me había sobrecogido, pero cuando la repasé mentalmente, todas las dudas y sospechas sobre Kunegunde volvieron de sopetón. Pensé en los sueños que había estado teniendo, en cómo insistía en que me los inducía un demonio. Si Kunegunde podía tener un sueño sagrado, entonces yo también. Incapaz de contener la amargura, fruncí el ceño.

—¿Cómo sabías que el sueño era sagrado? ¿Que no lo había enviado un demonio?

Una expresión de pánico le cruzó el rostro. Por un instante, sus ojos se abrieron como platos, temerosos, como los de un animal que ha caído en una trampa. Entonces, controló las emociones; su expresión se volvió tan quieta como el hielo del bebedero de pájaros.

—No había comido alrūne, pequeña. ¿Te acuerdas de lo que te enseñé en el libro? El alrūne es un veneno espiritual. Provoca visiones falsas.

Me limité a asentir bullendo de rabia. Ya no había dudas. Me estaba mintiendo.

CAPÍTULO DIECISIETE

Aquella noche tuve el mismo sueño. A la mañana siguiente me desperté y fui incapaz de sacarme la visión de la cabeza. Cuando el sueño al fin se disipó, me sentía más frustrada que nunca por no poder oír la voz de mi madre. Intentaba decirme algo, estaba convencida, y Kunegunde no quería que lo oyese. Me senté en la cama mientras el sol se colaba entre las grietas de los postigos; la manta que me cubría las piernas era suave. La luz brillante me hizo entornar los ojos.

Dios mío, pensé mientras buscaba el espejo de mano destrozado de mi madre. Había una esquirla lo bastante grande en el medio como para mirarme los ojos. Cuando eché un vistazo, mis sospechas se confirmaron. El color dorado que el alrūne les había conferido a mis iris había quedado reemplazado por un rojo oscuro. *El polvo de grosellas,* caí en la cuenta. Y ahora, mis pupilas negras parecían como si estuviesen engullendo el rojo. Si seguía sin tomar el polvo, pronto mis ojos volverían a ser totalmente negros. ¿Cómo podía escondérselo a Kunegunde? Tendría que evitar su mirada tanto como fuera posible y rezar para que no se diese cuenta.

Recordé lo que me había dicho mi madre en el huerto, que encontraría mi propósito. Fuera lo que fuere a lo que se refería, tenía algo que ver con su diosa, los sueños que tenía, su fe. Me decidí a descubrir dónde guardaba Kunegunde el alrūne para oír de nuevo la voz de mi madre. Comer la fruta también haría que el cambio en mis ojos fuera menos notable.

La habitación de abajo estaba lo bastante oscura como para pasarme el día siguiendo a Kunegunde mientras la ayudaba a experimentar con un remedio de un tomo antiguo que no había probado antes. Intenté evitar mirarla directamente tanto como pude. El fuego danzaba en la hoguera y los cuervos estaban posados en los estantes superiores; daba un respingo cada vez que graznaban. Fingí estar interesada en las propiedades de las plantas y observé atentamente cada vez que Kunegunde abría un cajón del armario de la botica o una de las jarras de barro cocido junto a la puerta. Dondequiera que tuviese el alrūne almacenado, no era en los cajones o en las jarras que utilizó aquel día. Por la tarde, estaba agotada por la frustración de no haber descubierto dónde lo guardaba. Aquella tarde, no añadí el polvo a la bebida. Cuando los cuervos empezaron a precipitarse contra los postigos para salir, como solían hacer cuando había alguien en el bosque, les permití que volaran y me ofrecí a seguirlos para ver que había ahí fuera.

—No sobrepases el círculo —me recordó Kunegunde.

Fuera, el sol se ponía por el horizonte. Los últimos vestigios de la luz diurna se tornaban rosados. Los cuervos volaron lejos de la torre y sus graznidos roncos y horribles resonaron una y otra vez. Los seguí al bosque. El viento me azotó el rostro. Rocé a la mujer pájaro en el morral mientras me adentraba entre los árboles, rezando para que, cualquiera que fuese el mal augurio que predecían sus llamadas, no se aplicase a mí.

Cuando me acerqué al riachuelo, me detuve al darme cuenta de que sentía una ligera tensión, de nuevo, una posibilidad en el aire. Una oleada de alivio me recorrió. Era lo que pensaba. Mi don no se había esfumado. El polvo de grosellas de Kunegunde me lo había arrebatado.

A medida que me aproximaba al círculo de piedras, ralenticé el paso, tratando de decidir si romper la norma de Kunegunde. Luego algo me sobrevino. Al principio no reconocí la fuente del estremecimiento. Pensé que solo era el frío. Entonces volví a sentir la tensión en el aire, el tirón. El alma me atravesó la piel.

Me desperté tendida de espaldas sobre la nieve con un dolor sordo en la cabeza. ¿Un desmayo? Ahora que había dejado de tomar el polvo, todo estaba volviendo a ser como antes. Podía sentir el otro mundo, pero sin el alrūne, no podía oír la voz. Tenía que descubrir dónde lo había escondido Kunegunde para que mi madre pudiese hablarme de nuevo. ¿Estaría intentando decirme algo ahora? ¿Querría que viera qué había ahí fuera, al igual que quería que me dirigiese a la montaña de al lado?

El hielo crujía bajo mis botas mientras me dirigía a la linde del círculo espoleada por la frustración. Fue un alivio dejar de estar bajo la atenta mirada de Kunegunde, aunque esta parte del bosque estaba sumida en una oscuridad sobrenatural. Cuando abandoné el círculo de piedras, me hormigueó el cuerpo entero. Una risa de júbilo me brotó de la garganta. Era maravilloso sentirme yo misma de nuevo, notar estas sensaciones. Me apresuré a seguir a los pájaros por el bosque mientras hacía crujir la nieve con cada pisada. Volví a notar cómo un hormigueo me recorría la base del cuello, pero cuando me di la vuelta para mirar a mis espaldas, no vi más que sombras.

—¿Quién anda ahí? —preguntó una voz femenina detrás de mí.

Me volví, sorprendida, a pesar del hecho de que sospechaba que había alguien ahí. Una chica de más o menos mi edad, quizás un poco más joven, estaba a unos pasos de distancia montada en un caballo blanco que tenía una cesta grande en torno al cuello. La joven tenía unos rizos negros salvajes que, como los míos, se negaban a que las trenzas los domaran; iba vestida con una muda de mujer desvaída, una falda y una toca bajo unas pieles sucias. Era inquietante lo que su rostro se parecía al mío. Tenía la piel pálida cubierta de polvo, pero mantenía la cabeza en alto, como si tuviese sangre noble. A la luz del crepúsculo, sus ojos brillaban con un bonito tono avellana con motitas doradas. Solo había conocido a una persona con esos ojos: en casa, hace años, junto a su madre sobre un caballo blanco. La princesa Frederika. Pero la princesa era mucho más joven que yo y esta chica parecía tener mi misma edad. Entonces recordé lo mayor y valiente que me había parecido la princesa hace tantos años sobre el caballo blanco de su madre, y lo supe. Era ella.

—Alteza.

La princesa miró atrás, intranquila, y bajó la voz.

—Estoy segura de que me confundes con otra persona. ¿Cómo te llamas?

—Haelewise, hija de Hedda, la matrona.

Me dedicó una mirada escéptica.

—Está claro que tu ropa es demasiado elegante para ser una campesina.

—Y las tuyas son humildes para ser una princesa.

Ella frunció el ceño.

Me fijé en que no quería renunciar a la farsa, pero estaba del todo segura.

—Te vi con tu madre en un desfile. ¡Sobre este caballo!

Ella se rio a su pesar y me escrutó el rostro.

—Por los dioses. Te pareces mucho a mí; es como mirarse en un espejo.

Ma observé. Tenía razón. Teníamos más o menos la misma altura: yo era bajita y ella, un poco alta para su edad. El parecido habría sido incluso más pronunciado si yo todavía siguiese comiendo alrūne para que mis ojos fueran dorados.

—Podríamos ser hermanas.

—¿Por casualidad no querrás casarte con el príncipe Ulrico por mí?

Abrí mucho los ojos. Sacudí la cabeza y alcé las manos.

Ella volvió a reírse —alto y de forma alocada— y me di cuenta de que estaba bromeando. Llevaba tanto tiempo en la torre de Kunegunde que ya no sabía cómo no sospechar. El caballo de la princesa ahora estaba lo bastante cerca como para verle los grandes ojos marrones. Me acerqué a la yegua para intentar cambiar de tema.

—Es preciosa.

—Se llama Nëbel.

El caballo me olisqueó la mano y me abrió el puño con el hocico como para ver si tenía algún premio. Noté su nariz fría contra la palma. Sus pupilas grandes relucieron como tinta negra en la oscuridad. Cuando descubrió que tenía la mano vacía, dejó escapar un relincho de protesta.

—Qué buena es.

—No ha conocido otra cosa que no sea amabilidad desde que era un potrillo. Me aseguré de ello. Es la mejor yegua del reino, aparte de por su timidez.

Miré el pecho amplio de la yegua, los músculos ondulantes. Era difícil imaginarla teniéndole miedo a algo. El animal resopló y me devolvió la mirada. Me volví hacia Frederika.

—¿Qué haces en esta parte del bosque?

Ella retrocedió de inmediato con una expresión desconfiada.

—¿Quién te ha mandado a espiarme?

—Nadie. Yo...

—¿Mi padre? ¿Ulrico?

Sostuve las manos en alto.

—Soy la aprendiz de una mujer sabia local. Lo juro. Nuestros animales se comportaban de forma extraña, así que salí para ver qué había fuera.

—¿Te refieres a madre Gothel?

Asentí.

—Hace siglos que estoy buscando su torre. —Bajó la voz y miró los árboles que tenía a su espalda—. Llevo dos lunas sin sangrar. ¿Puedo regresar contigo?

Dudé. Frederika era noble, la hija del rey que había ordenado asesinar a Kunegunde. Era la prometida de un hombre al que mi abuela odiaba más que a nadie. Pero se suponía que la torre debía ser un refugio para las mujeres en la condición de Frederika. Kunegunde era una ermitaña. ¿Qué posibilidades había de que reconociese a Frederika vestida así? ¿Y por qué demonios, con todos los secretos que Kunegunde me ocultaba, debía preocuparme por ser sincera con ella? La idea de mentirle a mi abuela me llenó de satisfacción.

Mientras le explicaba a Frederika que tendríamos que ocultar su identidad, la conduje de vuelta a la torre. Podíamos utilizar nuestro parecido a nuestro favor y presentársela como mi prima. La llamaríamos Ree.

En el límite del círculo de piedras, Nëbel relinchó y tiró de las riendas con los ojos enloquecidos.

—El círculo de piedras —dijo Frederika—. He oído hablar de él, pero... —Le susurró algo a la yegua al oído y luego tiró de ella para entrar en el círculo—. Demonios —espetó—. Este lugar es tan liviano que me pone nerviosa.

¿Puede sentir la finura del velo o solo ha hecho un comentario por el comportamiento del animal?, me pregunté.

Nëbel dio unas coces con nerviosismo, relinchó y resopló por la nariz. Para cuando llegamos a la torre, la yegua estaba más tranquila. *Está nerviosa por el hechizo que rodea las piedras*, pensé. Ayudé a Frederika a atar a Nëbel fuera y luego la guie al hogar de mi abuela con la cesta.

Kunegunde estaba tan enfrascada en la escritura que no se dio cuenta de que alguien había entrado conmigo. Solo Erste miró en mi dirección cuando abrí la puerta y sus ojos brillaron desde donde estaba posado.

—¿Qué había fuera? ¿Un lobo? ¿Un zorro? —dijo Kunegunde sin alzar la mirada.

Frederika dio un paso al frente y carraspeó.

—¿Madre Gothel?

Kunegunde levantó la cabeza.

—¿Conoces a esta chica?

Evité su mirada y agradecí que la torre estuviera tan oscura por la noche.

—Esta es Ree, mi prima por parte de padre. Estaba vagando por el bosque buscando la torre.

Kunegunde paseó la mirada entre Frederika y yo.

—Primas. Parecéis hermanas. ¿Dices que es familia de tu padre?

Asentí, quizá con demasiado ímpetu.

Ella sacudió la cabeza.

—Bueno, muchacha, suéltalo. ¿Qué quieres?

—Llevo dos meses sin sangrar —dijo Frederika en voz queda.

—Ah. ¿Qué has traído como pago?

Frederika apartó el lino que cubría la cesta. Dentro había varias cuñas de queso, un saco grande de harina, un pan con nueces envuelto en una estopilla, algunos membrillos y varios kilos de moras deshidratadas.

—¿Es un hechizo difícil?

—Todo lo que se hace puede deshacerse —dijo Kunegunde con un tono escueto.

Asintió hacia la cesta que Frederika le había ofrecido —era suficiente— y le hizo un gesto para que la dejara sobre la mesa. Luego sacó el manuscrito en el que siempre andaba trabajando de la estantería y lo abrió por una página que todavía no había ilustrado. La contempló un momento mientras leía y luego se excusó para bajar al sótano.

Mientras estuvo fuera, inspeccioné los símbolos indescifrables de la página, asombrada, y me di cuenta de que el manuscrito en el que Kunegunde había estado trabajando todo aquel tiempo era un libro de hechizos. Frederika se acomodó en la silla junto al fuego con una expresión melancólica.

Un momento después, Kunegunde regresó con un cofre. Sacó una llave de un cajón en el armario de la botica y lo abrió.

Dentro había una docena de frutos alrūne, los que le había llevado a Gothel y más, deshidratados, para que no se pudriesen, como el que encontré en el morral. Además, había varios bulbos irregulares que se parecían a la raíz de la planta del dibujo que me había enseñado.

Se me detuvo el corazón. Ahí estaban. Al fin sabía dónde los guardaba. Tuve que esforzarme por mantener la respiración estable.

Kunegunde sacó una de las raíces con un trapo, cerró el cofre y le echó la llave. La observé atentamente mientras lo guardaba todo en su sitio para memorizar su ubicación —la llave en el cajón, el cofre en el sótano—, aunque estaba nerviosa por la perspectiva de robarle la fruta. Debía tener cuidado con qué cantidad le quitaba.

Kunegunde me sorprendió mirando y arqueó una ceja.

—Haz algo de utilidad. Necesitamos poleo, lavanda, tomillo. Una taza de nieve y algo de cordel.

Desde la silla, Frederika me observó moverme por la torre mientras recogía lo que Kunegunde me había pedido. Cuando lo reuní todo, Kunegunde ató la taza sobre el fuego. Avivó las llamas de forma que la nieve se derritiera. Un rato después llamó a Frederika. Le pidió que amarrase la cuerda alrededor de la raíz de alrūne y luego la dejó caer en la taza al tiempo que susurraba extrañas palabras.

—El cántico vincula la raíz al hijo que llevas en el vientre —explicó—. ¿Estás segura de que es lo que quieres?

Frederika se quedó mirando la taza y midió sus palabras.

—Quiero al bebé, pero no soy capaz de ver un futuro en que pueda cuidarlo.

—¿No es siempre así?

Frederika tenía una expresión sombría e insegura.

—La poción tiene que reposar durante la noche. ¿Y si empezamos a prepararla ahora y mañana decides si quieres seguir adelante? Que sepas que te costará lo mismo igualmente. Los ingredientes…

Frederika lo pensó un instante y asintió.

—Esparce las hierbas.

Hizo lo que le pidió.

—¿Quieres que duerma en tu cuarto? —me preguntó Kunegunde.

Asentí. La perspectiva de posponer el hechizo tranquilizó a Frederika. Hablamos un rato con Kunegunde y tejimos historias sobre la familia de mi padre. Fue una actuación brillante y nos inventamos anécdotas sobre las veces que habíamos jugado juntas de pequeñas. El aspecto físico no era lo único en lo que nos parecíamos; nuestras mentes funcionaban de forma muy similar. No nos habíamos conocido hasta aquel día y, de alguna manera, fuimos capaces de improvisar esas historias sin que se notara y terminábamos las frases de la otra. Fue muy emocionante.

En cuanto subimos, cerramos la puerta de mi cuarto y nos quedamos mirándonos, asombradas. Entonces, casi sentí que las historias que nos habíamos inventado eran verdad. Saqué el espejo de mano roto del baúl para darnos el gusto de comparar nuestro rostro a la luz de la luna. Tocó los símbolos con los dedos y me miró sin mediar una palabra antes de concentrarse en nuestro reflejo. Era difícil ver algo con el cristal tan agrietado, pero teníamos el mismo rostro redondo y pelo negro rizado, los pómulos altos iguales. Las narices eran un poco distintas, al igual que nuestros ojos —ahora los míos eran negros casi por completo y los suyos, de ese color avellana salpicado de dorado—, pero aparte de eso, el parecido era innegable. Nos reímos y nos seguimos llamando «primas» mucho después de que oyéramos a Kunegunde subir a su cuarto. Al final, cuando nos tumbamos en la cama, le pregunté a Frederika por qué se había escapado del castillo, y ella me contó la historia. Como había sospechado, todo había comenzado cuando su padre la prometió a Ulrico.

—¿Por qué te prometería con un hombre así?

Ella negó con la cabeza.

—No cree en las historias. Casi ningún noble lo hace. Padre dice que son cuentos de viejas, cosas de los campesinos. Ulrico puede ser todo un encanto en la corte. Entró en el castillo ufanándose como un pavo real y convenció a mi padre (*mi padre*, rey y sacro emperador romano) para que le concediera mi mano. Ulrico alardeó de la seguridad de su castillo y juró que me protegería con su vida. Mi madrastra intentó decirle a mi padre cómo era en realidad, pero él no la creyó. Juró que era un buen partido, ya que mi madre... —Frederika parpadeó y se le quebró la voz—. Ya que la anulación me convertía en bastarda. Le dio las gracias a Ulrico y le prometió Scafhusun por su lealtad. —Volvió a estremecerse—. Desearía poder quedarme con Daniel.

—¿El padre de tu hijo?

Ella asintió y me habló del chico de quien se había enamorado, un joven judío que vivía en un asentamiento cercano. Se habían casado en secreto hacía meses.

Me sorprendió tanto la descripción de Daniel que me costó prestar atención a lo que dijo a continuación. Los nobles a veces se casaban con mercaderes, como Phoebe y Matthäus, pero una princesa de alta cuna que llevaba en su vientre al hijo de un campesino judío era difícil de creer. Cuando era pequeña, la sinagoga de la ciudad de al lado había ardido durante la noche. Padre había dicho que Dios había iniciado el fuego, pero madre opinaba que había sido la maldad de los hombres que querían echar a los judíos de allí.

—Sería un buen padre —decía Frederika.

—¿Cómo acabaste en su asentamiento?

Su voz sonó cansada.

—Cuando las noches se volvieron demasiado frías, ya no podía dormir en el bosque. Tenía que encontrar un lugar donde quedarme. Uno que no tuviera ninguna conexión con mi padre. Estaba siguiendo la ruta comercial al oeste cuando conocí a un mercader que se dirigía al asentamiento judío. Parecía perfecto. Pequeño. Sin curas ni príncipes, y a la guardia real no se le ocurriría buscarme allí.

Miré a Frederika de nuevo y, por primera vez, me di cuenta de lo lista que era. Tenía que serlo para haber escapado de su padre. La gente decía que él era igual.

—No pretendía enamorarme de Daniel —suspiró—. Ocurrió sin más.

Empaticé con ella y le hablé de la mujer con la que se había casado Matthäus, lo mucho que desearía haberse casado conmigo en su lugar y que me había negado a ser su amante.

—No pude hacerlo —dije, sorprendida por la amargura y la rabia que teñían mi voz. Sonaba como Kunegunde cuando hablaba de la Iglesia—. No podría soportar la vergüenza.

Ella me observaba atentamente.

—Te importaba mucho.

Me quedé en silencio un buen rato mirando a la oscuridad mientras todos los sentimientos que había intentado reprimir amenazaban con desbordarse.

—Así era —admití al final controlando con cuidado la voz—. Pero no fue suficiente. Necesitaba ser respetable para trabajar como matrona. Quiero hijos, una familia propia de verdad.

Frederika permaneció en silencio. Pensé en lo que había dicho y me di cuenta de que puede que no fuera amable hablar de que deseaba ser madre cuando ella intentaba decidir si interrumpiría o no su embarazo. Cuando me disculpé, se volvió taciturna, desesperada por los planes que su padre había hecho para ella. Al final, cambió de tema y se centró en el hechizo que Kunegunde llevaría a cabo por la mañana; si bien no tenía interés en la práctica, parecía fascinarla la teoría. Cuando me confesó que su madrastra le había enseñado algunos encantamientos, recordé el rumor de que la reina había susurrado algo a un espejo de mano y me quedé sin aliento.

—¿Has estado aprendiendo las costumbres antiguas?

Frederika asintió despacio, sobresaltada por mi ímpetu.

Intenté refrenarlo.

—¿Lo sabe tu padre?

—Claro que no. Todo fue en secreto.

Su intrepidez me inspiró. Había aprendido las viejas costumbres en secreto, huido de su matrimonio concertado, se había escondido de su padre en estos bosques y aquí estaba yo, temerosa de buscar a hurtadillas el cofre de una anciana.

—Tengo que hacer algo —dije, levantándome—. No tardaré.

—Vale. —Frederika se tapó con la manta.

Bajé despacio las escaleras, atenta a cualquier movimiento del piso de arriba. Disfruté del hecho de desafiar a Kunegunde. La planta de debajo de la torre estaba en silencio salvo por mis pasos. Las brasas relucían en el fuego bajo el brebaje que hervía en la taza. Fui al armario de la botica y abrí el cajón donde Kunegunde había guardado la llave. Encendí una vela pequeña y bajé las escaleras de puntillas al sótano. La luz de la vela parpadeó y chisporroteó cuando pasé bajo el arco y me adentré en la oscuridad. Examiné la habitación. ¿Dónde habría dejado el cofre? Miré detrás de los barriles en el sótano, pero no encontré nada. Comprobé las cajas de la esquina sin éxito. Mientras rebuscaba en los estantes, me tropecé con una piedra irregular. Me arrodillé para apartarla y hallé el cofre enterrado bajo el suelo. Podía oír la fruta seca rodando dentro y murmuré una plegaria de alegría.

Lo abrí y saqué tres frutas deshidratadas —con suerte, no tantas como para que se diese cuenta, lo cerré, eché la llave y contuve el aliento cuando lo volví a poner todo en su sitio. Solo después de haber dejado de nuevo el cofre en su escondite del sótano y la llave en el cajón de arriba pude respirar tranquila. Partí un pedazo del alrūne deshidratado, me lo comí y envolví el resto en un paño sintiéndome desafiante. Apagué la vela y me acordé de que tenía que lavarme las manos. Lo hice con todo el sigilo que pude y luego volví arriba de puntillas; me lo tenía un poco muy creído por haber robado lo que, de entrada, era mío.

Cuando volví a deslizarme en la habitación, Frederika estaba tumbada de lado como si se hubiera quedado dormida. Escondí el alrūne en el fondo de mi morral y me acosté, tratando de recordar dónde habíamos dejado la conversación.

—Me alegro de que estés aquí —me dijo—. Sienta bien tener alguien con quien hablar.

Sonreí.

—No tienes por qué decidir ya si quieres lanzar el hechizo. Apuesto a que Kunegunde dejará que te quedes más tiempo.

—La guardia real se acerca. Si me descubren así…

—Ningún hombre puede ver dentro del círculo. Aquí estás a salvo.

—Ulrico sí puede —suspiró—. Si está con ellos…

La pálida luz de la luna se coló entre las grietas de los postigos. Sus ojos relucieron por las lágrimas.

CAPÍTULO DIECIOCHO

Cuando me desperté a la mañana siguiente, Frederika me dijo que se había pasado la noche en vela pensando. Los padres de Daniel le habían exigido que viniese aquí, pero no se veía capaz de seguir adelante con el hechizo sin hablar con él. Si Kunegunde dejaba que se quedase una noche más, quería saber si yo estaría dispuesta a acompañarla a hablar con él. Tenía miedo de no poder encontrar el camino de regreso a la torre sin mi ayuda. Cuando le dije que Kunegunde me tenía prohibido abandonar el círculo, Frederika me dijo que podíamos escaparnos. Solo estaba a una hora o así a caballo, añadió. Podíamos ir y volver en una noche si hacía buen tiempo.

—Está bien —dije, impaciente por ganarme su confianza—. Lo haré.

Me sonrió y me dijo que la llamase Rika antes de bajar las escaleras. Antes de salir de la habitación, saqué el espejo de mi madre y me miré los ojos. Las pupilas habían dejado de dilatarse y el círculo rojo fino que había a su alrededor empezaba a volverse cobrizo. Se parecían tanto a cuando estaba tomando el polvo que no era probable que Kunegunde lo notara. *Gracias a los dioses*, pensé. El día anterior había sido agotador.

Kunegunde estaba preparando para desayunar una especie de masa con los membrillos y el queso que había traído Rika. Los tres cuervos estaban posados en el travesaño del techo observándola con avidez mientras cocinaba. No emitieron ni un sonido, pero verlos me llenó de inquietud. *¿Habrían estado ahí toda la noche cuando bajé a* *hurtadillas?*, me pregunté. *¿Me habría estado vigilando Kunegunde a través de los ojos de Erste cuando robé el alrūne?*

Rika me siguió a la sala y aspiró el aroma de la masa chisporroteante; luego le dio una arcada y se llevó la mano a la boca.

—Lo siento —consiguió decir mientras recorría la habitación con la mirada buscando una salida.

Náuseas matutinas. La llevé al jardín, donde expulsó el contenido del estómago sobre los montículos de nieve.

El mareo se le pasó al momento.

—Últimamente me ocurre más a menudo.

—Es más común al principio del embarazo. Si decides quedarte con el niño, seguramente se te pasará en unos meses.

Se rio con tristeza.

—No veo la hora.

Mi mirada aterrizó sobre el bebedero, que estaba a unos metros de distancia. Me volví para comprobar que Kunegunde o sus pájaros no nos hubiesen seguido. Luego sacudí la nieve que se había acumulado en su interior hasta que los símbolos quedaron al descubierto. Le hice un gesto a Rika para que se acercase y bajé la voz.

—¿Habías visto algo así antes? Son los mismos símbolos de los espejos de mano y del libro de hechizos.

Ella se acercó más para inspeccionar la pila. Aguardé a ver alguna señal de reconocimiento en su rostro. Un momento después, me miró. Su expresión era seria.

—Es un *spiegel* de agua.

—¿Tu madrastra te enseñó a leer los símbolos? ¿De dónde proviene la lengua antigua? ¿Quiénes la hablan?

Presionó los labios con fuerza.

—No puedo decírtelo.

—¿Por qué no? —dije, devolviéndole la mirada. Notaba una sensación de temor en el estómago. ¿También ella iba a negarse a hablarme de las viejas costumbres? Las palabras me salieron a trompicones—: Rika, el espejo de mano que utilizamos anoche era de mi madre. Murió el invierno pasado. Sé que los símbolos son la lengua antigua, pero Kunegunde dice que no estoy preparada para aprenderla. Está ocultando algo...

—Siento lo de tu madre —me interrumpió con el rostro inescrutable. Su reserva me enfureció—. Pero puedo ayudarte. Ya me encuentro mejor. Volvamos adentro. Me está entrando frío.

Regresó a la torre antes de que pudiera detenerla.

Parpadeé mientras la observaba marchar y me sentí menospreciada. ¿Por qué no me contaba lo que sabía? Tenía tanta seguridad en sí misma que era fácil olvidar que era la más joven de las dos. Volví a cubrir el bebedero de pájaros con nieve y me pregunté cómo podía conseguir que confiase en mí. Para cuando terminé y regresé al interior. Rika le estaba explicando su reticencia a Kunegunde. Mi abuela la escuchaba mientras aplastaba el membrillo y el queso hasta formar una masa.

—Lo entiendo —le dijo cuando Rika terminó y le devolvió la mirada a mi amiga—. Es una decisión difícil.

—Demasiado para tomársela a la ligera —añadí—. ¿Puede quedarse con nosotras hasta que lo decida?

Kunegunde paseó la mirada entre Rika y yo con el ceño fruncido.

—No hay ningún motivo por el que tengas que tomar esa decisión hoy. Podemos terminar el hechizo mañana o la semana que viene. Supongo que puedes quedarte hasta entonces.

Frederika pareció aliviada.

—Es muy amable de tu parte.

Kunegunde volvió a la receta y habló con un tono sospechosamente suave.

—Hace tiempo pasé por una situación muy parecida a la tuya. Este lugar fue mi refugio. Me siento en la obligación de devolver el favor.

Aquella tarde, en nuestra habitación, Rika me contó una historia divertida sobre la noche en que ella y Daniel se casaron en secreto. Se escabulleron del asentamiento y su madre los pescó semidesnudos en una cueva. Daniel tenía los pantalones por los tobillos y yo me reía de forma descontrolada cuando Kunegunde nos llamó furiosa para que bajáramos. Cuando llegamos abajo, estaba sentada muy rígida en la mesa frente al libro de hechizos. Con voz tensa, nos dijo que fuéramos al claro cerca del estante para recoger un poco de raíz de rapunzel para hacer un potaje, pero estaba bastante segura de que solo quería que nos marchásemos porque no podía concentrarse en la escritura de lo fuerte que nos estábamos riendo.

Rika parecía escarmentada, seguramente por miedo a que Kunegunde la echara, pero yo estaba deseando salir de la torre con ella.

Rika sacó a Nëbel del establo para ejercitarla un poco. En cuanto estuvimos fuera del alcance del oído de la torre, siguió contándome la historia. Me obligué a escuchar atentamente mientras seguíamos el arroyo y buscábamos los brotes marchitos de rapunzel, lo cual significaba que la raíz estaría bajo la superficie. El arroyo estaba medio congelado y tenía una capa fina de hielo en torno a las orillas. Sin embargo, cuanto más nos alejábamos de la torre, más difícil me resultaba concentrarme en su historia. Cuando al fin terminó, paseé la mirada entre los árboles para asegurarnos de que los pájaros no nos hubieran seguido.

—Por favor, Rika, cuéntame lo que sabes de las viejas costumbres.

Ella se quedó paralizada un momento y luego negó con la cabeza.

—Me gustaría, pero no puedo. Lo siento, Haelewise.

Su negativa me enfadó.

—No se lo contaré a nadie.

—No importa. Hice un juramento para guardar el secreto.

Traté de pensar en una forma de conseguir que confiase en mí y volví a devanarme los sesos en busca de alguna manera de demostrarlo. El amuleto de la madre pájaro. Era muy importante para Kunegunde. Quizás eso le demostrase a Frederika que era de confianza. Saqué la estatuilla del morral.

—Mi madre me dio esto.

Rika abrió mucho los ojos.

—¿Quién decías que era tu madre?

—Hedda, la matrona.

Rika negó con la cabeza; no le sonaba el nombre.

—¿Me lo dejas?

Cuando asentí, me lo quitó de la mano y empezó a darle vueltas entre las suyas.

—No son muy comunes, Haelewise. La Iglesia destruyó la mayoría. ¿Se lo has enseñado a alguien?

Negué con la cabeza.

—No lo hagas. Te quemarán en la hoguera. —Me lo devolvió—. La única persona que conozco que tenga uno es Ursilda.

Agaché la mirada hacia la estatuilla, hacia sus pechos, sus alas, sus garras.

—Es una efigie de la Madre, ¿verdad?

Rika me devolvió la mirada, de nuevo, analizando mi expresión. Un instante después, asintió.

—Mi madre le hacía ofrendas en secreto —dije—. Por favor, quiero entender su fe.

Rika se sentó en un peñasco junto a la corriente y dejó la cesta vacía sobre el hielo.

—¿Cómo es que no conoces la fe si tienes una estatuilla? ¿Sabes para qué es?

Me senté a su lado.

—Mi madre me contó que era el amuleto de la madre pájaro. Una vez, cuando lo froté, invoqué su fantasma.

Sus ojos se ensancharon.

—Tienes el don.

—¿Qué?

—La estatuilla hace que el otro mundo se acerque. Para aquellos que tienen el don, significa que tienen la capacidad de ver a los muertos.

—También me habló.

Ella me miró más de cerca.

—Estás comiendo alrūne.

Asentí.

—Necesito aprender a utilizar la estatuilla para invocar a mi madre. La echo tanto de menos.

Ella me miró con seriedad.

—Desearía poder ayudarte. Lo único que la estatuilla hace para Ursilda es incrementar la fuerza de sus plegarias.

—¿Y qué hay del alrūne?

—Permite a mi madre hacer hechizos, utilizar el *spiegel* de agua.

—¿Para ver el futuro?

Rika lo consideró unos instantes. Al final, asintió.

—Un círculo de mujeres lo utiliza para contemplar el mundo.

Me quedé sin aliento.

—¿Crees que mi madre era miembro de ese círculo?

—Si tenía una de ellas... —Rika señaló la estatuilla con la cabeza—. Sí.

Se me paró el corazón. El hielo crujió bajo mis pies. Todo se quedó en silencio. Por un instante, el bosque permaneció tan mudo que pensé oír a los cielos rodear la tierra. Mi madre no practicaba su fe sola. Ahí fuera había un círculo de mujeres que eran como ella. Debía de ser miembro antes de casarse con mi padre. Tenía una vida entera —una vida llena de sentido y magia— a la que mi padre le obligó a renunciar.

—Rika —dije con la voz entrecortada de la emoción. Intenté controlarla, pero estaba enfadada con mi padre, y con Rika por negarse a responderme—. Cuéntame lo que sepas del círculo.

—No puedo.

—Necesito saber quién era mi madre.

—Nunca había oído su nombre.

Me levanté, incapaz de contener la rabia que me atravesaba. Por un momento, el único sonido que oí fueron mis pasos mientras caminaba de un lado a otro junto al arroyo. Entonces me volví hacia Rika y el hielo se rompió bajo mis pies con un fuerte *crac*.

—¿Kunegunde era parte del círculo?

Ella me devolvió la mirada y asintió despacio.

—Pero lo dejó después de que el rey emitiera la orden de asesinato contra ella.

Reflexioné sobre aquello.

—Tú y Ursilda, tu madrastra, las tres, ¿formáis parte del círculo? ¿Y mi madre y Kunegunde también?

Rika respiró hondo. Se levantó.

—Lo siento, Haelewise. Ya te he contado demasiado. Se supone que no debo contarle nada de esto a alguien que no haya sido iniciado. Y tú no lo estás.

—Nunca me han dado la oportunidad. Mi madre murió antes de que pudiera hablarme de su fe. Po favor.

—No puedo decirlo, Haelewise. Deja de pedirme que rompa mi juramento.

Su negativa a responderme me enfadó tanto que no le hablé durante el resto del paseo.

Seguí enfadada con Rika durante el resto de la tarde; la frialdad de la indignación me carcomía el pecho. No soportaba el hecho de que supiera algo de mi madre y no me lo contase. Estaba poniendo en peligro mi sustento, mi hogar, al mentirle a Kunegunde sobre su identidad. Me lo debía. Mientras cenábamos aquella noche, decidí que no la ayudaría más hasta que me hablara del círculo. Sería idiota arriesgarme a enfadar a Kunegunde saliendo a hurtadillas. No tenía otro lugar al que ir.

Aquella segunda noche se hizo tarde antes de que oyésemos a Kunegunde subir a su habitación. En cuanto su puerta se cerró, Rika se movió como para salir de la cama.

—Todavía no —susurré—. Descubrirá que vas a marcharte.

—¿Yo? ¿Tú no vienes?

Negué con la cabeza.

—Lo he pensado mejor.

Rika pareció afligida. Contuvo el aliento. Cuando habló, sonó desesperada.

—No puedo ir sin ti, Haelewise. No sabré cómo regresar.

—Lo siento —susurré—. Kunegunde se pondrá furiosa si descubre que he salido del círculo de piedras. Ya estoy arriesgando bastante.

Parecía dolida.

—Haelewise —dijo con la voz rota—, no lo entiendes. Te lo contaría si pudiera. Hice un juramento de sangre. Solo puedo hablar del círculo a otras que hayan hecho el juramento.

Recordé la expresión del rostro de Kunegunde cuando intenté llamarla «abuela», sentí que mi determinación comenzaba a flaquear.

—Haelewise —añadió Rika con voz temblorosa—, ven conmigo. Voy a ir a verle, pase lo que pase.

La incertidumbre tiró de mí. Si no iba con ella, puede que no supiera encontrar el camino de vuelta. Tal vez la obligasen a tener al bebé y quién sabe qué le haría su padre a ella o a Daniel si lo descubría. Sentí una punzada de culpa.

—Necesito tu ayuda —suplicó—. Haelewise, por favor.

La guie escaleras abajo resentida y en silencio y me puse la capa. Fuera, el claro que rodeaba la torre estaba quieto y tranquilo; la nieve tenía un brillo blanco inquietante. El frío de la noche era cortante y la medialuna relucía demasiado para estar en esa fase. La noche pareció darle energía a Rika, pero yo odiaba el romance entre la luz de la luna y el resplandor de la nieve. Se me ocurrió preguntarme por qué el mundo natural nunca reflejaba mis emociones. Siempre parecía ir a contracorriente de ellas.

Mientras me enseñaba a montar a caballo, no dije nada. Subí sobre la grupa de Nëbel tras ella escuchando el crujido grave de los cascos sobre la nieve. Fuera del círculo de piedras, cabalgamos en silencio. Cuando al fin habló, intentó charlar sobre un tema neutro y me hizo preguntas sobre las hierbas que utilizaba Kunegunde para lanzar los hechizos. Respondí solo con gruñidos evasivos.

Al final nos acercamos a una montaña con una ruta comercial muy transitada que ascendía y luego bordeaba la ladera. Cuando Rika guio a Nëbel para subir por el camino, se me detuvo el corazón y se me quedó el aliento atrapado en la garganta. Por eso mi madre me había dicho que fuese a la montaña de al lado. Quería que conociese a Rika. Que aprendiese acerca del círculo.

Mientras ascendíamos por la senda, pedí perdón a mi madre por no haberle hecho caso a su consejo antes.

El asentamiento estaba enclavado a medio camino en la ladera de la montaña: un salón destartalado y un establo; estaban lo bastante alejados del risco, por lo que no se los podía ver desde abajo. A ambos lados del salón distinguí un edificio verde musgo que sospeché que era una sinagoga improvisada. Repartidas entre los árboles había cabañas mal iluminadas de varios tamaños con el techo cubierto de nieve.

Atamos a Nëbel junto a un árbol frente a un cúmulo de edificios. Había un espino de fuego escarlata con casi la mitad de las hojas cerca del salón y Rika me preguntó con cautela si la esperaba aquí atrás. Me agazapé detrás del arbusto y me sentí como una tonta durante lo que se me antojaron horas, aunque como mucho habría pasado solo media. Mientras esperaba, pensé en todas las veces que la gente me había ocultado cosas arrancando una hoja tras otra del arbusto y rompiéndolas en pedacitos.

Cuando hube acabado con las hojas que le quedaban al arbusto en la parte donde estaba agachada, saqué la estatuilla del saquito de las monedas y recé para que mi madre me hablase de nuevo. Sabía que seguramente era demasiado pronto desde que había dejado de tomar el polvo y lo había sustituido por el alrūne, pero necesitaba su guía. Estaba perdida.

No pasó nada durante mucho rato. Luego pensé que la figurita se calentaba un poco bajo mis dedos. Creí que el aire se volvía más tenso, que una neblina ligera se arremolinaba a mi alrededor. Una niebla… apenas perceptible, cubierta de rocío. No sabía decir si la estaba imaginando.

Cerré los ojos y fui en busca de la sensación. Una ligera brisa me sacudió el pelo y me imaginé que era la mano de mi madre. Un momento después, pensé que sentía su presencia, que percibía el leve aroma a anís en el aire. Se me llenaron los ojos de lágrimas. La rabia se derritió y todo cambió a mi alrededor: las estrellas titilaban en el cielo con belleza, la escarcha relucía en el espino de fuego, el aire de la noche se ondulaba por el frío. Todo lo que me afligía se desvaneció.

Aquella esperanza bastó para recuperar la fe. Al mirar el nido de hojas rotas que había hecho, sentí que mi determinación regresaba. Tenía que haber una manera de convencer a Rika para que me contase lo que necesitaba saber.

Para cuando regresó sin aliento ya sabía lo que iba a decirle. Tenía el pelo alborotado, hojas enganchadas en él y una mirada febril por las ganas de hablar conmigo.

—Daniel ha dicho que es decisión mía si quiero o no al bebé, que las necesidades de una mujer con vida deben ir por delante de un nonato. Dice que el alma de un niño no entra en su cuerpo hasta que respira por primera vez. Lo llamó «el hálito de vida». ¿Así es como funciona? Tú deberías saberlo.

Asentí despacio.

—Así es como funciona, sí. El alma de los niños entra por la garganta con la primera respiración. Lo he visto.

Asintió, decidida. Luego me tomó de las manos y me miró a los ojos.

—Gracias por venir, Haelewise. Has sido muy buena conmigo. No sé qué haría sin ti.

Su gratitud hizo que se me humedecieran los ojos. Me sentí mal por haberme negado antes.

—No hay de qué.

—Todavía no sé qué voy a hacer.

—Rika —dije con un tono cargado de urgencia—. ¿Puedo tomar ese voto? El mismo que tú. El juramento.

Sus ojos se abrieron desmesuradamente. Se le demudó el rostro entero.

Me tembló la voz.

—Quiero unirme al círculo.

La expresión de Rika se volvió solemne.

—Está bien —me dijo—. Buscaré la manera para que ocurra.

Apenas podía creer lo que había oído.

—¿En serio?

—Lo prometo. Cuando me marche, vendrás conmigo. En cuanto tomes el voto, te lo contaré todo —pronunció esas palabras con tanta convicción que la creí.

CAPÍTULO DIECINUEVE

Una semana después, seguía esperando a que Rika se decidiese. Empezaba a ponerme nerviosa. Por una parte, quería hacer el juramento tan pronto como fuera posible, pero por otra, no quería meterle prisa. Había renunciado a esperarla cada noche cuando se marchaba de la torre a hurtadillas para ver a Daniel. Ahora que la había traído de vuelta una vez, dijo que encontraría el camino hacia la torre por sí misma. El claro donde se encontraban estaba a medio camino entre las dos montañas, así que no tenía que viajar muy lejos, pero siempre estaba fuera durante horas.

A veces me quedaba dormida tan pronto como se iba y tenía sueños indescifrables. Me despertaba en mitad de la noche con la piel picándome por las plumas y la voz de mi madre susurrándome al oído. El mensaje seguía eludiéndome, aunque las palabras cada vez sonaban más fuertes y claras. Otras, mientras Rika no estaba y no podía dormir, me pasaba horas dándoles vueltas a mis sentimientos. Rika tenía razón cuando me dijo que Matthäus me importaba mucho. Bajo aquella amargura por su matrimonio había una fuente innegable de amor. Si vivía en el bosque, retirada del mundo cristiano, quizá sentiría menos vergüenza por dar el paso. Si a donde quiera que fuésemos cuando nos marchásemos de la torre estuviese lo bastante cerca, iría a buscarlo.

Cada noche comía alrūne. Cada mañana, me miraba los ojos en el espejo roto. Intentaba limitar la cantidad que ingería para aprovechar los beneficios de la fruta sin que mis ojos se volviesen tan claros y que Kunegunde no se diese cuenta. Tenía cuidado de no acercarme mucho a ella y de no mirarla a los ojos.

Rika y yo nos pasábamos la mayor parte de los días recogiendo hierbas y plantas para Kunegunde dentro del círculo. Mientras hacía mis tareas, me imaginaba el momento en que Rika y yo nos marchásemos de la torre y yo fuera parte del círculo. Comería alrūne cada noche, utilizaría la estatuilla para invocar a mi madre y contemplaría el mundo en el *spiegel* de agua.

Una noche, cuando Rika ya llevaba en Gothel casi dos semanas, tenía la cabeza tan llena de estos pensamientos que no podía dormir. Cuando regresó, yo seguía despierta.

—¿A dónde iremos cuando dejemos la torre? —le pregunté y me senté en la cama.

—Lo he estado pensando —dijo. Tenía las mejillas sonrojadas del frío y le faltaba el aliento.

—¿Has decidido si vas a tener al bebé?

Ella asintió y respiró hondo. Le tembló la voz de la emoción.

—Amo tanto a Daniel que quiero tener una familia con él.

—Podría ayudarte con el parto. Solo necesitamos un sitio al que ir, algún lugar donde tu padre y Ulrico no nos encuentren.

Sus ojos se iluminaron y, por primera vez en días, parecía esperanzada.

—Tendría que ser un lugar liviano como este para que pudiésemos lanzar un hechizo lo bastante fuerte como para mantener a mi padre y a Ulrico fuera.

—¿Puedes hacerlo?

—No. Pero tú sí en cuanto te unas al círculo. O podrías aprender…

—¿Conoces algún otro lugar liviano?

—No —dijo, emocionada—. Pero sé de alguien que sí. Déjame que lo piense.

Debió de quedarse despierta el resto de la noche planeando nuestro siguiente paso. Antes de quedarme dormida, la contemplé durante un rato con los brazos cruzados, sumida en sus pensamientos. Me pregunté si habría heredado la personalidad de su padre o si sería el resultado de haberse criado en el castillo; nunca había conocido a una joven tan reservada y estratégica como ella. Aun así, era humana. A la mañana siguiente, la falta de sueño de las últimas dos semanas comenzó a pasarle factura. Tenía ojeras y se quedó dormida durante el desayuno. Vi que Kunegunde la observaba con atención y me entró el pánico. Estaba claro que Kunegunde sabía que estaba pasando algo.

Aquella noche Rika me dijo que le contaría nuestro plan a Daniel. Después de escabullirse escaleras abajo y marcharse de la torre, oí los pasos amortiguados de Kunegunde. Mi abuela echó un vistazo por la puerta abierta de nuestro cuarto y me vio a mí sola tendida en el jergón.

—Ya decía yo.

Parpadeé; no sabía bien qué decir.

—Nos está poniendo en peligro yendo y viniendo así. Ulrico podría verla y seguirla.

Cerré los ojos.

—Tú y yo salimos del círculo todo el tiempo. Rika tiene cuidado. Solo sale por la noche.

Kunegunde entrecerró los ojos.

—¿Rika?

Mi enfado se transformó en pánico cuando me di cuenta de lo que acababa de hacer. Kunegunde no era idiota. Rika se parecía demasiado a Frederika.

—Creía que su nombre era Ree.

—Es el apodo por el que la llamo.

La expresión de Kunegunde se tensó. Me contempló en silencio desde el umbral. Luego soltó una risa perversa y subió las escaleras.

CAPÍTULO VEINTE

Tres veces he intentado relatar esta parte de mi historia. Tres veces he fallado y tachado mi humillación de la página. El idioma que aprendí de pequeña —este que hablamos todos— no tiene palabras para describir lo que sucedió a continuación. El *diutsch* es un idioma de las cosas, una canción de barro, ladrillo y piedras. Estoy segura de que la lengua antigua describiría mejor estos eventos desafortunados. Era un idioma de la neblina, una canción de viento, oraciones y humo. Pero la lengua antigua solo ha sobrevivido en los hechizos y juramentos. No tengo otra opción que escribir estas palabras torpes en la página. Este intento tendrá que valer, fracase o no. Que la Madre me perdone. Si sigo tachando el pergamino, me quedaré sin él.

Rika volvió tan tarde la noche que Kunegunde descubrió quién era que me quedé dormida antes de que lo hiciera. El día siguiente fue el peor de mi vida, uno que maldeciría durante años. Aquella mañana soñé que era un pájaro por última vez. Todo era igual que antes. El jinete enmascarado. La chica. El impulso de protegerla. Esta vez, sin embargo, cuando me desperté, por fin distinguí las palabras que me decía mi madre: *Protege a la princesa.*

Cuando me espabilé de golpe, sabía quién era la chica de mi sueño.

El lado de la cama donde dormía Rika estaba vacío. Solo había una marca tenue en el colchón de plumas donde se había tendido. Corrí escaleras abajo y encontré a Kunegunde leyendo.

—¿Dónde está Ree? —pregunté, agitada.

—Se ha ido —respondió Kunegunde con voz severa.

—¿Qué? ¿A dónde?

—Cambió de parecer. Dijo que regresaba a la montaña de al lado con el padre de su hijo.

La idea me dejó sin aliento, aunque no lo creí. Kunegunde había echado a Rika. Me esforcé por tragarme el enfado.

—¿Hace cuánto que se ha ido?

—Una hora, puede que dos.

Me acerqué apresurada a la ventana con rejas y miré fuera. Un manto blanco de nieve ya había cubierto sus pisadas.

Me obligué a respirar hondo. Tenía que encontrar a Rika y advertirla. ¿Dónde podría estar? El claro entre las dos montañas donde se encontraba con Daniel por las noches. El claro donde sucedía mi sueño.

—Me duele el estómago —dije—. ¿Nos queda ballestera? —Sabía que se nos había acabado—. Me vendría bien un purgante.

—No —dijo Kunegunde entre dientes y fue a por su capa. Llegó a mi lado, no dejaría que fuese sin ella.

Fuera el mundo era un enredo blanco y negro. Los árboles de la linde del claro estaban negros y relucían con témpanos afilados. El cielo era tan incoloro como el miedo. El viento soplaba a ráfagas y removía la nieve. Los copos giraban en el aire. Me ceñí la capa alrededor del cuello y me puse los guantes mientras me preparaba mentalmente para correr.

Cuando salimos al bosque, el viento me sacudió la capa y despejó el camino.

—Ahí está —dijo Kunegunde señalando la penumbra justo tras la linde donde crecía la ballestera negra. Fingí buscar un cúmulo de flores blancas.

Kunegunde extendió el brazo e impidió que diera un paso adelante. El mismo gesto que había hecho semanas antes cuando oímos a la guardia real. Seguí su mirada hacia una arboleda de píceas donde un zorro corría por un montículo de nieve. Era un animal pequeño y rojizo de patas finas y nariz puntiaguda. Había algo extraño en su postura, en la forma en que alzaba el hocico para olisquear el aire. Sus ojos eran salvajes.

—Huye de algo —dijo Kunegunde.

El zorro saltó y se encaminó hacia el este. Oí un sonido lejano. Largo y agudo, penetrante. Un grito. El corazón me martilleó presa del pánico. Parecía la voz de Rika.

—Quédate quieta —me siseó Kunegunde. Sacó un alrūne seco del morral y le dio un mordisco sin molestarse en ocultarlo. Me dedicó una mirada seria y luego murmuró el mismo cántico que había pronunciado antes—: *Leek haptbhendun von hzost. Tuid hestu.*

Mientras me preguntaba qué significarían aquellas palabras, sentí las puntas de los dedos adormecidas. Empezó a hormiguearme el cráneo y percibí que mi alma temblaba bajo mi piel. *Dios santo*, pensé horrorizada mientras el hechizo pugnaba por sacar mi conciencia, reacia, de mi cuerpo. Todo lo que se hace puede deshacerse...

Por un momento, no fui nada. O más bien, me volví más ligera, una sombra, neblina y viento, nada y todo a la vez. Luego sobrevolaba sobre un mar de píceas en el cuerpo de ese pájaro y los árboles pasaban de manera vertiginosa debajo de mí. La montaña de al lado se alzaba en la distancia en medio de un mar infinito de árboles. Al principio no había palabras en ese espacio mental, solo el flujo de las corrientes del viento, la sensación inquietante de atravesarlas al vuelo. En la distancia se escuchaba el eco débil de unas voces. Abajo, el olor fuerte de los caballos y los hombres.

Viramos hacia las voces. *Nosotros*. Me llevó un momento comprenderlo, pero de hecho había un *nosotros* en ese espacio mental. No solo era yo quien experimentaba estas sensaciones; había otras almas conmigo dentro del pájaro. Nuestros pensamientos y sensaciones estaban mezclados. Una decepción perturbadora por la condición viva de los caballos y los hombres. Erste. Me costaba identificar dónde terminaban sus pensamientos y comenzaban los míos. También había otra mente con nosotros, una tercera. Una mente más compleja, rebosante de pensamientos más complejos y una rabia tan refulgente que quemaba. Kunegunde.

El mundo viró y aterrizamos en la rama más baja de una pícea. El claro estaba cubierto de nieve. Rika estaba de pie en el centro vestida con su ropa andrajosa y el pelo recogido en una trenza; agarraba una flecha que le había atravesado el muslo. La pluma rojo claro del extremo temblaba mientras inspeccionaba la herida. *¡Rika!*, grité. Se me rompía el corazón. La palabra salió por el pico transformada en la llamada de un pájaro. *¡Craec!*

Rika alzó la mirada, aterrorizada, y la flecha cayó sobre la nieve. En la linde del claro un hombre enmascarado elevó la vista mientras desmontaba del caballo. Vio el pájaro en la pícea y luego volvió a concentrarse en Rika. El caballo llevaba los colores del príncipe Ulrico, igual que en mi sueño: un estandarte verde y negro engalanado con un lobo. Avanzó hacia Rika con una mirada inexpresiva sobre la máscara.

—¡Traidora! —espetó—. ¿Con cuál de esos sucios campesinos has yacido? ¿De qué pueblo es?

Rika permaneció en silencio con las lágrimas rodando por las mejillas.

—Te hemos visto con él. ¿Quién es? —El hombre enmascarado parecía furioso en nombre de su amo—. ¡Di cómo se llama!

Ella negó la cabeza con vehemencia.

—¿Cómo te atreves a traicionar a tu marido?

Rika retrocedió y se tropezó con un montículo de nieve. Ahí fue cuando me fijé, mientras el hombre se acercaba a ella. La tensión en el aire. Mientras él se aproximaba, también lo hacía el otro mundo. Cuando le arrancó el collar, supe que era la hora de abalanzarme sobre él en un remolino de plumas. Esto era. La escena de mi sueño.

Pero cuando Erste se enderezó para acatar mi voluntad, Kunegunde le hizo saber que la suya era que se quedase quieto. *No, no, no*, pensé para corregirla. *Tenemos que atacar*. El mundo se estremeció cuando el pájaro sacudió la cabeza, incapaz de decidirse entre las dos órdenes contradictorias. Para cuando pudimos ver, el hombre enmascarado había desenfundado la daga, un artefacto maligno de plata con una esmeralda engarzada en la empuñadura. La mente del cuervo se quedó fascinada con el arma. No podía quitarle los ojos de encima.

El hombre sostuvo la daga sobre el pecho de Rika. Ella intentó ponerse de pie y escapar, pero fracasó. Tembló y sus labios se movieron en una plegaria.

—*Xär dhorns…*

El grito que llenó nuestra mente era el mío. Al principio, fue silencioso, un pensamiento en estado puro, una expresión de horror sin palabras. Entonces se convirtió en un graznido. *¡Craec!*

El hombre alzó la mirada; el collar de Rika se mecía en su mano. Por un instante, me preocupó que nos reconociese de alguna manera, que nos apuntase con el arco y disparase. Pero se limitó a darse la vuelta negando con la cabeza y se guardó el collar en el morral. Volvió a concentrar toda su atención en Rika y le atravesó el pecho con la daga.

Ella abrió la boca con un grito mudo. Sus ojos se desorbitaron y se movieron de un lado a otro, enloquecidos. Su cuerpo se quedó sin fuerzas. Un hilillo de sangre le caía por los labios. La pena me inundó el pecho mientras veía su alma abandonar su cuerpo, una voluta de aliento, y disolverse en el otro mundo.

El hombre inspeccionó las manos de Rika, recuperó la daga y le cortó un dedo. La tensión del aire estalló.

Rika yacía muerta en la nieve y, lentamente, un círculo de sangre le brotaba del pecho. Lo único que se escuchó, por un instante, fue el murmullo de la nieve al caer. Cuando el hombre envainó la daga, la insignia del lobo sobre la funda de plomo relució al sol. Intenté apartar la mirada hacia el cuerpo de Rika y la pena se derramó por el espacio mental como un río sin ningún lugar al que ir. El pájaro emitió un ruido estrangulado y la imagen comenzó a crisparse de un lado de nuestra visión al otro cuando Kunegunde hizo sentir su deseo de marcharse.

No, la corregí de nuevo. *Espera…*

El conflicto liberó al pájaro para que hiciese lo que quisiese. Planeó hacia la daga. El hombre sacudió la mano hacia nosotros y Erste utilizó las garras para sacarla de la vaina.

Entonces Kunegunde recuperó el control y nos alzó sobre los árboles hacia los cuerpos que habíamos dejado atrás; el peso de la daga hacía que nuestro vuelo fuera menos grácil que antes. Horrorizada, intenté darnos la vuelta sin éxito. Lo siguiente que supe fue que bajábamos hacia la nieve junto a nuestros cuerpos desmadejados. Sentía a Kunegunde tirando de sí misma para salir del cuerpo del pájaro y Erste también se fundió en uno con la neblina. Durante un momento aterrador, animé su cuerpo yo sola antes de imponerme salir…

Cuando abrí los ojos, estaba tendida de costado cerca de la arboleda de píceas con el morral abierto en la nieve. No podía moverme. Tenía los brazos y las piernas entumecidos. Las hormigas parecían recorrerme la piel. Sentía tanta tristeza que me quedé quieta sobre la nieve, abandonándome al frío mortal.

Cuando al fin alcé la mirada, vi a Kunegunde arrodillada a unos metros de distancia tambaleándose mientras trataba de estabilizarse. Delante, Erste espatarrado; la daga, olvidada cerca en la nieve.

—¿Qué has hecho? —me gritó arrastrando las palabras cuando me vio observarla.

No podría haber respondido ni aunque hubiese querido. Tenía la lengua pegada al paladar. Pero su egoísmo me impactó. Aquí estaba, ¿llorando a un pájaro cuando acabábamos de ver a Rika morir?

Un momento después, conseguí levantarme solo para volver a caer sobre la nieve. Lo intenté otra vez. Nunca me había sentido tan mareada.

—Has dejado de tomar el polvo —masculló fulminándome con la mirada—. Robaste el alrūne. Tendría que haberme dado cuenta. Tus ojos…

Me estremecí y, despacio, conseguí ponerme de pie y respirar hondo. Algo se quebró en mi pecho, como el hielo en las orillas del lago a principios de primavera.

—¿Cómo pudiste echar a Rika? —Comenzaba a resultarme más fácil articular palabras. Me hormigueaba la lengua.

—Debíamos informar de que la habíamos visto bajo pena de muerte. Si el rey descubría que le habíamos dado asilo…

—Está muerta por lo que has hecho.

Kunegunde soltó una risita débil.

—Mejor ella que nosotras.

Aquella frialdad me horrorizó.

—Está muerta, Kunegunde —le grité—. Ese hombre la apuñaló en el pecho.

—Lo he visto.

—Me mentiste sobre el alrūne. Me diste un polvo que me arrebató mi don.

—¿Tu don? ¿Así lo llamaba tu madre? —El aliento de Kunegunde salía congelado en vaharadas entre sus labios—. Nuestras almas no están ancladas como deberían a nuestro cuerpo. Por eso nuestra alma puede dejar nuestra carne. Por eso sentimos el otro mundo cuando está cerca. ¿Has estado escuchando voces de nuevo? ¿Por eso querías atacar a ese hombre?

Me quedé boquiabierta.

—Sí, pero…

—Los demonios tienen la mala fama de inmiscuirse en política. No les importa la vida de los campesinos. Ese hombre podría habernos matado. Estábamos ancladas al cuerpo de un pájaro. ¡Tenía un arco!

—¡Te estás tomando el alrūne!

Kunegunde abrió la boca para hablar, pero no salió ningún sonido de ella. Cerró los ojos, como dispuesta a calmarse. Cuando al fin habló, su voz sonaba tensa.

—No te haces una idea de lo peligroso que es el mundo de los hombres. Tengo razón al acallar a ese demonio hasta que aprendas lo suficiente para protegerte tú misma. Si te adentras en la riña que sea que haya en la montaña de al lado, saldrás herida.

—No es un demonio —dije con sequedad—. Es madre. La voz que me habla es la de mi madre.

Me miró fijamente. Sus ojos ámbar relucieron en la luz pálida. No se escuchaba el más mínimo sonido en toda la extensión del bosque.

—¿Sabes por qué tu padre te dijo que estaba muerta?

Parpadeé, sorprendida. Negué con la cabeza.

—La cicatriz que tu madre tenía en la mejilla. ¿Te contó cómo se la hizo?

El recuerdo de esa cicatriz, la discusión que tuve acerca de ella con el médico, me vino de golpe. Sentía que me asfixiaba.

—Un accidente de caza.

Kunegunde me dedicó una sonrisa tensa.

—No hubo ningún accidente de caza. Tu madre estaba aquí cuando Albrecht vino a por Ursilda. Esa cicatriz se la hizo él mientras ella intentaba quitarle la piel de lobo de la espalda.

Ahogué una exclamación; no podía creérmelo. No me extraña que no quisiera contarme esa historia.

—Se infectó. Tardé tres semanas en lograr que recobrase la salud. Tu padre me culpó por ello. Creía que no era seguro que tu madre viniera a visitarme. Y lo cierto era que tenía razón. No será seguro hasta que encuentre la manera de destruir la piel de lobo.

Agarré el morral. La nieve me escocía en la cara. Un torrente de energía me recorrió calentándome la sangre.

—Haelewise, ¿qué estás haciendo?

—Voy a dar un paseo. Necesito tiempo para pensar.

Me di la vuelta y me alejé con rapidez; necesitaba encontrar algún lugar donde desfogar esa energía. Los árboles permanecieron imperturbables, altos, esqueléticos, ante mi angustia. Me debatía entre culpar a Kunegunde y a mí misma.

Me ardían los ojos al andar. Tendría que irme de Gothel. Eso era indiscutible. Pero eso me dejaría en una posición peor de la que estaba cuando me marché de casa. Ahora que Rika estaba muerta, no tenía a dónde ir. No tenía forma de entrar en el círculo.

La desesperación me golpeó con tanta fuerza que no sabía qué hacer. Busqué a tientas la estatuilla en el morral y envolví la piedra suave con los dedos, pidiéndole a mi madre que se apareciese de nuevo. *Madre*, recé. *Guíame.*

Las palabras flotaron hacia el cielo con mis últimas esperanzas.

Por un instante, no pasó nada. El mundo se quedó quieto. La piedra de la estatuilla seguía fría. Entonces comenzó a calentarse y una serie de escalofríos empezó a recorrerme la piel. Sentí una densidad, una pesadez en el aire. El otro mundo se acercaba y oí un zumbido.

Busca a Hildegarda, susurró mi madre.

Caí de rodillas sobre la nieve, aliviada de que me hubiese hablado de nuevo. Parpadeé para contener las lágrimas y miré el bosque helado de forma diferente. Los abetos parecían brillar por mi gratitud.

Sin embargo, mientras reflexionaba sobre su consejo y las rodillas se me congelaban sobre la nieve, las palabras de mi madre me desconcertaron. ¿Por qué demonios me diría que buscase a una abadesa cristiana? ¿Cómo podría alguien como madre Hildegarda ayudarme a encontrar mi propósito?

El único que sentía ahora era la necesidad imperiosa de hacérselas pagar al asesino de Rika. Mi única amiga. Aunque nos habíamos conocido hacía poco, era como una hermana. Cuando estaba con ella, me sentía conocida. La certeza me recorría, pura y afilada. Entendí lo que tenía que hacer y el pecho se me llenó de una fría resolución.

Me apresuré a recuperar la daga con el lobo grabado de la nieve donde Erste la había dejado caer. Podía usarla como prueba ante Ulrico.

Poco a poco, mi abuela estaba presionando la nieve sobre lo que supuse que era la tumba de Erste. Parecía agotada. Cada vez que se movía, tenía que detenerse a recuperar el aliento. A unos metros de distancia, la daga resplandeció; la hoja tenía un brillo plateado sobre el montículo de nieve. Respiré hondo.

—Me marcho de Gothel.

Kunegunde me miró con incredulidad.

—¿A dónde piensas ir exactamente?

—Voy a asegurarme de llevar al asesino de Rika frente a la justicia.

Los ojos de Kunegunde se ensancharon. Parecía preocupada de verdad.

—No, Haelewise. Eres una campesina. Será tu palabra contra la de Ulrico. Él es noble. Nadie te creerá.

Estaba claro que creía lo que decía, pero yo sabía que se equivocaba. Lo sentía en los huesos.

—Debo hacerlo.

—¿Y luego qué? —resopló—. ¿Dónde vivirás si no es aquí?

—No lo sé —dije recordando el consejo de mi madre.

Puede que la abadía fuese el único sitio al que podía ir. Me temblaron las manos. Me palpitaba la sien y estallé de ira hacia Kunegunde, hacia Ulrico, hacia la crueldad desconcertante del mundo. Kunegunde entendía esa crueldad, así que se había retirado a su torre. Pero en mi corazón ardía una nueva resolución. Quería luchar contra él.

—Tu madre querría que te quedaras aquí conmigo, donde estás a salvo.

—Me dijo que buscase a madre Hildegarda.

Kunegunde se quedó lívida.

—Haelewise, no. Una campesina como tú nunca conseguirá audiencia con ella. Todo el mundo dice lo maravillosa, sabia y santa que es, pero lo único que le interesa es el poder y obtener el favor de los arzobispos y los reyes. Tiene que acatar las normas de los hombres, las de la Iglesia. Tu palabra no significará nada para ella.

—Mi madre…

—Haelewise. —Me miró a los ojos—. Tu madre está muerta.

La daga brilló en la nieve entre nosotras. Por un instante, fantaseé con usarla contra ella. Cuando hablé, lo hice entre dientes.

—No quiero volver a verte.

Me lancé a por la daga y corrí. El aire glacial me quemaba los pulmones. Kunegunde gimió detrás de mí intentando seguirme. Su edad parecía hacerla más susceptible al cansancio por el movimiento de nuestras almas.

Sabía que podía recoger mis cosas y marcharme antes de que volviera a la torre. Dentro, reuní mis pertenencias: ropa, la alforja, el arco y el carcaj, el espejo, el alrūne que había recuperado, una hogaza de pan, algunos membrillos de la alacena, lo que quedaba del aceite de fertilidad. Comprobé que llevaba la estatuilla en el saquito —ahí estaba— y llené el cuerno con agua. Envolví la daga del asesino con cuidado en un paño y lo guardé en el morral; esperaba que fuese de utilidad para demostrarle a Ulrico lo que había hecho. Luego me puse mi ropa, saqué un par de monedas del tarro donde Kunegunde guardaba el dinero y corrí hacia el bosque.

Mientras seguía el camino hacia el norte, oía a Kunegunde llamándome. Su voz sonaba débil, arrastrada por el viento. Por un momento, experimenté la pérdida: el parentesco que compartíamos, la cercanía que una vez quise sentir con ella. Una vocecita en mi cabeza se hizo oír, aquella voz antigua que se mofaba de cada una de mis decisiones. *¿Dónde vivirás si no es en Gothel?* Aparté el pensamiento y continué empecinada hacia el norte con la advertencia de Kunegunde sobre no inmiscuirme en los asuntos de la realeza resonando en mi cabeza.

Al parecer, la certeza no ocultaba el miedo.

Después de que reuniese más pruebas contra Ulrico, mi objetivo sería ver cómo lo castigaban. El curso obvio sería ver al rey, pero estaba el decreto. Tendría que mentir sobre el hecho de que Rika se había quedado en Gothel, por no mencionar el lugar privilegiado desde donde había presenciado su asesinato. Se suponía que el rey era un diplomático brillante. ¿Y si se daba cuenta de que le mentía? Puede que por eso mi madre quería que buscase a Hildegarda. Si conseguía que ella creyese mi historia, podría ayudarme a convencer al rey de aceptar mi palabra contra la de Ulrico.

Seguí adelante, pasando entre los pinos y montículos de nieve. Cuando el viento soplaba, la nieve me cegaba. Me reí cuando me di cuenta de que por fin había sucedido: por primera vez en mucho tiempo, el clima concordaba con mi estado anímico. Mientras caminaba, comencé a sentir un agotamiento creciente, el tipo de cansancio que no puede ignorarse. El mismo que hizo a Kunegunde dormir un día entero la última vez que su alma se introdujo en el pájaro. Me estaba pasando factura. Ni siquiera llegué al claro antes de empezar a quedarme dormida de pie. La nieve llenaba el aire. El viento silbaba entre los árboles y me tentó a tumbarme sobre la nieve para el que sería mi último sueño. Pero me obligué a seguir por el bien de Rika. Me sentí aliviada cuando llegué a un árbol con el tronco hueco donde no me daría la fuerza del viento. Este silbaba a su alrededor cantando una canción fantasmagórica: un aullido débil como el lloro lejano de un lobo. Otro día me habría asustado, pero tenía tanto sueño que no me importó. Tenía la nariz y las pestañas salpicadas de nieve cuando me agaché para entrar en el hueco oscuro. El sol se había puesto. Apenas podía mantener los ojos abiertos.

Dentro, me envolví en la capa y la manta raída. La corteza estaba fría contra mi espalda y la manta no bastaba para calentarme. No sabía si el hueco sería seguro. Aun así, no tenía más opciones. Era mejor que dormir a la intemperie, donde podrían descubrirme unos cazadores o algo peor.

Pensé en Rika durante los últimos momentos en que estuve consciente antes de quedarme dormida.

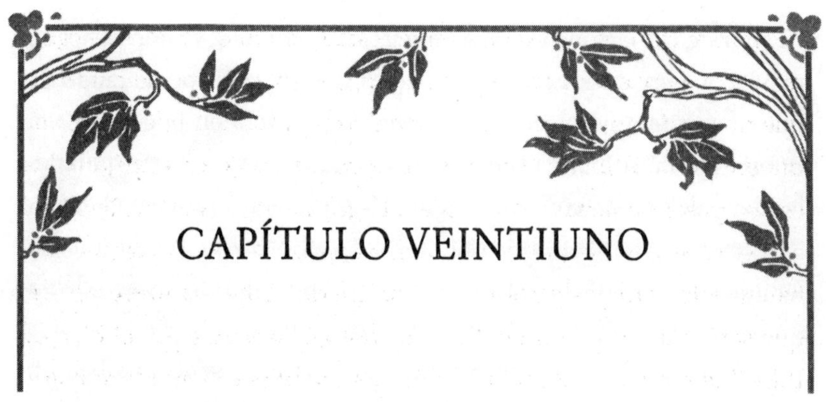

CAPÍTULO VEINTIUNO

El sueño en el que me sumí era oscuro y profundo. Me desperté una vez, aterrorizada; no podía mover los brazos ni las piernas. Me hormigueaba la piel entera, otra vez entumecida, como si estuviera cubierta de hormigas. Cuando volví a perder la conciencia, soñé que mi madre seguía viva y que vivía con ella en la cabaña. No sé cuánto tiempo estuve dormida antes de que me incorporase y extendiese la mano, esperando sentir la pared del armario, y abrí la boca para llamarla. Cuando mis dedos rozaron la corteza fría, la pesadilla de todo lo que había ocurrido me vino de golpe.

Mi madre estaba muerta, y Rika también. Permanecí tendida inmóvil en ese árbol durante una eternidad, intentando asimilar los hechos. Cuando el mundo de mi sueño al fin se desvaneció, saqué la estatuilla de la madre pájaro y se me formó un nudo en la garganta.

—*Madre* —susurré en voz alta—. ¿Estás ahí?

El tiempo se alargó lo indecible mientras esperaba una respuesta. Debió de pasar una hora o más antes de que tomara un bocado de alrūne y saliese a rastras del agujero.

Se había hecho de día, aunque los cielos grises y la nieve que no tenía fin hacían difícil decir qué hora era. Me encaminé hacia el claro o donde pensaba que estaría. Pero sin la habilidad del cuervo de rastrear los olores, no estaba segura. Me topé con un par de ellos, pero todos estaban vacíos. Al final, me di cuenta de que necesitaría la ayuda de Daniel para encontrar el que era.

Para entonces los cielos se habían despejado y vi que el sol comenzaba a ponerse. La tormenta de nieve había pasado. Cuando llegué al asentamiento, una mujer con un pañuelo en la cabeza bien ceñido estaba sobre el muro que había junto a la sinagoga quitando la nieve del tejado con una escoba. Escondí el morral bajo el espino de fuego donde había esperado a Rika y el corazón me dio una sacudida por la pena. La mujer me miró desde el tejado; estaba demasiado lejos como para distinguir su expresión.

Me dirigí al salón. Tan pronto abrí la puerta, sentí una bendita calidez. El fuego crepitaba cerca de la entrada, el calor me calentaba las manos y las mejillas. Un despliegue alegre de verduras deshidratadas colgaba del techo en torno al fuego: ajo y chirivías, jengibre y nabos, algunas hierbas que estaban demasiado lejos como para que pudiera identificarlas. Detrás había cuatro mesas largas. Desgastadas. Unas decoraciones desteñidas se mecían colgando de los travesaños de madera, el púrpura añejo de las violetas, el rojo oscuro de las rosas silvestres. Unas velas de junco parpadeaban en las paredes. En la esquina más alejada, una mujer con un pañuelo en la cabeza suelto, una falda de lana marrón y una camisa estaba removiendo un caldero sobre una fogata tarareando en voz baja; tenía el pelo recogido en una larga trenza caoba. Al fijarme en su postura relajada, de repente temí contarle por qué había venido.

La puerta crujió cuando dejé que se cerrase tras de mí. La mujer de la trenza caoba se volvió y me vio de pie frente al umbral. Retrocedió con los ojos muy abiertos por el miedo; gritó en un idioma que no entendí.

Al principio estaba confusa y me devané los sesos en busca de una explicación a su reacción. Entonces me di cuenta. Daniel debía de haber encontrado a Rika en el claro mientras yo estaba dormida. Esta mujer debía pensar que era un fantasma.

Que me confundiesen con Rika me rompía el corazón. Alcé las manos.

—Soy Haelewise, hija de Hedda, la matrona —me obligué a decir—. Rika se alojaba con madre Gothel y conmigo en la montaña de al lado. Presencié su asesinato.

La mujer de pelo caoba tenía los ojos como platos. Me escrutó el rostro.

—Tus ojos son distintos —dijo—. Más claros.

La puerta se abrió tras de mí. La mujer del pañuelo ceñido se apresuró a entrar; tenía el pelo completamente cubierto. Me miró boquiabierta y luego se volvió hacia la mujer del pelo caoba con el rostro pálido.

—No es ella —dijo esta—. Es una amiga de Rika de la torre de madre Gothel.

La mujer del pañuelo ceñido se acercó a mí despacio con una expresión atemorizada. Me tocó el brazo, la mejilla, el pelo. No me moví.

—¿Por qué os parecéis tanto? —preguntó—. ¿Sois familia?

Me llevó un momento responder.

—No, pero era como mi hermana.

La mujer del pelo caoba me sirvió cerveza de un barril.

—Quédate —dijo—. Cualquier amiga de Rika es amiga nuestra. Come con nosotras.

Tocó la campanilla para avisar de que la cena estaba lista y la mujer del pañuelo ceñido se retiró a una de las mesas con el rostro pálido. Los otros habitantes del pueblo y sus familias comenzaron a llegar poco a poco, se sirvieron estofado del caldero y se sentaron a la mesa con el cuenco. Muchos hombres llevaban sombreros. Se me quedaron mirando al pasar y murmuraban entre ellos mientras se alejaban de mí.

Cuando todos estuvieron sentados con el estofado, la mujer de pelo caoba me presentó a todos como una amiga que había hecho Rika en la montaña de al lado. Tras ello, los susurros cesaron y el hombre con barba que estaba sentado junto a la mujer del pañuelo guio a todos para murmurar una bendición en un idioma muy distinto al *diutsch* o a la lengua de los curas.

Era extraño comer con tantas personas. Me había acostumbrado a hacerlo con Kunegunde o sola. En casa, nadie comía así, en reunión, salvo en las tabernas, y si hubiera entrado en una, me habrían echado.

Ataqué el estofado. Llevaba un día sin comer. Solo había llegado a la mitad antes de que el recuerdo repentino de Frederika tendida muerta en la nieve regresara a mí. Aparté el cuenco.

Agradecí la distracción del salón a mi alrededor. En la mesa de al lado, la mujer del pañuelo ceñido —cuyo nombre descubrí que era Esther—, no dejaba de mirar a un muchacho atractivo que contemplaba con ojos brillantes y oscuros el fuego al fondo de la sala. Parecía tan abatido que supe que debía de ser Daniel. En la mirada de Esther reconocí el amor de una madre por su hijo y noté una punzada de dolor.

Mientras los observaba, Esther dejó de comer para llevarle a Daniel una taza de algo para que bebiese, pero él no la aceptó. Ella le retiró el pelo de la frente, pero él se apartó de una sacudida, demasiado enfadado como para aceptar ese consuelo. No importa quién se acercase a hablar con él, no pronunciaba ni una palabra. Varios habitantes del pueblo lo intentaron, pero él se quedó ahí, mirando el fuego. Al final, acudieron al hombre con barba sentado junto a Esther, el que había iniciado la bendición de la comida.

—Es la hora, Shemūel —le dijeron—. No podemos esperar más.

Shemūel negó con la cabeza, pero los hombres siguieron protestando.

—Tu hijo ha perdido el habla. Debemos decidirlo sin él.

—No podemos dejar a la chica ahí arriba sin oficiar el funeral.

¿Ahí arriba? ¿Dónde demonios la habían dejado?

La madre fulminó con la mirada al hombre que lo había dicho y luego se levantó para hablar con su hijo. Cuando regresó, tenía los labios apretados con determinación.

—No hablará —le dijo a Shemūel—. Supongo que tienen razón. Es hora de que decidamos.

Alguien pasó una jarra por nuestra mesa y todos comenzaron a rellenar sus tazas. Hice lo propio con la mía; la cabeza me daba vueltas con un sinfín de pensamientos. ¿Estaría Daniel demasiado abatido como para llevarme al claro? ¿Debería marcharme ahora de este lugar con la daga e ir con Hildegarda sin esperar a encontrar más pruebas? Unos cuantos hombres salieron al exterior mientras se aflojaban los pantalones para aliviarse. Todo se quedó en silencio salvo por el ruido sordo de las jarras de cerveza contra la mesa. En la de al lado, Esther y Shemūel se miraban. Entonces, él carraspeó y se puso de pie al tiempo que se enderezaba el sombrero.

—Frederika no fue sincera. Nos hizo creer a todos que era alguien que no era.

Unas mujeres mayores de su mesa asintieron.

—Puso a nuestra comunidad en peligro —continuó Shemūel—. Se escondió aquí del rey y nos dijo que era una huérfana corriente. Sedujo a mi hijo cuando ya estaba comprometida con un príncipe. Cuando Daniel nos contó quién era, sentí miedo.

Me era difícil oír que hablasen de Frederika de esa manera. Quería levantarme y corregirle. Ella no lo sedujo. Estaban enamorados. ¿Por qué la culpaban a ella?

—Aun así —dijo uno de los hombres de otra mesa—, vivió con nosotros durante meses. Alimentó y cuidó de nuestros caballos. Tenía manchas en los vestidos por hacer nuestra comida.

—Sí —intervino la mujer de pelo caoba con un asentimiento—. Ocupó el puesto de Daniel en los establos cuando él iba al mercado. Se le daban bien las mulas. Sus ojos brillaban cuando ella entraba en el cobertizo. Ahora tienen la cabeza alta. Las convenció a todas de que era un caballo.

La risa resonó entre la multitud.

—Pero no era judía —dijo Esther.

—Tampoco era cristiana —añadió otra mujer.

—¡Que su padre decida cómo enterrarla! —gritó Shemūel.

Entonces, la sala entera se sumió en el silencio. Se podía oír el sonido de las telas bajo las mesas. Todas las miradas estaban puestas en Esther y Shemūel. Se quedaron callados mucho tiempo. Un rato después, se escuchaba el ruido de la gente bebiendo y removiéndose en los bancos.

Shemūel parecía sumido en sus pensamientos.

—Si la guardia real descubre que vivía aquí —dijo al cabo—, nos condenarán a todos a muerte.

Un murmullo se extendió entre la multitud.

—Le dispararon con una flecha de Zähringen.

—¿Crees que Zähringen estaba celoso del compromiso de Ulrico?

Intenté contener el sollozo que se me escapó de la garganta sin mucho éxito. Todos se volvieron a mirarme. Me sequé los ojos y me puse en pie.

—Yo estaba ahí —dije alzando la voz. Las velas de junco crepitaron y chisporrotearon en las paredes—. Frederika se alojó con nosotras en Gothel. Ayer, vi que un hombre enmascarado la atacaba. Utilizó una de las flechas de Zähringen, pero el caballo llevaba los estandartes de Ulrico y la maldijo en nombre del príncipe. Le preguntó el nombre de su amante. Como ella no se lo dijo, la asesinó.

Esther abrió los ojos y luego los cerró; sus labios se movieron en una oración. La gente comenzó a asentir, murmurando.

—Por eso le faltaba un dedo. El asesino se lo cortó para llevárselo a Ulrico como prueba.

—Frederika era como mi hermana —continué, haciéndome oír—. Quiero asegurarme de que Ulrico sea castigado. Tengo la daga que utilizó el hombre para matarla. Si alguien sabe algo más sobre lo que ocurrió, os animo a decirlo. Acudiré a la madre Hildegarda de Bingen para que me guíe en cómo decírselo al rey.

Todo el mundo empezó a hablar a la vez. Entonces la puerta se abrió y un niño pequeño entró corriendo.

—¡El príncipe Ulrico se acerca!

Esther abrió los ojos desmesuradamente.

—¡Suelta a Nëbel! —le dijo a Daniel con urgencia—. ¡Escóndete!

Daniel asintió y se apresuró a marcharse. En la estancia silenciosa que dejó atrás, creí oír el relincho distante de un caballo.

El salón se vació como si estuviera en llamas y todos corrieron a esconderse en sus cabañas. Mientras me marchaba con los demás, mi enfado se entremezcló con el miedo. Me inquietó y noté la agitación en el pecho a causa de los nervios. Por todo el asentamiento se apagaron las antorchas una a una y se cerraron de golpe todas las puertas. El corazón me martilleaba. Miré al cielo y me pregunté qué forma habría adoptado el príncipe esta noche; atacada, traté de recordar en qué fase estaba la luna.

La medialuna creciente emitió un brillo blanco fantasmagórico.

Esther permanecía de pie frente a la cabaña más cercana —la suya, supuse—, esperando a que su hijo regresase. A medida que el sonido de las ruedas del carruaje y los caballos se volvía más fuerte, cerró los ojos y articuló una plegaria en silencio mientras buscaba la mano de su marido.

Cuando el carromato al fin ascendió el camino hacia el pueblo entre crujidos, tironeado por el enorme caballo azabache de Ulrico, vi que estaba pintado de oscuro así como las horribles picas que sobresalían de él en dirección al animal. Desde la distancia, casi parecía que estuviese hecho de sombras. Los únicos colores eran los toques dorados y verdes desvaídos que decoraban las juntas. A medida que el carruaje se acercaba, vi al príncipe Ulrico sentado junto al cochero mientras bebía de un cuerno con avidez. Aquella noche no llevaba la piel de lobo, sino unos ropajes tan elegantes que podría humillar a un duque. Una sobreveste preciosa teñida de verde oscuro y negro, los colores de su casa. Sus ojos refulgieron cuando alzó la mirada de un azul cruel; el pelo negro y brillante le enmarcaba el rostro.

Tras él se habían sentado una mujer mayor y su hermana, la princesa Ursilda. El rostro de la princesa relucía bajo la toca y la capucha de la capa negra. Su embarazo estaba muy avanzado; tenía las manos apoyadas sobre el vientre y ojeras bajo los ojos verdes, la cara salpicada de pecas y demacrada.

Una emoción silenciosa revoloteó en mi interior. Ursilda tenía una estatuilla; era miembro del círculo. Luego sentí una punzada de culpa.

—¡Frederika! —gritó Ursilda cuando me vio y se le iluminó la mirada. La mujer mayor la ayudó a bajar del carruaje—. ¡Estás viva! ¡Nos dijeron que habías muerto!

Ulrico se volvió para seguir su mirada. Cuando me vio, sus ojos rebosaron terror y miedo. Me miró fijamente, mudo de la impresión.

La idea de amedrentarlo me hizo sonreír. Hacerle pensar que era un fantasma.

Ulrico emitió un ruidito, algo entre un gemido y una exclamación ahogada. Le dediqué una mirada maliciosa y sentí una satisfacción perversa ante su miedo.

Tras el carruaje, cuatro guardias con una refinada sobreveste verde se encargaban de la retaguardia sobre unos corceles robustos. Tenían el pelo grasiento e iban tan bien vestidos que parecían más cortesanos que fortachones.

—¿Quién…? ¿Qué…? ¿Cómo…? —balbuceó Ulrico.

Ursilda se colocó bajo la luz de la antorcha y la otra mujer la siguió. Cuando me miró de cerca, se le contrajo la expresión.

—Hermano —sollozó, desconsolada—. No es Frederika.

La mujer que la acompañaba le dio la mano.

—Ursilda. Calmaos. Respirad. Por el bien del bebé…

Ulrico volvió a escrutarme el rostro y una expresión de alivio le inundó el semblante. Le tendió la antorcha al paje y luego caminó en círculos a mi alrededor, inspeccionándome como un granjero al ganado, mientras me tocaba las caderas, la cara, el pelo. Su aliento tenía un olor dulzón enfermizo, como el de mi padre cuando bebía. Lo odié con todo mi corazón. Sus ojos azules crueles, sus pestañas oscuras. Cada rizo de su cabello negro reluciente.

—Son tan parecidas. —Sonrió—. ¿Quién eres? ¿Qué haces aquí?

Me quedé paralizada. Si abría la boca, lo único que me saldría sería una maldición antigua. El viento sopló y trajo una neblina de copos de nieve diminutos. Brillaron rojizos a la luz de la antorcha.

Se dirigió a Esther con expresión cautelosa.

—Entonces, Frederika está muerta, tal y como decía el mensajero. —Miró a Esther más de cerca, al pañuelo que llevaba ceñido a la cabeza, el sombrero de su marido—. ¿Qué demonios hacía en un asentamiento judío?

—No estaba aquí —dijo Esther con una inclinación de cabeza—. Encontré su cuerpo ayer en el bosque… con una flecha de Zähringen en el muslo. La llevamos a una cueva en la cima de la montaña para que sus restos estuvieran a salvo hasta que llegaseis.

Ursilda soltó un grito y se desplomó en brazos de la mujer que estaba a su lado con un sonido afligido. La anciana le susurró al oído para consolarla.

La expresión de Ulrico se ensombreció. Miró a Esther de cerca, como si la viera por primera vez. Apretó los puños y quedó lívido.

—¿Qué hacías en el bosque?

Esther palideció.

—Buscaba hierbas. Puede que esta chica tenga más información —dijo con un asentimiento en mi dirección—. Ella presenció el asesinato.

Me volví hacia Esther, aterrorizada. ¿Por qué se lo había dicho?

—¿Qué viste? —me preguntó Ulrico entre dientes.

Me tragué el miedo. Sería estúpido admitir que vi al hombre que había ordenado el asesinado de Rika a menos que quisiera ser la siguiente en la lista. Carraspeé, tratando de ocultar mi desprecio y sonar servicial.

—Muy poco, alteza. La nieve era densa.

Ulrico me fulminó con la mirada y luego resopló.

—Hablaremos de lo que viste cuando recuperemos el cuerpo. Ten en mente el rostro del asesino. Recuerda cada detalle que puedas.

Me obligué a asentir.

Ulrico se volvió hacia Esther.

—Llévame hasta el cuerpo.

La acompañante de Ursilda se dirigió al príncipe.

—Alteza, no creo que vuestra hermana aguante cabalgar hasta la cima.

Ulrico se giró de nuevo hacia Esther.

—Mujer. Tiene razón. Dale de comer a mi hermana y un lugar cálido donde descansar.

—Sí, alteza —dijo Esther, hizo una reverencia y se encaminó al salón—. Por supuesto.

Observé a Esther llevarse a Ursilda y a la anciana con aprensión.

Mi rabia regresó mientras los guardias me escoltaban por el camino sinuoso en una mula; el valle bajo el asentamiento se extendía blanco y silencioso. Odiaba a todos y cada uno de los hombres de Ulrico, sus estandartes, los copos de nieve que brillaban en los flancos de sus caballos.

La noche estaba tranquila mientras ascendíamos por el sendero inhóspito de la montaña, el único sonido constante era el de los cascos de los caballos sobre la nieve compacta. La medialuna pendía del cielo, espeluznante y blanca. La nieve le confería a la montaña un brillo sobrenatural. De vez en cuando, las armas tintineaban en las vainas de los guardias. Daniel y Esther iban en cabeza, seguidos de Ulrico, su séquito y yo. La mula era un animal testarudo que no dejaba de detenerse y sobresaltarse y a veces se negaba a moverse. La primera vez que ocurrió, Esther retrocedió para persuadir a mi montura. Un único rizo brillante y negro se escapó del pañuelo que lo cubría mientras lo hacía. Se sonrojó con furia y volvió a introducirlo bajo la tela.

Cuando la mula decidió moverse, se aseguró de que Ulrico y Daniel no nos oyeran. Entonces susurró:

—No le hables a Ulrico de Daniel…

—¿Por qué le contaste lo que vi? Me has puesto en una posición complicada.

—Quería alejar su atención de mi hijo. Perdóname. No lo pensé. Cuando descubrimos que Frederika estaba embarazada y quién era, Shemūel y yo la echamos. Yo fui quien le dijo que acudiese a madre Gothel. Teníamos que alejarla de él.

Intenté ocultar mi ira, pero no pude.

—Si el rey descubría que un campesino, un judío, había dejado embarazada a su hija… —El rostro de Esther empalideció—. Quería que Frederika se alejase de aquí antes de que se le empezase a notar. Por favor, no le digas nada de mi hijo a Ulrico.

—No deseo hacer que nadie muera.

Me analizó el rostro, desesperada por alguna muestra de que podía confiar en mí antes de seguir adelante.

La vez siguiente que mi mula se quedó parada, Ulrico volvió sobre sus pasos, todavía bebiendo del cuerno. Sus ojos llamearon mientras trotaba hacia mí sobre el caballo. Esther tiró de las riendas de su mula para seguirlo; para escuchar a hurtadillas, supuse. El enorme caballo azabache de Ulrico parecía impaciente y el aire cálido formaba volutas de vaho al resoplar por la nariz.

—¿Quién eres? —dijo el príncipe.

Me tragué el odio que ascendía por mi garganta.

—Me llamo Haelewise, alteza —dije en el *diutsch* forzado que hablaba Kunegunde. Si yo fuese de la nobleza, puede que se apiadase de mí y me dejase marchar—. Me crie al sur de aquí. Pido disculpas, no estoy acostumbrada a hablar con hombres de vuestra clase.

—Eso lo dudo mucho. —Entornó la mirada como si creyese que estaba fingiendo mi actitud inocente—. ¿Qué hacía en el bosque sola una chica tan bonita como tú?

Apreté las riendas de la mula con fuerza hasta que se me pusieron blancos los nudillos.

—Le pido disculpas, alteza. Solo soy una chica que vio que pasaba algo en el bosque cerca del terreno de su familia.

—¿De qué casa eres?

—Soy una Kürenberg —mentí al recordar que tenían propiedades por esta zona.

Ulrico permaneció en silencio con una expresión sombría. Me obligué a agachar la mirada con sumisión.

—¡So! —le dijo Daniel a su caballo más adelante—. ¡Hemos llegado!

—Lo discutiremos más tarde.

Espoleó los flancos del caballo. Contuve el aliento cuando se volvió hacia la cueva y todo el odio que sentía por él me sobrevino de golpe. Me ceñí la capa. El viento era extremo, pero no era el responsable del frío que tenía.

La cueva, convertida en la tumba de Frederika, al principio no parecía ser más que una sombra profunda junto al peñasco. Pero mientras avanzábamos en procesión hacia ella, comencé a distinguirla en detalle. Las rocas escarpadas que se alzaban como dientes de la nieve, la roca colosal que habían hecho rodar hacia la entrada para protegerla. Mientras los guardias comentaban cómo podían moverla, pensé en las historias del padre Emich sobre el milagro de Pascua y sentí una esperanza animal e irracional de que descubriésemos que Frederika estaba viva en su interior.

Mientras los guardias se esforzaban por mover la roca, Daniel se quedó rezagado. Observé a Ulrico desmontar del enorme caballo azabache; empecé a pensar a toda velocidad.

Bajé de la mula y casi perdí el pie en el terreno irregular mientras los habitantes del pueblo hacían la roca a un lado. El viento aullaba al colarse en la cueva. Un murciélago salió volando, extraño y negro, los más impíos de los seres voladores. Los campesinos se agacharon y se cubrieron la cabeza.

El animal se alejó volando del peñasco como un demonio diminuto y desapareció en la noche plagada de estrellas. Me estremecí, incapaz de sacudirme la sensación de que su aparición era un mal augurio, aunque estaba bastante segura de que no era un ser extraño ni una especie de ave.

—Esperad aquí —dijo Ulrico con seriedad y con un tono frío. Asintió a Daniel, que estaba mirando la cueva con una expresión afligida—. Salvo tú. Ven conmigo. Y trae esa antorcha.

Hizo que Daniel entrase en la cueva primero con la antorcha chisporroteante.

Tuve una corazonada cuando vi la luz desaparecer en aquellas fauces. Pataleé al ver la boca de la cueva y se me rompió el corazón al imaginar la tumba de Rika en su interior. Entonces, Ulrico salió de con una expresión sombría. Cuánto lo odiaba.

—Bajadla —gritó con amargura a los guardias al tiempo que montaba en el caballo.

Esther lo miró con los ojos desbocados cuando pasó al galope junto a nosotras para descender por el camino de la montaña.

Me volví hacia la cueva a regañadientes. Quería presentar mis respetos antes de que los guardias se llevasen el cuerpo de Rika, pero me daba la impresión de que la cueva era un mal augurio.

Dentro, Daniel estaba inclinado sobre una figura inmóvil en sombras. Cuando me acerqué, me miró y la luz rojiza y titilante de las antorchas se reflejó en sus ojos abiertos. Mientras se me adaptaba la vista a la luz, comencé a distinguir el cuerpo de Rika sobre la piedra a nuestros pies.

Sus trenzas negras tenían un brillo plateado por la escarcha. Sus labios estaban salpicados de sangre y nieve congelada. Tenía los ojos avellana vidriosos, ciegos. Debe de haber estado tendida mucho tiempo en el claro antes de que Daniel la encontrase. Su cuerpo estaba recubierto por una capa de hielo tan gruesa que parecía cristal.

Mientras contemplaba su cuerpo inmóvil, me abrumó un sentimiento de culpa horrible. *Es culpa mía*, pensé. *Yo podría haberlo evitado*.

Las estrellas giraban sobre nosotros con la nieve mientras regresábamos montaña abajo. Los guardias de Ulrico hablaban en tono quedo y me vigilaban; cargaban con el cuerpo de Rika. Quería contarles la verdad sobre Ulrico, pero sabía que no me creerían. Ningún hombre confiaría en la palabra de una mujer por encima de la de un príncipe, ni siquiera en la de una que fuera era noble.

Daniel cabalgó junto a mí en silencio durante buena parte del trayecto; su mula subía y bajaba el sendero renqueando. Cuando los guardias se quedaron lo bastante rezagados como para que no nos oyesen, bajé la voz.

—¿Me llevarás mañana al claro cuando se ponga el sol?

Él pareció horrorizado.

—No quiero volver allí nunca más —me dijo demasiado fuerte.

Eché un vistazo a nuestras espaldas. Los guardias nos habían visto hablar. Estaban aligerando el paso. Hablé rápido y en voz baja.

—Quiero ver si hay más pruebas contra Ulrico.

Abrió mucho los ojos y respiró hondo. Lo pensó un instante y asintió. Entonces los guardias nos alcanzaron y nos quedamos en silencio.

Cuando llegamos al asentamiento, los guardias subieron el cuerpo de Frederika a un carromato y me acompañaron hasta el salón. Tenían cuidado de no dejarme fuera de la vista, como si fuese algún objeto precioso, una corona enjoyada o una copa real que pudieran robar. Alguien había mantenido vivo el fuego de la sala y las luces de junco de las paredes todavía estaban encendidas. Un grupo de los habitantes del pueblo se había congregado en torno a una mesa y hablaban en voz baja. Ulrico no estaba por ningún lado. Ursilda estaba sola, sentada junto al fuego y envuelta en pieles. Cuando me acerqué, ella contemplaba las llamas con expresión ausente y se acunaba el vientre abultado. Los rizos rojizos le sobresalían bajo la toca.

Me senté junto a ella y me di cuenta de que aquella puede que fuera la única oportunidad de hablarle a solas. Era un momento horrible. Demasiado pronto. Estaba desolada por la pena.

—Debíais de querer mucho a Frederika —dije con suavidad, reacia a molestarla.

Ella alzó la vista; tenía el rostro casi tan pálido como la toca. Las lágrimas hacían que las pecas de sus mejillas reluciesen. Se concentró en las llamas y no me miró cuando habló.

—¿Es cierto? ¿De verdad se quedó contigo en Gothel?

Maldije para mis adentros y me pregunté cómo lo sabía. Se lo debía de haber dicho alguien del pueblo. Esther, supuse al recordar quién la había llevado al salón. Está claro que si quería mantener en secreto que Frederika se había alojado en Gothel, no tendría que habérselo dicho. El miedo me atenazó el estómago. Me obligué a asentir, esperando que Ursilda no se lo hubiese contado a nadie más.

—¿Se lo habéis dicho a vuestro hermano?

Ella negó con la cabeza.

—No lo he visto.

—¿Puedo pediros que no se lo contéis? ¿Ni a nadie más? —Me miré los pies—. Si el rey lo descubre...

Ella parpadeó.

—La orden.

—Estaría en deuda con vos.

—De todas formas, Ulrico se pone hecho una furia cada vez que menciono Gothel. No se lo habría contado aunque no me hubieras dicho nada. —Siguió contemplando el fuego.

—¿Estabais muy unidas Frederika y vos? —dije para tantear el terreno.

—La conozco desde que era pequeña. Estuve... —A Ursilda le flaqueó la voz, pareció atragantarse con las palabras. Cuando continuó al fin, lo hizo en un susurro—: Me quedé con ella durante meses cuando el rey se casó con su madrastra. Es una gran pérdida. La segunda en poco tiempo. Mi marido murió el año pasado. Cuando te vi, esperaba...

Su voz se fue apagando, incapaz de terminar la frase. El corazón se me rompió por ella. Su hermano había hecho esto y Ursilda no tenía ni idea.

—A mí también me importaba —dije con suavidad; se me quebró la voz.

Ella me miró a los ojos y asintió.

—¿Cómo fueron sus últimos días?

Quería hablarle de nuestros planes, de Daniel, de lo feliz y enamorada que estaba. Que parecía flotar en nuestra habitación cada noche después de ver a Daniel. Pero hablar de eso podía ponerlo en peligro.

—Fue feliz.

Ursilda intentó sonreír.

—Me alegra mucho oírlo —dijo con voz estrangulada. Las llamas crepitaron. Extendió las manos para calentárselas y luego se secó las mejillas pecosas con un pañuelo—. Me encantaría seguir hablando, pero con el ajetreo del día... Lo siento. Debo descansar. ¿Podemos hablar de nuevo por la mañana?

El corazón me dio un vuelco. Quería hablar con ella del círculo ahora. No podía esperar.

—Ursilda, perdonadme por sacar el tema en un momento tan delicado, pero puede que no tengamos otra oportunidad de hablar a solas. —Respiré hondo y las palabras me salieron a borbotones—. Rika me dijo que seguís las costumbres antiguas. Me contó que tenéis una de estas. —Saqué la estatuilla—. ¿Podéis decirme cómo usarla?

Se le ensancharon los ojos. Se volvió para ver si alguien lo había visto.

—¡Esconde eso!

Volví a guardarla en el morral.

—¿De dónde la has sacado?

—Me la dio mi madre.

—¿Tu madre? ¿Quién es?

Abrí la boca para contarle la verdad y luego me detuve, insegura. Sería más prudente utilizar el nombre de la casa que le había dado a Ulrico en el caso de que hablasen sobre mí, aunque prefería ser sincera.

—Hedda de Kürenberg, que en paz descanse.

Me miró con interés.

—Lamento tu pérdida.

—Ursilda, necesito pediros algo. Por favor… —Mi voz estaba cargada de anhelo. Las llamas titilaron en sus ojos. Eran verde oscuro, del color de las píceas. Quería que comprendiese lo mucho que esto significaba para mí—. Quiero hacer el juramento. Rika me prometió darme un lugar donde vivir, ayudarme a unirme al círculo. Ahora no tengo otro sitio a donde ir. Mi madre era miembro, pero murió. Utilicé la estatuilla una vez, no sé cómo, para invocarla, pero no he podido volver a hacerlo desde entonces. Necesito…

—Esto es demasiado —me interrumpió Ursilda—. Lo siento. Ahora no puedo hacerlo. ¿Cómo decías que te llamabas?

—Haelewise de Kürenberg.

Asintió.

—Mandaré a buscarte por la mañana. Seguiremos hablando entonces.

Respiré hondo. De nuevo, quería presionarla, hacer que lo comprendiese *ahora*. Si no me mandaba a buscar mañana, puede que nunca tuviese otra oportunidad de hablar con ella. Pero no podía arriesgarme. Tenía que respetar su dolor.

—Claro —me obligué a decir—. Puede esperar a mañana. Por favor, no le digáis a vuestro hermano que os lo he contado. La orden…

—No lo haré —me prometió. Cuadró los hombros y llamó a la mujer que había traído con ella—. Irmgard, ayúdame a llegar al carruaje. Necesito descansar.

Me quedé observando cómo la mujer mayor la ayudaba y recé para que Ursilda me llamase por la mañana como había prometido. Los guardias, exquisitamente vestidos, permanecían de pie a ambos lados de la puerta con una mirada amenazante, como retándome a que intentase seguirlas fuera.

No mucho después de que Ursilda e Irmgard se hubiesen marchado, Ulrico entró y se sentó a la mesa más cercana al fuego. Mientras lo miraba contemplar las llamas, se me endureció el corazón. Mi cuerpo entero se tensó por el odio. Me tragué la ira y me recordé que solo tenía que ser cortés con él esta noche. En cuanto hablase con Ursilda por la mañana, le pediría a Daniel que me llevase al claro y me marcharía.

Esther se acercó corriendo para ofrecerle una copa; el olor a vino inundó la estancia. La contemplé hacer una reverencia servil.

—Mis más sinceras disculpas, alteza —dijo haciendo una genuflexión muy pronunciada—. Es el mejor vino que tenemos.

Ulrico resopló, como si le disgustase la pobreza de su alojamiento, pero le permitió rellenarle la taza de peltre. Cuando Esther terminó, él se bebió la copa y luego se secó los labios con el dorso de la mano. En cuanto apoyó la taza en la mesa, ella volvió a llenarla. *Quiere tenerlo contento,* me fijé. *Tiene miedo de que descubra lo de Daniel y Frederika.* Ulrico le dio otro sorbo. Cuando me vio, me hizo señas para que me acercase y me sentase con él. Me tragué el odio y fui.

Le dio un buen trago a la copa mientras me sentaba a su lado.

—Cuéntame todo lo que viste.

Desvié la mirada a la daga de plata que llevaba en el cinto; el corazón me latió más rápido. La funda de plomo de la daga tenía la misma insignia de lobo que la que yo llevaba, pero si lo acusaba ahora, solo conseguiría que me matase.

—¿Cómo iba vestido el asesino?

Me obligué a mirarlo a los ojos. Estaba tanteando qué sabía por si debía matarme. Noté que el corazón me latía en la garganta.

—Creo que llevaba un jubón, alteza —mentí—, aunque no estoy segura. La nieve...

Ulrico me observó y dio un golpe en la mesa con la taza de peltre y la cara enrojecida. El líquido salpicó por el borde. Sus ojos llamearon con una expresión horrible.

—¿No viste los estandartes del caballo?

—No —mentí—. La nevada era muy densa.

—¿Ni siquiera los colores?

Se me secó la boca.

—Perdóneme, alteza. Oí un altercado en el claro a la distancia. Cuando llegué, el asesino ya se marchaba. Lo único que dejó fue la flecha de Zähringen que ella tenía en el muslo.

—No te creo —dijo Ulrico. Alzó la taza y empezó a beber hasta que no quedó ni una gota en su interior. La dejó en la mesa y se limpió la boca con la manga; tenía la mandíbula tensa.

Los pensamientos me iban a toda velocidad. ¿Acaso mi historia no había sido lo bastante buena? ¿Iba a matarme de todas formas?

Alguien carraspeó. Esther había vuelto con la jarra.

—¿Quiere más, alteza?

Ulrico la miró inexpresivo, como si no la hubiese oído. Luego asintió y Esther comenzó a rellenarle la taza. Cuando terminó, él le dio otro largo trago. Dejó la taza sobre la mesa y me miró fijamente. Su odio era candente, refulgía como el hierro trabajado por un herrero.

Me agarró de la muñeca y me la retorció. El salón desapareció. Se me quedó la mente en blanco.

—Vas a admitir lo que viste —dijo—. Y luego vas a darme una lista de todas las personas a quienes se lo has contado.

Me volví para ocultar el rostro, aterrorizada. Pensé en las advertencias de Kunegunde sobre Ulrico y su padre, cómo la piel de lobo había provocado que los hombres de su familia fuesen malvados. Durante toda mi vida, nada me había preparado para esta conversación.

Ulrico llamó a Esther. Mientras se aproximaba, él me contempló con malicia y sus ojos oscuros brillaron con un desprecio tan intenso que tuve que apartar la mirada.

—Trae una taza para la chica. No, una jarra entera. Dos. Necesita que le suelten la lengua.

Esther hizo una genuflexión y se marchó. No quería beber. Tenía demasiado miedo. Podía meter la pata, equivocarme. Incluso en medio del escándalo del salón ajetreado oía los latidos de mi corazón.

Esther regresó con las jarras y me miró con una expresión de disculpa. Me llenó la copa. Ulrico me fulminó con la mirada. *Bebe,* decían sus ojos.

El vino me calentó la garganta en su paso hasta mi estómago. El líquido salpicó, oscuro, en la taza.

Cuando Ulrico habló, su furia era palpable.

—Despejad la sala —ordenó a los guardias con un chasquido de dedos.

El sonido hizo eco y, de repente, deseé estar en cualquier otro lugar. Antes de que pudiera moverme, la puerta se cerró al otro lado de la estancia. Estábamos solos.

Ulrico me sonrió con fiereza cuando vio que tenía la mirada puesta en la puerta.

—Dime lo que sabes.

Me quedé paralizada. El tiempo pareció ralentizarse. Pensé en la daga que tenía guardada envuelta en un paño en el morral. Quería apuñalarlo con ella desesperadamente, pero los guardias sabrían que lo había hecho yo.

—Ya lo he hecho, alteza. Lo siento, no le comprendo.

—Muy bien, entonces. Bébete el vino.

Me obligué a hacer lo que pedía.

Me acercó al fuego, donde antes había estado sentada con Ursilda. La luz del hogar bailó en sus ojos azules.

Ulrico avivó las brasas menguantes con el atizador. Las llamas anaranjadas refulgieron entre las ascuas. La estancia se iluminó. La punta del atizador tenía un brillo rojizo. La miró con aire meditativo.

—¿Me tienes miedo?

Se me cerró la garganta con un sollozo y negué con la cabeza.

—Pues deberías. —Me miró con lascivia cuando bajó el atizador y me agarró la mano. Estaba demasiado aterrorizada como para apartarla—. Ahora. Dime lo que sabes.

Como no respondí, tiró de mí hacia su regazo.

—Quizá necesites que te persuada —dijo. Su aliento era dulzón y rancio; su beso, violento. Sentía su deseo presionando contra mi pierna. Quería escapar más que nada en el mundo. Mientras me revolvía para intentar liberarme, pensé en mi madre y en la desesperación con la que había tratado de protegerme. Me pregunté, inundada por una calma extraña, si me estaría observando ahora. ¿Estaría decepcionada de que no hubiese acudido directamente a Hildegarda u orgullosa por haber sido lo bastante valiente como para intentar reunir pruebas?

Mi madre. La estatuilla. Metí la mano en el morral. *Madre,* recé frotando angustiada la superficie. *Guíame.*

La piel comenzó a hormiguearme y el otro mundo se acercó. *Rōtkupfelīn,* me susurró mi madre.

Mis pensamientos iban a toda velocidad. Rōtkupfelīn era el nombre de una chica en uno de los cuentos de mi madre. La historia contaba que conoció a un hombre lobo cuando iba a casa de su abuela; este la animó a detenerse a recoger unas flores en el camino. El hombre lobo adelantó a Rōtkupfelīn para llegar a casa de su abuela, se comió a la anciana y se metió en su cama para esperar a la niña. Pero cuando ella llegó y el hombre lobo le pidió que se metiera en el lecho con él, ella escapó al decirle que necesitaba salir para aliviarse.

Ahogué una exclamación al comprenderlo. Si me mostraba coqueta, puede que creyese que no sospechaba de él. Me obligué a mirar a Ulrico a los ojos.

—¿Los habéis mandado fuera? —susurré con tono juguetón—. ¿Para que pudiésemos estar a solas?

Él asintió, confuso ante mi insinuación. En su rostro se podía leer lo que pensaba. *Puede que no viera nada.* Mi estratagema estaba funcionando.

—Pues sí —dijo despacio.

Me incliné hacia atrás ligeramente para poder sacar los brazos de debajo de la capa. Cuando la tela cayó al suelo, le devolví la mirada, consciente de la forma en la que el vestido se ceñía a mis pechos pequeños y a mis caderas.

—Los campesinos de donde vengo cuentan historias sobre vos.

Su mirada se deslizó de mi rostro a mis curvas.

—¿Ah, sí? —musitó—. ¿Y qué dicen?

Abrí mucho los ojos. El salón estaba en silencio salvo por el crepitar del fuego.

—Que se convierte en hombre lobo en las noches de luna llena. ¿Son ciertas las historias?

—Pues sí —dijo riéndose, como si fuese una función de teatro.

Forcé una sonrisa. *Valiente,* me dije a mí misma. *Sé valiente.*

Deslizó las manos bajo mi vestido. Me obligué a suspirar con un falso deseo y luego abrí los ojos.

—Creo que he bebido demasiado vino. —Solté una risita y me removí—. Lo siento, alteza. Necesito salir para aliviarme.

Él se movió en el banco.

—Ve —dijo irritado—. No tardes.

Me recoloqué el vestido, me puse la capa y fui con él hasta la puerta del salón con el corazón latiéndome en la garganta.

—La chica quiere hacer pis —les gritó Ulrico a los guardias.

Corrí tras el espino de fuego cerca del salón donde había escondido la bolsa. Cuando me agazapé para que no me vieran los guardias y reunir el valor de salir corriendo hacia los árboles, oí unos pasos. Un segundo después, vi movimiento entre las sombras y oí el susurro de Esther tras un árbol cercano.

—¿Les has hablado de Daniel?

—Claro que no. Es malvado. Él… —Se me quebró la voz.

Esther me miró a los ojos con una expresión rebosante de culpa.

—Lo he engañado para que me dejase salir. Iba a escaparme.

Ella asintió con seriedad y me puso algo en la mano.

—Por favor, llévatelo. Frederika se lo dio a Daniel. Siento mucho haberle dicho que presenciaste el asesinato.

Le eché un vistazo al objeto, un aro pesado de oro. Era un anillo, brillante y frío, engarzado con cientos de joyas blanquecinas relucientes. Diamantes. Nunca antes había visto uno.

—Esther, no puedo…

—¿No ibas a una abadía? ¿A buscar a una abadesa influyente?

Asentí.

—Apuesto a que te tomarán más en serio si se lo das. Además, no quiero que Ulrico lo encuentre en mi cabaña. Sabrá que ha estado aquí. —Señaló a lo lejos en el bosque donde había unos abetos plateados cubiertos de nieve—. Daniel soltó a la yegua de Frederika por allí. Encuéntrala, rápido, y márchate lejos.

Pensé en Ursilda, en la charla que se suponía que tendríamos por la mañana. La promesa de Daniel de llevarme al claro. Se me formó un nudo en el corazón. Quedarme suponía un coste demasiado grande.

Agarré el morral y me escabullí entre los árboles. La noche era fría. El corazón me martilleaba en la garganta. Solo pasó un momento antes de oír los gritos de los guardias de Ulrico tras de mí. Busqué con nerviosismo entre los árboles alguna señal del animal.

A la distancia, vi una figura equina fantasmal junto a lo que antaño debió ser un arroyo; tenía la cabeza inclinada sobre el hielo.

—Nëbel —siseé con la voz cargada de pánico. Ella alzó la mirada de ojos líquidos y cálidos; tenía el cuerpo tenso. Rebusqué en el morral uno de los membrillos que me había llevado de la despensa de Gothel y lo sostuve en alto—. ¿Te acuerdas de mí? —susurré en un tono más tranquilizador y me acerqué despacio, obligándome a ignorar la conmoción a mis espaldas.

La yegua se quedó quieta observándome en silencio; miró el membrillo. Cuando estuve lo bastante cerca, le di de comer. Ella resopló con suavidad a modo de saludo. Así las riendas y luego monté como Frederika me había enseñado. Ella relinchó por la sorpresa. Apreté los muslos contra sus flancos y casi me caigo; salió disparada demasiado rápido.

CAPÍTULO VEINTIDÓS

Cabalgué a lomos de Nëbel lejos del asentamiento tan rápido como pude mientras oía mis propios latidos. Bajamos la montaña esquivando ramas y serpenteando entre los árboles. Cuando Nëbel redujo el paso para rodear un matorral denso, contuve el aliento. Veía las antorchas rebotando tras de mí.

—¡Detente! —gritó una voz grave—. ¡Haelewise de Kürenberg, te ordeno que te detengas!

—¿Sobre qué va montada? —gritó un hombre.

—¿Es el caballo de Frederika?

Hasta que Nëbel no reemprendió la marcha, no respiré. A medida que nos acercábamos a la falda de la montaña, oía a los jinetes aproximarse a mí y la luz de las antorchas se volvió más brillante. Cuando llegamos al valle, guie a Nëbel para que siguiese un camino antiguo que conducía al norte del pantano. La yegua era fuerte y rápida sin árboles que la entorpecieran, pero los hombres del príncipe eran mejores jinetes que yo. Me estaban ganando terreno.

Desesperada, saqué la estatuilla del saquito y deseé, recé que me diera seguridad. Busqué en el bosque algún sitio en el que torcer, pero no había lugar donde los jinetes no viesen las huellas de los cascos y me siguieran.

Y entonces ocurrió. La estatuilla se calentó bajo mi pulgar y me pareció ver un brillo en el pantano. Era tan tenue que pensé que me lo había imaginado, pero al echar un vistazo entre los árboles, pude distinguir cada silueta. El fantasma de una mujer me llamaba para que me adentrase entre los árboles. Mi madre.

Hice girar a Nëbel con brusquedad hacia el pantano y presioné sus flancos con los muslos tratando de alcanzarla. Tenía un nudo en la garganta por la necesidad tan cegadora que sentía de verla después de todo lo que había ocurrido. Estaba muy lejos y solo la atisbaba por momentos. Ahora una figura sombría en la distancia; ahora una bola de luz luminiscente.

Voló por el pantano delante de mí en dirección norte. No importaba lo mucho que azuzara a la yegua, siempre parecía estar a la misma distancia brillando, serpenteando entre los árboles, adentrándome cada vez más en el bosque.

A mis espaldas, unos benditos copos de nieve comenzaron a caer y borraron mi rastro. No importaba lo rápido que cabalgara, no la alcanzaría. Un rato después, el ruido de los caballos al galope tras de mí se volvió distante. Solo oía a un jinete —muy por detrás— y veía la luz de una única antorcha. Seguí adelante guiada por el resplandor de mi madre. De vez en cuando, miraba atrás.

Cuando dejé de ver la luz de la antorcha, escudriñé el bosque frente a mí, desesperada, y me di cuenta de que ya no veía a mi madre. Se había ido.

Se me resquebrajó el pecho y me brotó algo de la garganta. Un gemido tan grave, tan horrible, que ni siquiera pensé que había sido mío.

Espoleé a Nëbel, instándola a continuar. Me negaba a creer que mi madre se hubiese ido. Pero la luz no volvió a aparecer. Más o menos una hora después empezaron a dolerme los músculos de los brazos y los muslos. Al alba, estaba demasiado cansada como para seguir cabalgando. Me arrastré hasta una cabaña abandonada, metí a la yegua dentro para que no la vieran y cerré los postigos de la única ventana que había.

Estaba tan cansada que casi me olvidé de comer el alrūne y ponerme el aceite de fertilidad en la entrepierna, pero la presión de las frutas secas contra mi cadera me lo recordó. En cierta ocasión me había enfadado con Kunegunde por habérmelas quitado, pero ahora agradecía que hubiese sido previsora. Si no las hubiese dejado secar, ahora la fruta estaría podrida y tal vez yo habría muerto.

Cuando la luz grisácea del sol se coló entre los agujeros del techo, pensé en el círculo al que probablemente nunca me uniría, la vida que mi madre dejó atrás. ¿Cómo fue para ella formar parte de él? ¿Cada cuánto tiempo miraba en el *spiegel* de agua? ¿Aprendió encantamientos como los que hacía Kunegunde? ¿Por qué accedería a renunciar a ello?

Saqué la figurita del saco y froté sus curvas. Casi parecía brillar bajo la luz gris. Padre le había prohibido a madre que me dijese tantas cosas. No me extraña que me contase historias. Era la única manera de revelarme la verdad. La *kindefresser* de ojos ámbar que adoptaba distintas formas y se llevaba a los niños... era mi abuela. Las manzanas doradas que crecían fuera del castillo, el alrūne. Sus historias eran como las palabras que me susurraba ahora. Eran advertencias. Se habían hecho realidad.

Casi era mediodía antes de que el sueño viniese a mi encuentro, y fue uno agitado. Aterrorizada por que uno de los jinetes de Ulrico hubiese vuelto a encontrar mi rastro, me despertaba a cada instante por simples sonidos: el piar de un pájaro, el crujido de la nieve bajo la pisada de un animal desconocido. Cuando me desperté al anochecer y vi que no me habían descubierto, el miedo menguó un tanto, pero no me sentía para nada a salvo.

Antes de abandonar la cabaña, me envolví los pechos, me puse la ropa de chico y me escondí la trenza bajo la camisa para que no me reconociesen. Fuera, me disculpé con Nëbel y le oscurecí el pelaje blanco con tierra.

Sabía cómo encontrar la abadía. Tenía que atravesar las montañas hacia el oeste y luego seguir el río hacia el norte. El bosque estaba oscuro mientras buscaba el río. Lo único que oía era el ruido de los animales: la llamada de los búhos, los ladridos distantes de los zorros, el gruñido ocasional de los ciervos. Cuando encontré el río, decidí que no lo recorrería por la orilla en caso de que los jinetes de Ulrico la estuviesen vigilando. En cambio, seguiría su sombra tras los árboles.

Llené el cuerno con el agua del río —allí estaba clara, no había pueblos cerca— y luego me apresuré a volver corriendo tras la linde. Mientras guiaba a Nëbel por el bosque aquella primera noche, con el reflejo del río a mi izquierda, descubrí que los últimos momentos de Frederika me acechaban. Me descubrí reviviendo, a pesar de lo mucho que lo intenté, el beso que había sufrido la noche anterior y que no quería dar. La rabia helada que sentía por el hombre responsable de ambos hechos me abrasó el pecho con todo su ardor.

Cuando la penumbra del bosque se alejó, agotada de cabalgar, até a Nëbel y me hice un ovillo bajo el matorral sin hojas de un arbusto de bayas de saúco. Las ramas esteban enredadas, como si los cuernos de cien ciervos hubieran crecido del tronco. Apoyé la cabeza en el morral, tomé un bocado de alrūne y me pregunté cómo sacarle el tema a Hildegarda. Si le contaba algo remotamente cercano a la verdad, pensaría que estaba poseída por un demonio tal y como hacían mi padre y los demás cristianos.

Me quedé dormida antes de tomar una decisión.

La pena es curiosa. Viene en arranques y de golpe. A la tarde siguiente, mientras cabalgaba, todo el dolor por mi madre, por Rika, me sobrevino de repente. No tardé en echarme a llorar sobre la crin de Nëbel, convirtiendo la tierra con la que la había embadurnado en barro. Estaba cansada de que se me enredase el pelo con ramitas, cansada de esconderme de Ulrico y sus guardias. Se me ponía la piel de gallina cada vez que pensaba en lo que casi había ocurrido la noche anterior.

El bosque estaba poblado. No faltaba mucho para la luna llena, pero apenas se veía su luz o la de las estrellas entre las ramas. Las sombras saltaban de la oscuridad. La oscuridad me rodeaba, rota tan solo por los sonidos de las criaturas nocturnas que se escabullían, el ruido que hacía Nëbel al moverse. Los cascos sobre la tierra, la sacudida de la cola, los resoplidos suaves, el sonido como el viento que hacía al respirar. Era una buena yegua, tranquila y dulce, hasta que sintió que se acercaba una tormenta justo antes del alba. Entonces se volvió impredecible, con las fosas nasales dilatadas y la mirada enloquecida, hasta que le susurré palabras tranquilizadoras al oído.

Tuve mucho tiempo para cavilar mientras seguía el río hacia el norte. Me sorprendí pensando en qué estaría haciendo Matthäus. Lo imaginé acostado con Phoebe, el bebé en la cuna junto a su cama. Se empeñaba tanto en hacer lo correcto que estaba segura de que llegaría a amar a Phoebe solo porque un hombre debe amar a su mujer. Puede que hubiera sido una estúpida al rechazar su oferta. Qué sencillo habría sido vivir el resto de mi vida como su amante. Qué tranquilidad sería tener a alguien a quien amar y no estar enredada en los embrollos y traiciones de príncipes lobo y princesas.

Esos pensamientos empeoraron mi niebla mental y alimentaron mi humor taciturno. Me inventé proverbios para distraerme:

Bienaventurada sea la nieve que oculta mi camino. Bienaventurada sea la mentira que salva una vida. Bienaventurada sea la mujer que ayuda a las suyas. Las repetí como si de encantamientos se tratase, con la esperanza de que inundaran mis pensamientos.

Tras siete días de viaje, a la salida del sol, cuando ya no podía cabalgar más, encontré un árbol hueco en el que descansar. El bosque se tornaba más cálido con rapidez a medida que la primavera se asentaba y dejaba las montañas atrás. Todavía no había decidido qué contarle a Hildegarda. En la mayoría de los momentos en que tenía esperanza, me preguntaba si habría otro motivo por el que mi madre quería que la buscase. No parecía probable que la abadesa supiese algo del círculo, pero no era imposible.

Se me clavaron en el trasero unas raíces aplastadas mientras desenvolvía la banda que todavía llevaba en el pecho. Me acomodé, saqué la estatuilla del saquito y recé frotando sus curvas, pero la piedra permaneció fría bajo mi pulgar. Desde la noche que había escapado de Ulrico, había rezado una y otra vez para que el fantasma de mi madre regresara, pero no lo había hecho. Aunque había seguido comiendo alrūne, parecía que estaba totalmente sola en el mundo. Un rato después, me rendí y me envolví en la manta; mis pensamientos volvieron a Matthäus.

Me pregunté qué estaría haciendo en ese momento —diciendo sus oraciones matutinas, vistiéndose para trabajar en la sastrería— cuando oí una melodía suave cerca: *hah-mama, hah-mama*. Alcé la mirada y vi a una paloma mirando en el árbol hueco. ¿Me habría sentado en su nido? Cuando palpé a mi alrededor, tuve una idea. Solo había visto a Kunegunde introducir su alma en la de un cuervo, pero la tórtola era relativamente grande. No se le acercaba a Erste, pero si comía alrūne y decía las palabras correctas, podría volar en su cuerpo para ver a Matthäus.

El corazón me dio un vuelco. La necesidad de ver a Matthäus creció en mi interior. Matthäus, mi mejor amigo, mi amor. Aunque no pudiera hablar con él... ver la cara de alguien a quien quiero sería como un bálsamo. Kunegunde me había advertido que no podíamos volar grandes distancias ni dejar nuestro cuerpo durante mucho tiempo, pero estaba dispuesta a correr el riesgo.

Recordé las palabras que habían liberado el alma de Kunegunde. Al intentar descifrar su significado, me las aprendí de memoria. Saqué un alrūne seco del morral con cuidado de no asustar a mi visita aviar y le di un mordisco. Entonces, balbuceé las palabras que había pronunciado mi abuela:

—*Leek hapt...* —comencé y sentí un cosquilleo en la punta de los dedos—. *Leek haptbhendun von hzost. Tuid hestu.*

Me hormigueó la piel. El aire se volvió tirante. Sentí que mi alma comenzaba a atravesarme la piel. Como la vez anterior, hubo un momento entre medias —cuando me convertí en parte de la neblina— y, entonces, estaba dentro de la paloma.

A través de sus ojos veía mi cuerpo desmadejado en el interior del árbol. Estar dentro de la paloma era distinto que estar en el interior del cuervo; la mente de la paloma era mucho más tranquila. Solo sentí un poco de hambre cuando examinó el suelo en busca de semillas. Nos imaginé volando, alzándonos sobre el bosque en dirección a casa. Y, de repente, nos estábamos moviendo. Alzamos el vuelo con una sensación aviar débil de sorpresa de que lo estábamos haciendo. Arriba, arriba, arriba sobre el manto del bosque verdoso, al sureste, hacia el lago que destellaba con los tonos rosados del alba. Debería de haber sido fascinante volar a casa, pero solo sentía dolor por Matthäus y una punzada de miedo por ver algo que no quería ver.

Cuando el muro de la ciudad se alzó bajo nosotros, nos imaginé descendiendo. La paloma obedeció y sobrevoló la valla de madera hacia la propiedad Kürenberg. Aterrizamos en el parapeto del jardín, donde un mar de ropa se había caído mientras se secaba en los cordeles. *Aquí no hay nada*, pensé. Salté hasta los postigos de la habitación donde había visto a Matthäus coser la última noche que pasé en la ciudad. Estaban cerrados. Tendríamos que abrirlos con el pico.

La sala de la costura estaba hecha un desastre. Había retazos de tela por todas partes, alfileteros, paños. En el suelo había una camisa a medio hacer con aguja e hilo todavía enganchados. El baúl que tenía junto a la pared estaba abierto y a rebosar de telas. Parecía que Matthäus había estado buscando algo y que no había tenido la oportunidad de ordenar.

¿Qué habrá interrumpido su trabajo?, me pregunté, y me detuve para sentir dónde estaba. No oí ningún movimiento en las otras habitaciones ni vi señales de vida. Con cautela, volé por la casa. No había nadie. En el piso de arriba, encontré dos habitaciones con las camas vacías. En una había una cuna; en la otra, no.

Toda la casa tenía el aspecto de que la hubiesen saqueado, como si alguien hubiese estado buscando algo con desesperación. Había platos rotos en la cocina, baúles abiertos en cada habitación. Tazas en la mesa, ropa en la cama, un cuerno medio vacío de leche cortada en la cuna. Si Matthäus tan solo estuviese de viaje con su padre, la casa no estaría así de destrozada.

Había ocurrido algo.

Presa del miedo, volé tan rápido como me permitía la paloma hasta la tienda de su padre para descubrir el qué. Al pasar a toda velocidad sobre tejados y callejones, vi la ciudad despertarse. Las mujeres vaciaban los escupideros de la noche anterior y abrían los postigos para dejar que entrase la luz, ajenas a la paloma hechizada que volaba sobre ellas. Descendí para posarme en el alféizar de la habitación de los padres de Matthäus sobre la sastrería. Tenían los postigos abiertos. Dentro, su madre estaba sentada en la cama con el gorro de dormir y los ojos rojos de llorar. Su padre estaba junto a ella con el ceño fruncido por el nerviosismo. Permanecieron en silencio un buen rato y me pregunté si dirían algo.

Entonces, su madre se removió en el sitio.

—Casi ha pasado una semana.

—No sé qué quieres que diga. Ni siquiera le dijo a Phoebe que se marchaba.

—No es propio de él esfumarse así. Está herido. Lo sé.

—Si no vuelve pronto, le haremos una petición al obispo.

—¿Qué puede hacer él si lo han apresado los guardias?

¿Guardias? Los miré fijamente, conmocionada. ¿Por qué se llevarían los guardias a Matthäus? Esperé a que continuasen hablando, pero se sumieron en silencio como si hubiesen llegado a un punto muerto familiar. Su madre parecía afligida; su padre, irritado. Sin pensar, maldije entre dientes. Las palabras salieron de la paloma —*hahmama*— y eso atrajo la atención de su madre.

—*¡Heinrich!* —musitó sin aliento y le agarró el brazo a su marido. Señaló al pájaro—. Sus ojos…

—Que el Señor nos proteja —rezó él cuando me vio con una expresión aterrorizada. Saltó de la cama y vino corriendo a nosotras agitando la manta—. ¡Vete! ¡Largo de aquí!

Deprisa, regresé volando al árbol hueco por miedo a haber estado lejos de mi cuerpo durante demasiado tiempo. Mientras permanecí allí tendida, observando a la paloma vagar mareada por mi escondrijo, no pude dejar de pensar en la desaparición de Matthäus.

La noche siguiente, mientras continuaba el viaje hacia la abadía, examiné los árboles en busca de pájaros que pudiera usar para volar a casa de nuevo. Necesitaba saber por qué los guardias se habían llevado a Matthäus. Sin embargo, aquella noche no encontré ningún pájaro lo bastante grande para lanzar el hechizo. Solo herrerillos y chotacabras. Pajarillos diminutos.

Decidí averiguar lo que le había ocurrido a Matthäus tan pronto acudiera al rey.

Las noches siguientes planeé qué le diría a la abadesa. Reflexioné sobre cada detalle y practiqué el discurso mientras cabalgaba. Menuda imagen debía de mostrar, murmurando para mí misma vestida con ropa de chico sobre un caballo lleno de barro. Me sentía ridícula hablando en voz alta cuando no había nadie cerca que me oyera. Hasta los zorros parecían juzgarme desde sus madrigueras.

A la duodécima mañana pude distinguir la abadía y la ciudad sobre la que se alzaba desde el otro lado del río. Aquella imagen me dio un mal presentimiento y me puse tan nerviosa que casi no fui capaz de comer la liebre que había disparado y cocinado en el fuego. Me aterraba entrar en la ciudad, incluso disfrazada. ¿Y si los hombres de Ulrico me estaban buscando allí? ¿Y si uno de los habitantes del pueblo le había contado que me dirigía a ver a Hildegarda? Esperaba que mi disfraz fuese lo bastante bueno y utilicé una de las monedas de Kunegunde para pagar el barco con el que cruzaría el río.

Era extraño estar de un lado para otro a plena luz de día. El paseo en barco me dio náuseas. Me había acostumbrado a la única compañía de los zorros y los puercoespines, de las luciérnagas y los extraños murciélagos que salían volando de las montañas por las noches. Ahora escuchaba risas, gritos y conversaciones. Mientras cruzábamos, observé la rueda del molino cerca de la abadía girar despacio en el río.

En las puertas de madera de la ciudad había mercaderes anunciando a gritos sus mercancías. Los guardias me miraron; sospechaban del campesino con un extraño aire femenino sobre el caballo cubierto de barro, pero me dejaron pasar.

Dentro de la ciudad, el corazón dejó de latirme tan fuerte. Ante mí encontré una calle mojada con una hilera de casas estrechas. Unos ríos de barro descendían por la colina. Aquí había llegado antes la primavera. Mientras atravesaba la ciudad a caballo hacia la abadía, un gato delgado y cubierto de costras pasó junto a mí a toda velocidad. Los niños corrían y gritaban mientras jugaban a perseguirse. Uno de ellos cojeaba. Otro tenía la cara cubierta de forúnculos. Todos estaban en los huesos. Vi cultivos nuevos de primavera por aquí y por allá con brotes diminutos y débiles. Las gallinas parecían enfermas y las cabras, medio muertas. Los precios del mercado eran excesivos: ocho *pfennige* por un lucio fresco, cinco *pfennige* por una cuña de queso. Hasta el pescadero parecía desesperado.

Me pregunté quién compraría comida a ese precio si aquí nadie tenía permitido salir de la ciudad, al igual que en casa. Los bosques estaban muy bien abastecidos. Solo me había llevado una hora disparar y cocinar la liebre que me comí para desayunar. Mientras paseaba por el mercado, las agujas de la catedral se alzaban al otro lado de un río más pequeño, pálido y reluciente, como las agujas de un castillo encantado de uno de los cuentos de mi madre. El puente rojo que cruzaba el río era bonito de cerca, construido con ladrillos rojos, grises y marrones.

La luz del sol se reflejaba en el río. Al cruzar el puente, apareció un camino de hierba con marcas de las ruedas de los carros y de cascos de caballos, que conectaba varios terrenos de aspecto opulento.

Entonces, los vi a lo lejos: dos de los guardias que habían acompañado a Ulrico en la montaña. Bien peinados, con el pelo aceitoso y abrigos negros y verdes, los colores del príncipe. El estómago me dio un vuelvo y todo el temor que había guardado en lo más profundo de mi ser volvió. Estaban montando guardia entre el lugar donde me encontraba yo y la puerta de la abadía, hablando, con las espadas enormes a la cintura... Esperándome. ¿Cómo iba a pasar junto a ellos?

Pensé en la cabaña abandonada en la que había dormido unos días antes y, desesperada, quise darle la vuelta al caballo y volver allí. Sin embargo, respiré hondo y me decidí a calarme la capucha sobre los ojos claros y a avanzar de manera despreocupada hasta la puerta de la abadía mientras repasaba mentalmente la historia que les iba a contar.

Los guardias me miraron y se interpusieron en medio del camino para detener mi avance.

—Alto. Nombre y ocupación.

El corazón me latió con fuerza. Tiré de las riendas de Nëbel y me aclaré la garganta. Intenté que mi voz sonase lo más grave y ronca posible.

—Me llamo Eckert, señor —dije animadamente—. Eckert, hijo de Hildebrand, el panadero. Me dirijo hacia el molino.

El guardia más alto me miró fijamente. El más bajito, gruñó.

—Estamos buscando a una joven noble con el pelo negro y largo y ojos dorados. Monta un caballo blanco. Tenemos motivos para creer que se dirige a la abadía. ¿La has visto?

Me reí con tono burlón.

—¿Ojos *dorados*, dices?

—Los hemos visto.

Resoplé.

—¿Qué pasa, es mágica? ¿Como el ganso que pone huevos dorados?

—Sal de aquí —dijo el guardia más alto con desdén.

Me reí como si su función me resultara divertidísima y presioné los flancos de Nëbel con los muslos. Ella avanzó. Detrás, el guardia alto le gruñó a su compañero:

—Es una tarea estúpida.

—Lo dudo. Es una de las espías del duque. Está implicada en el asesinato. Si la encontramos...

Casi me atraganté mientras seguía adelante y sus voces se volvían más débiles. ¿Ulrico iba diciendo por ahí que era una espía?

—Me habría gustado ir con el resto de la comitiva. Esto es un fastidio. Al menos los otros conocerán al rey.

Apenas podía respirar. Al final, el otro guardia respondió tan bajo que no lo pude oír. Tenía el cuerpo en tensión y notaba una punzada de dolor tras los ojos. Me dolían los dientes de lo fuerte que los apretaba.

Cuando giré la esquina, había un puesto de vigilancia junto a las puertas. Detrás, vi un establo y una estructura a medio construir a rebosar de canteros y carpinteros, que parecía la base de una iglesia. La abadía exterior todavía estaba sin terminar. Detrás de la casi iglesia había un muelle. Detrás de los rápidos estaba el molino que les había mencionado a los hombres de Ulrico un poco más lejos de la abadía. Pasé frente al puesto como si me dirigiese al molino.

Cuando llegué, continué a caballo. A una media hora de la abadía, hallé un sitio donde una curva del río formaba un estanque relativamente alejado. Los árboles crecían junto a la orilla y ofrecían un poco de privacidad. Temblando por el aire fresco primaveral, conduje a Nëbel hacia el agua para limpiarla a ella primero y luego me sumergí para desenvolverme los pechos y deshacerme la trenza. El agua estaba fría como mil demonios, como si brotase de algún rincón helado del infierno. Mientras me frotaba la suciedad de la piel, sentí odio por Ulrico: su prepotencia por sus derechos de nacimiento, su arrogancia, sus mentiras.

Cuando ambas estuvimos tan limpias como pude, até a Nëbel a un árbol para que pudiera pastar y me puse la muda. Pensé en Matthäus mientras me secaba al sol y recé para que estuviese sano y salvo, que no le hubiese ocurrido nada. Cuando me sequé, me enfundé la ropa elegante y me recogí el cabello bajo la toca. Luego me coloqué el anillo que me había dado Esther y que pensaba ofrecer cuando me presentase. Los diamantes brillaban con fuerza bajo el sol.

Monté a Nëbel y le apreté los flancos con los muslos. Nos encaminamos hacia la abadía y las náuseas que había sentido antes regresaron. Se me había secado tanto la boca a medida que me acercaba a los trabajadores que tomé un sorbo del cuerno. El corazón me latía en la garganta. Me obligué a alejarme tan rápido como pude del río hacia el puesto de vigilancia, para que los guardias no me vieran cuando bordease la curva.

Y entonces, estaba dentro. El vigilante me miró confundido.

—¿Cómo es que una dama viaja sola?

Las nobles no lo hacían, me percaté. Debería haberme imaginado que me lo preguntaría. Lo miré a los ojos con los nudillos blancos cerrados en torno a las riendas de Nëbel, y hablé en un *diutsch* poco natural.

—Mi escolta sufrió un infortunio.

—¿De qué tipo, señorita? Si se me permite preguntar.

Me devané los sesos en busca de una respuesta.

—Ladrones. A cuatro días al norte de aquí.

Sus ojos se ensancharon y asintió.

—Viene de lejos.

—Este anillo es la única posesión que me queda. —Se lo mostré—. Vengo a hablar con la madre Hildegarda.

Se le pusieron los ojos como platos cuando inspeccionó el anillo e hizo una inclinación de cabeza.

—¿Cómo debo llamar a su señoría?

Lo pensé largo y tendido antes de responder. Había estado meditando sobre la decisión de si ser honesta acerca de mi identidad durante una semana. Usar mi nombre era un riesgo, pero también no hacerlo.

—Haelewise, de Gothel —dije al final, rezando para que no se diese cuenta de que nunca había pronunciado esas palabras en mi vida. Pero, al menos, eran ciertas. Había vivido en Gothel tres meses. Había jugado allí de niña. Mi madre se había criado en ese lugar y mi abuela todavía vivía allí.

El vigilante asintió, tomó las riendas de Nëbel y las ató a un poste cercano.

—Lady Haelewise —dijo con la mano extendida.

Le sonreí con nerviosismo; el gesto me había tomado desprevenida. Un momento después, le di la mano, desmonté y le seguí dentro, donde unas piedras sombrías titilaban alrededor de un fuego. Asintió hacia el registro sobre la mesa.

—¿Sabe escribir, señorita?

Asentí, agradecida de que Kunegunde me hubiese enseñado. La fecha en el registro, escrita con una letra meticulosa, decía: *4 de marzo, el año de nuestro Señor 1158.*

—¿Sería tan amable de escribir su nombre?

Haelewise, de Gothel, escribí con mi letra inexperta.

—Llevaré a su montura al establo. Luego la conduciremos arriba.

Escuché el *clip clop* de los cascos de Nëbel cuando se la llevó. Mientras esperaba a que regresara, pasé las páginas del registro con la garganta atenazada por el miedo. Un nombre de noble tras otro anegaba las páginas. Me tragué el miedo y traté de convencerme de que no estaba en peligro, que mi madre me había dicho que viniera. Entonces vi la portada del registro. Estaba engalanada con el sello real.

Por Dios, pensé. Había cabalgado hasta allí en el caballo de su hija muerta.

CAPÍTULO VEINTITRÉS

Me temblaban las manos mientras el vigilante me guiaba por la escalinata de piedra que salpicaba el suelo fangoso. Sentía que mis mentiras amenazaban con desmoronarse a mi alrededor como el techo de un edificio en llamas. Puede que estuviese a salvo siempre y cuando Nëbel pasase desapercibida —las yeguas blancas no eran demasiado inusuales—, pero le había enseñado al vigilante el anillo de Frederika. Por lo que sabía, podía ser una joya famosa que conocía la gente importante. Mientras seguía al hombre al nivel superior, hice todo lo que pude para tragarme el miedo. No había barandillas. Nuestras botas emitían una melodía nerviosa mientras el puesto de vigía, los establos y la iglesia a medio construir quedaban muy abajo, pero me daba menos miedo caerme que el hecho de que alguien pudiese descubrir el engaño.

En el rellano, una puerta pesada de madera evitaba que los intrusos atravesasen los muros superiores de la abadía. El llamador de hierro estaba forjado con forma de rostro alado y grotesco. Estaba negro y parecía suave. El rostro contorsionado en una mueca —divino, enfadado— parecía disuadir a los visitantes no deseados de que entrasen.

El vigilante extendió el brazo para llamar y el hierro sonó fuerte y pesado contra la madera. Mientras esperábamos a que la guardiana respondiese, el vigilante se aclaró la garganta. El sol incidía sobre mi ropa y me daba calor. Me mareé y al principió lo achaqué a la altura en la que estábamos y al estatus social que intentaba alcanzar.

Un panel se abrió sobre el llamador. Tras los barrotes, se asomó un rostro. Solo veía un par de ojos oscuros recorrer al vigilante.

—No esperamos a nadie —dijo una mujer con un acento velado distinto a todos los que había escuchado—. ¿Quién es?

—Lady Haelewise de Gothel —dijo el vigilante—. Viene a pedir audiencia con madre Hildegarda.

—¿Trae una carta de recomendación?

El vigilante me miró. Negué con la cabeza y repetí la historia que le había contado; añadí el detalle de que me habían robado los papeles durante el asalto.

La mujer prosiguió con su rutina:

—Que Dios la bendiga y la libre de todo mal, pero este es un lugar sagrado. No podemos dejar pasar a cualquiera. ¿Viene de peregrinaje?

Negué con la cabeza.

—Busco asilo.

—¿De qué?

Me mordí el labio y recordé el sello real del registro.

—He presenciado algo terrible. Madre Hildegarda es la única a quien puedo contárselo.

—Ha traído una ofrenda. —Él me dio un empujoncito—. Enséñaselo.

Sostuve el anillo en alto, atemorizada de que la guardiana lo reconociese. Al igual que el vigilante, sus ojos se ensancharon al verlo. Su rostro desapareció cuando cerró el panel. El corazón me latía con fuerza mientras esperaba a ver qué hacía. Me pareció oír el sonido de unas llaves tintinear al otro lado de la puerta. Un momento después, se escuchó el *clic* de la cerradura. La puerta se abrió lo suficiente para que pudiese darle el anillo. A través de la rendija, vi cómo le daba vueltas entre los dedos bronceados. Abrió la puerta.

—Pueden pasar días antes de que madre Hildegarda la reciba, lady Haelewise —dijo. Llevaba una diadema fina con un velo diáfano sujeto a la parte trasera, que proyectaba una hermosa bruma blanca sobre el pelo negro. Su vestido blanco brillaba al sol en contraste con su piel broncínea—. Tenemos órdenes estrictas de no molestarla, aunque es bienvenida de quedarse en la casa de invitados mientras espera.

A medida que la hermana me conducía a la parte superior de la abadía, se me iban poniendo los vellos de punta. Sentía el aire tenso allí arriba. Cerré los ojos para tantear. El aire era muy liviano; percibía el otro mundo mezclado con este, igual que en Gothel, aunque aquí no notaba la neblina.

Era un lugar liviano. No cabía duda. Qué significaba esto para Hildegarda y su abadía cristiana, no tenía ni idea.

La hermana, cuyo nombre era Athanasia, empezó a nombrar cada uno de los edificios frente a los que pasábamos: la casa residencial, la torre de la abadesa, el claustro. Según me contó, todos los edificios del nivel superior habían terminado de construirse el año anterior. El molino les había venido bien, e Hildegarda no había tardado en hacer de ellos aposentos confortables.

De vez en cuando me despistaba, me costaba prestar atención a lo que me decía. No dejaba de pensar en los hombres de Ulrico al final del camino y en el sello del rey en el registro. ¿Qué pensaría el rey si me descubriera aquí con el caballo de su hija muerta?

Athanasia continuó parloteando mientras señalaba un edificio de piedra, ajena a mi incomodidad.

—Ahí está la enfermería. Allí, el jardín. —Señaló un camino empinado de piedra, a ambos lados del cual crecía un huerto sano con brotes verdes y una gran extensión de ortigas y dientes de león.

Nunca había visto un jardín tan grande.

—El huerto de los remedios está justo detrás.

La cabaña de invitados estaba entre el jardín y el muro superior. Tenía una ventanita con postigos cerrados y el techo de paja. Abrió la puerta y me invitó a colgar la capa en la pared. En un rincón había una mesita pequeña para comer, leer o coser. Había una cama opulenta donde podía dormir, una cañería un la pared con una palanca que traía agua del río y una chimenea con un caldero donde calentar el agua para bañarme. Intenté asentir con indiferencia, como si esperase dichos lujos, pero la realidad era que la idea de que una palanca me trajese agua directamente a mi habitación me fascinaba.

Mi expresión debió de traicionar mis sentimientos. Athanasia se rio.

—Siempre me olvido de que el agua corriente aquí es una maravilla. Es más común al este.

—¿Eres de allí? —le pregunté y luego deseé no haberlo hecho. Temí que la pregunta dejase entrever lo poco mundana que era.

Athanasia se volvió hacia la pared con una expresión afligida.

—Nací en Constantinopla. Mi madre, que en paz descanse, murió allí. Solo escapé yo.

Asentí con el pecho rebosante de compasión.

—Que en paz descanse —repetí mirándola a los ojos—. ¿Hace mucho de eso? Mi madre murió hace menos de seis meses. —Me tembló la voz.

Athanasia se cerró en banda.

—Hay cosas de las que es mejor no hablar. Alguien le traerá la cena pronto. Las vísperas son en dos horas. ¿Desea asistir?

Asentí despacio y me pregunté si sería lo que se esperaba de mí.

—Muy bien —dijo y se dirigió a la puerta con el velo ondeando a su espalda—. Salga cuando suenen las campanas. Alguien vendrá a escoltarla a la capilla de las monjas. Mientras tanto, encontrará jabón y toallas junto a la bañera. Si lo desea, tiene tiempo de bañarse antes de que comience el servicio.

Bajé la mirada hacia los objetos que había en el taburete junto a la bañera mientras la puerta se cerraba con un ruido sordo detrás de Athanasia. Saqué el espejo de mi madre del morral y me lo acerqué a la cara. En el metal, el contorno ensombrecido de mi reflejo me devolvió una mirada dividida por las grietas. Tenía el pelo encrespado bajo la toca, el rostro cubierto de una capa fina de los sedimentos del río. Mis ojos parecían espantados, inhumanos, todavía de ese extraño dorado brillante.

El espejo repiqueteó cuando lo dejé sobre el taburete y así el jabón. Se parecía al que utilizaba en Gothel, pero este tenía un olor más intenso, como a membrillo, con un toque especiado que no supe identificar. La toalla de mano era de lino puro bordado con un bonito patrón en los filos. Bombear la palanca trajo agua al barril que había bajo la cañería como por arte de magia. Me sentó bien hacer que algo ocurriera al bajar y subir la palanca.

Llené el caldero, lo arrimé al hogar y encendí el fuego. Mientras esperaba a que se calentase el agua, pensé en Matthäus y recé por que estuviese a salvo. No podía quitarme de la cabeza que su madre hubiese mencionado a los guardias. ¿A dónde habría ido Matthäus? ¿Por qué estaría su casa tan desordenada? Solo era un sastre inocente. ¿Por qué demonios querrían apresarlo?

Se me ocurrió una posibilidad en la que no había caído antes. ¿Y si Matthäus y Phoebe habían discutido y él la había dejado? Su padre estaría disgustado porque se enfrentaban a perder su nuevo estatus. Pero ¿por qué estarían implicados los guardias? Me entraron ganas de tirarme del pelo; no tenía sentido. Esperaba ver pronto al rey para asegurarme de que Matthäus estuviera bien.

Cuando el agua estuvo lo bastante caliente, la vertí en la bañera. Qué alivio fue sumergirme. La calidez me alivió el dolor de los músculos. El jabón inundó el aire con su aroma a membrillo. Por un maravilloso momento, olvidé todos mis miedos. No había nada salvo el agua y yo.

Sin embargo, mientras me frotaba la piel y veía cómo la suciedad se desprendía y enturbiaba el agua, pensé en Ulrico y en que no había jabón suficiente en el mundo que me librase de su contacto. Pensé en los guardias apostados abajo, que podían darse cuenta en cualquier momento de que ya estaba aquí.

Cuando llamaron a la puerta, me levanté de un brinco. El agua rebosó de la bañera. Me resbalé y me sujeté al borde para estabilizarme —en silencio, desnuda, empapada—, segura de que los guardias habían venido a por mí. Recorrí la casita de invitados con la mirada buscando un lugar donde esconderme. ¿Podría salir por la ventana?

—Señorita —dijo una voz amortiguada al otro lado de la puerta—. Traigo estofado.

Me sentí tonta y volví a sumergirme en el agua.

—Pasa.

La doncella era una novicia con una sonrisa taimada, cabello pajizo y piel bronceada y curtida. Llevaba el hábito tradicional, una túnica sencilla a diferencia de la de la hermana Athanasia. Me rugió el estómago al ver la bandeja con comida que traía.

—Dime algo —dije tratando de sonar tranquila y pronunciando cada sonido de cada palabra como Kunegunde—. ¿A los nobles se les permite estar aquí? ¿Guardias y demás?

—¿Nobles, señorita?

—Vi el sello real en el registro.

—El conde que protege la abadía es el hermanastro del rey. No se permite la entrada al nivel superior a ningún hombre salvo al hermano Volmar y al cura, desde que se terminó de construir. Hasta el vigilante solo trae a los visitantes hasta las puertas superiores.

Me recorrió una oleada de alivio. Cerré los ojos.

—¿Quién es? El vigilante.

Su voz sonó triste.

—No lo sé. Solo es un puesto, señorita. Cambian cada semana.

—¿Por qué me llamas «señorita»? —pregunté sin pensar, aliviada de que el vigilante no tuviese una relación cercana con el rey.

Una expresión desconcertada cruzó el rostro de la novicia.

Me di cuenta de mi error. Una noble esperaría que la tratasen con respeto.

—Por favor, llámame Haelewise. ¿Cómo te llamas?

—Walburga, señorita —dijo con una reverencia—. Es decir, lady Haelewise. ¿Le apetece comer esto?

Descubrió la bandeja con la comida. Un estofado que olía delicioso humeaba en un pan hueco. Ternera con zanahoria y chirivías. Ajo.

Necesité toda mi fuerza de voluntad para no saltar y devorarlo.

—Sí, muchas gracias, Walburga. —Estaba hambrienta.

Esperaba que el monje no se encontrase en la parte superior en esos momentos; mientras, salí de la bañera antes de que la puerta se cerrase tras la chica. Engullí el estofado, empapada, con el agua de la bañera recorriéndome la piel. Ni siquiera me molesté en secarme hasta que terminé. Después de vestirme, comí hasta el último bocado de un alrūne deshidratado y me fijé en que solo me quedaban dos frutos. Me recogí el pelo, me puse la camisa y me paseé de un lado a otro, nerviosa por contarle a Hildegarda lo que había hecho Ulrico.

Cuando sonaron las campanas de las vísperas, esperé a que alguien me llevase al claustro. Había caído una ligera llovizna sobre la abadía mientras me bañaba. Los brotes de las plantas del jardín relucían —abundantes y verdes— al sol. Un rato después, la hermana Athanasia vino para acompañarme al claustro. Sacudió la cabeza cuando la saludé y apretó los labios. Las llaves del anillo tintinearon cuando cerró la puerta.

La puerta pesada crujió al abrirla. El claustro brillaba con la luz rosada del atardecer. Por dentro, la iglesia estaba iluminada por la luz de las velas y tenía murales pintados. Uno representaba a un joven de peregrinaje. En otro lo mostraban tendido enfermo en el lecho y a su madre junto a él. Ambas eran escenas, como descubriría más tarde, de la vida del santo enterrado en la cripta.

Cerca del altar había una puerta que conducía a la capilla de las monjas. Las velas finas de las paredes titilaron cuando tomé asiento. No había nadie más allí. Siete pilas de libros de salmos estaban en el estante frente a mi banco. Tomé uno, vi que estaba escrito en la lengua de los curas y lo dejé en su sitio. Pronto las hermanas comenzaron a entrar en filas, todas vestidas como la hermana Athanasia, con diademas y velos; la tela de sus túnicas blancas susurraba al moverse. Dos docenas de hermanas, cada una portando una vela que colocaron en los soportes de las paredes a medida que pasaban, iluminando así la estancia por momentos. Me fijé en que ninguna de las novicias había asistido al servicio.

La última de la procesión era una monja anciana que sostenía una vela más grande que la del resto. La madre Hildegarda. Al reconocerla, quise llamarla, pero sabía que no debía interrumpir la ceremonia. La abadesa tenía el pelo plateado y la piel color hueso; llevaba una túnica blanca y un velo similar al de las otras monjas. A la luz de las velas, mientras colocaba la suya en el soporte, sus ojos parecían destellar con un tono dorado muy tenue. El efecto era casi amenazante. Por un momento, me pregunté si tomaría alrūne. Luego volvió a las sombras con una sonrisa y sus ojos parecieron palidecer a un tono marrón más normal. Quizá me había imaginado aquel brillo, presa de la esperanza y la desesperación.

Un cura la siguió balanceando un incensario que olía como la iglesia de mi padre. El humo ascendía al techo mientras murmuraba una plegaria y luego guio a las hermanas en una oración desconocida. Cuando terminó, Hildegarda asintió a sus hijas. Cada una fue a por su libro de salmos. Al mirar de cerca las palabras debajo de cada pila *—dies Lunae, dies Martis, dies Mercurii—*, me di cuenta de que los libros estaban ordenados según los días de la semana. Alcancé uno del mismo montón que el resto de las hermanas a mi lado y me esforcé por encontrar la página en la que estaban.

Sonó una nota larga y tensa de un instrumento escalofriante proveniente de otra estancia. Madre Hildegarda esperó a que terminase y luego abrió la boca para cantar. Su voz era como una campana, aguda, subiendo y bajando escaleras invisibles. El rostro de la abadesa brillaba a la luz de la vela más grande, tenía los ojos radiantes —ahí estaba otra vez, ese tenue destello dorado— y todo su aspecto irradiaba alegría. Sus hijas comenzaron a cantar con ella y sus voces siguieron a la suya como el eco. Un momento después, sus rostros también se iluminaron y les tembló la voz de la emoción. Me pregunté si sentirían la presencia de Dios, aunque yo no lo noté más allí que en la iglesia de mi padre.

El servicio continuó, las hermanas alternaban entre canción y oración en la lengua de los curas con una expresión radiante de alegría. Celosa, cerré los ojos, tratando de ver si sentía lo mismo que ellas, pero a pesar de lo liviano que era este lugar, no noté nada. Solo vacío, la misma falta perturbadora que me hacía sentir molesta cuando iba a la iglesia de niña.

Los ojos me escocieron por las lágrimas. Debía esforzarme en controlar mis emociones. No sé por qué esperaba notar algo, pero el hecho de no hacerlo me disgustó inexplicablemente. Las hermanas continuaron cantando, alegres, pasando las páginas de los libros de salmos al unísono, enviando un coro de susurros por toda la capilla. Dejé mi libro a un lado y renuncié a seguir la canción. Entonces busqué la estatuilla en mi saquito y acaricié sus curvas para llamar a mi madre. *¿Por qué?*, recé. *¿Por qué me has traído aquí?*

CAPÍTULO VEINTICUATRO

Madre Hildegarda no mandó a buscarme al día siguiente ni al otro. A veces pasaba junto a mí al ir y venir por las puertas del claustro, con una tablilla de cera bajo el brazo sin apenas reparar en mi presencia. No se podía negar que sus ojos tenían un tono dorado en el exterior —a la luz del sol, brillaban incluso más—, pero no supe decir si era por comer alrūne o si ese era su color natural. A veces, el hermano Volmar, el monje anciano que hacía de escriba, paseaba con ella. Mentiría si dijera que nunca sentí la necesidad de interrumpirlos, pero nadie le hablaba a Hildegarda cuando la veía y yo solo era una humilde visitante.

Me pasé la mayoría de aquellos primeros días esperando a que Hildegarda me llamase. Evitaba los servicios y me quedaba en la casa de invitados salvo para las comidas. Por la noche, me aferraba a la estatuilla, desesperada por comprender por qué mi madre me había traído aquí. La froté, pero no emitió ningún zumbido; parecía que no tenía poder dentro de los muros de la abadía, a pesar de que el aire era muy liviano. Empecé a sospechar que algún hombre santo importante —un obispo o arzobispo— había bendecido el terreno y eso evitaba que funcionase.

Las sospechas reforzaron mi decisión de acabar con lo que había ido a hacer a la abadía tan pronto como pudiera. Durante las comidas, me acechaban pensamientos sobre la audiencia con Hildegarda y me agitaba tanto que no podía comer. Aunque me parecían monótonos, empecé a ir a los servicios deseando que la abadesa se fijase en mí. El tiempo pasaba. Sin duda, Ulrico tramaba la forma de librarse de lo que había hecho. Mis sueños estaban plagados de pesadillas en las que nunca escapaba de él o de sus hombres entrando en tromba en la abadía. Pesadillas en las que los guardias encontraban y mataban a Matthäus. Cuando me despertaba de estos últimos, trataba de desenmarañar qué le había ocurrido, pero no conseguí que nada de lo que había oído tuviera sentido. Me recordé a mí misma que pensaba ir a ver cómo estaba tan pronto saliera de la corte, pero no me parecía suficiente.

Una tarde, cuando Hildegarda pasó junto a mí de camino al *scriptorium,* tenía los ojos tan claros que estuve segura de que estaba comiendo alrūne. Si así era, eso explicaría por qué me habían enviado aquí. Encontré el huerto de los remedios que Athanasia me había enseñado y empecé a buscar plantas de alrūne entre las hileras. Si Hildegarda comía la fruta, tenían que cultivarla.

El huerto era extenso. En una zona reconocí varios plantones: milenrama, sanguinaria y belladona, y sabía que todas se utilizaban para curar úlceras y heridas. En el siguiente terreno vi que crecían pimienta de Java, lechuga, eneldo —plantas que Kunegunde especulaba que calmaban los deseos de la carne—. Al fin, vi una zona entera de plantas de alrūne en el extremo del huerto con los brotes de sus flores lavanda asomando del centro de sus hojas como las de las calabazas, y el corazón me dio un vuelco. Había docenas. Seguro que las estaba comiendo. ¿Por qué, si no, cultivaría tantas? Puede que, después de todo, quizá supiera algo del círculo.

Me desesperé aún más por hablarle, pero ella no vino a por mí sin importar a los servicios a los que asistiera ni las veces que intentaba encontrarme con su mirada. Me frustré tanto que quería gritarle durante los servicios, pero sabía que eso solo perjudicaría mi causa. Intenté mantener la mente ocupada tratando de descifrar el idioma en que cantaban las hermanas durante las misas y que leían durante las comidas. Desentrañar los patrones y normas del idioma me distrajo. Durante las comidas, le hacía preguntas a la hermana Athanasia sobre la lectura del oficio religioso. Nuestros susurros parecían irritar a la hermana que se sentaba siempre junto a Athanasia, una mujer alta que llevaba el pelo negro muy estirado recogido bajo el velo y que a menudo encontraba motivos para rozarle la mano a Athanasia. Apretaba los labios con fuerza cuando le hacía una pregunta a esta última, apuñalaba los rábanos y me lanzaba miradas asesinas.

Sin embargo, Athanasia parecía disfrutar enseñándome latín. Después de casi una semana de nuestras conversaciones durante las comidas, le pedí que se reuniera conmigo por la tarde, cuando supuse que a su acompañante no le molestaría. Pensé que quizá, al igual que el vigilante, Athanasia tuviera una relación especial con Hildegarda y, si la impresionaba, puede que le dijera a la abadesa que me recibiera antes.

Un día, Athanasia y yo estábamos paseando por el jardín hablando de los salmos de la jornada. Una novicia vestida con sencillez estaba arrodillada en la tierra murmurando para sí misma mientras plantaba semillas en una zona sin cultivar.

—*In media umbrae mortis* —dije al detenerme junto a una hilera de repollos, al fijarme en el tono lúgubre de la frase—. ¿Dices que *umbrae* significa «sombra»? ¿Y *mortis*, «muerte»?

Ella asintió con una expresión curiosa.

—Continúa.

—*In media umbrae mortis*. Tiene un deje triste.

—Sí —dijo buscando mi mirada—. Para acompañar su significado.

—*Non timebo mala* es menos serio. Y *quoniam tu mecum es*...

—¿Cuántas veces has leído el salmo antes?

Noté que me sonrojaba.

—Puede que muchas, en la iglesia, antes de saber lo que significaba.

—¿Alguna vez has pensado en tomar los votos?

La miré fijamente en silencio. Nunca se me había ocurrido que pudiera hacer de la abadía mi hogar permanente. Prácticamente, la vida consagrada me brindaría un hogar y la seguridad de hombres como Ulrico, pero aquí la estatuilla no funcionaba, mi madre no llegaba hasta mí, y la pura verdad era que rompería los votos en un instante por Matthäus.

Athanasia notó mi reticencia.

—Hay libertad en la vida consagrada. Puede que creas que no es verdad, encerradas como estamos del resto del mundo. Pero cada mañana que me despierto aquí, me siento más libre de lo que nunca me sentí en casa. —Se le quebró la voz y buscó mi mirada.

Asentí y me pregunté a qué se referiría.

—Hildegarda es una madre superiora compasiva. Esto es mejor, mucho mejor que la alternativa. *Dominus regit me, et nihil mihi deerit.* —Tenía lágrimas en las comisuras de sus ojos—. Piénsatelo —dijo con una sonrisa solemne.

Me obligué a asentir, reacia a alejarla.

Durante la segunda semana de mi estancia, una tormenta estalló sobre la abadía; las nubes tronaron cuando Walburga me trajo el desayuno. Apenas tuvo tiempo de cerrar la puerta tras ella antes de que un rayo atravesase el cielo. Mientras se apresuraba a atrancar los postigos, casi derramó el agua. El trueno pareció sacudir la tierra. Sueltos por el diluvio repentino, unos trocitos de paja comenzaron a caer del techo de la casa de invitados.

—Menuda escandalera hay en los cielos —dijo Walburga; me tendió una taza de agua de rosas y sus ojos se abrieron escandalizados por la burla—. Ha interrumpido la construcción. Casi parece que el Señor está enfadado con el arquitecto.

Estuve a punto de escupir la bebida de lo fuerte que me reí. Todo el mundo conocía a quien había diseñado cada milímetro de los terrenos de la abadía.

Walburga y yo nos habíamos hecho amigas durante la primera semana que pasé en la abadía. Cada vez que me traía comida, cotilleábamos sobre la vida fuera de allí. Me había hablado de un joven que quería casarse con ella. Yo le hablé de Matthäus y lo mucho que estaba tardando en desarrollarme; el vial con el aceite de fertilidad que me había hecho mi abuela casi se me había agotado. Walburga parecía pensar que Hildegarda podría ayudarme con eso, además de reponer mi alrūne; le conté que lo tomaba para controlar los desmayos. Ella me habló de la abadía con una mezcla interesante de asombro y cinismo.

Con las demás, me esforcé mucho por ser cautelosa durante las conversaciones. Sin embargo, Walburga era práctica, irreverente. Cotilleaba y contaba historias. Su crianza era muy similar a la mía. De todas las conocí en la abadía, parecía que ella era a la que menos le importaría si veía a través de mi disfraz.

—¿Qué sabes de este lugar? —le pregunté aquel día durante el desayuno—. ¿Qué era antes de que Hildegarda construyese la abadía?

—Casi todo tierras de cultivo, señorita —dijo Walburga con un deje nostálgico—. Mis padres todavía viven en la casa de labranza en lo alto de la colina. Había un bosque denso, con robles, bayas y pájaros. Un campo cubierto de dientes de león. Y aquí, donde mandó a construir el nivel superior, se hallaban las ruinas de una antigua abadía que albergaba la cripta de san Ruperto. —Pareció pensativa—. Era un lugar escalofriante, se caía a pedazos y un roble había atravesado el techo. Mi madre solía decirnos que pegásemos la oreja a la pared para que el espíritu del lugar nos hablase.

Sus palabras me pusieron los vellos de punta.

—¿Qué espíritu?

La expresión de Walburga se tornó reflexiva.

—No lo sé, señorita. Dicen que esta colina era antiguamente una ciudadela romana. Y antes, un lugar de encuentro ancestral. ¿Quién sabe qué dioses vivieron aquí? Hay un santuario cerca del manantial, de donde sacamos el agua para bendecirla. Mi madre dice que Hildegarda planea derruirlo y que eso traerá mala suerte.

Me senté derecha mordisqueando un pedazo de pan y me pregunté si el santuario sería el motivo por el que debía venir aquí.

—¿Has visto alguna vez ese santuario?

Ella asintió.

—Desde siempre. Solía jugar allí.

—¿Cómo es?

—Tranquilo. —Se encogió de hombros—. Tanto que es antinatural. Cuando era pequeña, nos daba miedo hacer mucho ruido cuando nadábamos en el manantial.

—¿Para qué es el santuario?

Walburga se encogió de hombros.

—De alguna religión pagana. Mi madre no habla del tema.

Eso me llamó la atención.

—Pero ¿Hildegarda quiere destruirlo?

Walburga bajó la voz.

—En realidad, quiere incorporar algunas de sus piedras en el claustro.

Parpadeé, sorprendida. Primero el alrūne y ahora esto.

—¿De verdad?

—Nadie habla de ello salvo en el idioma secreto de Hildegarda, pero creo que el arzobispo no quiere darle permiso.

—¿Idioma secreto?

—Ella lo llama la *lingua ignota*. Hildegarda solo se la enseña a sus iniciadas de más confianza, pero yo he aprendido algunas cosas.

—¿Por qué la abadesa enseñaría a sus iniciadas un idioma secreto?

Walburga me miró.

—No quisiera hacer suposiciones muy alocadas, pero si tuviera que aventurarme, diría que tiene secretos.

Me reí. Sonó un trueno y otro trocito de paja cayó del techo.

—Nëbel —susurré al acordarme—. Mi yegua. Le dan miedo las tormentas.

—¿Quieres que vayamos a los establos a ver cómo está?

—Me atemoriza dejar el nivel superior. Hay gente buscándome.

Sus ojos se ensancharon.

—Podría ir yo por ti.

—¿De verdad? —Asentí, agradecida.

Mientras esperaba a que regresara, reflexioné sobre el santuario, el huerto de alrūne. ¿Qué relación tenía Hildegarda con la Madre?

Cuando Walburga volvió, tenía el hábito empapado, pegado al rostro y los brazos. La lluvia parecía empecinada en inundar el jardín.

—El animal está bien. El mozo de cuadra me ha dicho que le recuerda a una yegua de la que cuidó de niño. Sabía exactamente cómo tranquilizarla envolviéndola en una manta y amarrándola bien.

Sus palabras me preocuparon. ¿Habría cuidado antes de Nëbel?

—Dijo que debía de pertenecer a alguien asquerosamente rico que podía permitirse ser sentimental. Quería saber quién se aloja aquí. ¿Una princesa? ¿Una duquesa? Le dije que no sabía su posición. Se rio mucho y se refirió a ti como la princesa misteriosa con el caballo nervioso y misterioso.

La voz me salió aguda.

—¿Le dijiste mi nombre?

—Sí —dijo, atenta a mi expresión—. ¿No debería haberlo hecho?

—Desearía que no. ¿Es cercano al rey?

—Claro que no, señorita. —Walburga me miró fijamente con sus ojos marrones abiertos como platos—. Es un campesino.

Cerré los ojos y el miedo me atenazó el estómago. Si el mozo de cuadra hablaba, era cuestión de tiempo que me descubrieran.

Walburga esperó a que me explicara.

—Necesito ver a madre Hildegarda esta noche —dije devolviéndole la mirada. No podía esperar más—. Presencié el asesinato de la princesa Frederika. El caballo que acabas de ver era suyo.

Aquella noche, cuando regresaba a la casa de invitados después de cenar, me descubrí pensando de nuevo en el santuario; tenía el estómago lleno de sopa de guisantes e inquietud. Si esta colina era sagrada para la Madre, ¿por qué aquí no funcionaba la estatuilla? ¿Tan poderosos eran estos terrenos bendecidos? Si Hildegarda añadía piedras de un santuario pagano al claustro, ¿cambiaría las cosas?

—Lady Haelewise... —me llamó alguien al otro lado del jardín.

La hermana Solange se me acercó; la había visto de rodillas en el huerto a menudo, una mujer rolliza con un hábito sencillo, piel rojiza, ojos oscuros y pelo negro. El cielo tras ella no tenía luna a esas horas tempranas de la noche, oscura y salpicada de estrellas. Un olor a tierra la acompañaba.

—Madre Hildegarda la recibirá ahora —dijo Solange.

Me inundó el alivio. Por fin. Deprisa, fui a la casa de invitados a buscar la daga. Solange me esperó fuera. Antes de salir, miré mi reflejo en el espejo roto y me envolví el pelo en una bufanda. Mis ojos dorados brillaron con determinación.

El corazón me latía el doble de rápido mientras Solange me conducía a la torre. La necesidad de vengar la muerte de Rika resurgió y me llenó de lucidez y propósito. La puerta se abrió y dio paso a un pasillo de piedra sin decorar salvo por un escudo apoyado contra la pared pintado con el emblema de la familia real.

Debí de fruncir el ceño. Solange se rio.

—Ya veo que no tiene al rey en alta estima, señorita. Su hermanastro, el conde, donó el escudo hace un par de años cuando se proclamó protector. Era para el puesto de vigilancia, pero madre Hildegarda no quiere exhibirlo en público. Dice que la única casa a la que debemos mostrar lealtad es a la de Dios. —Solange me condujo por una escalera de caracol—. Madre Hildegarda está arriba.

Subimos los escalones y nuestros pasos resonaron por la segunda planta hasta la tercera. El torreón se componía de una habitación circular con escasos muebles y ventanas abovedadas opulentas. Dos antorchas ornamentales brillaban a ambos lados de la estancia, titilando y proyectando sombras oscuras sobre el rostro de Hildegarda. Estaba sentada en el centro de la habitación, en una de las dos sillas engalanadas con tanto lujo que parecían tronos. Cuando entré, levantó la mirada, aunque estaba demasiado oscuro como para discernir su expresión.

Parecía más pequeña y delgada que durante el oficio divino, como si los deberes sagrados la engrandecieran. Asintió a Solange para que se retirase y luego me hizo un gesto para que me sentase en la otra silla. Desde mi asiento, vi su rostro un poco mejor, aunque seguía envuelta en sombras.

—Disculpa la penumbra —dijo con una sonrisa de disculpa—. Sufro de jaqueca.

Asentí y pensé en el dolor que la luz me causaba antes. Decidí ir directa al grano.

—Vengo buscando su consejo, madre Hildegarda. Presencié el asesinato de la princesa. Llevo esperando una semana para contárselo.

Las sombras me impidieron ver su reacción, aunque lo intenté. La luz de la antorcha iluminó un halo de cabello plateado en torno a sus orejas.

—Nadie mencionó el motivo de tu peregrinaje hasta esta noche.

Había un deje de advertencia en su voz. De repente, me di cuenta de lo directa que había sido. Cerré los ojos, respiré hondo y tuve cuidado de sonar respetuosa.

—El asesino fue uno de los hombres del príncipe Ulrico, madre. La flecha con la que le atravesó el muslo era de Zähringen, pero creo que es un ardid para acusar a su enemigo.

Hildegarda permaneció en silencio un momento. Deseé ver su expresión.

—¿Por qué el prometido de la princesa ordenaría asesinarla?

—No lo sé —dije con impaciencia—. ¿Acaso importa? —Luego me contuve. Seguía dejando que la rabia sacara lo peor de mí—. Perdóneme. Sé que fue él. El asesino la acusó de haber engañado a Ulrico y utilizó una daga con su escudo de armas grabado.

Le tendí la daga envuelta en un paño para que la inspeccionase.

Hildegarda respiró hondo cuando vio las manchas de sangre en la tela. Cuadró la mandíbula y me quitó el paño. Murmuró una oración antes de desenvolver la hoja manchada de sangre y ver la empuñadura con el lobo.

—Conocí a Ulrico en el bosque y alguien le dijo que yo había presenciado el asesinato. Intenté decirle que me fue imposible distinguirlo con la ventisca. Me siguió presionando para que se lo contase todo.

Ella inspeccionó la daga a la luz de la antorcha.

—Pero ¿escapaste?

Tomé aire con la intención de contarle lo que había ocurrido, pero no me salieron las palabras. Me quedé sin aliento, algo me cerró la garganta y, así sin más, mi compostura se rompió en mil pedazos. Lo siguiente que supe fue que me había hecho añicos como una taza de arcilla que se ha estrellado contra el suelo de piedra.

—Iba a arrebatarme mi virtud —sollocé—. Quería matarme. No puedo dejar de pensar en ello. Tengo pesadillas.

Hildegarda envolvió la daga, la dejó a un lado y me aferró la mano.

—¿Quieres que rece contigo?

No pude responder de lo rápido que se sucedían los sollozos.

—*Ave Maria* —comenzó. Tenía la piel tan fina como el papel. La luz de las antorchas bailaba a nuestro alrededor—. *Gratia plena…*

Mientras recitaba la oración, empecé a respirar hondo para intentar calmarme y le presté atención. ¿Habría elegido el avemaría por alguna razón? Todavía estaba demasiado oscuro como para leer su expresión, pero dijo la oración con reverencia, con emoción.

Tras las ventanas del torreón, las estrellas brillaban con tanta fuerza y eran tan numerosas que me pregunté si estaría contemplando las almas del cielo, así como ellas contemplaban la Tierra. Me pregunté si mi madre sería una de ellas. Si Rika sería una de ellas, observando, esperando a que vengase su muerte.

—Madre —dije—. Quiero contarle mi historia al rey. Quiero asegurarme de que Ulrico sea castigado. Pero él ya ha acudido al rey con una historia falsa involucrándome. Necesito su consejo. No tengo ni idea de cómo hacer que el rey acepte la palabra de una mujer como yo en lugar de la de un príncipe.

Los ojos de Hildegarda llamearon. Se masajeó las sienes. Me di cuenta de que simpatizaba con mi situación. Permaneció en silencio mucho tiempo, más de lo que esperaba que fuese necesario para considerar mi petición, como si estuviese tratando de resolver algo. Me pregunté qué sería. Al final, asintió tras tomar una decisión.

—El emperador (deberías referirte a él como tal) celebrará una corte en un palacio cercano dentro de tres semanas. Tendré una audiencia con él la semana después de Pascua. Podría llevarte ante él yo misma.

Respiré hondo. Las estrellas brillaron sobre el río en el exterior.

—Gracias.

Enderezó la postura y abrió la boca.

Me fijé en que estaba a punto de decirme que me retirase. Puede que fuese la única audiencia que podría tener con ella en semanas. Necesitaba averiguar lo del alrūne, el santuario. Pero no podía preguntárselo sin más. Pensé rápido.

—Hay otra cuestión sobre la que me gustaría pedirle ayuda.

Ella se inclinó hacia delante con las cejas arqueadas. Su expresión era tan astuta que temí que no se dejase engañar por mi baja cuna, que era una hereje.

—Y ¿de qué se trata?

—He oído que es una gran sanadora. Tomo dos remedios y casi se me han agotado. Uno es un aceite para tener la menstruación. Todavía no ha empezado. La otra es una fruta que evita los desmayos que tengo desde que nací.

—Desmayos. —Se removió en el asiento—. ¿De qué tipo?

Le conté cómo eran, que el aire a mi alrededor se volvía más liviano, que el otro mundo se acercaba y mi alma abandonaba mi cuerpo. Ella me observó con atención y algo que no pude identificar en la oscuridad le cruzó el rostro. Describí todas las curas que habían intentado mis padres, todos los herboristas y sanadores consagrados que habíamos visitado, las oraciones, las bendiciones y los exorcismos.

—Hasta que no empecé a tomar una fruta determinada el año pasado, mis desmayos... —Me detuve. La palabra que iba a utilizar era *cambiaron*, pero me contuve en el último momento. Si lo decía, podría preguntar cómo, y no me atrevía a mencionar la estatuilla o la voz porque podría pensar que estaba poseída por un demonio—. Me curé. La fruta fue la cura.

Ella me observó con atención.

—¿Qué fruta?

—Mi abuela la llamó «alrūne».

Sus ojos se abrieron desmesuradamente y se inclinó hacia delante para examinarme los míos. Había cierta inquietud en lo que dijo a continuación.

—Comes alrūne.

—Es una cura. Cuando la tomo, no me dan desmayos.

—¿Has hecho que lo bendijeran antes?

Negué con la cabeza, confusa.

—No sabía que debía hacerlo.

Hildegarda permaneció en silencio un buen rato y vi que algo cruzaba su rostro. Esta vez estaba segura de que no me lo había imaginado.

Hice acopio de coraje.

—Madre —dije—, perdone mi atrevimiento, pero ¿toma usted alrūne? He visto la forma en que le brillan los ojos a veces durante el servicio.

Ella se puso derecha, alarmada.

—Haelewise de Gothel, ¿quién te ha enseñado esto?

—La princesa. —Le devolví la mirada y me infundí valor. Tenía que saberlo—. No ha respondido a mi pregunta, madre. ¿Lo toma usted?

Se quedó callada un largo instante. Entonces se rio y negó con la cabeza, claramente sorprendida por lo directa que había sido.

—De vez en cuando, sí. Si quieres saberlo, me ayuda con los dolores de cabeza. Siempre hago que lo bendigan antes.

—Madre...

Levantó una mano.

—El cardenal dice que el alrūne crece de la misma tierra que Adán. Dice que lleva la influencia del diablo. Debemos destruir la fruta que has cultivado indebidamente. Si el obispo descubre que la estás tomando, te excomulgarán o algo peor.

Sacudí la cabeza en un arrebato repentino de ira. No permitiría que nadie más me quitase el alrūne. Ya había cometido ese error antes.

—No —dije—. Me niego.

Hildegarda me miró sobresaltada. Me observó el tiempo suficiente para darme cuenta de que debía resultarle muy poco común que alguien le negase algo. Luego cerró los ojos, como si escuchase una melodía distante. Un momento después, me dedicó una sonrisa triste.

—Tienes una voluntad muy fuerte. Me recuerdas a mi vieja amiga Richardis.

Se le trabó la voz e inclinó la cabeza, derrotada. Cuando al fin alzó la mirada, supe por su expresión que Richardis había muerto.

—Siento su pérdida.

Ella asintió.

—Fue hace años. Pensé que podía hablar de ella sin... —Se le quebró la voz—. Incluso después de tantos años, sigo muy unida a ella.

El dolor en su rostro era tan grande que era difícil de ver. Cerró la mano en un puño. Se le pusieron blancos los nudillos. Los oí crujir.

Un momento después, recobró la compostura.

—Tu abuela. ¿Quién es?

Tomé aire profundamente.

—En realidad, ya la conoce. Se llama Kunegunde.

—Kunegunde. Debería haberlo sabido. —Me miró con fijeza, como si estuviese tratando de decidir si añadiría algo más. Luego sacudió la cabeza para seguir un pensamiento aparte—. Te pareces a ella de muchas formas. ¿De qué color eran tus ojos cuando naciste?

—Negros —dije.

Me miró fijamente.

—Antes de tomar alrūne, ¿eras sensible a la luz?

—Sí —respondí—. ¿Cómo lo sabe?

—Porque yo también lo tengo —se limitó a decir.

Parpadeé, sorprendida.

Se acercó a la tablilla de cera. Empezó a escribir algo mientras murmuraba para sí en latín.

—*Oculi nigrim, pallid complexionis*. ¿Qué edad tienes?

—Diecisiete.

Tomó nota.

—¿Puedo preguntarle qué está haciendo?

—Haciendo una lista de tu carácter. —Bajó el estilete—. Te prepararé un aceite para la menstruación. Eres demasiado mayor como para que no te haya venido. No es sano que todo ese residuo siga creciendo en tu interior. En cuanto al alrūne, tenemos varias plantas en el huerto. Le pediré a Solange cómo cultivarlas y purificarlas. Le diré que te lleve al manantial que utilizamos para el agua bendita.

¿El manantial? ¿Cerca del santuario? Respiré hondo tratando de ocultar las ganas que tenía de ver las ruinas.

—Te prepararé una tintura con las raíces —seguía diciendo—. Por desgracia, en esta época del año no hay frutos.

Asentí, decepcionada. Claro que no habría frutos en esta época, pero esperaba que tuviesen algunos secos.

—¿La raíz tiene el mismo efecto que la fruta?

Ella asintió despacio.

—¿Bendecir la planta altera sus efectos?

Volvió a asentir.

—Ah, sí.

—¿Cómo?

—Ya lo verás. —Sonrió—. Perdóname. Me está empeorando el dolor de cabeza. Rezaré al Señor para que tu sueño esta noche sea tranquilo. Enviaré a Solange por la mañana con el aceite.

CAPÍTULO VEINTICINCO

De vuelta en la casa de invitados, me quedé en ropa interior y comencé mi ritual de antes de irme a dormir: bañarme, peinarme y meterme en la cama tras buscar en el morral el alrūne para darle un bocado. Aquel gesto se había vuelto tan rutinario que casi se me olvidó que Hildegarda me había pedido que lo dejara. Cuando me acordé, me senté en la cama con la fruta sobre la palma tratando de decidir si seguiría su consejo. Al día siguiente abandonaría los terrenos de la abadía. Puede que mi madre fuera capaz de hablarme tras los muros. Me fui a la cama sin comerlo, pero mis pensamientos se sucedieron a toda velocidad y no pude dormirme hasta que le di un bocado.

A la mañana siguiente, me sobresalté cuando llamaron a la puerta mientras me vestía. Solange estaba fuera de la casa de invitados con una ampolla con un tapón, llena de un aceite rosado reluciente.

—Aquí tiene —dijo al dármela—. Madre Hildegarda me pidió que confiscase lo que le queda de alrūne para destruirlo.

Un sentimiento posesivo violento me llenó el pecho, pero me recompuse con rapidez y me obligué a asentir. Me acerqué con tranquilidad al morral. Mientras buscaba el alrūne, decidí que no estaba dispuesta a separarme de las dos frutas que me quedaban. Le sonreí a Solange y le tendí una con una expresión obediente; la otra la dejé escondida al fondo.

Solange me dijo que me reuniese con ella después de la tercia para que me enseñase cómo cultivar las plantas de forma adecuada y purificarlas en el manantial.

En cuanto se fue, me tendí en la cama, me quité la muda y me froté el aceite en la piel. El ungüento era intenso e inundó el aire con la esencia de los pétalos de rosa triturados, acedera blanca y un aroma que no me resultaba familiar. Cuando mi piel estuvo suave, me bajé el vestido y me quedé mirando al techo con una sensación ridícula de esperanza en el pecho. Hacía tiempo que había perdido la confianza en el ungüento de Kunegunde. Aunque llevaba meses usándolo. Poner toda mi fe en otro remedio era una forma de autoengañarme que sabía que no podía permitirme. Durante toda mi vida había acudido a supuestos santos y curanderos cuyos milagros nunca terminaron de dar resultado.

Pero el corazón es traicionero. Quiere lo que quiere. Mientras permanecía tumbada entre el aroma a rosas y a acedera blanca, me permití fantasear con Matthäus. Él y Phoebe habían discutido, había dejado la cabaña con prisas para pedir una anulación. Cuando el obispo se negó a concedérsela, acudió al rey. Él fue compasivo, ya que también había solicitado la anulación del matrimonio con su primera mujer, la madre de Rika. Matthäus había vuelto a casa como un hombre libre, donde lo encontré en la sastrería después de haber dejado la corte. Lo convencí para acompañarme a mi cabaña, donde podríamos hablar en privado. Pronto, me sostenía las manos en la despensa, me besaba y pasaba algo más. El aceite de rosas ya había funcionado para entonces y cuando le conté que me había desarrollado, me pidió que me casara con él. Era una ilusión tan bonita que no quería dejarla ir.

De camino al claustro para la tercia, me preocupó que Hildegarda se diese cuenta de que había comido alrūne la noche anterior. Entonces me percaté de que estaba siendo estúpida. En Gothel habían pasado días hasta que el color dorado de mis ojos se desvaneciese por completo.

Cuando me encontré con Solange en el jardín, fingí no saber dónde crecía el alrūne. Dejé que me guiase por el huerto. Mientras caminábamos, me llegó el débil olor a perejil y el aroma amargo de los brotes de una planta imposible de identificar. La luz del sol se colaba entre las nubes y se reflejaba en las piedras del camino.

—El alrūne está por ahí —dijo la hermana Solange señalando la zona que yo ya había visto.

Al recordar el comentario de Athanasia mientras pasábamos entre las plantas que calmaban los deseos de la carne, se me ocurrió con cierta diversión que si quería quedarme en la abadía, debería escabullirme por la noche y comérmelas todas.

—Tenemos permiso para utilizar dos plantas —me dijo Solange y se arrodilló junto al lecho.

El huerto estaba tranquilo salvo por el trino de los pájaros. No había nadie excepto nosotras. Cuando me arrodillé junto a Solange con la mirada entornada, me fijé que el terreno tenía un olor penetrante, como si acabasen de abonar la tierra.

Señaló dos de las plantas más grandes de alrūne.

—Parece que esas son las que tienen las raíces más crecidas. Para purificarlas, tenemos que salir de la abadía. Hay un manantial al otro lado de la colina. Dejaremos las raíces en el agua durante un día y una noche para que limpie sus impurezas. Luego, le pediremos al cura que las bendiga y la madre Hildegarda le preparará una tintura.

Contemplé las plantas con sospecha y me recordé que todavía me quedaba una fruta seca si la tintura de la raíz no funcionaba.

Cuando miré a Solange, me sonrió y sacó un par de guantes de la bolsa.

—¿Por qué los guantes? —pregunté y pensé en las veces que había tocado la fruta de camino allí sin llevarlos.

—El alrūne es venenoso —dijo la hermana Solange alisando los dedos de cuero de los guantes. Así que Kunegunde no mentía—. Las semillas son lo peor.

El corazón se me detuvo.

—¿Las semillas?

Ella asintió.

El paseo que había dado mi madre la noche antes de que enfermara. ¿Iría a buscar plantas de alrūne silvestre para recolectar las semillas?

Recordé los guantes de la suerte que siempre llevaba en el huerto, que estaban llenos de agujeros. Si mi madre había tocado las semillas cuando las plantó en el jardín, quizás eso era lo que la había hecho enfermar.

—¿Cuáles son los síntomas del envenenamiento por alrūne?

Solange adoptó una expresión sombría.

—Piel amarillenta. Fiebre. Hinchazón. En una ocasión acudió a nosotras una mujer que había comido las semillas por accidente. Hildegarda lo intentó todo para expulsar el veneno. Trituró jugo de balsamita, betónica y ruda en un mortero mezclado con euforbio del huerto, seguido de un brebaje de hidromiel que normalmente funciona para expulsar cualquier veneno, incluso el arsénico. Pero la mujer murió en cuestión de tres meses. Después de que la enterrásemos en el cementerio, brotó alrūne sobre su tumba. De ahí sacamos estas plantas.

Tenía la boca seca. La tierra empezó a dar vueltas debajo de mí. El sol me aplacó. ¿Habría comido mi madre las semillas? Recordé el cuento de la manzana dorada, que pidió que la enterrásemos en el jardín. La zona de alrūne que crecía junto al manantial.

No las había plantado. Ella…

La verdad me resultó muy difícil de soportar.

La hermana Solange vio las lágrimas en mis ojos y lo malinterpretó.

—Es una historia triste. Cierto es. Que en paz descanse. Se llamaba Agnes. —Una mosca pasó zumbando junto a su cabeza—. No es cierto lo que dicen de sus raíces, ¿sabe? No gritan cuando las sacas de la tierra.

Me sequé los ojos con la manga de la camisa tratando de recomponerme.

—He cultivado docenas. Nunca han emitido un sonido.

La pala que sacó del morral era de hierro, el tipo de herramienta elegante que un herrero forjó de una sola pieza. Mientras Solange excavaba la tierra alrededor de las raíces de la primera planta, recordé la que utilizaba mi madre. Era de madera, con un nudo de cuerda que conectaba la empuñadura con la pala. Recordé la canción que solía cantar mientras cultivaba. *Duerme hasta el alba, mi pequeña. Hausos te dará miel y huevos dulces…*

¿Cómo sería amar a alguien tanto como para sacrificarte?

Debí quedarme mirando a la nada durante mucho tiempo. Cuando parpadeé y volví en mí, fijé la vista en el huerto de la abadía. La hermana Solange había desenterrado una raíz: una cosa gris y deforme. Introdujo la mano enguantada en la tierra para arrancar la planta de cuajo. No se escuchó ningún sonido aparte del crujido de las ramificaciones y la tierra al salpicar. La raíz tenía menos forma humana que la que salía en el libro de Kunegunde. Se parecía más a una zanahoria gris que a un hombre.

La segunda planta también dejó que la arrancásemos en silencio. Entornando la vista, la observé sacudirle la tierra a un espécimen más típico de la raíz con una cabeza nudosa, un tronco, ramificaciones como brazos y piernas con forma de zanahoria. Solange me miró mientras la guardaba en el morral.

—¿Su montura está en el establo? El manantial está bastante lejos, es mejor que vayamos a caballo.

La seguí por las puertas y me tragué los nervios por dejar la abadía. Traté de reunir el entusiasmo que sentía antes por ver el santuario. El otro mundo se alejó a medida que bajábamos la escalinata. Me coloqué detrás de Solange y me calé la capucha sobre el rostro no solo para ocultar mi identidad, sino mis lágrimas.

Encontramos a Nëbel alojada en el segundo pesebre que, gracias al cielo, estaba en penumbras. Estaba mordisqueando un saco rebosante de heno. Verla hizo que se me hinchara el corazón. Resopló amable y sus ojos grandes parecieron compadecerme del desastre en que se había convertido mi vida.

—¿Me has echado de menos, chica? —susurré.

Ella frotó el hocico contra mi mano.

Recordé lo que me había contado Rika de lo bien que había cuidado de Nëbel. Con una punzada de culpa, me di cuenta de que probablemente aquella fuera la vez que más tiempo había estado en el establo sin ejercitarse.

—Hola, señorita —dijo una voz detrás de mí—. ¿Es suya?

Me volví y me topé con la mirada del mozo de cuadra, un hombre esbelto con mejillas rubicundas.

—Es una hermosura —añadió—. Nerviosa, pero dulce como un trébol.

Solange se aclaró la garganta, como si desaprobara que hablase con él.

—Tráenos dos caparazones y telas para la silla de montar.

El mozo de cuadra asintió y desapareció. El caparazón que trajo para Nëbel era de un blanco prístino. Se quedó quieta mientras se lo ponía, seguido de las bridas con unos remates con muchos adornos, las riendas y la silla de montar. Relinchó cuando me subí a los estribos y sacudió la cola para espantar a una mosca mientras salíamos del establo. Delante, Solange estaba sentada a horcajadas en una yegua castaña.

—El manantial está al norte de aquí —dijo vuelta hacia mí mientras cabalgábamos—. Hay que atravesar el bosque y subir la colina.

La emoción que había sentido anteriormente por el santuario se había evaporado. No había nada que pudiera hacer. La canción de mi madre resonaba en mi cabeza. Me alegró que Solange fuese delante para no tener que conversar con ella. No podía creer que mi madre se hubiese quitado la vida.

Seguí a Solange por el bosque y noté con lágrimas en los ojos cómo el otro mundo se acercaba a medida que ascendíamos por la colina a través de los árboles poblados. Cuando nos acercábamos a la cima, me di cuenta de que allí sentía la neblina, reluciente y reconfortante en el umbral. Los ojos se me anegaron de lágrimas y sonreí a pesar de la reciente conmoción.

Poco después de oír el agua borbotear delante de nosotras, pasamos junto a varias losas de piedra apoyadas contra el tronco de un árbol. Al lado, había apilados algunos bloques de piedra fragmentados y una tarima derruida. Se me pusieron los vellos de punta cuando nos acercamos y casi me caigo de la montura. Vi los símbolos borrosos en las piedras.

—Espera —le dije a Solange. Ella tiró de las riendas.

Amarré a Nëbel y caminé hacia los bloques de piedra apilados. Algunos estaban marcados con muescas en forma de pájaros al vuelo que me recordaron a los patrones del espejo de mi madre y el *spiegel* de agua en Gothel. Detrás, yacía una estatua agrietada de una mujer. Parecía que la habían golpeado con un martillo, pero quien la hubiera destruido no pareció tener cuidado. Aunque su cuerpo estuviera fracturado, todavía se podían distinguir algunas de sus partes. Estaba desnuda y sus pechos habían sido grandes antaño. Entre los escombros, distinguí unas alas, los restos de su rostro. La frente y los ojos seguían intactos. Al mirarla a los ojos, me enfurecí porque alguien hubiese destrozado su efigie. Era un sacrilegio.

Me volví hacia Solange, incapaz de ocultar mi furia.

—¿Quién la destruyó?

—El hermano Volmar, creo, aunque puede que fuera el arzobispo cuando vino a bendecir el terreno.

—¿De verdad quiere madre Hildegarda incorporar algunas de las piedras a la abadía?

Solange empalideció.

—¿Cómo lo sabe?

—Oí una conversación.

—¿En la *lingua ignota*?

Cerré los ojos.

—He atado algunos cabos.

—¡Si acaba de llegar, señorita!

—¿Sabes qué pretende al incorporarlas? ¿Por qué querría hacerlo? Es cristiana.

Solange no respondió. Se había puesto blanca como un fantasma.

Fulminé con la mirada la efigie destrozada de la diosa, enfadada con quienquiera que hubiese roto su semejanza. La estatuilla zumbó en mi saquito. El aire se volvió incluso más denso. Empezó a hormiguearme la piel.

Cuando toqué la figurita, unos hilos de neblina comenzaron a formarse a mi alrededor, unas espirales plateadas que me acariciaron el rostro y los brazos. Me inundó el mismo amor que sentí cuando la neblina me abrazó en Gothel. Era tan grande, tan vasto, que jadeé por su peso. Sin embargo, girando bajo aquel amor infinito había una cacofonía de emociones: rabia y fiereza, orgullo y poder, avaricia y deseo.

Vuelve a unirme, me ordenó aquella voz familiar más alto de lo que nunca la había oído hablar con un tono furioso y vibrante.

El velo se cerró de golpe. Me esforcé para recobrar la compostura. El caos de emociones me acechaba como un sueño que no podía quitarme de encima.

¿Vuelve a unirme?, pensé al final. *¿Yo?*

Solange me miraba fijamente. No podía pensar, no podía hablar, ni siquiera podía respirar de lo que me dolía mi interior. No podía negarlo más. Me había estado contando historias a mí misma todo este tiempo. La voz que me hablaba no era la de mi madre. Era la Madre.

Se me escapó un gemido grave de la garganta. No me alegraba que la diosa hubiese acudido a mí, sino que estaba desconsolada porque mi madre no lo hubiera hecho. *Las apariciones, la voz, la neblina,* pensé. ¿Nada de aquello era ella?

Solange se acercó corriendo.

—¿Lady Haelewise? ¿Está bien?

Estallé en sollozos y me doblé por la mitad. Era como si mi madre hubiese muerto de nuevo. Nëbel relinchó y tiró de las riendas con los ojos enloquecidos.

—So —intentó calmarla Solange.

Luego me asió de las manos, pero la aparté de un empujón. Un momento después, la oleada de dolor comenzó a remitir. Respiré hondo tratando de recomponerme.

—Perdóname —le dije a Solange—. Hace poco que perdí a mi madre. Mi pena es impredecible.

Ella asintió con los ojos muy abiertos. Por un momento, me pareció ver una expresión astuta, pero no podía asegurarlo de lo rápido que había pasado. Me pregunté si ella sabría algo que yo no.

Me apretó las manos y regresó a su caballo.

—El manantial no queda lejos.

Tomé aire profundamente, me subí a Nëbel y seguí a Solange encorvada sobre la yegua. Pronto nos topamos con una arboleda densa donde el manantial brotaba alegremente sin importarle el dolor tan horrible que albergaba en mi corazón. Solange desmontó y luego se inclinó sobre el manantial tras extraer el alrūne del saco. Con las manos todavía enguantadas, las ató con un trozo de cuerda. Ascendieron unas burbujas a la superficie cuando sumergió las raíces y les puso una piedra encima para añadirles peso. Por algún motivo, tuve que contener otro sollozo cuando vi las raíces desaparecer.

—Volveré mañana por la tarde para sacarlas —me prometió Solange.

La seguí de vuelta por el bosque, sobrecogida por una tristeza desesperada.

Me pasé el día siguiente en la casa de invitados salvo para las comidas, dando vueltas en la cama sin parar. No podía dejar de pensar en mi madre. La revelación en el santuario había desenterrado recuerdos de ella en su lecho de muerte. El brebaje rojo del médico goteándole por la mejilla, el gatito azul que fingí acariciar con ella. Estaba desesperada por creer que había sido ella quien me había estado hablando todo este tiempo, que se me había aparecido en el huerto, pero no quería engañarme a mí misma.

Estaba tan hastiada por la pena que no soportaba hablar con nadie. Cuando Solange vino para decirme que las raíces de alrūne ya se estaban secando, le dije que me hablase tras la puerta. Hasta le pedí a Walburga que me dejase la comida fuera.

Cuando saqué la cabeza para recoger la cena, la luz me hizo daño a la vista. La noche anterior no había comido alrūne porque sabía que estaría encerrada en la abadía, donde mi madre —o la

Madre— no podrían alcanzarme. Sabía que la sensibilidad a la luz regresaría, claro, pero no estaba preparada para lo mucho que me disgustó. Para cuando metí la comida dentro, había perdido el apetito.

El segundo día tras la visita al santuario, la pena remitió. No me sentía lo bastante bien como para salir de la casa de invitados, pero sí para salir de la cama. Me pasé el día leyendo una cartilla en latín que Athanasia me había dado, para intentar hacer las paces con lo que había descubierto. Aquel día, busqué la estatuilla muchas veces y le recé a la Madre para que me reconfortase. Pensé que, ya que era ella quien me había calmado todo este tiempo, puede que también lo hiciera ahora, pero al parecer la bendición sobre los terrenos de la abadía seguía haciendo que fuera imposible.

Al tercer día, Solange me informó que habían bendecido las raíces y que estaban listas para triturarlas. Me llevó a la enfermería para enseñarme cómo machacarlas hasta hacer un polvo con ellas. Llenó un vial con la tintura y me mostró cuánto debía tomar. Disolví la tintura en una taza de agua y me la bebí de un trago con la esperanza de que curase la sensibilidad a la luz. Una hora más tarde, se me revolvió el estómago y tuve que volver a la casa de invitados para usar el orinal. La tintura le devolvió el tono dorado a mis iris, pero tuve náuseas el resto del día.

A la mañana siguiente, no pude contener el desayuno. Mientras me dirigía al oficio de la hora prima, la cabeza me daba vueltas. La abadía parecía más brillante. El aire a mi alrededor estaba bañando de una luz que me mareaba.

Lo que ocurrió a continuación no debió de sorprenderme. Una abadesa me había preparado mi nuevo remedio y estaba en una capilla cristiana. Pero estaba tan acostumbrada a la monotonía de los servicios que, cuando sentí el escalofrío, me sobresalté.

Me enderecé en el banco. Sentí el aire cargado, tenso, como antes de una tormenta eléctrica. La presencia que advertí en el umbral era poderosa, paternal, fuerte. Una luz vertiginosa inundó la capilla y me llenó de un amor tanto antiguo como acogedor. Supe de inmediato qué presencia notaba —el Padre—, pero me desequilibró.

Ayúdanos, me ordenó con una voz tan grave como el trueno.

CAPÍTULO VEINTISÉIS

Luego de la hora prima me sentí mareada, confusa. Regresé a la casa de invitados incapaz de apaciguar la energía nerviosa que me golpeaba el pecho. ¿A quién se refería el Padre cuando dijo «ayúdanos»? Me temblaban las manos e inexplicablemente sentía temor, casi sospecha, de su presencia. No sabría explicar aquel recelo, pero tampoco podía quitármelos de encima. Se suponía que el Padre era benevolente. Su presencia me había parecido cariñosa, amable, pero el corazón me latía tan rápido cuando pensaba en él que las paredes de la casa parecieron cernirse sobre mí y me entraron náuseas. En vez de sentir el éxtasis, sentía desasosiego. Cuando más lo pensaba, más me preguntaba si mi experiencia con mi padre terrenal era la responsable de mis dudas.

Aquella percepción no hizo nada para aliviar mi malestar. Tampoco mejoró las náuseas que me provocaba la tintura. Para la tercia, tenía tanta fatiga que no habría podido salir de la casa ni aunque lo hubiera querido. Agarré el orinal e intenté distraerme pensando en lo que había descubierto sobre Hildegarda, sobre el santuario. Al considerar el embelesamiento que había observado en el rostro de las hermanas durante el servicio y la extensión del cultivo de alrūne en el huerto, empecé a preguntarme si Hildegarda les estaría dando a sus hijas la tintura. Me pregunté hace cuánto tiempo se habría construido el santuario, cómo sería la gente que lo erigió y qué habría ocurrido en este lugar para que fuera tan liviano.

Por la noche, los mareos habían remitido un poco y esperaba que al día siguiente fuese distinto. Mientras me dejaba arrastrar por el sueño, así la estatuilla. Todavía no podía creer lo que mi madre había hecho; sus recuerdos aún me acosaban. La voz del Padre resonaba en mi cabeza, pero su petición no tenía sentido. Le recé a la Madre para que me dijese qué se suponía que debía hacer en la abadía, cómo quería que la recompusiera. ¿Se refería a los pedazos rotos de su efigie o a algo más? Le rogué que me enviase las respuestas en un sueño, ya que no podía contactar conmigo despierta, pero no tuve ninguno. Su silencio —su ausencia allí— me consumía. Cada vez tenía más ganas de marcharme de la abadía.

A la mañana siguiente vertí una cantidad menor de la tintura en la taza, pero después de tomarme la dosis matutina, el mareo y la náusea fueron más fuertes que nunca. La luz del Padre ya no se limitaba a la capilla. Estaba por todas partes, vertiginosa e imposible de evitar. Inundaba la casa de invitados incluso con las ventanas cerradas. Un amor tan sagrado, tan incondicional y tolerante que parecía incomprensible. Me quedé tendida en la cama mientras la abadía daba vueltas y vueltas, con un mareo tan fuerte que no podía ni moverme.

La segunda noche después de empezar a tomar la tintura, alguien llamó a la puerta. El vértigo se había esfumado al caer el sol, al igual que la noche anterior. Ya estaba en la cama, aliviada de que la casa hubiese dejado de darme vueltas, con la estatuilla de mi madre en la mano. Me vestí con rapidez y guardé a la madre pájaro en el morral donde nadie la encontrase. Me pasé el cepillo por el pelo y miré mi reflejo en el espejo roto. Tenía los ojos grandes. De un dorado pálido. El pelo rizado flotaba encrespado en la coronilla.

—¿Señorita? —La puerta se abrió. Era Solange.

Bajé el espejo.

—Madre Hildegarda desea verla ahora.

Guardé el espejo y me envolví la cabeza en una bufanda. Fuera, la seguí por el jardín en sombras.

En el torreón, Hildegarda estaba sentada en una de las dos sillas junto a una ventana abierta. La habitación estaba a oscuras. Todos los otros postigos estaban cerrados. Las antorchas en las paredes no estaban encendidas. Desde el rellano de la escalera, veía la luna creciente a través de la ventana. Un candil de metal alumbraba el suelo en torno a la silla de Hildegarda. Me miró, su rostro era un revoltijo de luz y sombras.

—¿Te has estado tomando la tintura?

Respiré hondo.

—Sí, madre.

—¿Lo sientes?

Asentí, tratando de ocultar mi inquietud.

—Me ha hablado.

Ella esbozó una sonrisa deslumbrante, radiante, rebosante de alegría y felicidad. Le dio unas palmaditas a la silla que había junto a ella y me senté.

—¿Qué te dijo?

—Me pidió ayuda.

Ella alcanzó mi mano y la apretó. Se inclinó hacia el candil. Sus ojos tenían un brillo dorado tenue. Su expresión era amable, franca. Me sonrió de manera alentadora.

—He rezado para que vinieras aquí.

—¿Ah, sí?

Ella asintió.

—La Luz Viviente me habló. Me dijo que te acogiera. Cuando visitemos al rey, podré protegerte mejor si te presento como postulante.

Me quedé boquiabierta. Que Athanasia me dijese que debería tomar los votos era una cosa. Hildegarda podía hacerlo realidad. La miré fijamente, sin palabras. Era una candidata horrible para la vida consagrada. La luz del Padre me inquietaba. Estaba más cómoda con las sombras. Estaba llena de resentimiento, deseo de contacto humano y venganza. Anhelaba tener hijos, unirme al círculo, vivir la vida que mi madre no pudo. Al ofrecerme otro camino, descubrí que estaba incluso más segura del que ya seguía.

Mis sentimientos debieron de reflejarse en mi rostro. Hildegarda pareció decepcionada.

—¿No quieres unirte a la vida consagrada?

El candil parpadeó. No quería. Lo tenía tan claro como el agua, pero no podía permitirme alejarla. Dejé la cuestión a un lado y traté de encontrar una manera segura de explicar mis reservas.

—¿Alguna vez ha comido alrūne sin bendecir?

Hildegarda permaneció en silencio. Sus ojos se ensancharon.

La conmoción en su rostro hizo que me sintiese desafiante.

—¿Por qué quiere incorporar las piedras del santuario?

Hildegarda no respondió. Tomó aire profundamente. Fuera brillaba la luna creciente. Unos jirones de nubes pasaban frente a ella. Un momento después, suspiró y me devolvió la mirada; bajó la voz hasta resultar apenas audible.

—Lo que voy a decirte no es algo de lo que pueda hablar con libertad. Solo se lo cuento a mis hijas de mayor confianza. Solo te lo cuento ahora porque quiero que confíes en mí. ¿Lo entiendes?

Asentí, esperanzada de que por fin desentrañase alguno de los misterios que me acechaban.

—No se lo contaré a nadie.

—Bien —suspiró. Abrió la boca varias veces para responder y luego la cerró, como si estuviese rechazando una aproximación retórica. Cuando habló al fin, lo hizo con voz tranquila—. Siempre he sentido una presencia femenina en el borde de las cosas, un poder sagrado creador que hacer que las cosas crezcan y sanen. Pero ese poder nunca me habló hasta hace un año, cuando olvidé comer alrūne bendecido y empecé a oír la voz de una mujer en el santuario. La voz me ordenó incorporar las piedras.

Me quedé boquiabierta.

—¿No piensa que fuera un demonio?

Ella se echó a reír y luego se detuvo, como si no terminase de decidir si la pregunta le parecía divertida o no.

—Eso fue justo lo que pensé. Hasta ese día solo me había hablado la Luz Viviente. Desesperada, le recé a nuestro Señor para que la expulsase. Pero en lugar de ofrecerme la salvación, el Señor hizo que enfermase de gravedad. Me castigó por haberla cuestionado. Durante la peor parte de la enfermedad, mientras daba vueltas en la cama, me mandó una visión de una mujer coronada en un bosque silvestre. Estaba entre las sombras, tenía alas y serpientes enroscadas en los pies. Iba vestida con enjambres de abejas doradas. Al principio, su expresión era casi beatífica. Pensé que estaba viendo a la Virgen María o a la Iglesia. —La expresión de Hildegarda se volvió reflexiva y entonces se estremeció ligeramente—. Luego se tornó furiosa. Entendí que quienquiera que fuese (o lo que fuese), se trataba de la fuente de la voz que había oído y estaba enfadada porque quería desobedecerla.

¿Sombras? ¿Alas? ¿Abejas? La mente me iba a toda velocidad. De repente, noté las manos frías. Recordé lo que Kunegunde me había contado de las hormigas que se comieron su ofrenda, el zumbido de la voz que me hablaba. Abrí la boca, pero titubeé, temerosa de expresar lo que pensaba en voz alta.

—He visto muchas cosas raras con la mente, pero aquella visión era de lejos la más extraña. —Negó con la cabeza; sus ojos rebosantes de perplejidad. Luego se dirigió hacia mí, dudosa—. Mi enfermedad persistió hasta que le escribí al arzobispo para pedirle permiso para incorporar las piedras. Entonces acabó tan pronto como había llegado. ¿Aquí te ha hablado la voz de una mujer?

Me pareció oír un deje impaciente en su voz.

—En el santuario.

Ella asintió una vez, deprisa. Esperaba esa respuesta.

—¿Qué te dijo?

Respiré hondo.

—Me dijo que volviese a unirla.

La expresión de Hildegarda se tornó pensativa, casi preocupada. El momento se alargó tanto que me pregunté si habría notado algo profano en mi respuesta, si retiraría su oferta de acompañarme a la corte. Al final, se enderezó tras tomar una decisión.

—Mi oferta sigue en pie —dijo devolviéndome la mirada. Una sensación de alivio me recorrió por no haberla alejado—. Me entristeció profundamente cuando tu abuela tomó la decisión, hace tantos años, de... —Hizo una pausa buscando las palabras adecuadas con voz comedida—. Seguir otro camino. Era como una hermana para mí. Está claro que eres una vidente. Hay cosas que no conozco sobre la historia de este lugar. Puede que tú me ayudes a entenderlas.

Me la quedé mirando sin hablar. La certeza de que debería rechazar su oferta flaqueó. Ahora significaba algo distinto. La Madre le había hablado. Si incorporaba las piedras, tal vez la Madre pudiera hablarme aquí. Necesitaba la protección de Hildegarda a toda costa cuando visitase al rey. La cabeza me daba vueltas.

—¿Puedo pensármelo?

Hildegarda sonrió. Se le formaron arrugas alrededor de los ojos.

—Claro. Es una decisión de gran magnitud.

Estaba a punto de marcharme cuando me di cuenta de que tenía una última pregunta para ella. Incluso con su protección, me intimidaba la perspectiva de hablar en la corte.

—Todavía me siento incómoda por mi audiencia con el rey... o, mejor dicho, el emperador. ¿Consideraría enseñarme cómo hablar con él para no decir nada inapropiado?

Una sonrisa se desplegó despacio en el rostro de Hildegarda.

—Por supuesto. Puedo hacerlo, decidas unirte o no.

Me quedé con ella en la torre hasta tarde, hablando sobre cómo debía comportarme, cómo esperaría el emperador que me dirigiese a él. Le hablé de mi parecido con la princesa y se nos ocurrió un plan para usarlo en mi beneficio. Me hizo practicar la historia una y otra vez, corrigiéndome, haciéndome las preguntas que me haría el rey.

—Di la verdad —me decía, una y otra vez—. Frederick es un diplomático excelente. Si le ocultas algo, lo sabrá.

Intenté no pensar mucho en esto.

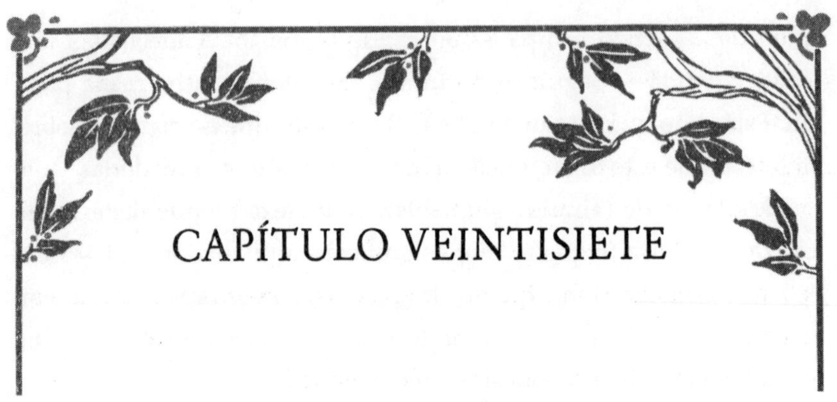

CAPÍTULO VEINTISIETE

Cuatro días antes de la visita a la corte del rey, encontré una mancha de color óxido en mi ropa interior. Me la quedé mirando y sentí un mareo distinto. El estómago me dio un vuelco, no podía creerlo. El aceite de rosas había funcionado. Cuando se lo conté a Walburga, chilló y aplaudió, y luego se ofreció a traerme musgo para ponérmelo en la muda y que absorbiera la sangre. Mientras esperaba a que regresara, me senté en el borde de la cama mirando el paño manchado y tratando de identificar mis sentimientos. Llevaba años rezando para que llegase este momento. Debería haberme sentido extasiada, pero me sorprendió que la felicidad que sentía fuese distante.

A medida que se acercaba el día en que partiríamos para ver al rey, me atormentaba mi próxima conversación con Hildegarda. Sabía que me preguntaría si había tomado una decisión sobre si unirme a la abadía y no tenía ni idea de qué le iba a responder. Mi cabeza me decía que aceptase iniciarme para que pudiera ofrecerme protección, pero mi corazón sabía que la vida en la abadía no me satisfaría. Mientras tanto, los mareos y las náuseas empeoraron. La luz del Padre se había vuelto tan brillante que no me dejaba ver nada más. En mi estado, comencé a dudar de poder viajar para contarle la historia al rey, si los síntomas no remitían.

La noche antes de la audiencia, estaba tumbada en camisón en la cama, dándole vueltas a qué hacer. Ya que nos marchábamos de la abadía, quería volver a comer el alrūne del huerto de mi madre, pero tenía mis dudas con romper la promesa que le había hecho a Hildegarda después de lo que había pasado con Kunegunde. Miré la tintura de reojo y me pregunté con qué cantidad mínima disuelta en la taza de agua por las mañanas podría salirme con la mía; nada de aquello tenía sentido si el Padre me hacía sentir tan mal. Pensé en el hijo del molinero, su peso entre mis brazos…, la forma en que Hildegarda se había estremecido cuando me habló de su sueño.

La fruta al fondo del morral me llamaba.

A la mañana siguiente, cuando el sol se asomó por entre los postigos, me sentí mejor que las semanas anteriores. En lugar de la luz cegadora del Padre, solo sentía la cercanía del otro mundo, la tensión en el aire. La única pega era la punzada de malestar que sentía sobre qué decirle a Hildegarda. Dejé la tintura sin tocar sobre la mesa y me concentré en qué me pondría para la audiencia con el rey. Mis mejores ropas, claro, el vestido y la capa que había hecho Matthäus. Me cepillé el pelo cien veces, como las princesas de los cuentos de mi madre. Envolví la daga, la guardé en el morral, murmuré una oración rápida y puse la fruta seca y la estatuilla en el saquito.

Comprobé mi reflejo en el espejo de mi madre. El pelo cepillado se veía rebelde, encrespado en hondas deshechas. Tenía los ojos mucho más claros que el día anterior, dorados y frenéticos. Con la capa granate parecía de la realeza, extraña, como la vidente en la que se suponía que me había convertido.

Cuando Walburga llegó unos momentos después con el desayuno, sonrió de felicidad cuando la invité a entrar.

—¡Ya estás mejor, señorita! —dijo con alegría—. Justo a tiempo. ¿No tienes hoy la audiencia con el rey?

Asentí mientras devoraba el desayuno. Estaba famélica. Llevaba semanas sin comer bien. Pero cuando iba por la mitad de la comida, me entró un ataque de nervios por si descubrían mi mentira.

—Lady Haelewise —dijo Walburga cuando dejé de comer—. ¿Qué ocurre? Pensaba que te encontrabas mejor.

La miré a los ojos, tratando de decidir hasta qué punto quería ser sincera con ella. Tenía una expresión franca, sin un ápice de juicio. Bajé la voz.

—He decidido decirle a madre Hildegarda que tomaré los hábitos.

—¿Por qué te preocupa?

—Me lo estoy pensado otra vez.

Walburga me aferró las manos. Su susurro fue casi inaudible.

—Haces bien en declarar tus intenciones antes de ver al rey, sin importar cuáles sean.

Le di un abrazo.

—Gracias por decirlo.

Ella asintió, pero su seguridad no alivió mi malestar.

—Te veré cuando vuelvas —me dijo antes de irse.

Tenía los ojos anegados en lágrimas cuando salió de la casa de invitados. La observé marchar; yo también tenía los ojos húmedos. Por un sexto sentido, temí que no volvería a verla.

Guardé mis cosas y encontré a la hermana Athanasia sentada a la mesa en la casa del guardia, leyendo un manuscrito ilustrado. Asintió cuando aparecí en el umbral, se puso de pie y me acompañó a la puerta.

—Madre Hildegarda ya está abajo.

Las bisagras emitieron un sonido solemne. Las llaves tintinearon cuando hizo girar la cerradura. Mantuvo la puerta abierta y, entonces, susurró con ardor:

—Buena suerte.

La abracé, invadida por otra oleada de ansiedad.

Athanasia debió de leer mi expresión.

—Madre Hildegarda no te dejaría ir si no estuviera segura de que puede protegerte.

Le dediqué una sonrisa triste, fingí que sus palabras me habían reconfortado y crucé la puerta. La tensión en el aire se disolvió y sentí que el otro mundo se alejaba.

Mientras bajaba los escalones, mi nerviosismo volvió. Abajo me asaltó el olor a estiércol que emanaba del establo. Cuando levanté la solapa, un tábano salió zumbando y un olor aún más fuerte parecido al otro me inundó las fosas nasales. Me llevé la manga a la nariz para taparlo. El mozo de cuadra estaba junto a un pesebre hablándole con suavidad a un caballo moteado.

—¿Lady Haelewise? —dijo al levantar la vista. Asentí—. Su caballo está listo.

A Nëbel se le iluminó la mirada cuando me vio. Alzó el hocico, lo acercó a mi palma y resopló aire cálido. Brincó, cambiando el peso de pata, como si no soportase estar más tiempo quieta.

—Me alegro de verte, chica —susurré.

Acercó el hocico a mí y relinchó otra vez mientras la desataba y la conducía fuera del establo. Se removía nerviosa mientras colocaba el morral en el arreo y me montaba.

—La procesión está esperando —dijo el mozo de cuadra.

Sus palabras me trajeron de vuela a la realidad. Guie a Nëbel a través de la portezuela. Respiré hondo, agradecida por el aire fresco. Acompañada del sonido de los cascos sobre el camino de piedra, atravesamos las puertas de la abadía. Fuera, cuatro guardias con jubones de cuero esperaban montados a caballo. Sonreí y deseé que me protegiesen si nos encontrábamos con los hombres de Ulrico. Un carruaje elegante aguardaba bajo un roble con ruedas de madera negra y adornos dorados. La parte de arriba estaba cubierta con una tela blanca inmaculada con una cruz de oro bordada, oscurecida solo por las sombras de las hojas.

Los guardias de la abadía se dieron la vuelta cuando cruzamos la puerta y los cascos de Nëbel resonaron por el camino. Uno de ellos gesticuló hacia el carruaje.

—Madre Hildegarda aguarda.

Desmonté y le tendí las riendas de Nëbel al guardia. Ella relinchó a modo de protesta y sacudió la cabeza de un lado a otro; me sobrevino una punzada de culpa. Le acuné el rostro con la mano y me disculpé.

La solapa del carruaje susurró cuando la aparté. Hildegarda y el hermano Volmar esperaban dentro. La luz del día se colaba a través de la copa del árbol e iluminaba el interior del carruaje. Inquieta, me senté en uno de los bancos. Hildegarda llevaba un hábito negro y de dos faldas con una toca blanca y un velo negro. Aquel día no lucía joyas ni diadema. Me sonrió.

—Hermano Volmar, esta es Haelewise. —Alargó el brazo para sacudirme una brizna de hierba del bajo de la capa—. Haelewise, el hermano Volmar nos acompañará para que mi audiencia con el emperador quede registrada.

—Que Dios esté contigo —dijo.

—Y contigo, hermano —respondí de forma automática.

—El asunto que debo tratar con el emperador es delicado —añadió Hildegarda cuando me acomodé en el asiento—. Está disgustado con una carta que le envió el papa. No se tomará bien lo que tengo que decirle. Esperamos que las noticias que tienes para él lo pongan de mejor humor. Lleva semanas tratando de identificar al asesino de su hija.

Carraspeé, preguntándome si había oído bien.

—Disculpe, madre, ¿acaba de decir que el emperador está disgustado con el papa?

Ella frunció el ceño.

—Sí, así es.

—Me parece bastante atrevido.

Ella se rio, un gorjeo leve y extraño.

—Es un hombre orgulloso. ¿Has tomado una decisión?

Ahí estaba. Sabía que aquel momento llegaría, lo había planeado, pero ahora que lo tenía delante, me paralizó la indecisión. El momento se alargó. Cerré los ojos reuniendo valor.

—Tomaré los hábitos —dije al final y me sentí mal por haber mentido incluso antes de terminar de hablar.

Hildegarda no pareció darse cuenta, o quizás atribuyó mi nerviosismo al peso de la elección. El amor en sus ojos, la alegría cuando me sonrió, casi parecían infinitos.

—No te haces una idea de lo mucho que me alegra, hija.

Hija. La palabra hizo que se me humedeciesen los ojos y se me cerró la garganta. Traté de calmar mis latidos, le devolví la sonrisa e intenté aparentar que no me sentía culpable.

CAPÍTULO VEINTIOCHO

Las torres del palacio proyectaban sombras largas cuando me bajé del carruaje. Madre Hildegarda salió después y el hermano Volmar la siguió, mascullando enfadado que le dolían los huesos. Durante el trayecto, Hildegarda había hablado sin cesar sobre la vida en la abadía, los pasos de las iniciadas. No pude dejar de preguntarme qué haría si descubría que solo había accedido a tomar los hábitos porque necesitaba su protección. Me inquietaba cada gesto, cada palabra, cada mínimo suspiro de agradecimiento, preocupada de que cualquiera de ellos revelase que pensaba escapar de su protección tan pronto como dejase de necesitarla. Para cuando llegamos, el nudo que tenía en el estómago era tan fuerte que me alivió tener la excusa de salir del carruaje. El sol de la tarde me bañó los brazos cuando fui a estirar las piernas, agradecida. No era normal el calor que hacía y le confería al mundo que me rodeaba un halo veraniego.

Así las riendas de Nëbel y ella relinchó con suavidad. Aparté mi autodesprecio a un lado tratando de centrarme en el palacio que tenía enfrente. Unos guardias bien armados estaban apostados fuera de la casa del guardia. Al principio, nos observaron con tranquilidad, pero empezaron a murmurar entre ellos a medida que nos acercábamos. Uno de ellos empalideció, retrocedió y se santiguó.

—¡Un fantasma! —dijo, señalándome—. Santa Madre de Dios, ¡un fantasma! —Metió la mano en el bolsillo y sacó un crucifijo—. *Pater Noster, qui es in caelis, sanctificetur normen tuum...*

Respiré hondo.

Tras nosotros, con voz queda, dos guardias reales comenzaron a discutir acerca de la identidad de mi caballo.

El capitán y dos de los hombres abandonaron su puesto para rodearme.

—¡La princesa! —exclamó uno de ellos tirando de la tela de mi capa.

—No puede ser —dijo otro—. ¡La enterramos hace un mes!

A mi lado, Nëbel rebuznó con nerviosismo.

Por un momento temí que le diera un ataque de pánico. Mis pensamientos iban a toda velocidad. La ansiedad me atenazó el pecho. Entonces, me tranquilicé y recordé lo que tenía que decir.

—Soy Haelewise de Gothel —alcé la voz, y esta resonó decidida—. No soy la princesa, sino una vidente que ha venido a vengar su muerte.

El capitán se detuvo y me miró de arriba abajo. Los otros se callaron, esperando a ver qué hacía. Entonces el capitán me observó y se santiguó, todavía con el rostro pálido.

Observé a la multitud.

—Tuve una visión del asesinato de la princesa. Tengo una audiencia con su majestad real imperial para contarle quién la mató.

—La chica dice la verdad —añadió Hildegarda a mi lado.

El capitán asintió despacio y sus hombres lo imitaron. Uno de ellos cruzó las puertas y regresó con un hombre calvo con medias negras. La túnica se le ceñía en torno al vientre redondo.

—Madre Hildegarda, supongo.

Ella asintió levemente con las manos unidas al frente.

—Dejadlos pasar —dijo—. El emperador los espera.

El capitán masculló algo en voz baja pero nos dejó pasar.

Seguimos al hombre calvo por las puertas.

Las viñas cubrían los muros exteriores de palacio. El patio estaba salpicado de estatuas y estanques. Nuestros pasos resonaban ominosamente sobre las piedras. Encima de los muros exteriores patrullaban más guardias. Al final del patio, un edificio rectangular se alzaba sobre las piedras, un atrio que rodeaba unas puertas pesadas de madera.

Dentro, las antorchas crepitaban al arder a ambos lados del pasillo. Las llamas proyectaban sombras en el suelo que parecían bailar con vida propia. En la tarima había dos tronos en los que se sentaban el rey, de mediana edad, con su barba pelirroja intensa, y su segunda esposa, de cabellos dorados. La madrastra de Rika, una de las mujeres del círculo que adoraban a la Madre en secreto; tenía los ojos dorado claro. *La reina Beatrice*. Estaba aquí, con él.

El corazón me dio un vuelco. *Otra oportunidad de unirme al círculo*, pensé. *Solo tengo que encontrar la manera de hablar con ella en privado.*

Beatrice llevaba un vestido azul pálido, una corona y un pañuelo en la cabeza. Las trenzas de oro, que brillaban tanto como sus ojos, le llegaban hasta los tobillos. A medida que nos acercábamos, me di cuenta del motivo por el que relucían de ese modo: estaban entretejidas con hilos de oro. Era mucho más joven de lo que esperaba, apenas mayor que yo, aunque su porte la hacía mayor. Cuando se rio de algo que había dicho el rey, de entrada me pareció que era la mujer ideal —hermosa, femenina, con el rostro modestamente cubierto con lino sin teñir—, hasta que la miré más de cerca y vi el brillo en sus ojos, desafiantes, como si retara a que cualquiera se atreviera a enfadarla.

Recé que se fijase en el color de mis ojos; estaba impaciente por hablar con ella. *¿Cómo demonios podría encontrarme con ella a solas?*, me pregunté.

El rey llevaba un crucifijo grande de oro colgado al cuello, una túnica negra, una capa borgoña y medias doradas. En la cabeza, portaba una corona enorme enjoyada con una gran cruz que le brillaba en la frente.

Cuando llegamos frente a ellos, me arrodillé como Hildegarda me había aconsejado.

—Su majestad imperial y real.

El rey me clavó la mirada. Parpadeó una, dos veces, y luego bramó con la voz rota de la emoción:

—¡¿Qué clase de broma es esta?!

Hildegarda y el hermano Volmar agacharon la cabeza. La abadesa tomó aire.

—No, su majestad imperial y real. Es la vidente de la que os hablé, Haelewise de Gothel. Acudió a mí con noticias sobre la muerte de su hija. No mencioné su aspecto en la carta porque sabía que debíais verla vos mismo. Creo que el parecido con su hija es una señal del Señor para que escuchemos lo que tiene que decir respecto a vuestra búsqueda de venganza por la muerte de Frederika.

El salón permaneció en silencio. Tras nosotros, los guardias cambiaron de postura intranquilos, esperando a ver qué decía el rey.

—Mírame —ordenó la reina. Cuando la miré a los ojos, algo le cruzó el rostro—. Su nariz es distinta, Frederick. Y sus ojos son dorados.

Me inundó la esperanza. Era tan fuerte que casi olvidé por qué había ido allí. Necesité toda mi fuerza de voluntad para bajar la mirada y dirigirme al rey para continuar con el discurso que había practicado.

—Disculpadme por mi parecido, majestad. Espero que no sea muy doloroso que haya acudido a vos con la muerte de vuestra hija tan reciente.

Observé su reacción a través de las pestañas. Un momento después, el rey asintió.

—Levanta.

Me erguí. Sus ojos se clavaron en los míos. Una de las joyas de la corona brillaba con tanta intensidad que me costaba mirarlo directamente. Era una joya roja deslumbrante con un extraño destello blanco.

Se removió en el asiento; tenía los nudillos blancos de apretar los reposabrazos y la mandíbula agarrotada.

La reina posó la mano sobre la suya. Él se la quitó de encima.

—Dinos lo que sabes —dijo, fulminándome con la mirada.

Hice una inclinación de cabeza y comencé a recitar el discurso que había practicado con Hildegarda.

—Su majestad imperial y real, estoy a merced de vuestra corte. Soy vuestra humilde sierva. —Veía los ojos del rey clavados en mí. El corazón me martilleaba en el pecho. Introduje la mano en el morral para apretar la estatuilla y recé para que todo saliera bien—. Traigo tristes noticias. Soñé con la muerte de vuestra hija antes de que fuese asesinada.

Él apretó el reposabrazos del trono. La reina se inclinó hacia delante y me observó atentamente. La miré a los ojos. Pensé que había visto algo en su rostro otra vez. Una plegaria silenciosa brotó de mi pecho.

Cuando volví a dirigirme al rey, me centré en lo que Ulrico había hecho hasta que solo fui consciente del odio.

—En el sueño, vi a un hombre enmascarado —dije con amargura—. Apuñaló a una chica vestida con harapos cuyo rostro no pude ver. Yo había adoptado la forma de un ave rapaz y descendí sobre él para destrozarlo con las garras. Tuve el mismo sueño cada noche durante varias semanas.

La expresión de la reina no dejó entrever nada.

Me puse derecha.

—Hasta que, un día, mientras recolectaba hierbas cerca de mi hogar ancestral, vi al hombre enmascarado abalanzarse sobre vuestra hija. Perdóneme, su majestad imperial y real. No la reconocí por su atuendo ajado. Ahora comprendo que se había disfrazado de campesina. Entonces vi que el hombre enmascarado llevaba los colores del príncipe Ulrico. El caballo portaba su estandarte. Lo escuché increparla por haberse escapado del castillo, por haber traicionado su compromiso con el príncipe. Le disparó con una flecha de Zähringen para inculpar al duque, pero la daga que utilizó era indudablemente de Ulrico...

El rey se puso en pie.

—¿Te ha enviado Zähringen? Nos han llegado noticias de una tal Haelewise que se rumorea que es su espía.

Hildegarda me apoyó una mano en el hombro.

—Enséñasela.

Saqué la daga envuelta en un paño, me arrodillé y la sostuve en alto como ofrecimiento.

—Al asesino se le cayó la daga con las prisas de escapar. La traigo ante vos como prueba.

Hubo movimiento tras de mí. Un momento después, un guardia me quitó la daga de las manos y se la acercó al rey. La sala del trono permaneció en silencio mientras la inspeccionaba. Se puso pálido cuando vio la insignia en la empuñadura.

—La flecha —gritó el rey—. Ulrico nos trajo la cabeza del asesino...

—Pudo haber robado la flecha —dijo la reina—. Decapitado a uno de sus hombres. Lo único que les importa a él y a Albrecht es el poder. ¡Te lo dije!

—Estaban comprometidos. Le prometí Scafhusun. ¿Por qué la mataría?

La incredulidad del rey me destrozó. Esperaba que la daga fuese prueba suficiente. Traté de pensar en otra manera de convencerle. Si le contaba que Rika se había casado en secreto con otra persona, entendería por qué Ulrico había actuado así.

—Rika se casó con un campesino —dije con suavidad, la cabeza gacha, y me disculpé con ella para mis adentros. *Perdóname. Ulrico debe ser castigado.*

—¡¿Qué?! —tronó el rey.

Respiré hondo. Si jugaba bien mis cartas, podría acusar a Ulrico y, aun así, proteger a Daniel.

—Ulrico lo descubrió. Los mató a ambos, pero solo os trajo el cuerpo de ella.

Hildegarda se tensó a mi lado, alarmada porque me había desviado de la historia que le había contado.

El rey paseó la mirada entre la reina y yo. Desvié los ojos. Cuando habló al fin, controló el tono, contenido y tenso por la rabia.

—¿Por qué no lo has mencionado antes?

—Su majestad imperial y real. —Agaché la cabeza—. Perdonadme. No pensé que fuera relevante.

—¿Por qué le contaste a Ulrico que eras una Kürenberg?

—Tenía miedo de revelar mi verdadero nombre. Yo sabía que él era el asesino.

El rey me fulminó con la mirada.

—Hace dos semanas, un Kürenberg acudió a nosotros para informar de que el príncipe Ulrico había enviado guardias a su hogar. Le dijeron que estaban buscando a Haelewise de Kürenberg y afirmaban que se trataba de una espía Zähringen implicada en el asesinato de mi hija. Dijo que no eras tal cosa. Quería limpiar tu nombre.

El corazón me dio un vuelco. ¿Por eso la casa de Matthäus estaba desordenada? *No,* pensé. *No, no, no…*

—¿Dónde? ¿Qué ocurrió? ¿Lo tenéis bajo custodia? —dije con voz aguda.

—¿Por qué te importa, si no eres una Kürenberg?

Cerré los ojos tratando de tragarme la culpa. Solo podía pensar en Matthäus. Me forcé a concentrarme en lo que había dicho el rey. Me había hecho una pregunta, por qué me importaba. Decidí contarle la verdad.

—Me arrepiento de que mi mentira haya ocasionado algún daño a otras personas.

—Deberías haber acudido antes a nosotros. Ya hemos emitido una sentencia de muerte contra Zähringen. Si es inocente…

—Mis disculpas, majestad —dije con una leve inclinación. Sentí una punzada repentina por el hombre que le había dado a Matthäus el rosario—. Mi error ha sido no haber acudido antes a vos.

A esto siguió un largo silencio.

El rey suspiró.

—¡Traedme a Ulrico!

Mientras varios guardias se apresuraban a salir, Hildegarda carraspeó.

—Su majestad imperial y real, espero que mi hija os haya resultado de ayuda. Como bien sabéis, hay otra cuestión sobre la que deseaba hablar con vos. ¿Podría comentároslo ahora?

El rey parpadeó como si se hubiera olvidado de que estaba allí.

—No tenemos tiempo para sermones, hermana. Primero debemos resolver el asunto del asesinato de mi hija. ¡Guardias!

Los que estaban apostados a ambos lados de la tarima dieron un paso adelante, aguardando sus órdenes.

—Encerradla en los aposentos oeste.

Se me paró el corazón. ¿Iban a encarcelarme? Me volví hacia Beatrice, desesperada.

—Mi reina —susurré, agitada, tratando de llamar su atención. Ella me devolvió la mirada y sus ojos áureos llamearon.

Pensé rápido, buscando algo que decir que pudiese despertar su interés sin revelarle a nadie más que era una hereje. Tenía que llamar su atención. Los pensamientos se me agolparon. Las historias sobre su infancia, la hechicera que la crio. Puede que Hildegarda no las conociese. Al parecer, los nobles solían desdeñar ese tipo de conversaciones.

Le sonreí a la reina, aparentando ser lo bastante servil como para que nadie más supiera qué me proponía. Hice una reverencia.

—Ha sido un honor conoceros. Mi madre me habló muy bien de vuestra abuela.

Beatrice parpadeó y alzó las cejas con tanta ligereza que no supe decir si me lo había imaginado.

Hildegarda me miró de manera inquisitiva y luego sacudió la cabeza, aparentemente para desestimar mi comentario como un cumplido inocente. Se dirigió al rey.

—Esperaré con mi hija, majestad, si se me permite.

—Está bien. —Se volvió a los guardias—. Vigilad que no hablen a solas.

CAPÍTULO VEINTINUEVE

Dos de los guardias del rey nos encerraron en los aposentos oeste, un lugar oscuro, sin ventanas, con eco y suelo de piedra. Mientras encendían las antorchas que colgaban de las paredes, quedó a la vista una mesa con unos adornos ridículos en el centro de la estancia. Era de madera con unos grabados complejos y el emblema del rey pintado en el centro. Había bancos contra las paredes. Tres puertas conducían a otras estancias, sin duda, decoradas con el mismo lujo. Me senté en uno de los bancos, anegada en un mar de miedo y culpa por haber puesto a Matthäus en peligro.

Hildegarda se sentó frente a mí con una expresión de frustración. Cuando me miró, estaba seria. Durante una fracción de segundo, temí que fuera a preguntarme por el comentario que le había hecho a Beatrice, pero no era de eso de lo que quería hablar.

—¿Por qué no me advertiste de que le habías dicho a Ulrico un nombre falso? Podríamos habernos preparado.

Parpadeé. Aquel error era el menor de mis problemas. Me encogí de hombros, irritada por que se mostrase más preocupada por perder ventaja que otra cosa. Para alguien que afirma servir solo a la casa de Dios, parece extremadamente preocupada por ganarse la aprobación del rey. Pero ahora, más que nunca, necesitaba su protección, así que no podía permitirme mostrar mi enfado.

—Se me olvidó. Lo siento.

—Y la historia sobre el marido campesino de Frederika. —Le tembló la voz de la frustración—. ¿Es eso cierto?

Al devolverle la mirada, me di cuenta de cuán peligrosa había sido aquella revelación. Una devota debía ser sincera. Asentí y me abracé.

Me miró con ojos suplicantes y confusos.

—¿Por qué no me lo contaste?

Parpadeé. Kunegunde se habría mostrado fría y no habría respondido; en cambio, la abadesa me ofrecía compasión, una súplica para entenderlo. La culpa me sacudió el pecho. No era nada. Si supiera las demás mentiras que le había contado. Respiré hondo y decidí que lo mejor sería decir la verdad. Este era el tipo de mentiras que hasta una devota condenaría.

—Lo del marido es real —susurré—. Pero sigue vivo. Intento protegerlo.

—Ah —musitó Hildegarda con los ojos abiertos. Un momento después asintió una vez para dejar el tema a un lado y supe que me había perdonado por aquella decepción.

Después de eso, me retiré a una de las habitaciones temprano, preocupada de que, por el cansancio y mi estado emocional, cometería algún error que levantara las sospechas de Hildegarda aún más. Mientras me desvestía, pensé en mi audiencia con el rey, inquieta por lo mal que había ido. ¿Cuánto tiempo estaríamos aquí? ¿Dónde estaría Matthäus en esos momentos? ¿Estaría bien? ¿Habría llamado la atención de la reina con aquella afirmación?

En la cama, le recé a la Madre para que me guiase, pero no escuché la voz ni tuve visiones. Froté las curvas de la estatuilla, desesperada por comprender por qué guardaba silencio ahora, cuando más la necesitaba. Por lo que sabía, no había ninguna bendición en estos terrenos. Me quedé dormida con una preocupación febril por la seguridad de Matthäus y me sentí inexorablemente perdida. Desde la muerte de Rika, había seguido los consejos de la madre lo mejor que había podido. ¿Qué error había cometido para acabar encerrada en estos aposentos? ¿Por qué había ido tan sumamente mal la audiencia con el rey?

Estuvimos encerradas en esas estancias durante días. Cada mañana, los guardias nos traían comida y les preguntaba si habían encontrado a Ulrico, pero siempre respondían que no. Durante el desayuno, Hildegarda hablaba felizmente sobre los votos que tomaría en breve, como si no tuviese ninguna duda de que volvería con ella. Intenté mostrarme entusiasmada, pero mi humor sombrío hacía cada vez más difícil mantener la farsa a medida que transcurrían los días.

Hildegarda y Volmar dedicaban la mayor parte del tiempo a estar sentados a la mesa del centro, el monje escribiendo lo que Hildegarda le dictaba para el espéculo en el que estaba trabajando; decían que se trataba de una enciclopedia de las propiedades ocultas de todos los elementos de la creación de Dios. Después de que los guardias nos trajesen la cena, Hildegarda se pasaba las noches en su habitación en un estado de contemplación. La oía murmurar oraciones al otro lado de la puerta.

Los días se convirtieron en semanas, la reina no veía y las esperanzas de haber despertado su interés se esfumaron. Estaba desconsolada, incapaz de mantener la mentira de que quería una vida consagrada. Cuando Hildegarda hablaba sobre las órdenes religiosas, yo asentía con educación. Hildegarda y Volmar comenzaron a impacientarse. Una mañana, durante la tercera semana de confinamiento, los oí hablar en la habitación de al lado cuando pensaban que estaba dormida. A través de la puerta, escuché a Hildegarda expresarle mis dudas al monje acerca de mi compromiso con los votos. Quería saber si él había notado que había perdido el interés. Como le dijo que no estaba seguro, ella le comentó su preocupación porque todavía no hubiesen apresado a Ulrico. Dijo que debía de haberse escondido y que quizá había llegado el momento de abandonar este lugar. Durante el desayuno, advertí que me miraba, analizándome con sus ojos dorados claros, como si pudiera descifrar mi verdadera naturaleza a través de la observación. *Si se va sin mí,* me pregunté, *¿me relegará el rey a alguna prisión mucho peor?* ¿Era ella lo único que impedía que me metiesen en una mazmorra?

Durante el resto de aquel día, intenté de nuevo mantener la farsa sobre mi compromiso con la vida religiosa. Procuré serles útil a Hildegarda y a Volmar. Me senté con ellos mientras trabajaban en el espéculo, les hacía preguntas y trataba de proyectar interés en el trabajo religioso.

No mucho después del cambio de guardia nocturno, estaba sentada en el banco escuchando a Hildegarda describir las cualidades del cuarzo rosa a Volmar cuando oímos pasos fuera.

Una llave giró en la puerta.

La reina se apresuró a entrar con las trenzas doradas sujetas alrededor de la cabeza como si fuesen una corona. Se me disparó el corazón cuando se volvió hacia los guardias. Había venido, por fin, después de todo este tiempo.

—Marchaos —les dijo con un ademán para que saliesen—. Repartíos por el pasillo.

Los guardias marcharon deprisa, sin duda aliviados de escapar de la monotonía del puesto.

—Perdóname, Haelewise —me dijo con una mirada de ojos orgullosos, regios, dorados—. Me habría gustado venir antes, pero tenía que esperar a que ambos guardias fueran de los míos. ¿Quién eres en realidad?

Se me inundó el pecho de alivio. Para mis adentros, dije una plegaria rápida de agradecimiento.

—Me llamo Haelewise de Gothel, su majestad imperial y real. Soy hija de Hedda, la matrona, y de un pescador cuyo nombre no diré.

—Es postulante en la abadía —añadió Hildegarda.

La reina me miró a los ojos con el ceño fruncido.

—Pero eres una de nosotras.

Volmar entornó la mirada con sospecha.

—¿Una de quiénes?

Beatrice lo ignoró y se dirigió a Hildegarda.

—Tomas alrūne. Las dos. Lo veo en vuestros ojos.

—Tomamos una tintura hecha con la raíz bendita —la corrigió Hildegarda mirando de reojo al monje.

—Os he hecho una pregunta —le recordó Volmar a Beatrice—. Responded.

La risa de Beatrice tintineó cada vez más fuerte mientras se volvía hacia él con una sonrisa tensa.

—Déjame que te recuerdes que estás en un palacio imperial. Y yo soy la reina y emperatriz. Puedo ordenar que te arresten por el simple placer de hacerlo.

Volmar se puso muy rojo y empezaron a latirle las venas de las sienes.

Beatrice le dedicó una sonrisa bonita, como si estuviese satisfecha por haberlo mortificado. Luego se dirigió a mí.

—Haelewise, este suspense es un tormento. ¿Eres una de nosotras o no?

Respiré hondo. Ahí estaba. Mi oportunidad. Pero no podía pedirle que me incluyese en el círculo en frente de Hildegarda sin destapar la farsa. Si la reina me rechazaba, no me quedaría nada.

—¿Haelewise? —preguntó Hildegarda, preocupada—. ¿Por qué no dices nada? ¿A qué se refiere?

Cerré los ojos con una presión repentina en las sienes.

—No soy una de vosotras —dije y alcé la mirada para encontrarme con los ojos de la reina. Mi voz retumbó—. Pero desearía serlo.

Los aposentos se quedaron en silencio un largo instante.

La reina se rio con alegría; tenía los ojos rebosantes de placer.

—*Mervoillos!* ¿Cómo supiste de nuestra existencia?

—Por Frederika y Ursilda.

—¿Haelewise? —preguntó Hildegarda con consternación—. ¿Qué estás diciendo?

Solté un largo suspiro y saqué la estatuilla del morral, aunque temí que hacerlo me alejaría de Hildegarda de una vez por todas. Sin embargo, no tenía otra opción, y si la figura me ayudaba a ganarme la confianza de la reina, no importaba lo que Hildegarda pensara.

—Me la dio mi madre —dije sosteniéndola en alto.

—¿Qué es? —dijo Hildegarda observando el amuleto en mi mano.

El hermano Volmar lo agarró y lo miró con desdén.

—Es una abominación pagana, ¡como la que destruimos en el santuario!

Volmar le mostró la estatuilla. Observé el rostro de Hildegarda cuando reconoció lo que tenía entre las manos. Por un segundo, me pareció ver un arrepentimiento muy complejo. Entonces, su rostro se volvió una máscara.

—Debemos destruirla de inmediato —dijo Volmar con un tono escueto, la dejó en la mesa y recorrió la habitación con la mirada, supuse que en busca de algo con lo que destrozarla.

A la reina se le ensancharon los ojos cuando vio lo que Volmar quería destruir.

—De ninguna manera —dijo, y luego se volvió hacia mí—. Pensé que eras una de nosotras. —Su risa era como unas campanillas tintineantes.

—Hildegarda —dijo Volmar, de repente furioso—. Tu nueva postulante no es adecuada. Es una hereje.

Beatrice esbozó una sonrisa tensa.

—No tienes ni idea de lo que es. Piensas que sí, pero lo único que sabes es la idea que tiene tu Iglesia de ella.

Volmar se irguió indignado.

—Las ideas de nuestro Dios son lo único que existe. —Nos señaló a la reina, a Hildegarda y a mí—. Todos nosotros, la tierra sobre la que caminamos, estos jardines, esta tierra. Incluso el demonio que vive en esa *cosa* —señaló la estatuilla— fue creado por Dios para poner a prueba a los fieles. Si negáis ese hecho, encontraréis vuestro lugar en el infierno.

Hildegarda comentó algo en la lengua de los curas con expresión seria. La reina resopló.

—*Qui beffe!*

Antes de que alguien pudiera detenerme, recuperé la estatuilla.

Hildegarda se volvió hacia mí con los labios muy apretados.

—Escucha las palabras del hermano Volmar, Haelewise —dijo—. Hay verdad en ellas.

Sus ojos revolotearon un breve instante hacia los míos y luego los cerró. El comportamiento de Volmar cambió por completo cuando vio a Hildegarda y compuso una expresión de pánico. Un segundo después, ella dejó escapar un gemido débil y se desplomó. Él se adelantó con un gesto torpe para sujetarla, mirando a todas partes para encontrar algo a donde agarrarse él mismo. Por pequeña que fuese Hildegarda, Volmar era demasiado débil como para sostenerla erguida mucho tiempo. Un momento después, Hildegarda se recuperó y se enderezó entre sus brazos. Se tapó los ojos por la luz de la antorcha. Me miró con los ojos entornados, tenía la voz ronca.

—La Luz Viviente me ha ordenado que te aceptase. —Desvió la mirada hacia Volmar y a la estatuilla en mis manos—. Si te arrepientes, podrás volver conmigo a la abadía. Destroza esa cosa demoniaca, confiesa y Dios, nuestro Señor, te perdonará.

La reina me observaba con una ceja alzada; los cabellos dorado claro que se le habían soltado de las trenzas le enmarcaban el rostro.

Hildegarda estaba esperando a ver qué hacía. Sabía que trataba de salvarme para que no me marcasen como hereje, pero romper la estatuilla no era una opción. La apreté con fuerza.

—Madre, no puedo. Me la regaló mi difunda madre.

Hildegarda le dedicó una mirada a Volmar, que parecía escandalizado. Negó con la cabeza.

—Es la única manera, Haelewise. Estás a prueba.

Me puse rígida, enfadada por que me hubiera dicho algo así.

—No hay ninguna prueba, madre. La voz que me habla no es la de un demonio. Sabe tan bien como yo que hay otros dioses aparte del vuestro…

Volmar ahogó una exclamación.

—Una sombra, así como una luz.

Hildegarda abrió la boca, como si mis palabras le hubiesen golpeado la garganta con un ariete. Sus ojos revoloteaban entre Volmar y la esquina de la habitación donde se arremolinaban las sombras.

Unos escalofríos me recorrieron el cuerpo entero. El aire se tensó. La voz que oí no fue un susurro, sino un sonido furioso como el zumbido de mil abejas. *El dios es la diosa…*

La reina se arrodilló con los ojos como platos. La había oído.

Por la expresión que cruzó el rostro de Hildegarda, me di cuenta de que ella también la había oído... o, al menos, que había notado un cambio sobrenatural en el ambiente.

—¿Qué? —le preguntó el monje a la abadesa—. ¿Qué me he perdido?

Beatrice alzó la mirada al tiempo que negaba con la cabeza.

—*Une mervoille,* monje. Tu demonio ha hablado.

El hermano Volmar empalideció. Se santiguó.

Hildegarda le dedicó una mirada penetrante a la reina con una expresión envenenada. Luego apretó los labios con fuerza y se puso en pie respirando profundamente. Nunca olvidaré la frialdad con que me miró. Sabía que le había mentido y estaba herida.

—Ya no podrás volver con nosotros —dijo con voz grave—. Has demostrado que eres una hereje.

El hermano Volmar salió por la puerta hecho una furia.

Hildegarda se detuvo tras él y se inclinó hacia mí.

—Estás cometiendo un error —me susurró con urgencia en voz lo bastante baja para que el monje no lo oyera.

No sabía qué decir. No podía librarme de la culpa.

—Lo siento —fue todo lo que pude responder.

Ella miró por encima del hombro para asegurarse de que Volmar no estuviera mirando y, entonces, me tomó la mano y me dio un apretón. Compuso una expresión afligida. Sentí una tristeza enorme, la sensación de la posibilidad cada vez más pequeña, cuando salió.

Los ojos me escocían por las lágrimas. Su decepción me pesaba como si tuviera una piedra al cuello.

La puerta se cerró. Me enderecé, tratando de controlar mis emociones. Tenía que concentrarme en la reina.

Beatrice me estaba observando con una expresión asombrada. Tenía lágrimas en los ojos.

—Ha sido precioso.

Abrí la mano y contemplé la estatuilla, sus pechos, sus alas.

—¿Quién es en realidad? A veces me trae consuelo. Otras, me asusta. No lo entiendo.

Beatrice se rio.

—Algunos dicen que es la diosa de la muerte o la venganza. Otros la relacionan con el amor o la muerte. En las historias antiguas, es la esposa del padre sol, la luna que lo persigue a través del firmamento. Lo cierto es que es todas ellas. Es una incomprendida. La Iglesia solo permite mostrar algunos aspectos superficiales en la Virgen María, el Espíritu Santo, pero sí dejan que el Padre sea él mismo, un todo de amor, venganza e ira.

Sus palabras quedaron suspendidas en el aire. Me estremecí al recordar lo que la Madre me había pedido que hiciera en el santuario. *Vuelve a unirme.* De repente, todo cobró sentido. Miré a la reina, asombrada, decidida.

—Quiero tomar el juramento.

Ella alzó las cejas.

—Tu abuela, con la que dices que estuviste en el bosque, ¿es Kunegunde? ¿El Gothel de tu nombre es su torre?

—Sí. —La observé con cuidado, tratando de decidir si debía contarle más. Necesitaba ganarme su confianza—. He sido su aprendiz durante el invierno.

—Eso pensé. ¿Eres matrona, entonces? ¿Conoces las artes curativas?

—Sí —dije.

Ella asintió, había decidido algo. Se aclaró la garganta.

—Debería disculparme por la decisión de mi marido de encerrarte con tan poca ceremonia. Su juicio ha estado, cómo se dice, *alterado* desde la muerte de Frederika. Su mal humor ha sacado lo peor de él.

—¿Ha encontrado ya a Ulrico?

Ella negó enfadada con la cabeza.

—Cuando la guardia real llegó al castillo, Albrecht les dijo que su hijo estaba de cacería. Lo han estado buscando en el bosque, pero tiene la piel de lobo.

Me inundó la rabia.

—La muerte de Rika no puede quedar impune.

Beatriz asintió con una expresión cautelosa.

—Haré lo que esté en mi mano para asegurarme de ello, te lo prometo, pero hay ciertos límites.

Negué con la cabeza. El viaje hasta aquí, la visita a la corte de Frederika, ¿sería en vano? Hubo algo en la cautela de la reina que me hizo pensar que había un significado oculto en sus palabras. ¿Qué iba a hacer ella para castigarlo? ¿Era parte de lo que hacía el círculo: enmendar males como este, restaurar el lugar de la Madre en la Tierra?

Me miró fijamente, su expresión comenzó a tornarse seria.

—Creo que hay algo que puedes hacer para ayudar. Deberíamos ir a un lugar más privado.

Me tomó de la mano y me sacó de la habitación. Los guardias hicieron una reverencia cuando pasamos junto a ellos.

Me guio a través del patio de piedra, que brillaba a la luz de la luna creciente. Desde allí, nos dirigimos al ala norte del palacio, donde había otro guardia apostado junto a una puerta cerrada con llave. Asintió cuando la reina sacó un manojo de llaves para abrirla. Dentro había un salón muy decorado con una serie de puertas. La última habitación tenía las cortinas pesadas corridas para que la luz del sol pudiese atravesar los postigos de las ventanas. Había una cama con un dosel azul claro. Sobre la mesa del centro de la habitación había una jofaina blanca cubierta con los mismos símbolos dorados grabados en los espejos y el bebedero para pájaros. La reina me empujó hacia la mesa y empujó la puerta antes de encerrarnos dentro.

—Se trata de un juramento de sangre —dijo en voz queda—. Debes hacer un sacrificio, demostrar tu lealtad. Y luego jurar mantener el secreto. ¿Estás dispuesta a hacerlo?

Sus palabras flotaron en el aire. Un alivio sin complicaciones me recorrió; sentía la certeza en los huesos. Ahí estaba, la oportunidad de redimirme, de demostrar que el don de mi madre no había sido en vano. Mi primer instinto fue lanzarme de cabeza. Luego me entraron las preocupaciones. Ya me habían arrebatado este camino antes. *No te hagas ilusiones,* dijo una vocecita en mi interior. *Sin duda, fracasarás, como has fracasado en todo lo demás.*

Aplasté el pensamiento, lo empujé al fondo y, por una vez, me negué a que el pesimismo me controlase.

—Haré lo que queráis.

Ella me miró a los ojos.

—¿Estás segura?

—Nunca he estado más segura de nada.

Permaneció un momento en silencio mientras me observaba.

—Muy bien —dijo por fin—. Lo primero que debes saber es que la estatuilla es poderosa. Si la frotas, atraes poder del otro mundo a este. Puedes utilizarlo para mejorar la sensibilidad de tu don.

Asentí con lágrimas en los ojos.

—¿Sabéis cómo puedo usarlo para convocar a mi madre? Una vez la llamé con él o, al menos, creo que eso hice.

—No —dijo con un tono de disculpa—. Pero alguien del círculo sí sabrá cómo. —Señaló la jofaina—. ¿Los habías visto antes?

—Kunegunde tiene uno. Los símbolos. ¿Es la lengua antigua?

—Sí —dijo—. Son runas. Todas las conocíamos hace tiempo. Me encantaría que recordásemos más. Hay poder en estas palabras.

Me dedicó un ademán para que cerrase las cortinas. Cuando la habitación quedó a oscuras, encendió una vela blanca junto a la jofaina. Asió la jarra del tocador y vertió agua en el cuenco. Luego me hizo un gesto para que me acercase. Mientras lo hacía, comenzó a mover los labios murmurando un extraño encantamiento. Las palabras eran hipnotizantes, repetitivas, con un ritmo melódico como el cántico de Kunegunde.

—Roudos, roudos. Ursilda osmi und deiko me.

Mientras hablaba, el aire se tensó y sentí el agua vibrar. Se formaron ondulaciones y un temblor burbujeó en su interior. Por un instante, brilló con la neblina y los colores se arremolinaron en la superficie. Jadeé cuando la imagen en el agua se volvió nítida. La princesa Ursilda, ahora muy embarazada, estaba tendida con el pelo revuelto y rodeada de almohadas en una cama opulenta. Mientras la observábamos, una criada le llevó un plato de comida. Ursilda gimió y lo apartó mientras se abrazaba el vientre. La reina la señaló; acercó tanto el dedo al agua que la imagen de Ursilda se onduló.

—La princesa Ursilda saldrá de cuentas en cualquier momento. Hoy he descubierto que esa mujer —Beatrice señaló a la criada que estaba junto al lecho— es la nueva matrona de Ursilda que mi esposo le envió en secreto hace una semana.

Alcé las cejas, preocupada por su tono lúgubre, y observé a la criada rubia de aspecto inocente. En el plato había un montón de hojas que parecían arrugadas.

—La matrona ha estado envenenando a Ursilda y al bebé.

Me quedé mirando las hojas del plato, horrorizada.

—¿Qué? ¿Por qué?

—Frederick ha perdido el juicio. Está desconsolado. Como no puede llegar hasta Ulrico, la misión de la matrona —señaló a la sirvienta en la jofaina— es matar a Ursilda y al bebé. —Se le quebró la voz—. Antes me enfrenté a él cuando lo descubrí. Intenté decirle que Ursilda no tiene nada que ver con el asesinato, pero Frederick se ha vuelto loco por la pena.

La miré fijamente, incrédula. Ursilda había sido muy amable conmigo aquella noche en el salón. Mi corazón estaba con ella. Entendía la ira que un padre podía sentir ante la muerte de un hijo, pero matar a una mujer inocente y a su bebé como venganza contra el hermano de la mujer mostraba un nivel de crueldad que parecía incomprensible. Sacudí la cabeza para tratar de aclararme. Había algo que no entendía.

—Si podéis conjurar imágenes en la jofaina, ¿por qué no la usasteis para encontrar a Frederika?

—Eso hice —dijo—. Pero lo único que pude ver fue que estaba viviendo en una especie de asentamiento en la montaña. Y me preocupaba su seguridad si Frederick descubría con quién estaba.

Beatrice me miró y supe a qué se refería. No se lo había contado. La imagen en la jofaina se disipó hasta que lo único que quedó fue el agua ondeando sobre las runas.

—Ursilda es como una hermana para mí. Crecimos juntas. No puedo advertirla con el *spiegel* de agua a menos que ella también lance el hechizo. Necesito que alguien vaya con ella. Desearía ir yo misma, pero Frederick repararía en mi ausencia y enviaría a sus hombres tras de mí. Que estés aquí es una bendición. Como matrona, puedes asistir el parto y curar a Ursilda después de librarte de la asesina.

Librarme de la asesina, pensé respirando profundamente. Sonaba peligroso. Pero aquello explicaba por qué la audiencia con el rey había ido tan mal. Debía estar aquí cuando Beatrice descubriese esta amenaza.

—¿Conoces los antídotos generales para el veneno?

Asentí.

—Ursilda los necesitará.

Pensé en lo que había dicho. Estaba claro que su esposo era una persona peligrosa y que no había que enfadarlo.

—¿No esperará el rey que permanezca aquí?

—Sí —suspiró—. Pero puede que no te llame en semanas. Para entonces, te habrás marchado hace mucho.

Asentí mientras contemplaba su plan. Quería unirme al círculo —cumplir la promesa que yacía dormida en mi interior—, pero su marido podía considerarse la persona más peligrosa del mundo.

—Para empezar, ¿cómo pudo prometer el rey a su hija a alguien como Ulrico?

Su expresión se ensombreció.

—Intenté decírselo, créeme. Pero Frederick piensa que la piel de lobo es un cuento de viejas. Ulrico puede ser engañosamente encantador.

Un espasmo de risa, pura y oscura, me salió del pecho.

Beatrice me miró confundida.

Me recompuse.

—*Encantador* no es la palabra que yo usaría. Cuando lo conocí, intentó arrebatarme mi virtud. —Esta vez, no tuve problemas en decir aquellas palabras. Mi voz sonaba dura. Aquellas últimas semanas habían enjaulado el recuerdo de esa noche en una bola cristalina de ira—. Supongo que se podría decir que fue *vehemente* conmigo. Casi no escapo con vida.

A Beatrice se le contrajo el rostro. Se le anegaron los ojos de lágrimas.

—¿Por qué los hombres tienen que ser tan...? —Se quedó sin aliento. No terminó la frase. La miré y sentí su desesperación—. Lo siento, Haelewise. Para ellos es un juego. Somos como peones en un tablero de ajedrez que mueven a su antojo.

Una oleada de simpatía me recorrió. Por Ursilda, por Rika, por todas las mujeres que se habían visto atrapadas en este juego. Las habían representado mal en los cotilleos, en las historias que la gente contaba junto al fuego. No era culpa suya qué hombres pedían su mano en matrimonio, qué tierras pertenecían a sus familias, con qué casas estaban enfrentados sus padres o esposos. Ninguna de nosotras merecía la forma en que nos trataban. Todas estábamos en peligro de que nos apartasen, igual que la Iglesia había apartado a la Madre.

—Si advierto a Ursilda, ¿podré unirme al círculo?

Beatrice asintió.

—Esa será tu prueba.

La cabeza me daba vueltas. Me palpitaban las sienes. Intenté pensar si tenía que preguntarle algo más antes de aceptar. Y entonces me golpeó con tanta fuerza que me odié a mí misma por no haberlo mencionado todavía.

—¿Sabéis si el rey apresó al hombre que intentó limpiar mi nombre?

Ella asintió despacio.

—Frederick lo encerró en la torre.

—*Matthäus*... —Me tembló la voz—. ¿Está herido?

Ella hizo una pausa.

—No lo estaba cuando llegó. ¿Cómo sabes su nombre?

—Me crie con él. —El corazón me latía en la garganta. Había venido aquí por mí. No estaba en casa porque había venido a limpiar mi nombre—. Ayudaré a Ursilda con la única condición de que lo liberéis.

Ella asintió despacio, sorprendida de que le pusiera una condición. Un minuto antes, estaba desesperada. A decir verdad, yo también estaba sorprendida.

—Eso está en mi poder.

Asentí.

—Lo haré.

—Tendrás que colarte en el castillo. Los guardias solo dejan entrar y salir a la familia real. Pero te daré unas capas que te permitirán pasar sin que te vean. *Tarnkappen*.

Sentí el corazón sobrecogido.

—*Tarnkappen*. ¿Existen?

—Solo hay cuatro, pero ser la emperatriz tiene sus ventajas. Las tengo todas. —Volvió a emitir esa risa tintineante—. Cuando te pones una, lleva tu silueta al otro mundo. Te vuelves parte de la neblina. Te serán útiles en el bosque. Si Ulrico está por ahí fuera cazando, no querrás encontrarte con él.

El pensamiento me hizo estremecer. Tenía razón.

—Kunegunde me dijo que la piel de lobo funcionaba mejor con la luna llena, que será pronto. ¿Será Ulrico más poderoso entonces?

—Por desgracia. Y la *tarnkappen* será más débil. —Guardó silencio un buen rato, pensativa—. Puedo darte un espejo de mano para ayudarte a vigilar a Ursilda hasta que llegues allí. Funciona igual que la jofaina.

—¿Un espejo de mano? —Busqué en el morral el que encontré en el baúl de mi madre—. ¿Como este?

Una mirada de preocupación le cruzó el rostro cuando vio que el cristal estaba roto.

—¿De dónde lo has sacado?

—Era de mi madre.

—¿Qué le ocurrió?

Lo pensé. Poco después de que Kunegunde hubiese curado a mi madre, mi padre me contó que había muerto. Uní las piezas de lo que había ocurrido.

—Mi padre lo rompió.

Había tristeza en sus ojos, comprensión.

—¿Te gustaría que lo arreglara?

—Sí —dije con el corazón rebosante de una gratitud inesperada—. Por favor.

—Supongo que conoces la lengua antigua.

Negué con la cabeza.

—Solo una frase o dos.

—Pero la Madre te habla. Puedo enseñarte. Da buena suerte. Pocas personas tienen el don.

CAPÍTULO TREINTA

Beatrice se acercó a un baúl ornamentado en la pared oeste y sacó un libro con cerrojo como el de Kunegunde, en el que había escrito todos los hechizos que conocía. En la cubierta había un sigilo circular dorado decorado con pájaros hieráticos y serpientes enroscadas. Lo abrió y buscó la página con el encantamiento para arreglar algo roto. Colocó las manos sobre el espejo destrozado y recitó las runas. *Wer zi wer bedehrben,* cantó. El aire se tensó. De pronto, la neblina y la luz en el interior del cristal asomaron a la superficie. El espejo relució y las esquirlas se volvieron líquidas. Contemplé el espejo atónita mientras volvía a estar entero.

—Gracias —susurré dándole vueltas al espejo, ahora perfecto, a un lado y a otro. Nadie diría que antes estaba roto.

—Debemos darnos prisa —dijo—. Hace rato que oscureció. El rey me espera en breve.

Se dispuso a enseñarme el encantamiento que necesitaría para utilizar el espejo. Aprendí rápido, igual que cuando Kunegunde me enseñó a leer. En cuanto pronunciaba cada runa, comprendía la forma en que paladearía cada palabra en la boca. *Roudos, roudos,* comenzaba el cántico. *Osmi und deiko me,* terminaba. La palabra del medio variaba según la persona o el lugar que querías ver en la superficie reflectante. El hechizo podía lanzarse en una jofaina, un espejo o un cuenco con agua, siempre y cuando la superficie tuviera las runas grabadas.

Lo primero que le pedí fue que me enseñase el huerto de mi madre. Se formó una ondulación en el espejo y se fundió en una maraña salvaje de plantas. El alrūne se había descontrolado —las plantas antiguas habían crecido y otras nuevas cubrían la tumba, enraizadas y desplegando los tallos— y proyectaba sombras. Las miré un buen rato, pensando en la mujer que las había hecho crecer, y le agradecí que hubiera dado su vida por mí. El amor que me tenía se había desbocado como las plantas, ahogando todo lo demás en su interior, incluso el deseo de vivir. Su amor por mí se había descontrolado y yo me lo había comido, pensé con un sollozo atenazándome la garganta.

Al ver mi rostro, Beatrice esperó hasta que aparté la mirada del espejo y la imagen desapareció. Luego me dijo que debíamos darnos prisa. Alguien tenía que llegar hasta Ursilda tan pronto como fuera posible.

—¿Tienes algo con lo que protegerte? —me preguntó—. Lo que estás a punto de hacer es peligroso.

Asentí.

—Tengo un cuchillo en la bota.

Resopló.

—Te conseguiré algo mejor.

Llevó al guardia de fuera a un lado —un hombre mayor con el pelo blanco y mirada sombría— para hablar con él. Un momento después, el hombre asintió y se marchó con determinación.

—Llevadme con Matthäus —dije.

Ella me condujo a otra parte del palacio con una puerta enorme de piedra. Dentro, no había ventanas que dejasen pasar la luz del exterior. La cámara estaba iluminada por una sola antorcha chisporroteante en la pared. Nuestros pasos resonaron entre las piedras cuando Beatrice asió la antorcha y me guio escaleras arriba mientras pasábamos por celdas diminutas con barrotes de hierro. Las aperturas eran tan pequeñas que costaba verlos. Al echar un vistazo en una de ellas, comprendí que aquel era el lugar donde el rey metía a la gente que quería olvidar. Me estremecí mientras Beatrice me guiaba por las escaleras a oscuras. Las ratas salían disparadas con un chillido cuando la luz de la antorcha alumbraba los peldaños.

Había celdas de contención a lo largo de las escaleras, apenas lo bastante grandes como para poder llamarlas «habitaciones». Más bien eran del tamaño de mi despensa en casa, pero la mitad de altas, como si las hubieran construido para prisioneros del tamaño de un niño. La mayoría estaban vacías, pero algunas por las que pasamos estaban en uso. Hacia la mitad de la torre, Beatrice se detuvo frente a una y sostuvo la antorcha en alto para que pudiésemos ver su interior. Dentro, había una figura tumbada en el suelo envuelta en una capa mugrienta. Cuando ella se inclinó sobre la celda, la luz de la antorcha iluminó la suciedad y la tierra de los dedos, cerrados en torno a una taza. Tenía la mano extendida hacia los barrotes de hierro, como si hubiera estado suplicando que le dieran agua cuando estaba consciente.

—¿Matthäus? —dije.

Él se sobresaltó y alzó la mirada, parpadeando. Beatrice abrió la celda.

Cuando salió tambaleándose, me inundó una culpa horrible por que lo hubieran encarcelado por mí. Le examiné el rostro, dolida por verlo así, buscando al hombre que amaba bajo el hollín y la suciedad. Sus ojos se ensancharon al verme. Me agarró de los hombros, presionó mi cara contra su pecho y me besó la coronilla de pelo enredado susurrando mi nombre.

—*Haelewise.*

Olía a sudor, sangre, tierra y a otro aroma que hizo que se me llenaran los ojos de lágrimas, un tono salado que reconocí como únicamente suyo. Lo abracé con fuerza, casi con miedo de que desapareciese si lo soltaba. Durante los seis meses que habíamos pasado separados, sus hombros se habían vuelto incluso más anchos. También había pegado un estirón, como suelen hacer los hombres de entre dieciocho y diecinueve años. Cuando me alzó el rostro para que lo mirase, le brillaban los ojos por las lágrimas.

—Pensé que no volvería a verte —susurré.

—Tus ojos. Son dorados, como la última vez que te vi. Creí que era por la luna.

Asentí.

—Me estoy tomando un remedio para los desmayos. También me afecta a la vista.

Arqueó las cejas.

Beatrice contemplaba cómo me miraba con una expresión divertida en el rostro. Carraspeó y bajó la voz.

—Haelewise, no tenemos tiempo. Podéis hablar en el carruaje.

Matthäus la miró perplejo.

—¿Vais a liberarme?

Ella asintió.

—Cuéntaselo. Regresaré enseguida.

Cuando ella se volvió para bajar las escaleras, lo tomé de las manos.

—Ulrico mató a Frederika. El rey está intentando vengar su muerte. Envió a una asesina para hacerse pasar por la matrona de la princesa Ursilda. Tengo que detenerla, me marcho esta noche.

Matthäus parpadeó, como si no terminase de relacionar todo lo que le decía con la idea que tenía de mí.

—¿Has negociado mi liberación?

Asentí.

—¿Vendrás conmigo?

Me miró a los ojos.

—Iría contigo a cualquier parte.

Beatrice regresó con un morral que le tendió a él.

—Las cosas que te quitaron.

Matthäus cargó con él mientras la seguíamos escaleras abajo. Mientras avanzábamos de prisa, de la mano, me sentí rebosante de una retorcida alegría. Debería haberme preocupado por su bienestar —había estado *encarcelado*—, pero lo único que sentía era una felicidad egoísta porque estábamos juntos de nuevo.

Cuando salimos de la torre, una neblina mundana —que brillaba con la luz de la luna creciente— había descendido sobre el palacio. *Una bendición*, pensé, *un buen augurio*. En el patio brumoso, un cochero con un abrigo negro estaba sentado sobre un carruaje azul claro, el mismo en el que Beatrice había viajado a mi ciudad natal. El cochero era el hombre mayor con el que había hablado antes en la puerta. De cerca, vi los detalles dorados en el carromato y las ruedas, las rosas azul pálido pintadas en el dosel.

Sujeta al frente estaba Nëbel junto con otros tres caballos engalanados en dorado y negro. Contuve una exclamación cuando vi a la gran yegua blanca cambiando el peso de un casco a otro bajo un caparazón negro con runas doradas. La luna se reflejaba en la tela haciendo que los hilos de las runas reluciesen. Nëbel parecía solemne y salvaje, como salida de un cuento. Corrí hacia ella y le besé la frente. Entonces me detuve y me volví hacia Beatrice para preguntarle si era buena idea que me la llevara.

—Mi marido ordenó que la sacrificasen. Le recuerda a su hija. No soporta verla. —Beatrice retiró el dosel en la parte trasera del carruaje para que Matthäus pudiera entrar. Dentro, había dos bancos, uno a cada lado. Todo estaba cubierto de una tela azul brillante —los bancos, el dosel, el suelo—; *seda*, pensé, pero no estaba segura. Estaba impoluto. Me inundaron los nervios. Pensé en el mendigo de casa que merodeaba por la escalinata de la catedral. Lo duro que había trabajado mi madre cosiendo muñecas para comprar una cuña de queso.

—El cochero os llevará tan lejos del río que nadie os reconocerá —nos dijo cuando subimos—. Después, tiene que regresar para que nadie se percate de que mi carruaje no está. Cabalgad deprisa a partir de ahí; deberíais estar bien. ¿Sabes cómo encontrar el castillo de Ursilda? —Asentí—. ¿Tienes el espejo?

—Sí. —Le di unas palmaditas al morral—. ¿Cuándo os volveré a ver?

—Usa el espejo para verme cuando todo haya acabado. Cuando sienta que me estás observando, lanzaré el hechizo para que podamos hablar. Que la Madre te bendiga y te mantenga a salvo.

Matthäus y yo nos acomodamos en el carruaje y nos sentamos uno enfrente del otro bajo su dosel. Comenzó a moverse, las ruedas girando con torpeza sobre las piedras. Desde la parte de atrás, veíamos el patio del palacio desvanecerse en la distancia. Oímos las puertas abrirse ante nosotros y las vimos cerrarse. Suspiré de alivio a medida que el palacio se hacía cada vez más pequeño a nuestras espaldas. El carruaje daba sacudidas. Mientras se me adaptaban los ojos a la luz de la luna que atravesaba la solapa trasera del carruaje, vi que el rostro de Matthäus estaba oscurecido por la mugre y el hollín.

—¿Cuánto tiempo llevabas en la celda? —le pregunté. Me sentía fatal por haber utilizado el apellido de su mujer.

—¿Hará cosa de un mes? No estoy muy seguro.

—Siento mucho haber utilizado tu nombre. No pensé… —Se me quebró la voz—. Fui una idiota.

—Haelewise —me interrumpió. La forma en que me miró en ese momento me dejó sin aliento. Sus rodillas rozaban las mías. Sentía su contacto.

—Cuando Phoebe me dijo que los guardias de Ulrico habían venido buscándote, me dispuse a encontrarte. Estoy aquí por voluntad propia.

Cuando apoyó la mano sobre la mía, era como si no hubiese pasado el tiempo desde la última vez que hablamos. Recordé nuestro beso en el jardín, que no quería dejarme marchar.

—¿Cuánto tiempo tiene el bebé? —me atreví a preguntar.

—No lo sé. Solo tenía una semana cuando me marché. ¿Un mes? ¿Dos?

Me lo quedé mirando, incapaz de creer que hubiera pasado tan poco tiempo. Me aclaré la garganta, me incomodaba la pregunta que quería hacerle.

—¿Tendréis otro Phoebe y tú?

Matthäus negó con la cabeza. Parecía que quería añadir algo y me dedicó una mirada atormentada.

—El matrimonio solo es de palabra.

Recordé lo que vi cuando volé a su finca: dos habitaciones en la planta de arriba, una con cuna y la otra sin ella.

Cuando le devolví la mirada, supe lo que quería decirme: que no la quería a ella porque me quería a mí. Aquel pensamiento mudo fue como un elixir, un bálsamo para todas mis preocupaciones. Me atrajo hacia él, al igual que la tierra tira de las manzanas de los árboles en otoño. La chica que era cuando me marché de casa puede que hubiera renunciado porque estaba casado con otra. Se había opuesto a la idea de convertirse en la amante de un hombre, preocupada por lo que los demás pensarían de ella. Pero ahora había visto suficiente mundo como para contemplar otra opción.

Lo miré a los ojos y me incliné hacia delante, buscando las palabras adecuadas para hacer que dejase atrás el mundo que conocía.

—Soy tuya si tú quieres.

La invitación hizo que algo brotara en el aire entre nosotros, una energía que nos atraía. Por la forma en que entreabrió la boca, por el deseo en su mirada, supe que él también la sentía.

—Mi padre —dijo, pero titubeó y se detuvo a mitad de frase dejando que su voz se apagara.

—Tu padre puede irse al infierno, Matthäus —dije entre risas—. Lo que piense no tiene nada que ver con nosotros.

Matthäus me miró un instante, sorprendido, con los ojos abiertos. Las sombras se movieron en el carruaje. Luego se echó a reír. Sentía cómo la vergüenza y el miedo lo abandonaban.

—¿Quién eres tú y qué has hecho con mi Haelewise? —susurró con suavidad mientras buscaba mi mano.

Dejé que me la diera, aunque era una buena pregunta. Pensé cómo responderla durante un momento, mientras la niebla que se asentaba sobre el camino se arremolinaba fuera de la solapa de la entrada. Tenía razón. No era la misma chica que lo había besado en el jardín. Necesitaba saber en qué me había convertido. Cuando hablé al fin, mi voz sonó suave.

—Debería ser sincera contigo, Matthäus. Sigo siendo yo, pero a la vez no. Soy la hija del pescador, pero a la vez no. Desde la última vez que te vi, se me han curado los desmayos. He aprendido encantamientos. Me han bendecido y maldecido. La hija del pescador que conociste bien podría estar enterrada en el huerto con su madre. Me he convertido en otra persona.

Me miró fijamente. Un hilo de neblina entró por la solapa destellando por la luz. No supe decir si pertenecía a este mundo o al otro. Oíamos el sonido de los caballos proveniente de fuera, los cascos al golpear la tierra. Sonrió y se acercó más a mí con la respiración acelerada. La sombra, el fulgor, entre nosotros se profundizó. Parecía que tuviese mil años.

—Lo que estoy a punto de hacer puede ser peligroso. Si quieres, podemos separarnos antes de llegar al castillo. —Me mordí el labio, tratando de hablar sin amargura—. Puedes volver con Phoebe y tu hijo.

Él compuso una mueca. El carruaje se detuvo y se balanceó a un lado. Oímos al cochero bajarse de un salto y empezar a pelearse con una rueda que se había atascado en un surco. La solapa quedó entreabierta. Una neblina brillante se coló en el carruaje, enroscándose y brillando en el aire entre los dos. Matthäus negó con la cabeza, como si se hubiese despertado de un sueño extraño, y me apretó la mano.

—Le supliqué a mi padre en Zúrich —dijo en voz baja—. Estaba destrozado la noche que te llevé la capa.

Lo miré a los ojos. La voz me tembló.

—Todo lo que se hace puede deshacerse.

Matthäus parecía afligido.

—¿Incluso los votos matrimoniales?

Respiré hondo. El aire entre nosotros se estremeció.

—No puedo abandonar a Phoebe o a su hijo. No es mío, pero a la vez sí. Su familia se ocuparía de ellos pase lo que pase. Pero mi padre… —su voz se apagó.

Pensé en su padre, decidido, en la habitación. En su madre, con los ojos rojos de llorar. La pequeña sastrería orgullosa. Su mundo era tan limitado. El carruaje se puso derecho al salir del surco y la solapa de la puerta se cerró. Fuera, oímos al cochero subirse de nuevo al frente. Las ruedas comenzaron a girar sobre la tierra.

—He sido muy desdichado —dijo Matthäus al fin.

Lo miré desde el lado opuesto del carruaje, devanándome los sesos, otra vez, para decir las palabras adecuadas. Recordé el consejo de mi madre. Sus costumbres no son la única manera. Lo único que tenéis que hacer es tomaros de las manos y recitar los votos. Hay poder en las palabras en sí. Busqué sus manos y las apreté con fuerza al entrelazar nuestros dedos. Entonces respiré hondo y la niebla se arremolinó entre nosotros.

—Huye conmigo al bosque.

Al principio no respondió. Se limitó a mirarme desde enfrente. Le apreté las manos y me imaginé cómo sería nuestra vida juntos. La vida que siempre había querido. La vida que mi madre quería para mí. Una cabaña humilde en el bosque con dos habitaciones; una de ellas sería nuestra habitación. Nos vi tendidos en ella, desnudos, entrelazados bajo la manta, con cuentas de cristal reluciendo en las ventanas, telas sobre la mesa, un alfiletero, miles de agujas. Mi bolsa de matrona, esperándome, al lado. Fuera, un huerto, un *spiegel* de agua. Nuestros hijos entrando y saliendo, corriendo entre los árboles.

Matthäus se acercó lo suficiente para que pudiera ver su expresión. La vida que él estaba imaginando estaba escrita por todo su rostro. Se me pusieron de punta los vellos de la nuca. La neblina y la luz dentro se estremecieron y cobraron vida. Todo mi cuerpo vibraba.

—Por el amor de Dios. —Lo miré a los ojos. Eran grises, brillaban, como con luz propia—. ¿Lo sientes, Matthäus? ¿No sientes que esto esté bien?

Él asintió con los ojos rebosantes de lágrimas. Le estaba costando. Quería lo mismo que yo, pero no compartía la seguridad que sentía yo de que estuviera a nuestro alcance. Me escrutó el rostro; su deseo era palpable. Cuando al fin habló, me apretó las manos aún más fuerte. Las palabras brotaron de él como el agua por un tamiz.

—Te quiero. Siempre te he querido. Nunca he querido a nadie más.

Le sonreí, abrumada. Me atrajo hacia él y me besó con tanta fuerza y desesperación que podía saborear su deseo. Me atravesó salado, terroso y amargo, atrayéndonos el uno al otro.

Me desató la capa. Cayó al suelo del carruaje, arremolinándose a mis pies. La luz de la luna atravesó el dosel haciendo que la seda azul brillase. Entonces volvió a besarme y la neblina, la posibilidad en el mundo a nuestro alrededor, cobró vida. Era vertiginoso. Transcurrió una cantidad de tiempo indefinida que pasé cautivada por su contacto. Cuando su mano encontró el espacio entre mis piernas, las ganas aumentaron bajo la piel. Sentí una presión, un simple placer, creciendo en mi interior. Siguió besándome y tocándome hasta que toda la posibilidad, la luz de la luna y la magia del carruaje explotaron y me abrieron.

Cuando el efecto se disipó, me senté en su regazo y me levanté las faldas para desabrocharle los pantalones. Él me desató las cintas del vestido para ver mis pechos. Cuando se apartó para mirarlos, el único sonido que pude articular fue su nombre.

—Matthäus.

La palabra sabía tan dulce que quise decirla de nuevo.

—Matthäus.

Oírme decir su nombre así, dos veces, le provocó algo. Dejó escapar el aliento tembloroso y me guio hasta el suelo del carruaje. Qué delicado fue. Qué tierno. Qué fresca y suave era la tela que cubría el suelo contra mi espalda. Las ruedas del carruaje repiqueteaban bajo nosotros cuando se colocó encima de mí; la luz de la luna y la neblina brillaban en torno a su cabeza. Y entonces, estaba dentro de mí, llenándome, con la displicencia más deliciosa.

CAPÍTULO TREINTA Y UNO

Cuando el carruaje se detuvo horas más tarde, estábamos dormidos. Yo fui la primera en despertar y me sobresalté al ver a Matthäus dormido a mi lado. A medida que lo que había sucedido unas horas antes volvía a mí de golpe, sonreí. Aunque teníamos una misión peligrosa, por un momento, lo único en lo que podía pensar era en que estábamos juntos. Una felicidad exultante me inundó, felicidad mezclada con incredulidad. Cuando Matthäus se despertó, me devolvió la sonrisa.

Juntos, echamos un vistazo a través de la solapa. La luz de la luna cubría el camino que conducía de vuelta a Bingen, alumbrando las rocas y los guijarros que salpicaban el terreno. El cochero bajó de un salto de la parte delantera del carruaje y se dirigió a nosotros. Sonrió con suficiencia y me di cuenta de que nos había oído antes. Le devolví el gesto. Matthäus se sonrojó.

—Estáis despiertos —dijo el cochero con amabilidad y se abstuvo de aprovechar la oportunidad de sacarnos los colores con algún comentario ordinario o un guiño—. Es lo más lejos que os puedo traer. La reina quiere que esté de vuelta en palacio antes del alba.

Carraspeé.

—¿Nos quedamos con dos caballos?

—Sí —dijo el cochero.

Desató los caballos blancos al frente del carruaje y los ensilló con el caparazón y las riendas. Me acerqué a Nëbel de inmediato, la miré a los ojos y le acaricié la frente. La yegua frotó el hocico contra mi mano, brincando nerviosa, y luego resopló.

—Buena chica —murmuré—. Siento haber estado tanto tiempo fuera.

El cochero buscó algo en el asiento delantero y nos lanzó dos paquetes de comida y provisiones. Luego, sacó dos extensiones de tela largas de un color óxido oscuro. Eran unas capas con capucha antiguas; tenían los bordes de la capucha y las empuñaduras bordadas con runas de oro, como salidas de un cuento. Me quedé asombrada cuando le tendió una a Matthäus y otra a mí.

—Las *tarnkappen* que prometió la reina. Los caballos también las tienen atadas a las riendas. Llevadlas en el bosque, cerca de los pueblos, en cualquier lugar donde se os pueda ver, en caso de que Ulrico o los hombres del rey os estén buscando. Pero no os las pongáis durante demasiado tiempo. Ahora es cuando menos poder tienen, pero cuanto más tiempo las tengáis puestas, más indetectables seréis. Si las usáis en exceso, la sombra os engullirá. Especialmente a ti. —Me miró a los ojos—. Incluso en esta época del mes. Beatrice dice que tienes el don.

Asentí, nerviosa ante estas limitaciones. ¿Cómo nos las arreglaríamos cuando nos adentrásemos en el bosque que rodeaba el castillo de Ursilda?

—Otro obsequio de su majestad, para protegeros.

Me ofreció un objeto plateado y reluciente. En la penumbra, no reconocí lo que era. Al sostenerla, contuve una exclamación porque su peso me resultaba familiar y tenía el emblema de un lobo en la empuñadura. Era la daga que el hombre de Ulrico utilizó para matar a Frederika.

Limpia y pulida, lista para utilizarla.

Matthäus miró la daga boquiabierto y con los ojos como platos.

Me apresuré a amarrarla en el cinturón.

El cochero me tendió una bolsa llena de paños, hierbas y viales. En la otra mano, tenía un pergamino sellado con cera azul. El sigilo con los pájaros y las bestias.

—Aquí tienes la bolsa de matrona y la carta para la princesa Ursilda. En cuanto entréis en el castillo, buscad el pasillo que queda más al oeste. Enseñadle la carta al guardia llamado Balthazar, apostado en la puerta de Ursilda. Solo le es leal a ella.

Al final, nos señaló el camino en dirección este.

—Este camino os conducirá hacia el este. Desde allí, podéis seguir la ruta comercial al sur. El castillo está a tres días a caballo de aquí.

El cochero le dio la vuelta al carruaje y se marchó. Matthäus permaneció de pie junto a su yegua blanca con la capa en la mano.

—*Tarnkappen?*

Le dediqué una amplia sonrisa.

—Como en los cuentos.

Me ceñí la pesada capucha sobre el vestido y me estremecí cuando me cubrió el rostro. La tela parecía normal, un poco pesada, tal vez, pero por la forma en que se me erizaron los vellos —el tirón que sentí cuando me la puse—, me confirmó que se trataba de una *tarnkappen.*

—¿Haelewise? ¿Dónde estás? —Matthäus tenía el aspecto de haber visto a un fantasma—. Rayos —susurró, asombrado.

En los morrales encontramos dos cuñas de queso envueltas en paño y botas con vino. Comimos y bebimos con la capucha bajada para poder vernos mientras atravesábamos la noche neblinosa.

Matthäus estaba fascinado con la capa y no paraba de darle vueltas para ver cómo funcionaba. Me pidió que le contase lo que sabía de las runas bordadas en los bordes. Mientras cabalgábamos, le hablé de la fruta que había estado comiendo, que mi madre me visitó en el huerto, la bruja de la que había sido aprendiz en el bosque. Le conté lo de las runas que había escrito en el libro, el hechizo que lanzó para introducir su alma en un cuervo, la estatuilla que me había dado mi madre, la voz que me hablaba cuando la sujetaba. Le hablé del asesinato que había presenciado y le expliqué que la daga que nos había dado la reina era el arma que Ulrico utilizó para matar a Frederika. Cuando le dije lo que Ulrico intentó hacerme, montó en cólera.

—¡¿Que él qué?!

Me llevó una hora tranquilizarlo después de aquello.

En cuanto se lo expliqué, le enseñé el espejo de mi madre con runas grabadas y le hablé del hechizo que Beatrice me había enseñado. Recorrió las runas del espejo con los dedos y luego me miró de reojo, como si no terminase de creer lo que le estaba diciendo.

No lo culpaba. Al contar la historia en voz alta, me pareció difícil de creer hasta a mí.

Cuando nos acercamos a un pueblo, guardamos la comida y nos pusimos las capuchas. En cuanto lo hicimos, Matthäus desapareció y lo único que vi fue un caballo sin jinete a mi lado. Era una sensación de lo más extraña mirar abajo y ver el lomo blanco de Nëbel donde debería estar mi cuerpo. Le coloqué su capucha y ella desapareció también, de forma que parecía que estaba flotando sobre el suelo. Matthäus hizo lo mismo. Cuando cruzamos junto a los muros de la ciudad, las luces anaranjadas de las torres parpadearon. Me imaginé a los guardias escuchando los caballos invisibles galopar por el pasto. Imaginé la historia de fantasmas que les contarían a sus mujeres con las voces teñidas de incredulidad.

Galopamos a buen ritmo buena parte de la antigua ruta comercial hasta que la ciudad se convirtió en una sombra a nuestras espaldas. La niebla era densa aquí fuera y brillaba en la penumbra antes del alba. Había un poste de madera podrida inclinado en uno de los lados del camino; parecía que lo habían utilizado para los ahorcamientos. Estaba a punto de pedirle que se quitase la capucha para ver dónde estaba cuando oímos unas voces distantes provenientes del interior del bosque. El sonido de una refriega. Gritos ebrios.

—Deberíamos continuar —dijo Matthäus en voz baja—. Los hombres que siguen despiertos y bebiendo a estas horas podrían ser peligrosos.

Eché un vistazo entre los árboles y rebusqué en el morral la figurita de la Madre para que nos protegiese. Un rato después, las voces se callaron. La niebla se levantó en el camino. El horizonte comenzó a adquirir un tono rosado con las primeras luces de la salida del sol. Cuando los dos llevábamos un rato sin oír nada, nos quitamos las capuchas y guiamos a los caballos fuera del camino para buscar un lugar donde descansar.

Después de todo lo que había pasado, no me sorprendió toparnos con un lugar perfecto para reposar a una distancia segura del camino. Una cabaña vieja de madera en un claro descuidado salpicado de retoños. Nuestro viaje parecía bendecido; este sitio de descanso, predestinado. Un riachuelo borboteaba al borde del claro a unos tres metros y medio de la cabaña. Esta era bastante antigua y no tenía mucho más que vides en el techo. La luna pálida comenzaba a ponerse en el horizonte; solo quedaban una noche o dos para que estuviese llena. Sonreí ante la belleza ruinosa del campamento, pero Matthäus parecía distante. Mientras atábamos los caballos junto al riachuelo, supe que había algo que lo molestaba.

Cuando se tumbó a mi lado dentro de la cabaña y se puso de costado para mirarme, tenía una expresión seria.

—Tu padre pensaba que habías muerto —dijo con la cabeza apoyada en la mano—. Se quedó estupefacto cuando le dije que te habías ido intencionadamente de la ciudad.

Aquella revelación me divirtió. Ni siquiera se me había pasado por la cabeza que padre se diese cuenta de que me había marchado. Claro que iría en algún momento para cenar, a traerme noticias del embarazo de Felisberta o para burlarse de mí por no haberle preparado una buena cena. Me lo imaginé entrando en la cabaña, llamándome, y luego regresando a casa preguntándose dónde estaría. ¿Cuántas veces habría ido a buscarme antes de suponer que había muerto?

—¿Cuánto hace de eso?

—El otoño pasado. Fui varias veces para ver si habías regresado. En febrero, como no habías vuelto, bueno, empecé a temer que tu padre tuviera razón. No sabes lo mucho que me alegré cuando Phoebe me dijo que los guardias te estaban buscando. —Se dio la vuelta de repente, así que no pude verle la cara.

De nuevo, me pregunté qué le habrían hecho cuando fue a buscarme al palacio, pero no quería presionarlo.

Un momento después, apartó lo que fuera que lo estuviera molestando y giró hacia mí. Tocó las runas de la *tarnkappe* con que nos habíamos tapado para resguardarnos del frío con los ojos abiertos y brillantes.

—Es como si estuviésemos en una de tus historias, Haelewise. Haciendo un recado para una hechicera, llevando una *tarnkappe* y un espejo mágico. —Se echó a reír y negó con la cabeza—. Por las barbas de Frederick, todas las historias sobre brujas y hadas, espejos mágicos y plantas exóticas. Pensaba que te las habías inventado. Pero... Haelewise... —Sus ojos grises refulgieron, nerviosos, casi febriles—. Son ciertas, todas y cada una de ellas, ¿no es así?

Negué con la cabeza.

—No.

—Claro, claro. —Asintió y el pelo le cubrió los ojos. Habló rápido y las palabras se solaparon—. Lo sé, lo sé. No ocurrieron palabra por palabra. Pero hablan de otros tiempos, uno anterior a este. Lo que solía ser posible...

—En las historias antiguas.

Él me miró emocionado.

—Sí.

Busqué en el morral. Aquel parecía un buen momento como otro cualquiera para enseñarle la estatuilla. La sostuve frente a él para que la viera. La piedra negra relució.

—Esta es la figurita que me dio mi madre.

La tomó y se estremeció cuando vio los pechos desnudos, las alas, las garras. Su expresión se ensombreció.

—No lo entiendo. Parece un demonio.

El corazón me dio un vuelco. Necesitaba que la viese igual que lo hacía yo.

Le conté que mi madre adoraba a la Madre en secreto, que la voz que llevaba meses hablándome pertenecía a su diosa. Le dije que Beatrice me había dicho que la Madre es la antigua esposa del

Padre, a quien todos han olvidado desde que a Él se lo ha reverenciado tanto. Cuando le hablé de la tintura que Hildegarda me había dado, se le pusieron los ojos como platos del asombro.

—¿Conociste a madre Hildegarda?

Asentí.

—La Madre también le habla. —No le mencioné que esto la inquietaba.

Lo meditó unos instantes.

—Puede que ese sea otro de sus nombres. Pero las historias que cuentan los curas de ella no tienen sentido. No es ninguna virgen.

Matthäus miró otra vez la estatuilla que tenía en la mano y la examinó con atención con una expresión de temor.

—No es… ninguna santa.

Negué con la cabeza.

—¿Y estás segura de que no es un demonio? —Me la devolvió alejándola de sí todo lo que pudo.

Volví a guardarla en el morral, que coloqué sobre la hierba a modo de almohada.

—No es un demonio. Te lo prometo. Es una protectora, busca justicia.

Él asintió como si lo comprendiera, pero no parecía seguro. Permaneció un rato en silencio antes de darles voz a sus pensamientos.

—¿Hasta dónde estás dispuesta a llegar?

—¿A qué te refieres?

—Beatrice te dio una daga. Dijo que era para protegerte. Pero la matrona es una asesina. ¿Hasta dónde estás dispuesta a llegar para proteger a la princesa Ursilda?

Recordé lo amable que había sido conmigo en el asentamiento, lo mucho que había sufrido. Y el bebé. La asesina también debía matar al bebé. El recuerdo de cuando sostuve al hijo del molinero regresó a mí. Rememoré la inocencia, la necesidad en sus ojos. Me llenó de ira pensar que el rey le haría daño a alguien tan indefenso, tan puro.

—Hasta donde tenga que llegar, Matthäus. Hay dos vidas en peligro.

—Lo sé, lo sé. Es solo que... —Su voz se apagó; le estaba costando expresar lo que pensaba—. Soy un sastre. Nunca pensé que vería cómo asesinaban a alguien. Y tu... esta diosa a la que sirves. No es la Virgen. Es fiera y...

—Sí —dije—. Y no tiene nada de malo. Una mujer no tiene que ser pura para ser buena. Las chicas se enfadan. Las madres luchan por sus hijos.

Él me miró con fijeza.

—Matthäus —dije con la voz quebrada por la emoción—. Esta es mi tarea. No tienes que venir conmigo. Lo entenderé.

—¡No! —se apresuró a decir—. No puedo dejarte. Dios, tu vida correrá peligro. No podría soportarlo si... —Se estremeció, incapaz de pronunciar las palabras.

—Está bien. Pero te advierto que haré cualquier cosa para mantenerlos a salvo.

Asintió como si lo comprendiese. Sin embargo, permaneció despierto mucho tiempo —inquieto, mirando a la oscuridad—, antes de quedarse dormido.

Me desperté a medio día con el crujido de unas ramas. El lugar donde Matthäus había estado tumbado a mi lado estaba vacío. Alcé la mirada y vi que se dirigía hacia los árboles. Lo seguí a hurtadillas, temerosa de que su inquietud acerca de la Madre lo alejase de mí. Se detuvo a un tiro de piedra del claro donde el riachuelo giraba formando un estanque. Escondida detrás de un arbusto, lo miré mientras se quitaba los pantalones y la camisa. Tenía cortes largos y finos en la espalda y se les había formado una costra de sangre seca. Tuve que taparme la boca cuando me di cuenta de por qué no quería hablar sobre el encarcelamiento: los hombres del rey lo habían torturado.

La culpa que sentí entonces fue abrumadora. Se me anegaron los ojos de lágrimas y un arrepentimiento horrible me inundó el pecho. Aparté la mirada de los cortes y observé la tensión de los músculos de las piernas y el trasero al sumergirse en la corriente. El agua susurró cuando se deslizó entre sus muslos. Los pájaros piaban. El sol cubría el estanque con un fino velo de luz. Se zambulló. Todo quedó en silencio hasta que emergió, alisándose el cabello hacia atrás, oscuro y húmedo. Tenía una expresión meditativa y había cierta tensión en los hombros que el agua no había conseguido relajar. Permanecí detrás del arbusto; me dolía el corazón por lo que había tenido que soportar para encontrarme. Lo contemplé mientras se lavaba las axilas y la cara.

Cuando se volvió hacia la orilla, vi los cortes en el pecho y los brazos y contuve una exclamación. ¿Cuántas veces lo habían azotado? ¿Cómo no me había dado cuenta la noche anterior? Pensé en el tiempo que habíamos estado juntos. No se había quitado la camisa. Me entraron náuseas y me pregunté si le habría hecho daño cuando lo había atraído hacia mí, cuando le envolví los brazos con fuerza con las manos.

Al salir del agua, me agazapé detrás del arbusto, rezando para que no me viese. Mientras se vestía, mis ojos vagaron hasta la criatura que habitaba entre sus piernas. Era más rosa de lo que había imaginado, con unas piedras grandes colgando debajo y un nido enmarañado de vello. Cuando pasó junto a mí, bordeé el claro para fingir que había ido al bosque a aliviarme.

Me estaba esperando cuando volví a la cabaña.

—¿Cómo sabes que la voz que oyes no es la de la Madre de Dios? —me preguntó con una expresión solemne—. ¿O la del fantasma de tu madre?

—Al principio pensaba que era el fantasma de mi madre. Pero no lo es… o no es solo eso. —Intenté pensar en una manera de explicárselo.

—¿A qué te refieres? —Matthäus tenía la voz tranquila—. ¿Qué te dijo la Madre que hicieras?

—Buscar a Hildegarda. Proteger a la princesa. Protegerme a mí misma.

Asintió despacio.

—No parece algo que diría un demonio.

—Quiere que la devuelva a su legítimo lugar junto al padre. —Así sus manos—. ¿Te sirve?

Asintió de nuevo.

—Lo cierto es que sí.

Mientras nos preparábamos para marcharnos, reflexioné sobre el viaje que me aguardaba. Tenía todo lo necesario para formar la vida que quería: el camino para unirme al círculo, mi amado junto a mí. Busqué la estatuilla en el saquito de las monedas. *Gracias*, pensé, y envié mi gratitud arriba, arriba, arriba.

Matthäus cabalgaba delante de mí mientras seguíamos la antigua ruta comercial hacia el sur. Al contemplar su espalda, me descubrí pensando en él en vez de en el embrollo hacia el que nos dirigíamos. Recordé lo que habíamos hecho la noche anterior y deseé hacer un alto y repetirlo. Era como si me hubieran lanzado un hechizo, como si estuviera a su servicio.

Hablamos de varios temas mientras cabalgábamos. En el plan para entrar en el castillo. El miedo a encontrarnos a Ulrico en el bosque. El alivio por tener las *tarnkappen* para ocultarnos. Las novedades de casa. Su madre estaba embarazada de nuevo. Creía que esta vez sería una niña. El terreno se volvió montañoso a medida que avanzábamos hacia el sur. Sobre la hora de cenar, el estómago comenzó a rugirme. El sol se puso en el cielo y, al doblar una curva en un camino montañoso, nos sorprendió ver una arboleda de tilos en el valle que había abajo. Me recordó a donde practicábamos con el arco en casa. Los árboles eran antiguos, sus ramas estaban enredadas y los troncos estaban envueltos en sombras oscuras. Tenían los troncos gruesos y las copas repletas de hojas. A medida que los últimos rayos de sol desaparecían, nos miramos sobre los caballos.

—Deberíamos parar aquí a pasar la noche —dijo Matthäus.

Asentí, tan impaciente por comer como él. Atamos los caballos en medio de la arboleda y les dimos los sacos con su comida. Él recogió yesca y piedras entre los árboles cercanos y comenzó a hacer una fogata. Mientras lo hacía, me senté y lancé el hechizo sobre el espejo para ver si Ursilda estaba bien. El reflejo la mostró sentada en la cama y a la matrona inclinada sobre ella. Matthäus me observó con cautela mientras pronunciaba el encantamiento. Dejó de trabajar para mirar el espejo por encima de mi hombro con una expresión entre asombrada y horrorizada.

Pensé que diría algo, pero regresó para encender el fuego en silencio. En cuanto empezó a crepitar, nos sentamos juntos en la base de un árbol cercano para comer. Para aquel entonces, la primavera estaba demasiado avanzada, incluso al frescor de la noche, como para que necesitásemos el fuego para algo más que alumbrarnos. Sin hablarlo, nos acomodamos en una postura similar a la que adoptábamos de niños, sentados con la espalda contra el tronco pero más cerca que antes, nuestros muslos rozándose, uno al lado del otro. Devoramos el queso y el pan y nos bebimos el vino que nos había dado Beatrice. Para entonces, la arboleda estaba a oscuras salvo por la luz del fuego y la luna. La niebla comenzó a acumularse en torno a la hoguera. Seguimos sentados, comiendo en un silencio cómodo. El vino que había puesto Beatrice en la jarra era oscuro y tenía un sabor intenso.

—Qué rico estaba —dijo Matthäus cuando terminamos y me dio unas palmaditas en el muslo. Fue un gesto natural, amistoso. Probablemente lo había hecho cientos de veces cuando éramos niños. Sin embargo, así sin más, la sensación de que había algo entre nosotros, que nos acercaba el uno al otro, regresó. Se miró la mano y luego a mí. La luz del fuego comenzaba a apagarse.

Al acercar los labios a los míos, me abandoné al beso. Sentía que el resto del mundo se alejaba a medida que el encantamiento, ahora familiar, nos rodeaba.

Cuando sus labios al fin presionaron los míos, cerré los ojos. Ya no era yo misma. No era nadie. Era cualquiera. Era todas las mujeres a las que habían besado alguna vez. Me sentía mareada, suspendida en el deseo. No tardamos en quitarnos la ropa y me senté sobre su regazo al borde de la luz del fuego. Cuando me pegué a él, el resto del mundo desapareció y todo quedó a oscuras. Solo estábamos él y yo y nuestros cuerpos conectados. Solo existía nuestro mito.

Después, permanecimos sentados juntos, entrelazados. Y ocurrió de nuevo. Sentimos el tirón. Aquella noche, algo tiró de nosotros para unirnos tres veces. Tras la última, Matthäus me susurró con suavidad que nunca me dejaría. Luego se quedó dormido en la hierba a mi lado con una media sonrisa en el rostro y la piel perlada de sudor. Nuestro lecho de hierba bajo el tilo estaba oscuro. Tomé un bocado de alrūne e intenté dormir.

Tendida a su lado, desnuda, me inundó una sensación sobrenatural. Me puse las calzas y la camisa y traté de dormir, observándolo respirar. Pero la noche se cernía a mi alrededor y me puse nerviosa. Cuando por fin me sumí en un sueño intranquilo, la Madre me envió otro sueño. Estaba contra la pared de los aposentos de la princesa Ursilda y veía a un hombre enmascarado entrar por la ventana. Tras él, la luna creciente pendía del cielo. El enmascarado llevaba pantalones oscuros y una capucha negra le cubría la cabeza. Sus ojos azules refulgieron sobre la máscara. No emitió un solo sonido al moverse, como en estado líquido, cuando apagó la antorcha y sacó un cuchillo de la vaina grabada con el sello del rey. Entonces la acercó a la garganta de la figura que dormía sobre la cama y se aproximó en silencio a la cuna.

Me desperté sobresaltada y el zumbido de la voz de la Madre me siseó furiosa a través del velo: *Otro asesino.*

Cuando me senté, la tensión en el aire se disipó. El corazón me latía en la garganta. ¿Cómo podía dormir sabiendo que habría un segundo asesinato que debía evitar después de este? Me aferré a la estatuilla y recé, con un nudo en el estómago, para saber qué hacer para detener ambos crímenes. La luna no estaría en ese punto hasta dentro de una semana o así.

Al fin, cuando el cielo comenzó a volverse gris en el horizonte, llamé a Matthäus. Él se despertó sobresaltado, con una expresión de terror en los ojos, hasta que se dio cuenta de dónde estaba.

—Lo siento —dijo, avergonzado por su arranque—. En la celda, me despertaban a todas horas para sonsacarme información.

Esperé a que dijera algo más, pero era todo lo que iba a ofrecer. Alargué el brazo y lo tomé de la mano.

—No te disculpes, Matthäus —dije y le di un beso en la frente—. Por favor. Yo soy quien te ha metido en esto.

Cuando se tranquilizó, le conté el sueño y lo que pensaba que significaba. En cuanto terminé, decidimos cabalgar durante el resto del día tan rápido como pudiéramos.

CAPÍTULO TREINTA Y DOS

Éramos como demonios fantasmagóricos atravesando a toda velocidad la ruta comercial. La necesidad de cumplir la tarea me impulsaba a seguir. Matthäus, que cabalgaba a mi lado, compartía mi urgencia. Cuando entramos en el extremo norte del antiguo bosque donde se ubicaba el castillo de Ulrico, nos pusimos las capuchas y dejamos que el mundo de las sombras nos envolviera. No había forma de decir dónde se escondía Ulrico; podía estar en cualquier lugar del bosque. Los robles más antiguos unían sus ramas sobre el camino, como si ocultasen nuestra presencia. La única señal de nuestro paso por el bosque eran los ruidos: el repiqueteo suave de los cascos de los caballos, el sonido de nuestra respiración.

Ni siquiera nos atrevíamos a hablar.

Antes de llegar allí, solo nos habíamos puesto las capuchas por un breve espacio de tiempo cuando nos acercábamos a pueblos, ciudades o si oíamos ruidos en la distancia. Para cuando llevábamos dos horas sin quitárnoslas, los dedos de las manos y los pies se me entumecieron, igual que después de los desmayos. Recordé la advertencia del cochero del carruaje sobre que debía tener cuidado. ¿Cuánto tiempo sería seguro para mí llevar la *tarnkappe* cuando hubiera luna llena?

—¿Lo sientes? —susurré—. ¿El hormigueo y los pinchazos?

—No —musitó Matthäus.

—Creo que hemos llevado las *tarnkappen* demasiado tiempo.

No quería detenerme. Cuanto más nos retrasásemos, mayor sería la posibilidad de que llegásemos demasiado tarde. Pero los caballos comenzaron a comportarse de manera extraña después de aquello y me di cuenta de que si el mundo de las sombras nos engullía, nunca llegaríamos. A regañadientes, examiné el bosque junto al camino para buscar un lugar donde escondernos y quitarnos las capas.

Poco después, atisbé un círculo espinoso de rosales de escaramujo. Estaban tan enmarañados y eran tan altos y agrestes que podríamos desmontar en el centro sin que nos vieran.

—Por aquí —dije al desviarme del camino. Oí que Matthäus me seguía.

En el centro de los rosales de escaramujos, rodeados de una maraña de espinas y el aroma de sus flores, me quité la capucha. Matthäus hizo lo mismo y nos dispusimos a retirarles las capas a los caballos. Todos permanecimos en perfecto silencio y me alivió sentir que el hormigueo y los pinchazos de las extremidades empezaban a disminuir poco a poco, como si mi alma se estuviese volviendo a asentar bajo la piel. La sensación tardó cerca de media hora en desaparecer. Cuando dejé de notarla, asentí con pesadumbre.

—Vamos.

Volvimos a ponernos las capuchas y regresamos al camino. La presión de la tarea nos oprimía. Nos detuvimos para quitarnos las capas cada dos horas durante el resto del camino por el bosque, pero cuanto más cerca estábamos del castillo de Ulrico, más difícil me resultaba autoconvencerme para parar. Cuando llegamos a la parte del bosque que reconocí por los largos paseos que daba con Kunegunde, el corazón me latía en los oídos y lo único que quería era seguir avanzando hasta llegar al castillo.

Tras la puesta de sol, mientras llegábamos a la cima de la montaña, vimos la fortaleza que cruzaba el valle con sus muros grises alzándose sobre los peñascos, la luna llena pendiendo sobre ella. Redujimos un poco el paso, observándola sin decir nada. La noche estaba inquietantemente silenciosa. Solo se escuchaba el crujido de los cascos de nuestros caballos.

Cuando se me entumecieron los dedos de las manos y los pies, estaba decidida a no detenerme. Estábamos demasiado cerca. Mientras bajábamos hasta el valle, Nëbel comenzó a tirar de las riendas y a dar brincos enloquecidos al detectar algún cambio sobrenatural en el ambiente. Puede que ella también sintiera las extremidades dormidas. Compuse una mueca; sabía que si hacía ruido, se escucharía.

No había señales de Ulrico a medida que nos acercábamos al castillo. Ningún aullido, ningún movimiento entre los árboles. El bosque estaba tan silencioso que resultaba escalofriante. Subimos la montaña, entre los árboles cubiertos de neblina. Para cuando nos íbamos acercando al castillo, sentía el hormigueo y los pinchazos ascender por los muslos hasta los hombros. Ya no sentía la mayor parte de mi cuerpo. Era como si me estuviese convirtiendo en sombra.

—Deberíamos esperar hasta el último momento posible para quitarnos las capas. Me da miedo que Ulrico nos descubra tan cerca del castillo —susurré hacia el sonido del caballo de Matthäus.

—Lo que creas que es mejor —respondió.

Cuando vimos la entrada del castillo a la distancia, estaba alumbrada con cientos de antorchas. El puente levadizo estaba abierto, como si estuviesen esperando a que alguien entrase o saliese a toda prisa, y había hogueras ardiendo con fuerza a ambos lados de las puertas. Me pregunté si estarían esperando a Ulrico aquella noche, si volvería al castillo en secreto de vez en cuando.

Me adentré en el bosque, desmonté y le quité la capucha a Nëbel. La até con un nudo suelto a un árbol lo bastante lejos del camino para que nadie la viera y Matthäus hizo lo mismo con su caballo. Entonces, me aferré a su mano y lo conduje de vuelta al camino.

El único sonido que hacíamos al acercarnos al castillo iluminado por las antorchas era al respirar. Apreté la mano de Matthäus a medida que nos aproximábamos y recé por que Ulrico no estuviera cerca.

Había varios hombres con jubones de cuero, pasándose una bota de vino. La niebla y la oscuridad dificultaban ver cuántos habría dentro de la casa del guardia. Los oíamos reír, gritar y hacer apuestas.

Para entonces, el entumecimiento me había llegado a los pechos y la entrepierna. Mientras nos acercábamos a la puerta, apreté los dientes y me moví lo más sigilosamente que pude; esperaba que nos hubiésemos adentrado lo suficiente en el mundo de las sombras y que las *tarnkappen* amortiguasen también los sonidos de nuestros pasos. Tendríamos que pasar a cerca de dos metros de los hombres fuera de la casa del guardia.

Solo había uno mirando al frente con el rostro surcado por la duda cuando entramos. Observaba el lugar donde estábamos con una expresión de incredulidad. Contuve el aliento y froté la estatuilla que llevaba en el bolsillo rezándole a la Madre que nos mantuviese a salvo. Como no vio nada, sacudió la cabeza y bebió de la bota.

Atravesamos el patio a hurtadillas hacia el ala oeste del castillo, donde el cochero nos había indicado que debíamos ir. En el extremo más alejado, había un pasillo extenso con el suelo de piedra alumbrado por antorchas. El pasillo más al oeste. Cuando entramos, no había nadie, así que guie a Matthäus por el centro. Atravesamos la oscuridad titilante sin ser vistos hasta que oímos el chirrido de una puerta al abrirse al final del pasillo. Cuando la luz se derramó por la galería, vi a tres guardias en la puerta. Me inundó un temor descontrolado a que Ulrico saliera.

Aparecieron dos figuras, pero la luz intensa del interior hizo imposible distinguir sus siluetas. Le apreté la mano con fuerza a Matthäus y tiré de él hacia la pared para que pasasen sin tropezarse con nosotros. Contuvimos el aliento y presionamos la espalda contra el muro.

El hombre más cercano a nosotros tenía una barba canosa y bien recortada.

—Es débil, como su madre —decía—. Albrecht se enfurecerá si muere bajo nuestra vigilancia.

—Seguro que la matrona nueva cuidará bien de ella.

—Y si no, será el último parto en el que asista.

El otro hombre sonrió con suficiencia.

—Albrecht se asegurará de ello.

Un momento después, estaban tan cerca que podríamos haberlos tocado si alargábamos la mano… Y luego pasaron de largo. Esperé hasta que se hubieran marchado para moverme. Cuando lo hice, apenas podía andar de lo dormidas que tenía las piernas.

—Sácate la capa —le susurré a Matthäus quitándome la mía—. Ahora que los guardias no miran.

El hormigueo y los pinchazos comenzaron a remitir de inmediato. Los guardias nos prestaron atención cuando nos acercamos.

—¿Balthazar? —pregunté utilizando el nombre que el cochero nos había dado.

Uno de los guardias dio un paso al frente.

Le enseñé el sello del pergamino.

—Soy Haelewise, hija de Hedda, y él es mi escolta. Soy una matrona de habilidades notables. He venido para asistir al parto.

Miró el sello con los ojos muy abiertos. Entonces asintió y empezó a toquetear las llaves que llevaba en el cinturón. Siguiendo el ejemplo de Balthazar, los otros guardias se hicieron a un lado.

A Balthazar le llevó un minuto encontrar la llave correcta.

Tras la puerta había un pasillo largo iluminado por candiles. Un túnel en penumbras, titilando, y con el suelo de color hueso. Me fijé en las botas, en la suciedad que debían de estar dejando. Me sacudí el polvo de la capa y me peiné, preguntándome cuán enredado estaría y lo mucho que debía parecerme a una vidente o a una hechicera con esta capa bordada con runas.

—¡Irmgard! —llamó Balthazar.

Una mujer salió de la puerta más alejada. La misma que había visto con Ursilda en la montaña. Tenía el rostro pecoso tan demacrado como la otra vez, el pelo recogido en un moño tirante, pero su ropa estaba arrugada. Como si llevase días sin dormir. Cuando se acercó, le tendí el pergamino y esperé que me reconociera o me confundiera con Frederika, pero tan solo tomó el pergamino, distraída al fijarse en el sello.

Esperamos mientras lo leyó.

—Me alegro de que hayáis venido —dijo cuando terminó. Me miró a los ojos con una expresión inquieta. No había reconocimiento en su mirada—. Ursilda no se encuentra bien.

—¿Cuánto tiempo lleva en sus aposentos?

—Dos días. Las contracciones han empezado, pero todavía están muy separadas.

—¿Ha roto aguas?

—Esta mañana. En cuanto se levantó de la cama.

Irmgard sacó un llavero y abrió una puerta.

Se dirigió a Matthäus.

—No puedes entrar en los aposentos de Ursilda, desde luego.

Él cuadró los hombros como si quisiera rebatirle, aunque lo pensó mejor.

—Claro que no —dijo con una inclinación, pero tan pronto ella le dio la espalda, adoptó una expresión fiera. No iba a dejarme entrar sola. Me dedicó una mirada significativa y rozó la capucha de la capa con el dedo.

Asentí para decirle que lo había entendido, y luego salí con Irmgard. Me sentí honesta mientras me guiaba por la plaza. Me sentí decidida.

La puerta se abrió a un patio ajardinado, como el que había en la casa de los Kürenberg solo que diez veces más grande. A la tenue luz de la luna, los lirios y los claveles relucían. Unas estatuas agrietadas como las que Kunegunde tenía en el jardín —grotescas con hocicos y cuernos— nos miraban con desdén y bailaban. En la esquina había un bebedero para pájaros similar al de mi abuela; era antiguo y estaba cubierto por las mismas runas doradas. En el centro del patio había un tilo antiguo, frondoso, con hojas verde claro. Debía de tener mil años. *Un buen presagio*, pensé, *para mi sombra y para mí.*

La luna llena iluminaba las piedras.

Irmgard me condujo por unas escaleras, una serie interminable de pisos de seis escalones. En el último rellano, nos detuvimos junto a otra puerta cerrada.

Cuando Irmgard la abrió, sentí a Matthäus a mi lado con la mano apoyada en mi hombro. Esperaba que estuviese bien, que la niebla no lo engullese, que el breve descanso de habernos quitado las capas fuera suficiente para mantenerlo en este mundo.

Había un espejo colgado en la pared a la entrada de la puerta. Fingí detenerme para mirar mi reflejo para que él tuviese tiempo de entrar. Los ojos dorados brillaban a la luz de los candiles. Tenía el rostro cubierto de polvo, el pelo revuelto, despeinado. No me extrañó que nadie me hubiese reconocido. La misión me había transformado. No parecía yo misma.

Irmgard abrió la puerta que daba a un pasillo con muchas estancias adyacentes. Las alfombras delicadas que cubrían el suelo amortiguaban los pasos de Matthäus. Unas velas brillaban en unos candiles espeluznantes. Había tapices colgados de las paredes. Estaban repletos de imágenes con bordados complejos de mujeres aladas, paisajes de bosques con búhos, ninfas, abejas, serpientes y bestias, todos contorneados con hilo dorado.

Un aroma me atravesó la nariz: ácido, especiado, mentolado. Varias puertas por donde nos condujo Irmgard estaban oscuras. Una luz tenue brillaba a través de la cerradura de la puerta que había al final del pasillo. A medida que nos acercábamos, el olor a menta se hacía más fuerte y supe que nos aproximábamos a la sala de parto de Ursilda. Contuve el aliento cuando Irmgard abrió y me preparé para ver la estancia del espejo.

Al entrar, vi los tapices que cubrían las ventanas. La princesa Ursilda estaba tendida en la cama con una bata verde oscura, aovillada sobre sí misma, y el vientre enorme y rojo brillaba por el aceite de menta. Tenía la melena pelirroja recogida en una trenza gruesa alrededor de la cabeza. Estaba incluso más pálida y delgada. Su rostro casi parecía cadavérico.

La matrona rubia del *spiegel* de agua estaba tras ella masajeándole la espalda. Se sobresaltó cuando entramos.

Se me cerró la garganta a causa del odio. La habitación estaba sorprendentemente vacía aparte de la cama y el fuego que ardía en la chimenea. ¿Dónde estaban todos los parientes de Ursilda? ¿Su madre? ¿Sus tías? El aire de la estancia era tenso, el aura sobrenatural era confusa. Se mecía con furia, y el equilibrio entre un mundo y otro cambiaba con rapidez. Al principio, aquella sensación no tenía sentido. Luego me di cuenta de qué significaba.

La presencia de una magia poderosa. Matthäus, al borde del mundo de las sombras por la *tarnkappe*. La posibilidad del nacimiento y la muerte.

Irmgard nos anunció con una reverencia.

—Ursilda. Beatrice sabe que tenéis complicaciones. Os ha mandado a otra matrona. —Le acercó el pergamino a la cama para que Ursilda pudiera ver el sello.

Ella seguía gimiendo y apenas le prestó atención.

Mientras le masajeaba la espalda, la matrona nos observó con la mirada cargada de lo que parecía preocupación.

—Gracias por venir. Nos está costando convencer al bebé para que salga.

Su actuación era tan convincente que por un instante casi me pregunté si Beatrice se habría equivocado con ella. Luego me fijé en lo fuerte que apretaba los hombros de Ursilda, lo blanca que estaba la piel bajo sus dedos.

—Con cuidado —dije—. Le harás daño.

La matrona bajó la mirada y relajó el agarre.

—Han sido un par de días muy duros —respondió, como si de verdad estuviese avergonzada.

Miré la jarra de agua y el plato con las hojas arrugadas en la mesita de noche; había asumido que eran venenosas cuando Beatrice me enseñó la habitación en la jofaina. Incluso a pesar del olor a aceite de menta, por su forma y su aroma a hierba la identifiqué como rapunzel. La planta no era venenosa; tendría que esforzarme más para descubrir qué veneno había utilizado la matrona.

Esta vio que estaba observando el plato.

—Ha tenido antojos.

Ursilda gimió una última vez y luego me miró cuando la contracción pasó. Tenía los ojos rojos y vidriosos, borrosos, el rostro a parches y pálido. Se le habían soltado algunos mechones de la trenza.

—Haelewise —susurró antes de sucumbir a otra contracción.

Esperé a que terminase y me senté a su lado.

—Íbamos a hablar por la mañana, pero te fuiste...

Envolví su mano con la mía.

—Beatrice me ha enviado para ayudaros con el parto.

Ursilda volvió a tener la mirada perdida. Daba la impresión de que le estaba costando mantenerse consciente.

—Algo va mal —me dijo con impotencia—. El bebé no llega. Me siento muy enferma.

La matrona se incorporó con los ojos vidriosos y traicioneros.

—Como he dicho, está teniendo dificultades.

En ese momento, me entraron ganas de apuñalarla ahí mismo. Sabía que era el títere del rey, pero no entendía cómo una mujer podía herir a otra en un momento de necesidad. ¿Cuál habría sido el precio para que estuviera dispuesta a traicionar a una de las suyas?

Intenté ayudar a Ursilda a que se levantase de la cama.

—Tenéis que caminar durante las contracciones —le dije al igual que mi madre se lo había dicho a docenas de mujeres.

Ursilda tenía el rostro surcado de lágrimas. Los sollozos parecieron provocarle otra contracción. Gruñó y se enroscó sobre sí misma.

—No puedo...

—He intentado que caminase, pero está demasiado débil —dijo la matrona.

—¿Qué le has dado? —sonó más como una acusación de lo que había pretendido.

La matrona se tensó y luego se obligó a devolverme la mirada. Su voz pareció temblar de preocupación.

—Solo rapunzel por sus antojos y poleo. ¿Deberíamos intentar algo más?

El poleo podía explicar parte de la palidez de su piel, pero no tanto. Me aclaré la garganta e intenté no sonar frustrada cuando le expliqué lo primero que me había enseñado mi madre, hechos básicos que sabría cualquier matrona.

—Deberíamos darle caudel, si no lo has hecho ya. Ayuda con el dolor.

—Tiene razón. Ha pasado demasiado tiempo sin que le hayamos dado de beber —dijo Irmgard mirando a la matrona. Esta negó con la cabeza con los labios apretados—. Se lo pediré a la cocinera.

Mientras Irmgard salía, me dirigí a la matrona.

—¿Me dijo Irmgard que las contracciones siguen muy espaciadas?

La matrona asintió.

—Le quedan horas para el parto.

Ayudé a Ursilda a salir de la cama e intenté que caminase. La matrona me miró con escepticismo. Ursilda se desplomó después de dar un solo paso.

—No puedo...

Tenía las piernas demasiado débiles como para soportarla. Probablemente también lo estaba incluso para utilizar una silla de parto. La ayudé a volver a la cama y me pregunté si tendría la fuerza suficiente para dar a luz apoyada sobre las manos y las rodillas. Había asistido a mi madre durante varios partos en esa postura cuando se alargaban mucho. Habría sido más fácil si su familia hubiera estado ahí para apoyarla.

—El resto de su familia —le pregunté a la matrona—. Sus tías. Su madre. ¿Dónde están?

La matrona me dedicó una mirada de amargura.

—Todos se han marchado del castillo. No hay nadie más aquí. A su alteza —dijo, santiguándose— lo han acusado por el asesinato de la princesa Frederika, por si no lo has oído. Está escondido. Igual que los padres de Ursilda. —La matrona fingía estar enfadada por Ursilda, pero el odio que sentía por Ulrico quedaba patente por la forma en que escupió su nombre—. Ursilda no me ha dicho dónde han ido, así que no tengo forma de contactar con ellos.

—No sé dónde están —gimoteó Ursilda con debilidad.

La matrona me miró con los ojos entornados y bajó la voz.

—A la madre de Ursilda le habría gustado estar aquí para el parto. Quizá tú consigas que te diga dónde está para que pueda enviar a buscarla.

Parpadeé y respondí con dureza.

—No será necesario.

Irmgard regresó corriendo a la habitación seguida de la cocinera, una mujer rolliza de aspecto solícito con una jarra y una taza.

—Añádele pinsapo y prímula —le dije a la cocinera. La mujer lo hizo y le acercó la taza a Ursilda. La princesa se la bebió con rapidez—. Dale más.

Mientras la cocinera obedecía, me pregunté qué estaría haciendo Matthäus. Seguramente estaría vigilando a la matrona desde un rincón. Me pregunté cómo se sentiría, qué pensaría de estos procedimientos prohibidos. ¿Estaría nervioso? ¿Estaría enfadado por Ursilda?

Hice que la princesa bebiese la segunda taza y le pedí a la matrona que me ayudase a preparar un lecho con paños en el suelo para que no se hiciera daño en las rodillas.

—Mira —me dijo—. Yo soy quien está a cargo de este parto. No puedes venir aquí sin más y encargarte tú.

—Sí que puede —respondió Irmgard con firmeza—. Tengo una carta de la reina que dice eso mismo. Haz lo que te pide o estás despedida.

La matrona parpadeó en su dirección.

—Como desees.

Ursilda pareció recobrar la vitalidad un poco cuando la ayudamos a acercarse al lecho en el suelo. Parecía que el humor de la matrona se había ensombrecido, como si sospechara que su tiempo con Ursilda se estaba agotando.

—¿Cuánto tiempo lleva sin comer? —pregunté.

—Demasiado —respondió la matrona y se dirigió a Ursilda—. ¿Quiere un poco más de rapunzel, querida? La ayudará a acelerar el parto.

Ursilda miró a Irmgard, que me miró a mí, y asentí. Hasta ahí era cierto. Ursilda asintió con una expresión famélica extraña.

Observé a la matrona ofrecerle el plato de la mesita de noche y miré las hojas. Todas parecían y olían a rapunzel. Perfectamente inocentes. Mientras Ursilda se introducía una hoja en la boca, me pregunté cómo la estaría envenenando la matrona.

—Agua —dijo la princesa—. Necesito agua.

En lugar de usar la jarra que había en la mesita de noche, la matrona fue hasta la mesa que estaba al otro lado de la habitación, donde había otra jarra. Vertió su contenido en una taza y se la dio a Ursilda. Entonces se frotó las manos con aceite de menta y comenzó a masajearle la espalda.

Ursilda se tomó el agua y tosió. Luego volvió a ponerse a cuatro patas. Apenas era capaz de sostenerse a sí misma; tenía las extremidades demasiado débiles y le temblaban. *El agua*, pensé. *¿Qué tiene?*

Tosí y me acerqué hacia la jarra que había en el otro extremo de la habitación.

—¿Hay otra taza? —le pregunté a la cocinera. Ella asintió y me trajo una. Me serví un vaso y observé la expresión de la matrona mientras me llevaba el agua a la nariz y la olía. Ella me miraba con frialdad. El líquido no tenía ningún aroma. Repasé los síntomas de Ursilda: la debilidad, los ojos rojos y vidriosos, lo delgada que se había quedado. ¿Estaría la matrona usando arsénico?

Dejé la taza sin beber.

—Beatrice ha ordenado que examinase a Ursilda en privado. Debería hacerlo ahora.

—No puedo abandonarla durante las contracciones —replicó la matrona.

—Sí puedes, y lo harás —dijo Irmgard—. Por orden de la reina.

La matrona me fulminó con la mirada con una expresión sombría. Apartó los ojos de mí y los clavó en la princesa.

—¡Estoy aquí por orden del rey! —Se llevó la mano al cinto. Al mirar de cerca, me pareció ver una forma alargada. Un cuchillo.

Ursilda alzó la mirada, sorprendida.

Sentí el aura sobrenatural cambiando con rapidez en dirección contraria. Un tirón fuerte del otro mundo. La posibilidad de la muerte se arremolinaba —el aire se tensó— como una serpiente preparándose para atacar.

Una cacofonía de sentimientos brotó en mi interior. La certeza de que debía estar allí. La rabia por las intenciones de la matrona.

La estatuilla vibró en el saquito de las monedas, zumbando con furia. Sabía lo que tenía que hacer. Me interpuse entre la matrona y Ursilda.

Cuando la matrona sacó el cuchillo, la ira estalló en mi interior.

No era yo misma cuando extraje la daga de la vaina. Era mi madre, desatándome para protegerme. Era el impulso de la Madre para proteger a sus hijas mortales. Pensé en Rika, en cómo le había fallado. Pensé en Ursilda, en el bebé que llevaba en el vientre, cuando le rebané la garganta a la matrona.

El corte fue desigual y profundo. La sangre se derramó de la herida hasta su vestido. Se desplomó en el suelo.

Oí un grito ahogado a mis espaldas.

La sangre comenzó a formar un charco, espesa y roja, bajo el cuerpo sobre la alfombra. Noté el cuerpo pesado por el alivio. Ursilda estaba a salvo. Dije una oración rápida por el alma de la matrona mientras la veía abandonar este mundo, una brisa fina que siseó al salir. Cuando se marchó, la tensión en el aire no colapsó. El tirón del otro mundo seguía ahí.

El sonido incorpóreo de un sollozo inundó la habitación.

Matthäus se materializó frente a nosotras al quitarse la *tarnkappe*. Los sollozos eran suyos. Tenía una expresión estupefacta; horrorizado, miraba fijamente el cadáver de la matrona.

—Que Dios se apiade de nosotros —dijo.

Irmgard jadeó: un hombre, en la sala de parto. Miró de reojo el charco de sangre cada vez mayor.

—Princesa Ursilda —balbuceé—. Perdonadnos por haber traído a un hombre a vuestros aposentos. La reina nos advirtió que una asesina la estaba atacando.

Matthäus asintió y desvió la mirada.

—No podía dejar que se enfrentase a esto sola.

Lo miré a los ojos, tratando de adivinar cómo se sentía con respecto a lo que había hecho. Había alivio en sus ojos, pero también miedo. A pesar de la conversación que habíamos mantenido de camino hacia allí, no sabía bien qué pensar. Tendríamos que hablarlo más tarde.

Me volví hacia Ursilda.

—El rey envió a la matrona para descubrir dónde estaba Ulrico o para mataros. Para castigar a su familia.

—¿Por qué?

La miré a los ojos; no estaba segura de si debía disgustarla más.

—Su hermano ordenó el asesinato de Frederika.

Ursilda se quedó boquiabierta y su rostro se desmoronó en un sollozo.

—No. —Empezó a hiperventilar—. ¿Mi hermano?

Asentí con los dientes apretados.

—Lo siento mucho.

—¿Por qué mataría a Frederika?

—Descubrió que se había casado en secreto con otra persona. Un campesino.

Su rostro se contrajo debido al horror.

—No. —Estalló en lágrimas—. No...

Irmgard le dio la mano para intentar consolarla.

Ursilda la apartó.

—Frederika. —Le tembló la voz. No dejaba de negar con la cabeza—. Él... No puedo...

—Lo siento, Ursilda. Vi al hombre hacerlo con mis propios ojos. La acusó de haberlo abandonado.

Ella se me quedó mirando horrorizada y la oscuridad asomó a sus ojos verdes. Los entrecerró y vi la rabia que debía haber estado cociéndose a fuego lento durante mucho tiempo.

—Beatrice nos envió para advertiros. El rey... quiere venganza. Como no puede llegar hasta vuestro hermano, quiere veros muerta. La matrona la ha estado envenenando, sospecho que con arsénico.

Ursilda entreabrió la boca.

—¿Por eso he estado tan débil?

Me volví hacia la cocinera.

—¿Hay balsamita, betónica y ruda en el jardín? —Ella asintió—. ¿E hidromiel? ¿Euforbio de jardín?

La cocinera asintió de nuevo y se apresuró a buscar los ingredientes.

Ayudé a Ursilda a alejarse de la sangre que comenzaba a empapar los paños. Me escuchó mientras le describía el asesinato que había presenciado, lo que ocurrió después de que testificase contra Ulrico en la corte. Cuando terminé la historia, le sobrevino una contracción.

Cerré los ojos para evaluar aquella aura sobrenatural. No había ningún temblor, ni un alma en el umbral. El tirón del otro mundo seguía siendo fuerte.

—Respirad —le dije, aterrorizada—. Balancead las caderas. Tenéis que calmaros.

Ella arqueó la espalda y gimió de dolor. Su rostro quedó desprovisto de todo color. Puso los ojos en blanco.

Temí que su alma estuviese a punto de abandonar su cuerpo. No tenía fuerzas para empujar. Cuando la contracción cesó, empezó a jadear de forma entrecortada; respiraba tan rápido que temí que fuera a desmayarse.

—Respirad hondo —le recordé.

Mientras esperábamos a que la cocinera trajese los ingredientes para el antídoto, Matthäus preguntó con un hilo de voz:

—¿Debería esperar fuera?

—Sí —dije mirándole a los ojos—. Gracias por venir conmigo.

Me devolvió la mirada con una expresión de cautela, llena de miedo.

Irmgard lo miró.

—Hay una sala de espera al otro lado del pasillo.

Mientras Matthäus se marchaba, aparté las preocupaciones y el miedo que sentía por él a un lado; me concentré en el parto. Le di instrucciones a Irmgard para que le masajease la espalda a Ursilda. Ella gimió y el cuerpo se le quedó rígido cuando la cocinera entró corriendo con las hierbas.

—¡Otra contracción! —gritó Irmgard.

Asentí al tiempo que empezaba a trabajar para exprimir el jugo de las plantas.

—Ahora son más rápidas. Es por la agitación. —Me dirigí a Ursilda—. ¿Podéis empujar?

Ursilda gritó a pleno pulmón y arqueó la espalda. Se le pusieron los ojos en blanco y luego se cerraron con un parpadeo. Se desplomó sobre el vientre, encima de los paños.

Dejé el remedio casi terminado para agacharme junto a ella; le coloqué la mano en el vientre y sentí la contracción bajo su piel. El bebé seguía moviéndose. Estaba vivo. Lo sentía. Al desplazar la mano por el vientre, sentí su cabeza muy baja en la pelvis. La respiración de Ursilda cada vez era más entrecortada, más superficial.

Le tomé el pulso. Era débil.

La contracción paró.

—¿Sobrevivirá? —preguntó Irmgard con voz temblorosa.

No sabía cómo responder a esa pregunta. No había forma de saber si el remedio funcionaría. Terminé de hacerlo, deprisa, y mezclé el jugo de balsamita, betónica y ruda con euforbia de jardín.

—Tenemos que hacer que se lo beba.

Irmgard se acercó a Ursilda y la sacudió.

—Alteza...

—Con cuidado —le advertí.

—¡Despertad!

Ursilda no se movió.

Respiré hondo, me acerqué a la princesa y le acuné la mandíbula inferior para separarle los labios como había hecho en una ocasión con mi madre. Vertí la mezcla en su boca y le cerré los labios con fuerza para que el líquido no se saliera.

—Dame el hidromiel —le pedí a la cocinera. La mujer obedeció.

El vientre de Ursilda se contrajo de nuevo. Se movió y gimió con suavidad sin abrir los ojos. Era preocupante que los dolores no la despertasen. Esperé a que la contracción parase y comprobé el canal de parto para ver cuánto le quedaba. Casi había llegado la hora, pero todavía no sentía el alma en el umbral. El tirón aún provenía de la otra dirección. Ursilda tendría que despertarse pronto, o tanto ella como el bebé morirían.

Cuando la contracción terminó, volví a abrirle la boca para darle hidromiel. Le entró una arcada involuntaria por la espuma que le subió por la garganta, pero por lo demás no se movió.

Y entonces, después de un bendito momento, Ursilda comenzó a escupir y a toser expulsando espuma por la boca. La senté derecha para que no se atragantase. Le pedí a la cocinera que trajese el orinal.

Cuando la cocinera lo sostuvo frente a ella, Ursilda abrió los ojos. Vomitó una sustancia espumosa, con los ojos espantados y llenos de pánico como los de un animal.

Enseguida, le pedí a Irmgard que le trajese una taza de caudel. Ursilda se la bebió entre contracciones, como si estuviera muerta de sed. Miré entre sus piernas y vi que el canal de parto se había abierto lo suficiente para que empujase.

—¿Os sentís con más fuerzas?

Ella negó con la cabeza.

—¿Creéis que podríais intentarlo en la silla de parto?

Ursilda la miró con una expresión escéptica y volvió a negar con la cabeza.

—Necesita más caudel —dije.

La cocinera se apresuró a servirle otra taza. Se la acerqué a los labios.

—¿Lo intentará ahora? A veces ayuda cambiar de postura.

Ella agachó la cabeza y supe que lo haría, aunque me preocupó que simplemente fuera que no tuviera fuerzas para discutir. La ayudé a llegar hasta la silla de parto y le dije que conservara las fuerzas para la siguiente contracción. Apenas podía mantenerse en pie. Las piernas le temblaban con violencia. Le tiritaban las manos. La tomé de la muñeca para comprobar el pulso. Los latidos eran débiles, irregulares. El antídoto no haría mucho más. Les hice un gesto a Irmgard y a la cocinera para que se acercasen y me ayudasen a mantenerla erguida. Lo hicieron murmurando palabras de ánimo con suavidad.

—Podéis hacerlo. Debéis hacerlo.

Cuando vino la siguiente contracción, Ursilda comenzó por fin a empujar emitiendo una mezcla entre un gruñido y un grito animal horrible.

Todavía no sentía el alma, ningún temblor en el umbral. Me agaché en el suelo delante de ella. La coronilla del bebé, un pequeño círculo rosado, asomó por el canal de parto, pegajosa por la sangre y la mucosidad. ¿Nacería muerto?

El tirón del otro mundo era tan fuerte que estaba mareada. Cuando el velo entre ambos mundos se abrió, Ursilda me miró con una expresión adormilada —los ojos bizcos— y me soltó la mano. Se desplomó en la silla.

—¿Ursilda? —dijo Irmgard con voz temblorosa.

Le busqué el pulso de nuevo. Por un instante, no había nada. Luego me pareció sentir un único y débil latido. Moví los dedos para ver si encontraba un pulso más regular. La princesa estaba desplomada en la silla de parto en brazos de Irmgard, completamente inconsciente. Pasó un buen rato en el que evité mirar a Irmgard. Temía que hubiésemos llegado demasiado tarde, que en un segundo viese un alma como cubierta de rocío abandonar sus labios. El veneno llevaba demasiado tiempo en su sangre.

Busqué la estatuilla en el bolsillo y la froté, rezando para que el equilibrio sobrenatural cambiase. Oí una voz sombría del otro mundo. *Muévela*, siseó la Madre.

De repente, lo comprendí. Esa postura no funcionaría. Entré en pánico y, con toda mi fuerza, comencé a ponerla de rodillas.

—Ayúdame —le dije a Irmgard.

Otra contracción movió el vientre de Ursilda mientras la colocábamos. Gimió y abrió los ojos.

Y entonces lo sentí: el temblor en el aire. El alma del bebé.

—Empujad —dije agachada a su lado—. Ursilda, es la hora. ¡Empujad!

La princesa empezó a sollozar. Reunió toda la fuerza que tenía y empujó dejando escapar un gruñido animal escalofriante.

Y entonces, el bebé estaba fuera. Era una niña rosada y enfadada, con una mata de pelo rojo claro. Era pequeña para una recién nacida, pero no de manera enfermiza. Era un peso que se retorcía entre mis brazos, en silencio.

La princesa ladeó el cuello para ver a la niña con una mirada cargada de agotamiento. Las lágrimas le recorrían las mejillas. Me limpié la mano en la capa y le introduje los dedos en la garganta a la bebé para limpiarle los restos. Cuando terminé, se me puso la piel de gallina. Una brisa como un susurro pasó a mi lado. Era su alma, que entraba volando en ella.

Los gimoteos despertaron un anhelo tan profundo en mí que me quedé sin aliento. Su suavidad, el peso en mis brazos. Sentía que tenerla en brazos era lo correcto. Cuando me miró, vi sus ojos llenos de necesidad… y totalmente negros. Ahogué una exclamación, fascinada. La bebé era como yo. Tendría el don.

La sostuve con fuerza mirándola a los ojos, arrullándola; nunca había codiciado ser madre con tanta fuerza como para sentir el corazón en un puño. Cuando Ursilda alargó la mano para tocarla —que la Madre me perdone—, puse una mueca. Ursilda intentó levantarse de la silla, pero le temblaban tanto las piernas que cayó hacia atrás.

—Vamos a limpiaros y a llevaros a la cama primero —dije con una sonrisa utilizando su debilidad como una excusa. Mi mirada se topó con el cadáver en el suelo y el charco de sangre que se arremolinaba debajo. Era algo lúgubre ver un cuerpo como un fastidio. Pero así es como me sentí al ver lo que quedaba de la matrona. Maldije los problemas que nos había causado.

—¿Podrías ocuparte de eso? —le pregunté a la cocinera.

—Sí —dijo—. Traeré ayuda.

Cuando se marchó para buscar a los guardias, Irmgard utilizó un paño para limpiarle las piernas a Ursilda. Bañé a la bebé, le envolví el trasero y le puse un bonito traje blanco bordado. La acuné y la acuné con el corazón rebosante de una codicia tan pura, tan perfecta, que no podía soportarla.

Irmgard ayudó a Ursilda a meterse en la cama. Estaba tan débil que casi se cayó tres veces antes de desplomarse sobre las almohadas. Irmgard trató de que se irguiera y le enderezó la bata. Se fijó en lo pálida que seguía. La matrona debía de haber estado envenenándola durante una semana. Quién sabe cuánto arsénico le había dado y cuándo. Esperaba que su cuerpo hubiese protegido a la niña del veneno. Kunegunde diría que el mejor remedio sería la leche materna, pero ¿sería capaz Ursilda de amamantarla?

La bebé se había quedado en silencio entre mis brazos. Veía cómo la observaba con sus ojos negros. Cuando Ursilda se hubo acomodado, me obligué a tenderle a la niña y le hice un nido de almohadas para alzarla con la garganta cerrada. *Mía, mía, mía,* susurraba una voz horrible en mi interior. Maldije esa voz la primera vez que la oí, de verdad.

Al principio.

Irmgard le abrió la bata a Ursilda y la bebé empezó a removerse, sana, hambrienta, buscando su primer alimento. Mientras la niña se agitaba, respiré hondo tratando de alejar aquella voz horrible. *Gracias, Madre,* recé, *por todo lo que has hecho hasta ahora. He hecho todo lo que me pediste. ¿Hay algo más en lo que pueda ayudar?*

La niña se agarró a Ursilda y empezó a succionar.

Cuando los guardias regresaron con la cocinera para ocuparse del cuerpo, habíamos cubierto a las dos con mantas. A Ursilda se le cerraron los ojos mientras la bebé intentaba que saliera leche del pecho.

Un momento después, empezó a removerse.

—Intentadlo con el otro pecho.

Irmgard la ayudó a mover a la niña. Ursilda parecía preocupada. Tenía el rostro macilento y las ojeras eran pronunciadas.

De repente, se enderezó en la cama con una expresión de pánico, como si se le acabase de ocurrir algo.

—¿Quién impedirá que el rey no mande a nadie más? —La bebé se removió entre sus brazos.

La miré y recordé el sueño.

Al ver mi expresión, Ursilda se aferró con más fuerza a su hija, agitada.

—Dime lo que sabes.

—La Madre me habla —dije en voz baja—. Tengo el don.

La niña empezó a gimotear, impaciente porque la leche no fluía.

—Necesitamos leche de cabra —le dije a la cocinera—. Ve tú. No dejes que nadie la consiga por ti.

Ella asintió al entenderlo y marchó corriendo.

Ursilda tembló cuando miró a Irmgard. La habitación estaba tranquila y silenciosa. Irmgard se dirigió a mí.

—Cuéntanoslo todo.

—Puedes hablar libremente delante de Irmgard —dijo Ursilda.

Todas nos miramos las unas a las otras un momento. Respiré hondo.

—Como deseéis. Soy Haelewise, hija de Hedda, y solicito entrar en el círculo de hijas que veneran a la Madre. A veces, la diosa me envía sueños. Visiones que ocurrirán a menos que haga algo al respecto. Tuve una premonición sobre el asesinato de la princesa Frederika, pero no pude impedirlo. Anoche la Madre me contó en un sueño que el rey enviaría a otro asesino después de que este intento fallase. Un hombre enmascarado entrará por esa ventana cuando la medialuna comience a menguar, para mataros a ambas. —La rabia hizo que mi voz sonase estrangulada—. Vi el cuchillo que acercó a la cuna. Llevaba el emblema del rey.

A Ursilda le costó controlar sus emociones. Miró a la bebé con las lágrimas recorriéndole las mejillas.

—¿Para matarla?

—Eso me temo —suspiré, incómoda—. Este lugar no es seguro para vos ni para la niña, hasta que el rey capture a Ulrico y perdone al resto de su familia. Si llega a hacerlo...

Ursilda empezó a sollozar en silencio. Se le entrecortó la respiración.

—No puedo ir a ninguna parte así de débil.

Tenía razón. Estaba demasiado enferma para caminar. Ni siquiera podía amamantar. Le temblaban los brazos. Incluso le costaba sostener a la pequeña recién nacida en la cama. La bebé lloriqueó.

Justo en ese momento, la cocinera interrumpió aquel punto muerto con una botella de leche de cabra y un cuerno para darle de comer. Irmgard se movía de un lado a otro mientras calentaba la leche y llenaba el cuerno. Ursilda y yo permanecimos en silencio mientras la contemplábamos trabajar. Cuando le tendió a Ursilda el cuerno, la princesa le ofreció la boquilla a la bebé. No se acopló.

Sostuve a la pequeña, que se tranquilizó con mi contacto. Le enseñé a Ursilda cómo sostener el cuerno para que pudiera succionar bien. La niña hizo ruido al beber.

La mirada de Ursilda era descorazonadora.

—No le estoy haciendo ningún bien —musitó—. No me necesita.

—No digáis tonterías —dije, pero tan pronto como la bebé abandonó mis brazos, empezó a llorar de nuevo.

Junto a la cama, Irmgard negó con la cabeza a modo de protesta. Ursilda me miró. Supe lo que estaba pensando. No era seguro seguir allí, pero no tenía fuerzas para marcharse. Ni siquiera podía sostener el cuerno con la leche.

La tentación era demasiado grande. Sentí que decir lo que dije a continuación era lo correcto. Las palabras salieron de mi boca antes de pensármelo dos veces.

—Podemos llevarla a Gothel.

En cuanto lo dije, supe que Ursilda diría que sí. Estaba débil y llena de inseguridad maternal. Sabía que me estaba aprovechando de ella. Sin embargo, la sugerencia era buena —la torre era segura— y yo no tendría que renunciar a la bebé.

—En Gothel estará a salvo de los asesinos del rey. Cuando recobréis la fuerza, podréis uniros a nosotras.

A Ursilda le brillaron los ojos, esperanzada, y asintió con ganas.

—Kunegunde es hija de la Madre. Llevamos distanciadas casi una década, pero sigue obligada bajo juramento a ayudar.

Pensar en ver a Kunegunde de nuevo me llenó de temor —pensándolo mejor, ni siquiera sabía si nos dejaría entrar en la torre—, pero quería tanto a esa bebé que cualquier excusa para llevármela me parecía buena. Y ¿dónde si no iríamos Matthäus y yo?

—Le recordaré el juramento. Podéis usar el *spiegel* de agua para verla mientras os recuperáis.

Ursilda asintió.

—Gracias.

Alcé a la niña.

—¿Queréis acunarla de nuevo?

—No tengo fuerzas —dijo Ursilda y le besó la frente con debilidad. La niña la miró con los ojos abiertos después de haber vaciado el cuerno con la leche de cabra—. Mantenla a salvo hasta que me una a vosotras. Pero ¿qué le diré a mi padre? ¿Dónde le digo que está la bebé?

La miré un instante mientras una historia cobraba vida en mi cabeza.

—Decidle la verdad, pero contádselo así. La matrona nueva era una bruja. Os arrebató a la criatura de los brazos cuando estabais demasiado débil para detenerla y luego se escapó con vuestra hija en medio de la noche.

CAPÍTULO TREINTA Y TRES

Cabalgamos hacia Gothel con las capas puestas. La niña dormía sujeta contra mi pecho tan profundamente que era como si la Madre la hubiese encantado. No hablamos durante el trayecto por miedo a que Ulrico nos encontrase; lo único que se escuchaba era el eco de los cascos de nuestros caballos invisibles en el paso de montaña. La neblina vestía los árboles con un encaje fantasmagórico. Pensé en cómo convencería a Kunegunde para que dejase que un hombre se quedase en la torre. Si tuviera algo que ofrecerle para que le mereciera la pena. Solo esperaba que el juramento que le había hecho al círculo tuviera peso.

Acuné a la niña en un cabestrillo mientras cabalgábamos. Hasta que su madre viniera a por ella, yo sería quien la sostuviera, quien la alimentara, quien acudiera a ella cuando llorara por la noche. Me aferré a ella con fuerza. Al abrazarla, el concepto que tenía de mí misma se diluyó en mil sombras. Ella era yo, y yo era mi madre y todas las madres que habían vivido antes que ella.

A caballo, Gothel no estaba muy lejos del castillo. A medida que nos aproximábamos a la montaña donde estaba la torre, empecé a sentir una presencia inquietante, una perturbación en el aura sobrenatural que me daba mala espina. Se estaba acercando. Tiré de las riendas.

—Espera —susurré. Matthäus se detuvo junto a mí.

Introduje la mano borrosa en el saquito de las monedas, pero la estatuilla de la madre pájaro estaba fría. La froté y cerré los ojos, rezándole a la Madre que mejorase la sensibilidad de mi don. Un momento después, la figurita se calentó y sentí el mundo de las sombras con mejor precisión que nunca. Ya estaba medio dentro. Aunque no podía ver a Matthäus o a Nëbel, sentía sus *tarnkappen*, dos ríos sobrenaturales que fluían cerca hacia el otro mundo. Y a lo lejos, donde sentía la presencia, notaba un río corriendo en dirección contraria, desde el mundo de las sombras hacia el bosque.

Entonces lo oí. Un aullido lejano.

Nëbel se asustó y empezó a moverse nerviosa, con los músculos tensos bajo mi cuerpo. Me recorrió un escalofrío y recordé lo que Albrecht les había contado a los hombres del rey cuando llegaron al castillo: que Ulrico había ido de cacería. *Dios mío*, pensé. Esa presencia que atraía las sombras a este mundo. Era Ulrico con la piel de lobo.

Nëbel resopló, inquieta. Cerré los ojos tratando de ubicar la localización de Ulrico. Venía en nuestra dirección. Lo primero que pensé fue en la seguridad de la bebé, y luego en la de Matthäus. Agarré las riendas de Nëbel con fuerza, decidida. El caballo brincó, miraba de un lado a otro, presa del miedo.

—¿Qué ha sido eso? —preguntó Matthäus en voz baja, como si ya supiera la respuesta.

—Ulrico —dije—. Viene a por mí.

Le di unas palmaditas a Nëbel para intentar tranquilizarla. Había estado esperándome en el bosque cerca de la torre de Gothel. ¿Cómo sabía que volvería? No pensaba hacerlo. Los pensamientos se sucedían a toda velocidad. Puede que no lo supiera. Tal vez uno de los habitantes del pueblo le dijera que habíamos acogido a Rika en Gothel, o puede que uno de sus guardias hubiera encontrado mi nombre en el registro del puesto de vigilancia. De hecho, tenía tantas formas de saber que debía buscarme allí que me sentí estúpida por no haberlo previsto. Darme cuenta hizo que se me anegaran los ojos de lágrimas. Qué ingenua era. ¿Cómo iba a enfrentarme a las confabulaciones de un monstruo así?

Nëbel resopló al notar mi nerviosismo, le entró pánico y empezó a relinchar y a brincar. Cerré los ojos de nuevo para localizar dónde estaba Ulrico en ese momento. Casi jadeé, había cubierto mucha distancia muy rápido. Se dirigía directamente hacia nosotros, como si supiera dónde estábamos. Puede que no hubiese llevado puesta la capucha el tiempo suficiente. ¿La luna llena haría que la piel de lobo fuese más poderosa que la capa? Puede que estuviese rastreando mi olor. Tenía el sentido del olfato de un lobo. Las *tarnkappen* estaban en su momento más débil.

La bebé. Matthäus. Quién sabe lo que les haría cuando nos encontrase.

—Voy a enfrentarme a él —le dije a Matthäus, pensándolo mientras lo decía—, para que tú y la pequeña podáis escapar.

—No —susurró él con vehemencia.

—La seguridad de la niña es lo primero —dije con seriedad. Desmonté. No podía haber discusión al respecto. Si Ulrico venía a por mí, la bebé debía estar lejos. Tanteé buscando dónde sentía que funcionaba la *tarnkappe* de Matthäus y encontré el estribo de su caballo.

—¿Dónde estás? Ten. Deja que te la dé.

—Haelewise... —Matthäus me tocó el brazo. Su voz estaba cargada de ternura, rota—. No quiero dejarte.

—Me busca a mí. No quiero que la niña o tú estéis cerca cuando me enfrente a él. —Encontré su mano y la apreté.

Desmontó, quejándose.

—No pienso...

Pero su protesta quedó interrumpida por mis labios al buscar a tientas su boca. Encontré su mejilla, pero se movió y tanteó para presionar su boca contra la mía. Era una sensación extraña besarse cuando medio estábamos en el mundo de las sombras. Notaba los labios entumecidos y percibía un hormigueo y pinchazos. La sensación me mareó.

Deshice el nudo del cabestrillo alrededor del pecho y lo ajusté en torno a sus hombros; arrebujé a la bebé y la presioné contra su pecho para asegurarme de que estuviera bien sujeta. Cuando estuvo acomodada, le besé la frente. Ella gimoteó, un chillido diminuto.

—No te quites la capucha. Aléjate. Voy a soltar a Nëbel. Está muy nerviosa. Delatará mi posición.

—¿Qué vas a hacer?

—No lo sé. No soy capaz de pensar mientras la niña no esté a salvo.

—¿A dónde iré?

—No importa dónde. Solo escóndete. Podré encontrarte siempre y cuando lleves la capa puesta.

Emitió un sonido estrangulado, un ruido final a modo de queja. Luego se recompuso.

—Está bien. Si es la única forma. Buena suerte, Haelewise. Ten cuidado. Te veré pronto.

Hubo una pausa. Luego oí el sonido de los cascos golpeando la tierra: se había ido. Le quité la capa a Nëbel y le di una palmada en el lomo. Salió a toda prisa tras ellos.

En cuanto se hubieron ido, pude concentrarme en la situación que tenía entre manos. Le di vueltas y me devané los sesos tratando de descubrir algún punto débil de Ulrico que pudiera aprovechar. Tenía los pensamientos enmarañados, estaba insegura. La última vez me había aprovechado de su lujuria. La última vez...

Saqué la estatuilla del saquito y la froté mientras rezaba. *Por favor,* susurré. *Madre, por favor, guíame.*

El velo se abrió y el equilibrio sobrenatural viró brevemente hacia este mundo. Un zumbido me atravesó los tímpanos, como abejas alzando el vuelo para proteger la colmena. *Roba la piel de lobo,* vibró una voz femenina del otro mundo —rabiosa— antes de que el equilibrio cambiase.

Me recorrió una sensación de seguridad. Parpadeé, agradecida por saber qué hacer. Si le quitaba la piel de lobo a Ulrico, le robaría su poder. Es más, Kunegunde estaría tan contenta conmigo que puede que no echase a Matthäus. Pero ¿cómo iba a robarla?

No puede verme, pensé. *No lo he pensado bien. No tengo que ser la presa. Puedo ser la cazadora.*

Examiné el bosque que me rodeaba. Había un junípero cerca con el tronco lleno de nudos que parecía fácil de escalar. Trepé por él, deprisa, buscando un sitio donde agazaparme más o menos a la mitad, lo bastante lejos como para estar fuera de su alcance pero no tanto como para que no pudiera saltar. Me puse la capucha, me ceñí la *tarnkappe* todo lo fuerte que pude y saqué el arco.

Lo sentía acercarse, monstruoso, maligno. Mientras permanecía a la espera, pensé en la daga que el asesino debía clavar en el corazón de Rika por orden suya, la mano que coló bajo mi falda, el sabor dulzón y enfermizo de su vil boca sobre la mía. *Que venga,* pensé mientras colocaba una flecha.

Y entonces, ahí estaba. El lobo más grande que había visto jamás saltó entre las sombras. Una bestia horrible, *antinatural,* sin un ápice de la belleza del animal verdadero. Era grotesco. Tenía los hombros deformes, le sobresalían los huesos y su enorme torso era fuerte y ancho. El pelaje le ondulaba como el humo. Se movía despacio, elevando el hocico para olisquear el aire como si tratara de encontrar mi olor.

Sonreí. No sabía dónde estaba. Ceñirme bien la capucha había ayudado a ocultar mi posición.

Saltó más cerca con el hocico levantado, olfateando el aire sin detenerse un momento en mi árbol en particular. Mascculló algo, un solo sonido gutural, más un gruñido que una expresión. Gruñó frustrado y lo intentó de nuevo. Esta vez, se asemejó más a unas palabras y distinguí lo que quería decir.

—Haeel. Sé qu'ehtá 'quí.

Me tensé, aterrorizada. Puede que haya rozado ligeramente la pierna contra el tronco. Miró hacia arriba, gruñó, echó las orejas hacia atrás, se le erizó el pelaje del lomo y olfateó el aire alrededor de mi árbol. Cuando vi su rostro, el estómago me dio un vuelco del asco, del odio. Sus ojos eran como agujeros, abiertos de par en par. Solo podría dispararle una vez.

Enseñó los dientes al gruñir.

Le apunté al corazón con la flecha. Si lo mataba del disparo, problema resuelto. Pero si no —era tan grande—, sería mejor que se la clavase en algún sitio donde le costara quitársela. Dije una plegaria rápida para que mi puntería fuera buena y solté la flecha. Voló hacia él y le dio en el pecho descubierto antes de que pudiera inmutarse siquiera. Dejó escapar un aullido canino de dolor.

—*Haelll!* —se quejó y le dio un zarpazo a la flecha. Se había clavado lo bastante hondo como para que no saliera con facilidad. Cuando golpeó el asta con la pata, lloriqueó de dolor. Entonces empezó a temblarle el cuerpo, a cambiar, y el humo de su pelaje comenzó a ondularse. Unos hilos de sombras se disolvieron como la niebla donde antes habían estado sus hombros. El pelaje desapareció y se convirtió en nada; en su lugar, dejó en el suelo del bosque a un hombre desmadejado, ensangrentado, gimiendo e inspeccionando la flecha que tenía en el pecho.

Como esperaba, se había quitado la piel de lobo para extraer la flecha con las manos. Se movió para comprobar la herida con una mueca de dolor. Estaba tan cerca del corazón que le daba miedo arrancársela. La piel de lobo, esa cosa maligna, estaba tendida a su lado, olvidada. Sentía cómo sustraía las sombras del otro mundo —una nube negra, hedionda, infernal—, incluso sin que la llevase puesta.

Volví a colocarme el arco a la espalda, me ceñí la capa y bajé del árbol. Todo iba según mi plan. Todavía no podía verme.

Se sobresaltó con el ruido de mis pies al golpear la tierra.

—¡Haelewise! —gritó furioso mi nombre, como un gemido de dolor, con los ojos enloquecidos mientras me buscaba.

—Estoy aquí —susurré, y me regodeé al imaginar qué le parecerían aquellas palabras. El eco de mi voz melodiosa como la de una niña resonando en la sombra como si fuera una especie de demonio. Me moví tan pronto las pronuncié, bailando, cuando se me ocurrió qué decir a continuación: lo que me había dicho en el salón de la montaña.

—¿Me tienes miedo?

Ulrico cerró los ojos y se estremeció con una expresión de asco en el rostro. No sabría decir si era una reacción al dolor, a lo que había dicho o a ambos.

Se quedó rígido y vi el miedo luchando contra la rabia en su cara. La rabia era de esperar, formaba parte de él, pero el miedo me sorprendió. Confieso que me produjo un perverso placer ver ese miedo. Nunca dije que fuera una santa.

Me reí para mis adentros al imaginar el mundo desde su perspectiva, desplomado en el bosque, atacado por la chica a la que había intentado violar y matar.

Ulrico se apoyó sobre las manos y las rodillas y luego se levantó. Rompió la parte de la flecha que no tenía clavada en el pecho.

—No —dijo tranquilo, furioso—. No tengo miedo. Solo eres una niña. Una que está muy confundida por cómo funciona el mundo. Acogiste a mi esposa en Gothel. Me acusaste de asesinato cuando lo único que hice fue infligir un castigo que estaba en mi derecho. Frederika era una ramera, una esposa profana.

Su voz sonó muy tranquila mientras hablaba, como si de verdad intentase explicarme aquello. Escrutó el bosque a su alrededor tratando de descubrir mi posición. Sin la piel de lobo, no tenía ni idea de dónde estaba.

Para entonces, estaba detrás de él, junto a la piel de lobo arrugada, olvidada en el suelo. Cuando me acercaba a hurtadillas para quitársela como había planeado, el aura sobrenatural se descontroló. El poder empezó a pasar de un mundo a otro, rebotando, atraído por mi mano invisible. Fue como si me picaran mil avispas. Grité y retrocedí de un salto al darme cuenta de que la misma persona no podía llevar la *tarnkappe* y la piel de lobo al mismo tiempo; la neblina no sabía en qué dirección ir.

Ulrico se volvió hacia el sonido.

—Ahí estás —dijo. Era evidente que le satisfacía mi dolor, aunque también sabía que intentaba descifrar el motivo por el que había gritado. Un momento después, bajó la mirada y vio la piel de lobo.

Sonrió y se agachó para recogerla.

El corazón me dio un vuelco. Tenía el estómago atenazado por el miedo.

Se pasó una de las mangas por el brazo hablando amablemente; su voz sonaba tan tranquila que resultaba irritante.

—Voy a castigarte. Me has hecho más mal que Rika. Tendré que ocultarme para siempre. Mi familia vivirá en la deshonra. ¿De verdad pensaste que estarías a salvo en Gothel? ¿Cuándo tengo *esto*?

Se puso la otra manga.

Unas lenguas de sombra horribles empezaron a lamer el aire a su alrededor mientras cubrían su cuerpo de tendones grotescos. Sus hombros se ensancharon, su figura se volvió más robusta y las sombras brotaron de su piel. Se le hundió la nariz en el rostro, que se alargó hasta formar un hocico. Se le incrustaron los ojos en las cuencas. El proceso fue tan grotesco que me estremecí. Todo estaba mal.

Olfateó el aire para captar mi olor. Un momento después, sus ojos hundidos se fijaron en la nada, donde no podía ser vista. Se abalanzó sobre mí con un gruñido y me dio un zarpazo en el pecho.

Caí debajo de él. Me golpeó con la pata y me bajó la capucha hasta el suelo. Descubierta, pudo mirarme a los ojos. Gruñó con malicia. Le hedía el aliento.

—Voy a disfrrrutar esto.

Me aplastó y me hizo daño en el pecho con el peso de sus patas. Me pinchaban al atravesar la tela de mi capa, de mi vestido. Me abracé a mí misma, esperando a que ocurriera. Abrió la boca y sus dientes blancos refulgieron a la luz de la luna.

Entonces el humo de su pelaje comenzó a ondear. Los músculos de sus hombros empezaron a disolverse en la niebla. El pelaje le desapareció y se dio la vuelta dándole un zarpazo a lo que parecía aire.

Oí un grito.

—*¡Matthäus!* —grité y saqué la daga del cinto. Emitió un destello plateado cuando la clavé en la espalda del lobo enorme.

La bestia cayó. Las sombras se retrajeron y disminuyeron.

Matthäus se quitó la capa junto a la silueta desplomada de Ulrico con la piel de lobo en la mano y una sonrisa traviesa de oreja a ojera. Tenía la manga rasgada, pero solo había un poco de sangre. Siguió mi mirada.

—No te preocupes. No es nada. ¿Estás bien?

Bajé la vista a las heridas de mi pecho. No sentía nada. El corazón me latía tan fuerte que me había olvidado de ellas.

—La bebé —dije—. ¿Dónde la has dejado?

Soltó la piel de lobo y se marchó a toda prisa.

Me impulsé con las manos para levantarme y mirar a Ulrico. Estaba tendido de costado, aovillado como un niño en la cama, gimiendo.

Tenía la daga clavada muy hondo en la espalda y sangraba mucho. Me dirigió una mirada enloquecida. Sabía que su muerte se acercaba.

Lo contemplé sin decir una palabra, esperando a que dejase este mundo. Sabía que estaríamos mejor cuando se fuera. No sentí pena por él. El equilibrio se tambaleó y sentí el tirón del otro mundo.

Ocurrió en un instante. El alma, apestosa, nublada, abandonó sus labios. El velo siseó cuando la engulló.

Unos cuantos tendones de sombra se deslizaron por la fisura hacia la piel de lobo. Observé aquella cosa miserable. Me asqueó la forma en que daba zarpazos al aire, la sombra maligna que atraía a su alrededor. Decidí que tan pronto se la mostrara a Kunegunde, la destruiríamos. Tendría que verla por sí misma.

Matthäus regresó con la niña.

—¿Dónde la dejaste?

—Perdóname —dijo—. Hice una cuna con el cabestrillo y lo colgué de un árbol. Necesitaba asegurarme de que estuvieras bien.

Ignoré el dolor de las heridas del pecho cuando regresó y tomé a la bebé de sus brazos; la envolví con la tela y la miré a los ojos. Era tan perfecta, tan pura, tan ajena a todo lo que acababa de ocurrir. Por una fracción de segundo, todo parecía estar bien en el mundo. La abracé con fuerza.

CAPÍTULO TREINTA Y CUATRO

Llamamos a los caballos y volvimos a montar mientras decidíamos si llevar las capas durante lo que quedaba de camino. Supusimos que deberíamos usarlas por si nos cruzábamos con los hombres del rey. Pero si intentábamos acarrear la piel de lobo con las capas puestas, el aura sobrenatural se volvería loca. Al final, decidimos que Matthäus y su caballo se pondrían las *tarnkappen*, pero mi yegua y yo no, para que así pudiéramos trasladar la piel de lobo en un saco. La torre no estaba lejos. Un poco más adentro del bosque nos toparíamos con el círculo de piedras. Dos cuervos sobrevolaron el cielo para rodearnos. Oí a Matthäus contener el aliento. Sentía su nerviosismo a mi lado, aunque no le veía la cara. Cuando los cuerpos empezaron a descender hacia él, a pesar de llevar la capa, espoleé a Nëbel. Se detuvo con un relincho.

—¿Qué pasa? —susurró él con la voz cargada de temor.

—Los animales sienten la magia.

Cuando estábamos lo bastante cerca de la torre como para ver los peñascos que surgían de la tierra como dientes, le recordé lo del hechizo protector que mantenía este lugar oculto a ojos de los hombres. Él asintió al acordarse y en su rostro se reflejó una corazonada. No había pensado qué sería para él estar en Gothel. Si no podía verlo, dependería de mí hasta que aprendiese a arreglárselas.

Desmontamos de los caballos y les quitamos las capuchas para guiarlos y cruzar el círculo de piedras. Estaban espantados —relinchaban, con los ojos desorbitados—, entre los cuervos volando por allí y la niebla. Nos envolvimos los brazos con las riendas tres veces. Los cuervos volvieron a la torre entre chillidos. Sus graznidos hicieron eco. La bebé lloró. La sostuve con fuerza y la acuné meciendo las caderas.

—Shh —le dije—. Shh...

Luego me volví hacia Matthäus.

—Quítate la capucha.

Él se sacudió la tela y me dio la mano para que lo guiase a través del círculo de piedras. Los caballos tiraban de las riendas tras nosotros, relinchando reticentes. El hechizo chisporroteaba en el aire entre las rocas, impaciente por tener la oportunidad de hacer que algo ocurriese. Se me puso el vello de las manos y las piernas de punta. La bebé también se quedó en silencio, como si sintiera la magia. Y entonces, por un ramalazo de intuición, me di cuenta de que era probable que así fuera. Tenía el don.

Cuando me incliné para darle un beso en la frente, todo pareció encajar. Sentía que ir a la torre con la niña y con Matthäus era lo correcto.

Cruzamos el círculo de piedras de la mano. Nuestros pies aterrizaron al unísono. El aire a nuestro alrededor era más liviano que nunca.

Más adelante, se podía oír el sonido del agua borbotear en el estanque donde me bañé una vez. Entre los árboles, se veían los destellos del agua. Una familia de gansos grises y sus polluelos casi adultos flotaban en él profundamente dormidos, con el pico escondido bajo el ala. Al acercarnos, la mayoría salió volando en medio de un remolino de plumas, pero la madre ganso se quedó atrás con sus polluelos para sisearnos.

Matthäus dejó escapar una risita nerviosa cuando bordeamos el estanque a una distancia prudencial de ella.

—Está muy enfadada.

El pájaro que Kunegunde llamó Zweite bajó en picado hacia Matthäus hasta que este lo espantó.

—Haelewise. El hechizo. No puedo ver. —Sonó asustado.

—Yo sí. Dame la mano —le dije—. No te sueltes.

Lo conduje entre los árboles y los caballos nos siguieron. La bebé me observaba con los ojos muy abiertos desde el cabestrillo, más consciente de lo que nunca había visto a un recién nacido. Un cuervo de ojos ámbar vino hacia nosotros y se lanzó en picado hacia el rostro de Matthäus. *Craec*, gritó cuando él se protegió con los brazos. El cuervo volvía a él una y otra vez dándole picotazos en las mejillas y la frente.

—¡Vete a casa! —grité y me arrepentí de inmediato. El esfuerzo hizo que me escocieran las heridas del pecho y la pequeña empezó a llorar—. Dame una oportunidad para explicarme —continué más tranquila mientras trataba de calmar a la niña.

El pájaro se lanzó hacia Matthäus una última vez —una advertencia— y luego salió volando. Detrás de mí, él se aclaró la garganta, todavía protegiéndose la cara con las manos.

—¿Se ha ido? ¿Acaba de hacerte caso ese pájaro?

—Sí —dije, sabiendo que no me creería si intentaba explicárselo—. ¿Estás herido? Deja que te vea la cara.

Abrió las manos y vi que tenía las mejillas cubiertas de cicatrices. Eran como las que tenía mi padre después de que hubiese conseguido a alguien que le escribiese al obispo. *Vino aquí*, me percaté. Kunegunde había escrito la carta por él.

La cabeza me empezó a dar vueltas.

—¿Te duelen? —pregunté un momento después.

—Estaré bien.

Con cautela, seguimos nuestro camino. La torre no tardó en alzarse ante nosotros, brumosa por la luz tenue de la luna; los muros del jardín cubiertos de enredadera tras ella, el establo sombrío y tranquilo. Al ver el lugar, respiré con una mezcla de alivio y nervios. Por un lado, ahora que Ulrico había muerto, estábamos más a salvo que cuando escapamos del castillo. Por otro, estaba Kunegunde y el hecho de que había traído a un hombre conmigo.

Dejé a los caballos en el establo, luego nos quitamos las capas y despacio conduje a Matthäus a la torre. Detrás de mí, buscó con la mano que tenía libre el rosario que llevaba en el saquito y murmuró una plegaria en voz baja.

Kunegunde abrió la pesada puerta cuando estábamos a un tiro de piedra.

—Haelewise —me llamó con un tono de advertencia; el pelo blanco y negro le caía sobre los hombros en mechones enredados—. Los hombres no son bienvenidos aquí.

La bebé gimoteó junto a mi pecho. Agarré la mano de Matthäus más fuerte que nunca. Me devolvió el gesto con el rostro atenazado por el miedo. Me alegró que no pudiera ver la expresión de mi abuela.

—No tenemos otro lugar al que ir.

—¿Qué tienes en el cabestrillo?

—Una bebé con el don. La madre, la princesa Ursilda, casi ha muerto a manos de una asesina del rey Frederick.

Kunegunde negó con la cabeza despacio.

—El rey Frederick…

—Ursilda dijo que sigues siendo una hija de la Madre. Que estás obligada a ayudarnos bajo juramento.

—¿Ahora las hijas reclutan la ayuda de los hombres? —Miró a Matthäus, examinándolo—. Él es del enemigo. ¿No ves las cuentas que lleva en la mano? ¿La oración que invoca?

—Es la Madre quien me ha estado hablando todo este tiempo. Sé que lo sabes. Quiere ser restaurada en el trono, reunirse con el Padre en la Tierra…

—Conseguirás que te maten —dijo Kunegunde con amargura. Sacudió la cabeza, cerró los ojos y respiró hondo.

Le devolví la mirada.

—No si nos dejas entrar. Kunegunde, por favor. La vida de la bebé pende de un hilo.

Kunegunde le echó un vistazo a la criatura que llevaba en brazos. Lo único que le veía era la coronilla.

—¿Niño o niña? —titubeó.

—Niña —dije—. Déjanos pasar. ¡Este hombre me ayudó a matar a Ulrico!

—¿Que él qué?

—Ulrico está muerto. Matthäus le quitó la piel de lobo de la espalda.

Ella abrió mucho los ojos.

—¿Eso hizo?

Se la enseñé. Me arrebató esa cosa maligna de las manos y se le arrugó la nariz por el hedor. Luego me dedicó una sonrisa atolondrada.

—Oh, gracias, Haelewise. Menudo regalo. ¡La quemaremos esta noche!

—Por favor —le dije—. Estamos heridos. Déjanos entrar.

Negó con la cabeza mirándome a los ojos.

—No. Esto no cambia nada. La niña y tú podéis quedaros, pero él no.

Matthäus se enderezó, inquieto. Las cuentas del rosario repiquetearon entre sus manos.

—No le contaré a nadie lo que ocurra aquí —intervino Matthäus con tono suplicante—. Lo juro. Nunca haría nada que hiriese a Haelewise.

Los pensamientos se sucedían a toda velocidad. ¿Cómo podía convencer a Kunegunde para que dejase que Matthäus se quedara? No podía soportar perderlo de nuevo. No después de todo aquello por lo que habíamos pasado.

—Gothel es seguro ahora, Kunegunde. Nos hemos casado en secreto. Matthäus es para mí lo que tu noble para ti. Le confiaría mi vida.

Kunegunde cerró los ojos y respiró con suavidad, como si se hubiera cansado de discutir con nosotros. Cuando habló, su voz sonó terminante, frustrada por tener que volver a explicarse.

—Me compadezco de ti, Haelewise. De verdad que sí. Pero no son mis normas. Son las normas de este lugar. Nada de lo que digas ahora puede cambiar la elección de antaño. Puedes proteger a esta bebé aquí o marcharte con él. Si intenta quedarse, lo echaré.

El estómago me dio un vuelco. Todos mis planes, la vida que había imaginado con Matthäus, la tarea que estaba cumpliendo para la Madre, comenzaron a desmoronarse. Lo amaba con todo mi corazón, pero ¿a dónde iríamos si no era allí? Gothel era el lugar más seguro para la niña ahora que teníamos la piel de lobo. No podíamos huir de los asesinos del rey para siempre.

Imaginé cómo sería huir del rey para los tres. Seríamos como la Sagrada Familia escapando de Herodes, cruzando ríos y desiertos en busca de un lugar lejano para ocultarnos. Un pueblo en las montañas de Moravia. Una cueva en Egipto. Mirando por encima del hombro en todas partes. Todo porque no pude soportar separarme de Matthäus.

Lo miré y vi la culpa en su rostro. Él tampoco quería que tomase esta decisión.

La niña emitió un arrullo y alzó la mirada, observando con sus ojos negros, grandes e inocentes.

No sería justo. No podía poner su vida en peligro.

Contemplé el rostro de Matthäus. La pena me desgarró. Quería arrancarle miembro a miembro a mi abuela.

—Lo siento —le dije a él en voz baja—. Este es el único lugar seguro.

Kunegunde se rio.

—Por fin lo has comprendido.

—No puedo poner a la niña en peligro por nuestro bien.

Matthäus agachó la cabeza. Le llevó un momento responder.

—Lo entiendo.

—¿Me esperarás hasta que Ursilda venga a por la niña? Podrías volver con tu mujer… —Esbocé una mueca—. Podrías trabajar en la tienda de tu padre.

Él asintió con rapidez, tratando de contener el dolor que se evidenciaba en su rostro.

—No sé cuánto tiempo pasará, si te soy sincera.

—Te esperaría toda la vida.

—A qué acuerdo tan dulce habéis llegado —dijo Kunegunde. Una sombra le cruzó el rostro tan rápido que no reconocí qué significaba. Sonrió, como si le hubiera conmovido el amor que nos acabábamos de profesar. Al principio pensé que era sincera. Luego su voz se volvió monstruosa y fría—. Lo tienes todo pensado, ¿no es así, pequeña? Pero me temo que no es suficiente.

Recordé lo que había ocurrido después de que Albrecht abandonase la torre, las mentiras que le había contado al rey, la orden de asesinato que habían emitido contra ella. No iba a dejar que Matthäus se marchase.

—Kunegunde —dije—. Espera...

Enderezó la postura y apartó la vista de sus pies. Encogió los hombros y abrió la boca con una expresión afligida en el rostro.

—*Xär dhorns* —cantó con la voz temblorosa y arrepentida. Las palabras tensaron el aire. Algo restalló, un poder, y empecé a sentir un hormigueo en la piel con un temor horripilante. Introdujo la mano en el morral y descorchó un vial. Con un giro de muñeca, le lanzó una nube de polvo a Matthäus. Se le contrajo el rostro.

—¡Mis ojos!

La bebé empezó a llorar en el cabestrillo.

—¿Kunegunde? —grité con voz aguda por la desesperación—. ¿Qué haces? Por favor, te lo suplico. ¡Para!

Cuando mi abuela pronunció las siguientes palabras —palabras que solo oí una vez pero que luego vi en el libro de hechizos tras su muerte—, el mundo se desmoronó.

—Kord agnator vividvant-svas!

Todo el poder que conjuraron aquellas palabras pendió en el aire alrededor de Matthäus por un instante. Estaba segura de que iba a matarlo y me aterrorizó verlo morir. Entonces entró en su pecho como una ráfaga de niebla. Trastabilló hacia atrás, y cuando alzó la mirada, tenía una expresión perdida, pero no como antes, debido a la ceguera, sino perdida por el olvido.

—¿Matthäus? —susurré.

Él se volvió hacia el sonido de mi voz.

—¿Quién eres? ¿Dónde estoy? —dijo, soltándome la mano—. ¿Por qué no puedo ver?

La bebé lloró más fuerte en el cabestrillo. La acuné mientras lo miraba horrorizada.

—Soy yo, Haelewise.

—¿Haelewise? —dijo como si repitiese el nombre de una canción que no había oído nunca.

Kunegunde me miró y sonrió con tristeza.

—Lo siento.

—¿Por qué no sabe quién soy?

—No puede marcharse de aquí con el recuerdo de ti intacto. Seguirá volviendo una y otra vez. Atraerá a otros hombres hasta nosotras. El lugar estará plagado de ellos.

Sollocé.

—Kunegunde, ¿qué has hecho?

—Todo lo que se hace puede deshacerse.

Me llevó un momento comprender a qué se refería. Me volví hacia Matthäus, muerta de pánico.

—Soy Haelewise —dije con la voz estrangulada—. Tu amiga de la infancia, tu…

—No la escuches, querido —me interrumpió Kunegunde—. Solo te confundirá. Esto acabará pronto. No te preocupes. Te sacaré de la niebla y te guiaré a casa, con tu mujer.

Sus ojos se ensancharon al recorrer la niebla en busca de la fuente de aquella voz. Asintió despacio, recordando.

—Phoebe —dijo y pareció aliviado por estar seguro de algo. Se volvió hacia el sonido de la voz de Kunegunde—. Sí, por favor. Llévame con ella.

Se me olvidó respirar. El mundo quedó en blanco. Estaba entumecida, sin poder creérmelo. Ver cómo se deshacía su amor por mí fue demasiado.

No fui capaz de ver cómo Kunegunde lo alejaba de la torre. Me faltó la respiración y me temblaron los hombros. Quería correr detrás de ellos, evitar que Matthäus volviera con Phoebe, encontrar la manera de romper el hechizo y huir con él y la bebé al desierto. Pero había tomado una decisión.

La niña empezó a llorar en mis brazos. Un rato después, sus gritos se volvieron más insistentes y sabía que necesitaba comer. Encontré la bolsa de matrona de Kunegunde y el cuerno de cabra con la tetilla de tela. Luego fui hacia el cobertizo y ordeñé a la cabra mientras dormía. Cuando el cuerno estuvo lleno, volví a la silla donde Kunegunde solía sentarse. La niña se calmó de inmediato cuando le ofrecí el cuerno de cabra. Mientras succionaba, la acuné en el cabestrillo, sintiendo el dolor de mi corazón.

Las lágrimas me humedecieron las mejillas.

No sé cuánto tiempo estuve allí sentada, llorando. Mucho después de que la bebé se durmiera. Los sollozos que salieron de mí eran de desdicha. Lo siguiente que supe fue que las sombras de la estancia habían cambiado y que la niña volvía a llorar en el cabestrillo. ¿Me habría quedado dormida? ¿Cuánto tiempo habría pasado? ¿Tendría hambre otra vez? ¿Estaría mojada?

Le cambié el pañal. Luego volví al cobertizo para ordeñar a la cabra. Cuando me senté en la silla con ella, la niña succionó ruidosamente el cuerno con unos soniditos jadeantes. La mecí de un lado a otro.

Me miró con ojos hambrientos y llenos de gratitud.

Durante un rato descubrí que estaba tan anestesiada que ni sentía el placer de alimentarla. Pero cuando el cuerno estuvo vacío y ella apoyó la cabeza en la curva de mi codo, embotada de leche, la madre que habitaba en mí volvió a despertar. Su peso, su blandura, la suavidad de su piel. Estaba viva. Yo la había salvado como se suponía que debía hacer. Era una bendición, un regalo. Lo único que había hecho bien. Encontré consuelo en el alivio que sentía al acunarla mientras dormía en mis brazos. Sentí la presencia de mi madre en mi interior cuando canté la nana que nos cantaba a mis hermanos y a mí. *Duerme hasta el alba, mi pequeña, Hausos te dará miel y huevos dulces…*

Con esas palabras, la invoqué y comprendí lo que toda madre debería saber. La bebé que me miraba era una persona, una persona viva, que respiraba, y era una bendición ser responsable de ella.

Necesitaba un nombre. Necesitaba una forma de llamarla.

Pensé en la hierba que su madre le había pedido tantas veces a la matrona. La bebé la había ansiado cuando estaba en su vientre. Era una pequeña muy fuerte. Ya había sobrevivido a mucho.

La acerqué a mí y le susurré la palabra al oído: Rapunzel.

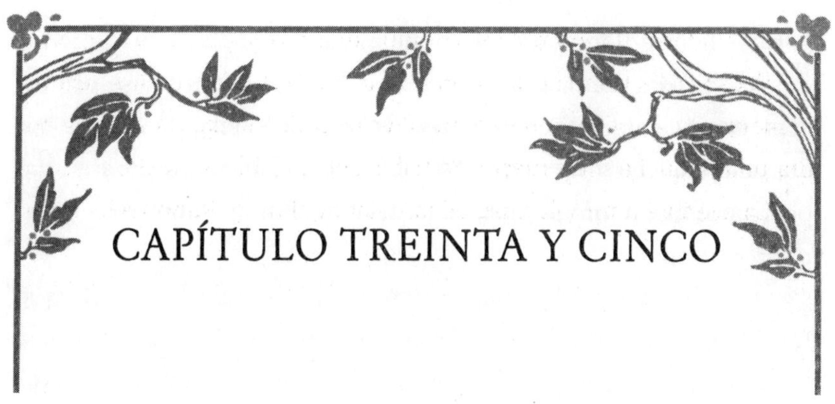

CAPÍTULO TREINTA Y CINCO

Sin duda habréis escuchado la historia que Ursilda le contó a su padre. Se extendió como la pólvora, cobró vida propia. Una bruja se llevó a la bebé del castillo, encerró a la niña en una torre y se la quedó por avaricia. La bruja dejó que las enredaderas del jardín crecieran descontroladas y que reptaran por la torre, ahogando las ventanas por las que la niña se asomaba para cantar. La verdad era que estaba allí con el permiso de su madre. Después de que encontrasen el cuerpo de Ulrico, Albrecht se volvió loco por la pena. Culpó al rey por todo lo que había pasado —la muerte de su hijo, el secuestro de la bebé—, se retiró de la corte y encerró a su familia en los aposentos del castillo. No salió hasta pasados tres años, cuando el rey Frederick murió.

Cuando Kunegunde regresó de escoltar a Matthäus a casa, me curó las heridas que había sufrido durante la pelea con Ulrico. Al día siguiente, quemó la piel de lobo en el jardín. Intentó que fuera un ritual. La hoguera apestaba. Me ofreció vino especiado, pero no tenía estómago para tomarlo. No toqué la taza y observé las llamas con Rapunzel en brazos. Quería dejar Gothel más que nada en el mundo, pero antes de que mis heridas hubieran sanado siquiera, una mujer embarazada nos trajo noticias de que el rey había emitido una orden de asesinato contra mí. No estaría a salvo en ningún otro lugar.

No tenía otra opción salvo convertirme en la aprendiz de mi abuela, aislada del círculo por insistencia suya. Busqué por todas partes el cofre lleno de alrūne que antes guardaba bajo la piedra del suelo del sótano, pero nunca lo encontré. Durante ese primer mes, nos peleamos todos los días. Intenté convencerla de que me dejase comer alrūne; cuando se negaba, despotricaba contra ella, pero no había nada que pudiera hacer. Necesitaba mantener a Rapunzel a salvo.

A veces, cuando le daba el biberón, el aire relucía y sabía que Ursilda la estaba observando. En esos momentos, casi me sobrecogía la pena que sentía al otro lado del resplandor. Sin el alrūne, intentar lanzar el hechizo para hablar con ella era inútil.

Pensé en Matthäus cada día. A veces, cuando Kunegunde me sorprendía sollozando, destrozada, se ofrecía a borrarme la memoria.

—Deja que te ayude a olvidarlo —me dijo.

Por supuesto, me negué —atesoraba los recuerdos—, pero nunca traté de abandonar la torre para verle. Cualquier intento de revertir su olvido me causaría demasiado dolor.

A medida que pasaban los meses, me resigné a vivir sin él. Incluso cuando empecé a encontrarme mal por las mañanas. Incluso cuando mi vientre comenzó a hincharse. Veréis, lo que las historias no cuentan es que Rapunzel se crio con una hermana. Una niña de ojos negros y rizos oscuros. La llamé por su padre: Matthea.

No lo conoció hasta cinco años después.

Entonces, un octubre, Kunegunde murió de fiebre. En cuanto la enterré, esparcí en el bosque el polvo que ella había estado preparando para que lo tomara y me arrebataba mi don. Fui a recolectar alrūne del huerto de mi madre y pronto sentí que la Madre me envolvía y me llenaba de amor y propósito.

Bajé el libro de hechizos cerrado con llave del estante superior de la cocina, donde Kunegunde lo tenía, lo abrí y empecé a estudiar los hechizos de mi abuela. Me quedé mirando mucho tiempo el último del libro, un encantamiento que supuestamente bendecía a una hija con un gran poder. Cuando se aplicaba a una niña que ya tuviese el don, la consagraba a la Madre por completo. A cambio, la Madre le garantizaba su amor, buena salud y una vida larga y plena.

Solo hacían falta dos ingredientes: comer una docena de alrūne enteros y una vida humana.

En esas primeras semanas de estudio en silencio, por la noche, mientras mis hijas dormían, utilicé los libros de Kunegunde y el *spiegel* de agua para contactar con Beatrice y las otras hijas de la Madre. Me uní al círculo e hice el juramento. De lo que resultó de aquello, puedo decir poco. Hice un juramento de sangre y no puedo hablar ni escribir sobre ello. Sin embargo, puedo decir que nos esforzamos por volver a unir a la Madre. Beatrice me presentó a una mujer que conocía a mi madre cuando formaba parte del círculo. Hedda había sido una aprendiz prometedora de un poder sorprendente; nadie que la conociera la olvidaba con facilidad, hasta que se casó con mi padre. Esta mujer me enseñó el secreto de la estatuilla. Solo podía invocar a un fantasma en la primera luna llena después del equinoccio de otoño y las noches de antes y después.

Cuando hubo luna llena, utilicé la estatuilla para invocar el fantasma de mi madre. Todavía recuerdo la alegría que sentí cuando volvió a abrazarme. Aquella vez caminamos durante horas. El hechizo funcionaba mejor en Gothel esa noche, así que pudo quedarse en este mundo más tiempo. Me contó por qué la Madre me había encomendado la misión que me trajo a Gothel. Necesitaba que yo cuidase de la torre, que permaneciese aquí por las mujeres que tuviesen que acudir al santuario de la Madre.

También me contó que era posible que Matthäus me recordase ahora que Kunegunde había muerto. La noche siguiente, después de meter a las niñas en la cama, introduje mi alma en Zweite y volé a la finca de Matthäus diciéndome a mí misma que solo iba a ver cómo estaba. Pero cuando llegué allí, no pude evitarlo.

Guie al cuervo para que se posara en el alféizar de su ventana y grazné para llamar su atención. Levantó la vista de lo que estaba cosiendo; era cinco años mayor, tenía barba de hombre y ojos cansados. Tenía callos en las manos. Cuando volé para posarme junto a la aguja, murmuró mi nombre con una expresión de interrogación. Grazné, nerviosa, y revoloteé por la habitación. Recogió sus cosas, salió a toda prisa y me siguió al bosque hablando animadamente mientras caminaba. Dijo que había recuperado la memoria como si de un sueño se tratase. Había vuelto a ráfagas: nuestra amistad de la infancia, el encarcelamiento en palacio, las noches que pasamos juntos de viaje, la decisión que tuve que tomar para mantener a la bebé a salvo.

Quería encontrarme y preguntarme por ello, pero no sabía cómo dirigirse a la torre.

—¿De verdad ocurrió todo eso? —no dejaba de preguntarme con una expresión compleja de incredulidad—. ¿Las *tarnkappen*, el espejo, el lobo, el hechizo que me hizo olvidar?

Craec, fue todo lo que pude decir hasta que llegamos a la torre y mi alma pudo volver a mi cuerpo.

—Fue real —dije tras correr hacia el círculo de piedras para encontrarme con él—. Todo.

Se le contrajo el rostro e intentó acercarse al círculo para abrazarme, pero allí dentro no podía ver nada salvo niebla. Ese hechizo no se había roto cuando Kunegunde murió. Lo conduje fuera del círculo de piedras y hablamos bastante tiempo mientras el hechizo chisporroteaba tras nosotros. Lloró cuando le conté que había tenido una hija suya.

Un rato después sabía que me seguiría de vuelta a la torre. No fue algo que hablásemos. Fue por la forma en que me miró, la tensión en el aire. Cuando estábamos juntos en el bosque, hablando, se me puso la piel de gallina. La sensación de que había algo entre los dos que nos atraía regresó. Busqué su mano. Él permanecía en silencio, con su palma cálida contra la mía, mientras lo guiaba por el círculo de piedras hacia la torre, al piso de arriba. Después de cinco años separados, lo que había entre nosotros se había fortalecido en los dos. En la habitación que antaño fue la de Kunegunde, nos buscamos. Ciego, recorrió las curvas de mi cuerpo con las manos y me vio de la única forma que podía sobre la cama cubierta de pieles. Aquella noche lloramos juntos, abrazándonos con fuerza, por todo el tiempo habíamos perdido. No dormimos. Me habló de los hijos que había tenido con Phoebe. El cariño que le había tomado ella. Por la mañana, después de conocer a las niñas, nos despedimos hasta Navidad, cuando prometió volver. Ambos lo entendimos; yo tenía mi vida y él, la suya.

Aquellos primeros años me pasé la mayor parte del tiempo criando a las niñas, visitando a clientas —esposas con embarazos problemáticos, chicas jóvenes en momentos de gran necesidad—, salvando vidas, contando historias, cumpliendo con mi vocación. Diez años después de haber regresado a Gothel, recibí una carta de madre Hildegarda; me la trajo una monja de confianza a la que habían transferido a un monasterio cercano. La carta estaba escrita en la *lingua ignota*. La monja tuvo que traducírmela.

Madre Hildegarda había conocido a una monja de Zwiefalten a cuya querida hermana había salvado de las puertas de la muerte. Decía que cuando puse las manos sobre su hermana, dije una plegaria antigua en un idioma que ninguna de ellas había oído antes. Hildegarda se preguntaba si era el mismo que estaba grabado en las piedras del santuario. Al final de la carta había varias columnas de runas. Me pidió que dejase que la monja me enseñase la *lingua ignota* para poder responderle y enseñarla a traducir las runas. Así comenzamos una larga correspondencia.

Entre las cartas y las clientas, recogía hierbas. Crie a mis hijas. Escribí este libro. Cada estación, Matthäus venía a visitarnos. En esos momentos, éramos una familia. Venía cuatro noches al año sin perderse ni una, nos encontrábamos en la linde del círculo la noche del solsticio o del equinoccio. De la mano, regresábamos juntos a la torre y la sombra que había entre nosotros nos acercaba el uno al otro, como siempre. Después de que las niñas se acostaran, se pasaba la noche conmigo en medio de una oscuridad total, recorriéndome el cuerpo con las manos para verme de la única forma que podía.

No dejó de venir a verme ni siquiera cuando Rapunzel se marchó de la torre. Tampoco cuando Matthea se casó con un leñador y podía visitarla por sí mismo. No dejó de venir a verme ni siquiera cuando se encorvó y se hizo mayor. Un invierno, cuando el solsticio pasó y no vino, supe que no lo haría jamás. Encontré su tumba junto a su finca y no hice magia en todo un año. Las niñas lo lloraron conmigo. Ahora tienen hijas propias a quienes han enseñado las antiguas costumbres. Todas formamos parte del círculo. Después de que Matthäus muriera, mis hijas y nietas comenzaron a venir a la torre para celebrar los solsticios y equinoccios conmigo.

Eso fue hace diez años. Ya no sé qué hacer cuando estoy sola en esta torre. Me siento perdida cuando no tengo visitas a las que atender, ninguna poción que preparar. Lanzar hechizos ya no me llena. Se me van los pensamientos. Me tiemblan las manos. Me he hecho mayor y me estoy preparando para dejar este mundo material. Pronto, un día el aire se tensará y mi alma dejará mi cuerpo por última vez. Descubriré cómo es el otro mundo, el que hay al otro lado del velo.

Sospecho que la obsesión por terminar este manuscrito —por escribir esta historia— es lo único que me ha mantenido aquí tanto tiempo. Esta es la última tarea que me encomendó la Madre, reunir sus fragmentos, dejar por escrito estos hechos para un mundo que la ha olvidado. Ahora que mi historia ha llegado a su fin, dudo de si pasar la página. Si doy este libro por terminado, ¿qué me quedará por esperar, salvo el último viaje que haré?

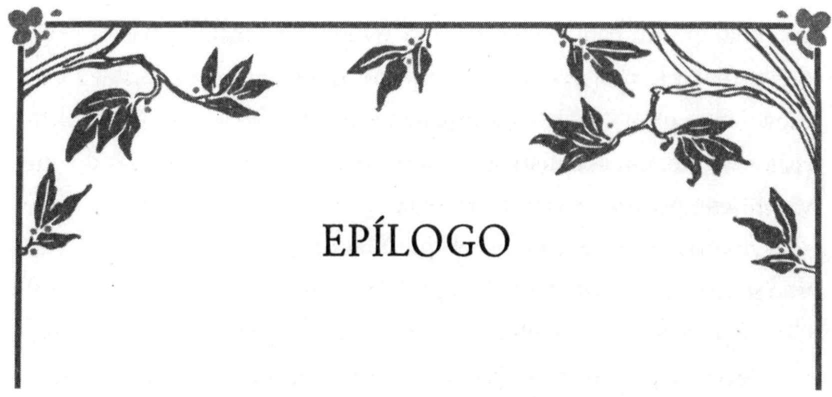

EPÍLOGO

Parpadeé, con un escozor en los ojos, cuando pasé la última página del códice. El pergamino se rompió bajo mi tacto, todavía flexible después de tantos años. Cerré los ojos y sentí una punzada en el pecho por Haelewise, Matthäus y Ursilda. Vi a Rapunzel y a Matthea bailar en ese jardín de leyenda. Vi a una santa —una como nunca han descrito los escribas monjes— copiando con cuidado una lista de runas paganas. Vi palabras y frases en alemánico cuando cerraba los párpados, los garabatos en los márgenes de hombres y mujeres salvajes, herramientas de las curanderas, raíces deformes y hierbas de un verde claro. En todos los años que llevaba estudiando la literatura en alto alemán medio, no había visto nada como este códice. Traducirlo podría labrarme una carrera.

Me masajeé las sienes y busqué en el bolso el frasco de sumatriptán, que ha sido mi compañero fiel durante esta experiencia de lectura; me pregunté cómo clasificar el manuscrito en el prefacio. ¿Como literatura? ¿Un texto visionario? ¿U otra cosa?

El sótano empezó a darme vueltas. Me dolía la cabeza. Ya me había tomado tres dosis de sumatriptán, una más de lo que me había aconsejado el médico. Cada pocas horas, esa carga extraña de electricidad estática volvía y la bombilla que colgaba del techo empezaba a parecer demasiado brillante y titilaba con debilidad, como si hubiera un fallo en el sótano. A mitad del manuscrito, la electricidad estática había llegado y permaneció tan palpable que parecía menos un síntoma y más el origen de la migraña. Intenté decirme que solo era un cambio en la presión del aire, efecto de la tormenta que asolaba la montaña, pero después de haber estado tantas horas inmersa en el manuscrito, no dejaba de darle vueltas a otra explicación completamente distinta, como una aeronave cuyo piloto estuviese desesperado por aterrizar.

Cuando leí el pasaje en el que Haelewise sacaba el cofre bajo una piedra desigual en el suelo, miré el que tenía frente a mí y la vi claro como el agua. Haelewise, hija de Hedda, se presentó a sí misma como una cuentacuentos. Claro que habría exagerado cosas, el tipo de detalles que hacen que las historias contadas junto a la hoguera cobren vida, pero no podía desestimar el manuscrito entero como ficción. Estaba la declaración de verdad y había sido encontrado en un lugar que se mencionaba en el manuscrito. Debía tener algunos elementos autobiográficos, ¿no? El sótano donde estaba servía de inspiración para el sótano real de la torre. Tenía que serlo. La arquitectura encajaba, los contrafuertes y arcos curvos eran prerrománicos, lo bastante antiguos como para haber sido construidos siglos antes de la fecha de la firma.

Cerré el libro con cuidado para no ejercer presión en la cubierta. Miré el sigilo un buen rato y, al final, cedí ante el impulso de recorrerla con el dedo. Me pregunté si Frau Vogel se haría una idea de la importancia histórica de este sótano. Guardé el códice en el cofre y me dirigí al piso de arriba mientras me preguntaba si me dejaría digitalizarlo de inmediato. Podría hacer ediciones tanto en alemán como en inglés. ¡Dos libros! Pensarlo me inundó tanto de alivio que me mareé. Si firmaba un contrato antes de solicitar el puesto, el comité de ascensos y titularidad no tendría otra opción más que aceptar mi postulación.

Cuando abrí la puerta del sótano, no tenía ni idea de qué hora era. La cocina estaba oscura. Los únicos sonidos que escuchaba eran el tictac de un reloj y el crujido de las tablas de madera antiguas bajo mis pies. Llamé a Frau Vogel, pero no respondió. Por la amplia ventana vi que la luna estaba baja en el cielo, redonda y llena. Me descubrí pensando en lo que eso significaba para el aura sobrenatural y luego me reprendí a mí misma, aunque el piloto reticente de mi mente tenía que admitir que eso explicaría la electricidad estática en el aire.

La migraña estaba a punto de dejarme fuera de combate a pesar del sumatriptán y —si lo que había pensado de la fase lunar era una señal— mi salud mental se estaba evaporando. Intenté apartar los pensamientos del manuscrito para volver al mundo real, donde era una profesora que *estudiaba* literatura medieval en lugar de *vivirla*, pero el mundo moderno que creía conocer se escurría lejos de mi alcance.

Tenía calor y el rostro sonrojado. Frau Vogel no estaba por ningún sitio. Desde que había llegado, solo había subido del sótano un puñado de veces para ir al baño o comer lo que me había preparado, pero siempre me había estado esperando en la cocina. Cuando intenté preguntarle acerca del manuscrito, se negó a responder y me dijo que prefería esperar hasta que lo hubiese leído entero.

El reloj de cuco de la pared decía que eran las tres y media. Al mirar por la ventana al jardín enmarañado, me entraron unas ganas repentinas de ver el lugar de nuevo ahora que entendía lo que había sido antaño. Dejé el cofre en la mesita y salí.

El coche de alquiler rojo cereza brillaba a la luz de la luna. Parecía la reliquia de la vida de otra persona.

Al final del camino de entrada, me di la vuelta para contemplar la casita de campo construida sobre el sótano. Es una casita típica de la Selva Negra con uno de esos techos gigantes de paja que ha acabado casi toda en el suelo. Los fresnos que le daban sombra destellaban por las gotas de lluvia, relucientes y húmedos. Entorné la mirada tratando de imaginar la antigua torre que antaño se alzaba sobre el sótano, el muro del huerto que había delimitado el jardín tras ella. Por un momento, lo imaginé y luego se desvaneció.

—*Frau Professorin?* —Frau Vogel estaba en la puerta con un camisón largo y blanco. El pelo suelto le caía por la espalda con un brillo blanquecino fantasma—. *Sie sind fertig.*

Asentí.

—He terminado.

Me hizo un ademán para que entrase y la seguí a la salita, donde encendió varias lámparas. Sacó el códice del cofre y lo colocó sobre su regazo. Se sentó en una silla y yo, junto a ella.

—*Und?* —preguntó.

—Es impresionante.

Me lancé de lleno a describir el contenido de la primera mitad del manuscrito: la declaración de verdad, la infancia de Haelewise, el deseo de ser madre y matrona, el viaje a la torre de la bruja. Frau Vogel me escuchó atentamente, sobre todo cuando le hablé del sótano de la torre que tanto se parecía al que tenía bajo la casita de campo. Le expliqué que pensaba que la torre había sido una construcción de verdad hacía tiempo. Que puede que se desmoronase siglos después de que el manuscrito se escribiese y que esta casita se construyese en su lugar. Que Haelewise, hija de Hedda, pudo haber guardado el manuscrito en ese cofre ella misma. Que la historia albergaba fragmentos de verdad.

Me escrutó el rostro con una expresión solemne.

—¿De verdad lo crees?

—Sí.

Esbozó una sonrisa complicada. Se le humedecieron los ojos. Se alisó el camisón sobre el regazo y asintió para que continuase.

Le devolví la sonrisa y me escocieron los ojos por las lágrimas.

—Sería tentador clasificar el manuscrito como ficción..., un ejemplo tardío del «período de florecimiento» del alto alemán medio. O podríamos clasificarlo como literatura mística, notable sobre todo por el paganismo. La bruja le enseña a Haelewise a lanzar encantamientos y ella afirma haber sido testigo de un asesinato a través de los ojos de un pájaro. Pero la historia también implica a personajes históricos reales, detalles que coinciden con la historia.

Mientras hablaba, Frau Vogel miró las ilustraciones que mostraban los eventos a los que hacía referencia. Los encontró sorprendentemente rápido, como si hubiera memorizado dónde estaban. Como si llevase años leyendo el manuscrito.

—Frau Vogel —tartamudeé; maldita cortesía profesional—. ¿Cuánto hace que hallaste el manuscrito?

Ella sonrió.

—Mi madre me lo enseñó cuando era pequeña. Ella no sabía leerlo, pero me enseñó los dibujos y me transmitió la historia que le había contado su madre, y su madre antes que ella.

Me quedé boquiabierta.

—Tú...

Ella espero a que encajara las piezas.

—Tú... ¿eres descendiente de Haelewise?

Frau Vogel asintió con suavidad.

La miré a los ojos, pero no se explicó. La cabeza me daba vueltas. El tictac del reloj de cuco me pareció demasiado fuerte de repente. Las preguntas me zumbaban como un enjambre de abejas, decididas, insistentes. ¿Por qué había fingido no saber lo que era el manuscrito? Recuerdo que me preguntó por mi religión en el correo, el tiempo que me dejó hablar sobre el manuscrito antes de sincerarse. Todo este tiempo me había estado poniendo a prueba. Pero ¿qué quería hacer con esa información? ¿Qué implicaba esto para la veracidad del manuscrito, para la electricidad estática que todavía sentía en el aire? La energía vibraba, insistente, exigiendo que la tuviera en cuenta. Intenté encontrar algo coherente que decir, tratando de decidir qué pregunta hacer primero.

—¿Qué quieres de mí? —dije al final.

—Una traducción, por supuesto. Publicarlo. Quiero que lo enseñes.

—¿Por qué hacerlo público después de tanto tiempo?

Su expresión reflejaba tanto dolor que me quedé sin aliento.

—No tengo a nadie con quien compartirlo —dijo—. No tengo hijos. Intenté que mi hermana y sus hijas se interesasen, pero son ortodoxas. No quieren tener nada que ver con él. —Se le contrajo el rostro y se volvió para que no pudiera verla. Me fijé en que le estaba costando mucho mantener la compostura.

—*Entschuldigung* —dijo por fin con voz estrangulada. Se levantó y fue a la habitación de al lado. La oí trastear por la cocina y abrió un armario, como si estuviese buscando algo. Cuando regresó, tenía algo en las manos, aunque no vi qué era.

—Quiero que enseñes el códice. Que escribas sobre él. Que difundas esta historia por todas partes. Creo que es la hora.

La miré a los ojos, confundida por que hubiese decidido contactar conmigo, una estadounidense, cuando había investigadores del alto alemán medio mucho más aclamados aquí en Alemania.

—¿Por qué yo?

—La charla que diste hace años en la Bücherschiff en Constanza sobre cómo los manuscritos ilustrados podían revelar la vida de mujeres medievales olvidadas. Quise enseñártelo en ese momento.

Pensé en la charla que había dado en la Büchershiff. Fue una de las primeras después de graduarme. Una mujer mayor con el pelo entrecano se me había acercado cuando terminé. Frau Vogel, me di cuenta, unos diez años más joven. Con los ojos brillantes, me apretó la mano y me susurró que mis conclusiones estaban más en lo cierto de lo que creía.

Nos habíamos conocido. De repente, la electricidad estática chisporroteó en el aire con el doble de insistencia; era imposible ignorarla. Me palpitaba la cabeza. Parpadeé, desorientada. ¿La sentiría también Frau Vogel? Me estaba observando. Pensé en Hildegarda, los dolores de cabeza que sufría, lo que los historiadores ahora especulan que eran migrañas. Las visiones que la acompañaban. Sentí unas grietas formándose en mi escepticismo académico que con tanto cuidado había cultivado.

El piloto había decidido aterrizar al fin.

Frau Vogel alargó el brazo con los dedos cerrados con fuerza alrededor de lo que fuera que hubiera traído de la cocina. Me miró a los ojos, como si me pidiera permiso. Al principio no tenía ni idea de lo que era. Y entonces, de repente, lo supe. Cuando asentí, abrió el puño y, al verlo, sentí una punzada en el corazón por las décadas de la euforia reprimida.

Era esteatita negra. Tenía alas.

AGRADECIMIENTOS

Hay muchas personas a las que quiero darles las gracias. Sin ellas, este libro no existiría.

Para empezar, quiero darle las gracias a mi difunta madre, por contarme con enorme entusiasmo los cuentos más increíbles antes de que me fuera a dormir, y a mi difunto padre, que llenó de libros las estanterías de nuestro hogar de la infancia. Gracias a mi hija, cuyas reacciones a los cuentos que le contaba para ir a dormir me inspiraron a escribir esta novela. Y, por último, le estoy profundamente agradecida a mi marido, David S. Bennet, el amor de mi vida, que siempre me ha apoyado en mi carrera de escritora sin dudar una sola vez. Gracias, gracias, gracias, por darme a la hija que inspiró este libro, por las sesiones de lluvia de ideas hasta altas horas de la noche, por tu apoyo y ánimos cuando más los necesitaba. Te quiero.

En el mundo editorial, primero quiero darle las gracias a Sam Farkas, mi maravillosa agente; sus comentarios brillantes, que haya creído de forma inquebrantable en este libro y lo que me ha nutrido su presencia han hecho que la parte profesional de mi vida de escritora sea una completa delicia. Gracias por tu amistad y por apoyarme tanto. También le estoy agradecida al resto del fantástico equipo de Jill Grinberg Literary Management; es una maravilla ser representada por una agencia tan talentosa y colaborativa.

Estaré eternamente en deuda con Brit Hvide, mi brillante editora en Orbit/Redhook, cuyos excelentes comentarios, apoyo y entusiasmo por Haelewise y su historia han sido un sueño hecho realidad.

Gracias por creer en Hael, por tus recomendaciones sobre el prólogo y el epílogo, y por el consejo de que no había terminado del todo con Ulrico. He tenido mucha suerte de haber trabajado contigo. También quiero dar las gracias a Angeline Rodriguez, Bryn A. McDonald, Lisa Marie Pompilio y al resto del fantástico equipo de Orbit, así como a Emily Byron y Nadia Saward de Orbit UK y a Amy J. Schneider. Ha sido un honor trabajar con todos vosotros.

Tengo una suerte increíble por tener a mis amigos de escritora, cuyo apoyo durante estos años no tiene precio. A Ronlyn Domingue, mi alma gemela escritora: gracias por los años de correos electrónicos, llamadas y lecturas de manuscritos. Me alegro mucho de haber acabado juntas en ese taller hace tantos años, en el que escribíamos nuestras peculiares historias especulativas y soñábamos con Francia. A Carolyn Turgeon y Jeanine Cummins, gracias de corazón por vuestros excelentes consejos, por haber leído tantas veces este manuscrito y por estos años de amistad. A Sally Rosen Kindred, gracias por leer, ser una guía amable y mi apoyo cuando más lo necesitaba. A Sayward Byrd Stuart, gracias por los años de amistad, los sofás de licra azul y tu maravilloso comentario sobre las expresiones latinas de los evaluadores de pares sexistas. A Fox Henry Frazier, gracias por leer una de las últimas versiones del manuscrito y darme tu opinión, por reírte conmigo y escribirme cuando veíamos la televisión en directo durante la pandemia, y por ser mi modelo contemporáneo en la vida real de una madre soltera con aires de bruja que vive en una torre.

Gracias a mis profesores: Mara Malone, Jim Bennet, Moira Crone, David Madden, Andrei Codrescu, Rick Blackwood, Chuck Wachtel y E. L. Doctorow; a mis compañeros y amigos: Chad y Julie Brooks Barbour, Donna Fiebelkorn y Barb Light; y a mis alumnos, de los que tanto he aprendido.

Quiero dar las gracias a los muchos investigadores de historia, religión, idiomas y folclore cuyas investigaciones me han inspirado mientras escribía esta novela, incluido el historiador David Sheffler de la Universidad del Norte de Florida, que tan generosamente me ofreció consejo sobre la Alemania del siglo doce y el alto alemán medio, y al traductor e investigador de literatura medieval alemana Peter Sean Woltenmade, por ofrecerme su experiencia en los diálogos en alemán y la literatura del alto alemán medio. Todos los errores son míos. Los siguientes libros me fueron de especial ayuda: *Daily Life in the Middle Ages*, de Paul B. Newman (McFarland & Company, 2001); *Medieval Germany 1056-1273*, de Alfred Haverkamp, traducido por Helga Braun y Richard Mortimer (Oxford University Press, 1988); *Practicing Piety in Medieval Ashkenaz: Men, Women, and Everyday Religious Observance*, de Elisheva Baumgarten (University of Pennsylvania Press, 2014); *At the Bottom of the Garden: A Dark History of Fairies, Hobgoblins, Nymphs, and Other Troublesome Things*, de Diane Purkiss (New York University Press, 2000); *Witchcraft in Europe, 400-1700: A Documentary History*, editado por Alan Charles Kors y Edward Peters (University of Pennsylvania Press, 2001); *Hildegard of Bingen: The Woman of Her Age*, de Fiona Maddocks (Doubleday, 2001); *Hildegard of Bingen: A Visionary Life*, de Sabina Flanagan (Routledge, 1998); *Hildegard of Bingen: Scivias*, traducido por madre Columbia Hart y Jane Bishop (Paulist Press, 1990); *Hildegarda von Bingen's Physica: The Complete English Translation of Her Classic Work on Health and Healing*, traducido por Priscilla Throop (Healing Arts Press, 1998); *The Personal Correspondence of Hildegard of Bingen*, traducido por Joseph L. Baird (Oxford University Press, 2006); *Hildegard of Bingen: On Natural Philosophy and Medicine: Selections from Cause et Cure*, traducido por Margret Berger (D. S. Brewer, 1999); *The Chalice and the Blade: Our Story, Our Future*, de Riane Eisler (HarperCollins, 1988); *The Classic Fairy Tales*, editado por Maria Tatar (W. W. Norton & Company, 1999); *The Annotated Brothers Grimm*, editado por Maria Tatar (W. W. Norton & Company, 2004); *Breaking the Magic Spell: Radical Theories of Folk and Fairy Tales*, de Jack Zipes (University Press of Kentucky, 2002); *Yiddish Folktales*, editado por Beatrice Silverman Weinreich, traducido por Leonard Wolf (Pantheon, 1988) y *A Middle High German Primer*, de Joseph Wright (Oxford University Press, 1944).

Por último, quiero agradecerle a la Sustainable Arts Foundation el premio que me permitió viajar a Alemania para documentarme para esta novela y seguir los pasos de Haelewise, así como al National Endowment for the Arts y al Vermont Studio Center por la beca para padres artistas que pagó mi estancia en el Vermont Studio Center y que tanto tiempo me dio para trabajar en este libro.